爭先果

쟁선계 14

2014년 4월 8일 초판 1쇄 인쇄
2014년 4월 11일 초판 1쇄 발행

지은이 이재일
발행인 이종주

기획 팀 이주현 이재범
책임 편집 백승미

발행처 (주)로크미디어
출판등록 2003년 3월 24일
주소 서울시 용산구 원효로97길 46 5층
Tel (02)3273-5135 **Fax** (02)3273-5134
홈페이지 rokmedia.com **E-mail** rokmedia@empas.com

ⓒ 이재일, 2013

값 11,000원

ISBN 979-11-255-1844-0 (14권)
ISBN 978-89-257-3094-3 04810 (세트)

爭先界

쟁선계

14

| 이재일 장편소설 |

ROK
MEDIA

로크미디어

차례

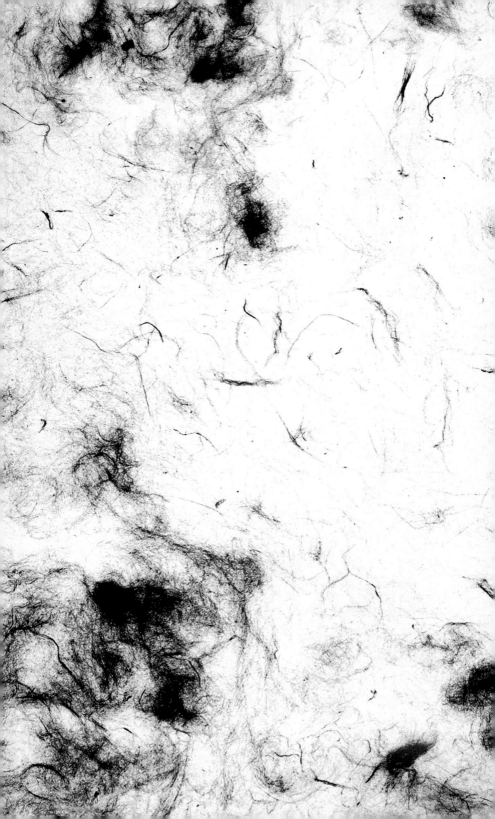

보복지리 報復之理 (一)

(1)

형님의 삶을 증명하기 위한 첫 번째 화살이 형님의 상징과도 같은 금작시가 아니라는 점은, 그 화살을 시위에 메기는 순간까지도 대경용을 아쉽게 만들었다. 그래도 어쩔 수 없었다. 그를 위시한 백 인의 광명궁수대 전원에게는 동일한 종류의 화살을 초시初矢로 발사하라는 지시가 내려와 있었다. 이는 이번 도하전에서 선봉을 맡는 조건이기도 했다.

그 화살의 이름은 성화시聖火矢.

삼협을 가로지른 통나무 가교 위를 달려 삼성초의 마지막 암초를 디딘 순간, 대경용은 전통 옆에 따로 걸어 둔 성화시를 금작화세궁의 시위에 메겼다. 일렬로 뒤따르는 광명궁수대 모두가 순차적으로 그러하고 있을 것임은 고개를 돌려 확인하지 않아도 알 수 있었다.

성화시의 깃간에는 질긴 삼실로 만든 발화선이 감겨 있었다. 살대를 따라 올라간 그 발화선은 살촉 아래 달린 어른 팔뚝 굵기의 대나무 원통 속으로 이어져 있었다.

그는 대나무 원통 속에 어떤 물질이 들어 있는지 알지 못했다. 다만 원정 직전에 실시한 특별 훈련을 통해 그 물질이 어떤 위력을 가졌는지는 확인한 바 있었다. 다행인 점은 그 위력이 금작시를 대신하는 아쉬움을 메워 줄 만큼 강력하다는 것.

발화선 끝에 맺어진 고리에 오른손 인지를 다부지게 끼워 넣은 대경용은 고개를 들어 전상방 먼 곳에서 일렁거리는 흐릿한 불빛을 올려다보았다. 가증스럽게도 조마번이라는 이름을 붙인 건정회의 전초기지. 회흑색 밤안개의 장막 너머 부벽애라는 절벽 위에 자리 잡은 그곳은 강북과의 거리가 가까워질수록 점점 각도를 높여 가고 있었다. 거리와 각도 모두를 고려한 최적의 발사 지점을 선정하는 것은 광명궁수대를 이끄는 소귀전의 몫이었다.

그때 부벽애 위에서 뿔피리 소리가 세 번 연달아 울렸다.

부우우. 부우우. 부우우.

안개를 뚫고 퍼져 나가는, 마치 공포에 질려 어쩔 줄 몰라 하는 코끼리의 울음소리 같은 그 신호음이 소귀전의 결심을 촉발시켰다.

'지금이다!'

격류로 흔들리는 통나무 가교 위에 오른쪽 무릎을 대고 앉은 대경용은, 금작화세궁을 들어 그 공포의 한복판을 겨누었다. 숨을 가두고, 활을 부드럽게 감싸고, 하체를 굳건히 하고, 근육과 뼈를 쭉 펴고, 왼쪽 어깨를 감추고, 오른쪽 어깨를 뒤로 밀치

고, 그렇게 형님의 모든 가르침에 충실한 상태로, 그는 만궁의
시위를 해방시켰다.

핑!

귓불 뒤에서 시위 소리가 울린 순간, 오른손 인지에 걸린 발
화선이 대나무 원통에서 뽑혀 나오고, 작은 불꽃을 꼬리처럼 매
단 성화시가 부벽애 꼭대기를 향해 일직선으로 솟구쳐 올라
갔다. 이름 하여 일시붕산─矢崩山. 천하제일궁으로 이름을 날리
던 형님의 삶을 증명하는 최초의 일격이었다.

화살의 궤적을 따라 회오리로 말려 감기는 안개 줄기들이 그
일격에 실린 위력을 짐작케 해 주었다.

"후욱!"

대경용은 폐부에 찬 탁기를 몰아 뱉으면서도 상체를 휘청거
리지 않기 위해 골반에 힘을 주었다. 형님의 경지에 오르기까지
는 아직 갈 길이 먼 그이기에, 형님조차 쉬이 펼치려 하지 않던
일시붕산을 넘본 대가가 가볍지 않았던 것이다. 그러나 형님의
삶을 증명하기 위해서라면 이 정도 손실쯤은 얼마든지 감수할
수 있었다. 전임 군장에게 바치는 아우의 봉헌을 칭송하듯 뒷전
에 늘어앉은 광명궁수대로부터 매서운 시위 소리가 연달아 울
려 나왔다.

피피피피핑!

일백 개의 불꽃들이 안개의 장막을 동시다발로 찢으며 부벽
애를 향한 비행을 시작했다. 그들의 접근이 두려운 듯 부벽애
위에서 다시금 뿔피리 소리가 울려 나왔다. 그러나 이번에 울린
뿔피리 소리는 앞선 것과는 달리 끝까지 이어지지 못했다.

뿌우우우웃. 뿌우우우─ 쾅!

이름도 모르는 수적이 경계 수칙에 따라 힘껏 불어 낸 뿔피리 소리에는 부는 이의 마음에 서린 공포가 그대로 묻어 나오고 있었다. 그런 만큼 그 소리가 힘찰 리도 없고, 멀리 퍼질 리도 없었다.

"답답하구나! 이리 내놓아라!"

수적으로부터 뿔피리를 뺏은 삼계도장이 퀴퀴한 냄새 나는 그 주둥이를 노려보다가 사질인 마걸에게 내밀었다.

"네가 불어라!"

"예?"

"어서!"

뜨악한 표정을 짓는 마걸에게 안기다시피 뿔피리를 넘긴 삼계도장은 망루 아래로 시선을 돌렸다. 다음 순간, 그의 눈이 휘둥그레졌다. 용의 뼈처럼 길게 이어진 검은 그림자의 어느 한 부분에서 밝은 점 하나가 반짝이는가 싶더니 그 뒤로 줄줄이 광점光點들이 피어나는 광경을 목격한 것이다.

첫 번째 광점과 뒤이은 광점들의 차이점은 궤도였다. 전자는 일직선이었고 후자는 포물선이었다. 그리고 공통점은…… 전자와 후자 모두 삼계도장이 서 있는 조마번을 향해 날아온다는 것이었다.

"저게…….."

'뭐지?'라는 혼잣말의 뒷부분은 마걸이 분 뿔피리 소리에 묻혀 버렸다.

뿌우우우웃.

세 번 끊어 알리는 일급 경계령의 첫 번째 신호음이 끝났을 때, 조마번 목책에 걸린 이백여 장의 깃발들 중 가장 커다란 크기를 자랑하던 건정척사번建正斥邪幡이 진저리를 쳤다.

뿌우우- 쾅!

건정회주가 붉은 능라 기폭 위에 금물로 손수 휘호한 그 대단한 깃발을 통째로 찢어발긴 첫 번째 광점이 망루의 난간 밑 전벽前壁에 폭음과 함께 틀어박힌 것과 마걸이 불어 내던 두 번째 신호음이 중도에서 끊긴 것은 거의 동시에 벌어진 일이었다.

"헉!"

마걸이 뿔피리를 내던지며 펄쩍 물러섰다. 난데없는 화염이 코앞에서 솟구쳤으니 경험이 일천한 그로서는 당연한 반응일 터였다. 하지만 백도 명숙으로 이름 높은 삼계도장이 보인 반응은 달랐다. 그는 대나무 난간을 단숨에 집어삼키며 밀려온 시뻘건 화염을 향해 점창파가 자랑하는 현천장玄天掌을 연거푸 내갈기며 소리를 질렀다.

"마걸, 어서 신호를…… 이런!"

그러나 삼계도장은 사질을 향해 꺼낸 외침을 맺을 수 없었다. 딛고 있던 망루 바닥을 따라 한 줄기 충격파가 드르륵 달려가는가 싶더니만, 곧이어 망루 전체가 밀가루 반죽으로 빚은 양 구불텅하게 어그러지기 시작한 것이다.

그는 지금 벌어지고 있는 현상을 도저히 믿을 수 없었다. 단지 화살 하나가 꽂혔을 뿐인데?

"억!"

"어이쿠!"

망루 위에 있던 마걸과 수적들이 출렁거리는 바닥으로 꼴사납게 나뒹구는 모습이 보였다. 저들과 같은 꼴은 보이지 않겠다는 생각에 삼계도장이 그나마 온전해 보이는 기둥 쪽으로 팔을 뻗친 순간, 그들 모두를 떠받치고 있던 망루가 모래성처럼 무너져 내렸다.

"이익!"

삼계도장은 등을 아래로 한 채 삼 층 높이에서 추락하는 상태에서도 양 소매를 세차게 내저어 얼굴 위로 쏟아지는 목편과 먼지를 걷어 내려 애를 썼다. 그러나 그 노력만큼은 하지 않는 편이 차라리 나았을 것이다. 망루의 잔해가 걷힌 밤하늘 위로 이제 막 만곡점을 통과한 일백 개 후발 광점의 군群이 자신을 향해 폭포수처럼 떨어지는 광경을 목격한 순간, 그는 자신도 모르게 두 눈을 질끈 감고 말았다.

멀리서 경계 신호가 울렸을 때에도, 그리고 뒤따른 폭음이 천막의 벽면을 가늘게 진동했을 때에도, 장강쌍절長江雙絶의 둘째 위응호魏應滈는 누가 업어 가도 모를 만큼 깊은 잠에 빠져 있었다. 네 명의 채주와 더불어 늦은 시각까지 마신 독주가 수공水功으로 단련된 그의 신경을 게으른 농부의 낫처럼 무디게 만들었던 것이다. 그런 그를 깨운 것은 호방한 아우와 달리 주색을 즐기지 않는 여섯 살 터울의 형, 위응양魏應洋이었다.

"일어나라."

몸을 흔드는 손길에 억지로 눈을 뜬 위응호에게 형이 말했다.

"밖에 무슨 변고가 생긴 모양이다."

말을 듣는 귀와 말을 해석하는 뇌 사이에서 몇 차례 눈을 끔뻑이던 위응호가 벌떡 몸을 일으켰다.

"변고라고요?"

"방금 뿔피리 소리를 들었다. 세 번 울리더구나."

"세 번이면……."

"일급이지."

위응양이 희끗한 눈썹을 찡그리며 무겁게 대답했다. 일급이면 적이 침습했다는 뜻. 위응호는 술이 확 깨는 것을 느꼈다.

"하지만 어떻게……?"

배도 모자라고 다리도 없는 무양문도들이 어떻게 삼협의 거친 물살을 건널 수 있단 말인가?

"어떻게 된 일인지는 나도 모른다. 나가 보면 알 수 있겠지. 어서 옷이나 입어라."

위응호는 그제야 자신이 벌거숭이나 다름없는 몰골이라는 사실을 알아차렸다. 급한 마음에 윗도리는 찾을 생각도 못 한 채 바지만 꿰입은 그는 앞서 움직이는 형을 따라 천막 밖으로 달려나갔다.

강변에는 이미 몇 명의 사람들이 나와 있었다. 그중 낯이 익은 얼굴 하나를 발견한 위응호가 급히 다가가 물었다.

"왕 채주, 무슨 일이오?"

강심을 바라보며 발을 동동 구르던 백군채白君寨의 채주 왕량王梁이 위응호를 돌아보았다. 앉은자리에서 개 한 마리를 먹어치운다는 그의 혈색 좋은 얼굴이 지금 이 순간만큼은 송장의 낯짝처럼 허옇게 질려 있었다.

"저, 저기를……."

위응호는 왕량의 투실투실한 손가락이 가리키는 하류 쪽으로 고개를 돌리다가 흠칫 어깨를 떨었다. 울창한 송림에 가려 이리로 달려오는 길에는 보지 못했는데, 저 멀리서 부벽애가 불타고 있었다. 아니, 보다 정확히 말하면 부벽애의 머리에 올라앉은 조마번이 불타고 있었다.

"형님!"

대경한 위응호가 형을 돌아보았다.

“아무래도 무양문 마귀들이 야음을 틈타 도강을 시도한 것 같구나.”

“일이백도 아니고, 수천 명이나 되는 놈들이 무슨 재주로 삼협을 건널 수 있단 말입니까?”

“저것.”

위응양이 오른손을 뻗어 강심의 어느 한 곳을 가리켰다. 안력을 돋워 그 방향을 살피던 위응호가 어느 순간 굵은 눈썹을 파르르 떨었다. 시커먼 격류 속으로 나타났다가 사라지기를 반복하는 수십 개의 덩어리들을 그 또한 발견했기 때문이다. 상류로부터 떠내려오는 그 덩어리들의 정체는 다름 아닌 통나무였다. 그것도 하나하나가 장정의 아름을 넘어가는 거대한 통나무!

위응양이 말했다.

“나무장수들의 뗏목이다. 놈들은 저것들을 붙들어 묶어 다리로 삼은 것이다.”

장강쌍절이라는 별호가 말해 주듯 위응호는 장강에서 잔뼈가 굵은 위인. 사천의 나무장수들이 해마다 행하는 벌자행에 대해 모를 리 없었다. 다만, 도무지 알 수 없는 것은 강호와 무관한 그들이 마귀들의 도강을 돕는 이유인데, 장강을 터전 삼아 반백 년을 살아온 왕량도 비슷한 의문을 느꼈음이 분명했다.

“나무장수들이 대체 왜……?”

“그 문제는 이미 중요하지 않소.”

딱딱한 말투로 왕량의 말허리를 자른 위응양이 주위를 둘러보더니 물었다.

“나머지 채주들은 어디 있소?”

이곳은 건정회가 서릉협에서 상류로 두어 리 떨어진 곳에 가

설한 임시 포구였다. 그 같은 입지 선정에는 물살을 거스르는 데 많은 공이 소모되는 삼협의 특성이 반영되었다고 할 수 있었다. 포구를 지키는 것은 칠성노조가 포섭한 삼협 인근의 네 군데 수채. 그 옛날 유비가 죽었다는 백제성白帝城 아래를 주 무대로 삼는 백군채도 그중 하나였다.

"아직 잠에서 깨어나지 못한 것 같습니다."

"이런 한심한 위인들을 봤나! 적당의 침습으로 망루가 불타는 마당인데 술에 취해 잠이나 처자고 있다니!"

위응양의 입에서 마침내 호통이 터져 나왔다. 당사자인 왕량은 물론이거니와, 그 호통이 마치 자신을 향한 질책처럼 들린 탓에 위응호 또한 고개를 움츠릴 수밖에 없었다. 장강쌍절이라는 별호로 함께 불리기는 하지만 그에게 있어서 여섯 살 연상의 형은 거역할 수 없는 엄부와도 같은 존재였다. 그 별호를 얻은 공 또한 대부분 형이 세운 것이었다.

"당장 그들을 깨워 선박을 준비시키시오."

위응양의 지시에 왕량의 눈이 동그래졌다.

"선박이라면…… 설마……."

"지난번 훈련대로 시행할 것이오."

위응양은 건정회 십팔대 공봉 중 한 사람으로서 이 포구를 총지휘하고 있었다. 그가 훈련을 언급하자 가뜩이나 파리하던 왕량의 얼굴이 한층 더 파리해졌다. 아마도 지난번 훈련 때는 생각하지 못한 모양이었다. 그 훈련을 현실에서 시행하게 될 때가 오리라는 것을 말이다.

그런 왕량의 심정을 아는지 모르는지, 위응양은 어두운 강심을 노려보며 차갑게 중얼거렸다.

"서문숭의 개들, 이 위응양이 지키는 장강을 호락호락 건너게 해 줄까 보냐.”

선봉은 삼군의 광명궁수대였다. 하지만 광명궁수대에 앞서 강북에 발을 딛는 것은 가교 건설을 담당한 칠군의 별동대일 수밖에 없었다.

아무리 재주 좋은 목수라도 고개를 저을 수밖에 없는 난공사가 아니던가. 그런 난공사를, 그것도 하룻밤 사이에 성사시키기 위해 칠군의 별동대는 무기조차 변변히 챙길 수 없었다. 속바지 한 장 달랑 걸친 맨몸뚱이 차림으로 삼협의 격류에 더하여 쇠사슬과 통나무의 어마어마한 무게를 버티며 전심전력의 사투를 벌이는 그들이기에, 안전을 보장해 주는 최소한의 보호막은 반드시 필요했다. 부벽애 위 건정회의 전초기지를 타격한 일백 명의 광명궁수대에게 맡겨진 두 번째 임무가 바로 그것인데…….

물론 쉬운 임무는 아니었다.

“거해아, 이 빌어먹을 새끼야! 우리 애들 다 죽어 나간다!”

강물 속에서 머리통만 내놓고 있던 칠군의 부군장 태황의 외침을 들으며 대경용은 당기고 있던 시위를 놓았다. 물보라를 뚫고 날아간 금작시 한 대가 강 건너 모랫둑 뒤편에 숨어 화살을 날리던 적 궁수의 미간에 빨려들어 가듯 꽂히는 것이 보였다. 대경용은 금작화세궁의 시위에 새로운 금작시를 메기며 태황을 향해 소리쳤다.

“한 번만 더 거해아라고 부르면 아저씨도 저 꼴이 될 줄 아세요!”

안 그래도 별호에 짐승 수獸 자가 들어가는 태황이었다. 그 괄괄한 성질에 발광을 부려도 골백번은 부렸을 터인데, 헛웃음만 허허 흘리는 것을 보니 오늘 밤 골육에 쌓인 피로가 제법 큰 모양이었다.

"알았다, 망할 새끼야. 눈깔 크게 뜨고 엄호나 똑바로 해라."

대경용은 부벽애의 절벽 모롱이를 돌아 나오는 또 한 명의 적을 거꾸러뜨린 뒤, 자신의 뒤편 통나무 가교 위에 두 줄로 붙어 앉은 광명궁수대를 돌아보았다.

"지금쯤이면 본대의 도하가 시작되었을 것이다! 조금만 더 버티자!"

바야흐로 강북이 지척에 다가와 있었다. 수심 또한 강바닥에 발을 딛고서도 숨을 쉴 수 있을 만큼 얕아져, 가교와 선박 위에서 공사를 진행하던 별동대의 대부분은 이미 강물로 뛰어든 뒤였다. 누군가 뭍에 올라 통나무들을 걸어 묶을 첫 번째 밧줄을 고정시키기만 하면 마지막 고비를 넘기게 되는 셈인데, 그 일이 생각처럼 간단하지 않았다.

무양문의 도하를 알리는 경계 신호는 전초기지가 타격당하기 직전에 이미 울렸고, 강안을 따라 수십 군데 설치된 번초로부터 쏟아져 나온 적들은 익숙한 지형지물에 의지해 원거리 공격을 가해 오고 있었다. 그에 반해 이쪽은 종대 외 다른 진형이 허용되지 않는 불안정한 가교 위를 벗어나지 못하는 상황. 이런 마당에 날고뛰는 고수들로 구성된 건정회의 수뇌부들까지 들이닥친다면?

조바심이 난 대경용이 태황을 향해 외쳤다.

"태 아저씨, 서두르세요!"

"썩을 놈, 누군 서두르고 싶지 않아서 이러는 줄 아나."

입으로는 투덜거려도 서둘러야 하는 당위성만큼은 태황도 공감하고 있었던 것이 분명했다. 양팔로 물살을 휘저으며 뭍을 향해 나아간 그가 강물 밖으로 상체를 빼냈을 때, 대경용은 그의 허리에 묶여 있는 굵은 밧줄을 발견할 수 있었다.

"덤벼라, 개새끼들아!"

태황이 강가 모래톱에 첫발을 박아 넣으며 고함을 내질렀다. 곳곳에 숨어 있던 적 궁수들에게는 최고의 표적이 등장한 셈. 엄폐물 너머에 감춰진 수십 개의 날카로운 살촉들이 태황을 겨누는 것이 눈에 보이는 듯했다. 대경용이 다급히 외쳤다.

"엄호하라!"

피핑. 피피피핑.

광명궁수대로부터 퍼부어진 엄호 사격이 적 궁수들의 고개를 엄폐물 아래로 처박게 만들었다.

"군장님을 따르라!"

적진으로 단신 돌입한 상관의 용맹에 호응하듯, 강물에 몸을 담그고 있던 칠군의 별동대들이 앞다투어 뭍으로 오르기 시작했다. 간헐적으로 날아오는 화살에 동료가 쓰러져도 무작정 전진만을 외치는 벌거숭이 사내들. 그들이 펼치는 저 괴상망측한 상륙전에는 보는 이의 마음을 울컥하게 만드는 무언가가 담겨 있는 것 같았다.

대경용은 손가락 끝에 핏물이 맺히는 것도 아랑곳하지 않은 채 금작시를 쉴 새 없이 날렸다. 꾹 다문 입술 사이로도 붉은 기운이 비치는 것은 일시봉산의 막강한 공력을 첫 번째 화살에 담아 보낸 탓이었다.

그러는 가운데, 상륙전의 기폭제 노릇을 한 태황은 꽁무니에 매달아 두었던 낭아봉을 전방에 대고 붕붕 돌리면서 한 발짝 한 발짝 전진하고 있었다. 그가 가고자 하는 방향에는 사람 키에 조금 못 미치는 뾰족한 바윗부리 하나가 모래톱 밖으로 고개를 내밀고 있었다. 허리에 묶어 운반해 간 밧줄을 고정시킬 천연의 고리인 셈이었다.

태황의 의도를 눈치챈 대경용이 광명궁수대에게 외쳤다.

"얼마 남지 않았다! 엄호! 아군을 엄호하라!"

그러나 고개를 다시금 뭍 쪽으로 돌린 대경용은 전통으로 향하던 자신의 오른손이 멈춘 것도 알아차리지 못한 채 두 눈을 부릅뜨고 말았다. 방금 전까지만 해도 바윗부리를 향해 조금씩 전진하던 태황이 바닥에 쓰러져 있는 광경을 목격했기 때문이다.

"군장님!"

쓰러진 상관을 향해 악을 쓰며 달려가는 칠군의 별동대 앞에 이남일녀가 떨어져 내렸다. 등나무 방패를 치켜든 전방의 남자 둘이서 후방의 여자 하나를 호위하는 듯한 형국인데, 어린 시절부터 안력을 강화하는 훈련을 받아 온 대경용은 여자의 왼손과 태황 사이의 공간에 늘어뜨려진 가느다란 은삭 한 가닥을 발견할 수 있었다.

여자가 왼손을 슬쩍 잡아챘다. 태황의 몸뚱이 어딘가로부터 날아오른 옥색 나비 한 마리가 여자의 수중으로 모습을 감췄다. 그 순간 대경용의 뇌리를 번갯불처럼 때리고 지나가는 이름 하나!

'금마옥접禁魔玉蝶!'

그것은 오래전 무양문주 서문숭에 의해 멸문당한 호남의 어떤 가문을 상징하는 기문병기의 이름이기도 했다.

대경용의 두 눈에 시퍼런 독기가 어렸다.

(2)

자미궁紫微宮 북쪽에 흉성凶星이 낀 사십여 년 전의 어느 밤,

걱정스러운 마음에 뽑아 본 산가지는 불이 연못을 끓인다는 택화혁澤火革의 괘를 가리키고 있었다. '혁革'이란 곧 변화. 천지혁이사시성天地革而四時成이라 하여 하늘과 땅이 변화하는 것은 사철을 만드는 자연의 원동력이 되기도 하지만, 천자를 상징하는 자미궁은 작은 변화조차 용납하지 않았다. 그런 자미궁으로 격변을 상징하는 흉성이 쳐들어간 것이니 그 충돌이 어찌 예사롭겠는가. 또한 그 여파로 얼마나 많은 목숨들이 스러질 터인가.

산가지를 쥔 손을 떨며 어쩔 줄 몰라 하던 그는 망설임 끝에 사부를 찾아갔다. 이때까지만 해도 사부는 그의 후견인이자 조언자이며 정신적인 버팀목이었다.

늦은 시간, 도관의 심처에서 잠들어 잇던 사부는 제자의 갑작스러운 방문에 졸린 눈으로 일어났다. 그의 말을 듣고 표정이 변한 사부는 사창을 밀어 열고 자미궁이 자리 잡은 검은 궁륭을 한참 동안 올려다보았다. 이윽고 시선을 내려 주위를 조심스레 살핀 사부가 사창을 잠그고는 그를 마주하였다.

─네게는 보이더냐?

─예.

─그래서 괘를 뽑은 것이고?

오늘따라 뻔한 것을 묻는 사부를 의아해하며, 그는 다시 머리를 조아렸다.

─그렇습니다.

사부가 벽장에서 산가지를 꺼내 그에게 내밀었다.

─네 능력은 안다만 확인하지 않을 수 없구나. 내 앞에서 다시 뽑아 보아라.

그는 사부가 시키는 대로 산가지를 뽑았다. 천장 위, 밤하늘 높은 곳에서 그를 굽어보는 자미궁과 흉성의 기운에 혈관이 저

릿저릿해지는 것을 느끼며. 그가 뽑은 산가지를 쳐다보던 사부가 신음처럼 중얼거렸다.

─산천대축山天大畜, 하늘 위로 산이 솟구치니 변고가 세상을 뒤덮도다…….

사부는 늘어진 눈까풀 아래로 눈빛을 파묻었다. 고희를 넘긴 노인의 주름진 얼굴이 근심과 갈등으로 침잠하고 있었다.

오랜 시간이 흐른 뒤 다시 눈을 뜬 사부가 그에게 물었다.

─너는 어떻게 받아들였느냐?

그는 자신이 받아들인 바를 사부에게 가감 없이 전했다. 심산의 도관道觀에서도 세상 돌아가는 이야기를 들을 기회는 있었다. 북평에서 세력을 불리는 연왕과 그를 견제하기 위해 어린 황제를 부채질하는 관료파들. 국초에 불던 숙청의 칼바람은 숙질간 후계 다툼의 양상으로 바뀌어 새로운 불씨를 잉태하고 있었다. 이러한 정국에 방금 읽은 천기와 괘를 합치면 앞으로 일어날 변화가 무엇인지를 이끌어 내는 것은 그리 어렵지 않았다. 그러나 그의 말을 듣고 난 뒤 사부가 보인 반응은 그의 예상에서 너무도 벗어나는 것이었다.

─네가 잘못 본 것이니라.

─예? 사부님께서도 괘를 보셨지 않습…….

─잘못 본 것이 아니라면 안 본 것으로 하여라.

─본 것이 어찌 보지 않은 것이 되겠습니까?

─보아서 무엇 하나 바꾸지 못할 앞일이 보지 않은 것과 무에 다르겠느냐. 너는 아무것도 안 본 것이니라. 보지 않았으니 알지 못하고, 알지 못하니 말할 수도 없겠지. 하니 이 일에 관해서는 두 번 다시 입 밖에 꺼내는 것을 허락하지 않겠노라.

그는 문일지십聞一知十이란 말에 부합하는 천재였다. 그런 그

이기에 지금 사부가 두려워하는 것이 무엇인지를 금방 알아차릴 수 있었다. 사부는 천하 도문에서 세 손가락 안에 꼽히는 유력한 도관의 관주였다. 변화를 일으키려는 쪽과 변화를 막으려는 쪽 모두에게 연줄이 닿아 있었고, 그러므로 마음만 먹으면 변화에 어떤 식으로든 영향을 끼칠 수도 있었다. 사부는 그것이 두려웠던 것이다.

예전에도 사부는 천기를 읽는 능력을 가진 제자에게 종종 경고했다. 하늘은 자신의 의중을 엿보아 영향을 끼치려는 인간을 어여삐 여기지 않는다고. 그런 사부에게 이번 일은 하늘의 진노를 두려워해야 하는 아니, 하늘에 앞서 시류의 맹렬함을 두려워해야 하는 금단의 영역으로 비쳤을 터였다. 결과적으로 사부는 앎을 부정하고 보신을 택한 것이다.

그는 사부의 선택을 이해할 수 있었다. 사부는 많은 문도를 거느린 일파의 수장이었고, 그들의 안전을 책임질 의무가 있었다. 하지만 그는 달랐다. 무엇보다도 그는 보신을 위해 앎을 부정하는 데 따른 혐오를 견뎌 낼 수 없었다. 며칠 뒤 그는 야음을 틈타 도관에서 달아났다.

그 이듬해.

삭번령이라는 명목하에 자신의 세력을 억제하려는 어린 황제에 맞서 북평의 연왕이 마침내 군사를 일으켰다. 삼 년여에 걸쳐 대륙을 핏빛으로 물들인 전란은 숙부의 승리로 끝나고, 승자를 위해 부역하는 사가들은 그 피비린내 나는 변화 위에 '정난靖難의 변變'이라는 금칠을 입혀 주었다. 그러나 변화의 기미를 하늘로부터 읽고, 변화의 그늘 아래 몸을 숨긴 채, 변화로 인해 무고히 희생된 숱한 목숨들을 위해 곡을 올리고 향을 살라 준 한 사람이 있었다는 사실은 세상의 어떤 사가도 알지 못

했다. 이는 높고 밝은 곳만 비추는 역사의 해바라기 같은 속성
탓일지도 모른다.

그로부터 오랜 세월이 흘렀다.

참으로 오랜 세월이었다.

으르르―

거인처럼 우뚝 선 불탑佛塔들의 숲 한가운데 쪼그리고 앉아
삼경 무렵 저 아래 닭장에서 서리해 온 수탉의 튼실한 다리 살
을 열심히 뜯어 먹던 그는 먼 곳으로부터 울려 온 은은한 뇌성
에 수그리고 있던 고개를 들고 하늘을 올려다보았다.

검은 궁륭이 그날처럼 높다랗게 걸린 야공.

옅게 낀 연무 탓인지 그날처럼 별자리를 볼 수는 없었다. 그
럼에도 그는 인간의 운세와 연동하는 우주의 어떤 실낱이 신기
를 빌려 자신에게 닿았음을 느낄 수 있었다. 그 느낌이란 때로
는 필연적이라고 확신이 들 만큼 강렬하기도 했고, 때로는 우연
이 아닌가 싶을 만큼 희미하기도 했다. 때로는 자신의 일처럼
가깝게 여겨지기도 했고, 때로는 다른 세상의 일처럼 멀게 여겨
지기도 했다.

"젠장, 간만에 몸보신 좀 할까 했더니만…….."

그는 닭기름으로 번들거리는 왼손을 낡은 승포 자락에 슥슥
문지른 뒤 손가락 마디 점으로 괘를 뽑아 보았다. 네 손가락의
마디 위를 오르내리던 엄지의 끝이 약지의 둘째 마디 위에서 딱
멈췄다. 그의 짝짝이 눈이 더욱 짜부라졌다.

"천수송天水訟에 주작승현무朱雀乘玄武의 형세라. 하긴 마음만
먹었다면 그들이 어찌 강을 건너지 못할까."

하늘 아래 물이 넘쳐 다툼이 벌어진다는 것이 천수송의 괘

요, 주작이 현무 위에 올라타 남방의 기세가 북녘 땅을 범한다는 것이 주작승현무의 형세였다. 수천 리 떨어진 삼협의 전황이 그의 작고 주름진 손바닥 위에서 그대로 재현되는 듯했다.

"지금쯤이면 난리도 아니겠지."

그러나 이것이 시작에 불과함을 모르지 않기에 그는 절로 새어 나오는 무거운 한숨을 막을 수 없었다. 그는 오른손에 들린 닭다리를 내려다보며 중얼거렸다.

"차라리 아무것도 모른 채 남의 손에 잡아먹히는 네 팔자가 부럽구나."

모든 앎에는 책임이 따른다. 책임을 외면하는 앎이 혐오스러워 과거를 벗어던진 그이기에, 때로는 남들이 알지 못하는 무언가를 남들에 앞서 알게 해 주는 자신의 능력이 원망스럽기도 했다. 하물며 지금의 그는 그날의 사부보다 더욱 연로한 나이, 다른 이의 삶까지 걸린 막중한 책임을 짊어지기에는 너무 늙어 버렸다. 그러나 어쩌랴, 자신이 선택한 길이 그러한 것을.

"천수송이라……."

판관 없는 송사는 결국 파국으로 이어지는 법. 송사를 순탄히 매듭짓는 첩경은 합당한 판관을 찾아내는 일이었다. 그리고 그는 그 판관을 찾아내는 담당자로서 오래전부터 한 녀석을 점찍어 두고 있었다. 그에게는 동문 사질이라고 할 수 있는 위인 인데, 파계승의 이름과 몰골로 돌아간 옛 도관에서 처음 본 그 녀석은 아내를 여의고 당장 죽을 것 같은 낯짝으로 입관한 주제에도 널리 중생을 구제하시는 지장보살의 광제상廣濟相을 하고 있었다. 그가 어찌 그 녀석을 아끼지 않으리오.

한데 올봄 이 절간에서 다시 만난 그 녀석에게서는 뭔가 불길한 기운이 엿보였다. 주위에 끼어 있는 기이한 사기 탓인가 싶어 몇 번이고 살펴보았지만, 이 절간과는 무관히 그 녀석 스스로가 달고 온 살煞임이 확인되었다. 그것도 살 중에서 가장 안 좋다는 겁살劫煞. 미간에 횡으로 낀 푸르스름한 선은 일 년 안에 산중에서 횡사하여 미물의 먹이가 되는 그 녀석의 비참한 미래를 예견하고 있었다. 광제상을 타고난 자가 타인의 시기를 사절지絶地에 봉착하는 것은 드물지 않은 일이나, 그렇다고 겁살의 액을 입어 죽어 버리는 것은 이상했다. 광제는 어쩌고?

그가 의혹 반 걱정 반의 심정으로 전전긍긍하고 있을 때, 그의 눈을 의심케 하는 일이 바로 그 자리에서 벌어졌다. 당시 자리를 함께한 어떤 놈이 마찬가지로 자리를 함께한 제 놈 사부에게 무어라고 속살거린 것인데, 그놈이 뭐라고 속살거렸는지는 중요하지 않았다. 중요한 점은 그놈이 입을 벌린 순간, 그 녀석의 미간에 낀 겁살선이 부쩍 엷어졌다는 것!

어라?

그는 눈을 끔뻑이며 방금 자신의 눈앞에서 벌어진 현상이 무엇을 의미하는지를 생각해 보았다. 해답은 금방 알 수 있었다. 이른바 보복지리報復之理(은혜나 원수를 서로 대갚는 이치). 하늘의 뜻이란 참으로 현묘한지라, 뿌린 대로 거두는 인과의 법칙이 그 짧은 시간 동안 보이지 않는 인연의 밧줄로써 그 녀석과 그놈을 동여매 버린 것이었다.

그 일은 그에게 하나의 깨달음을 안겨 주었다.

운명이란 정해진 듯 보이지만 정해진 것이 아니었다. 그것은 인간으로부터 비롯되는 무수한 요소들에 의해 쉼 없이 변주될 수 있었다. 바다가 물결을 만들듯 하늘은 운명을 만들지만, 바다가 물결을 지켜보기만 하듯 하늘 또한 운명을 지켜보기만 한다. 물결에 빠져 죽는 것도 인간이고 물결을 이기고 사는 것도 인간이다. 운명에 얽혀 패하는 것도 인간이고 운명을 딛고 이기는 것도 인간이다.

깨달음은 해방감으로 이어졌다. 그는 비로소 자신이 하려는 일에 대한 당위성을 가지게 되었다. 운명의 주인은 하늘이 아니었다. 행하고자 하는 인간이었다.

당시의 기분에 젖어 황홀한 표정을 짓던 그가 어느 순간 짧게 진저리를 치며 현실로 돌아왔다.

천하가 핏물에 젖어 가는데 그깟 깨달음이 무에 대수라고!

몹시 아쉬운 것은, 사십여 년 전에도 그러했듯 지금 그가 할 수 있는 일이 그리 많지 않다는 점이었다. 하늘은 그에게 자신의 의중을 엿볼 수 있는 능력은 주었지만, 그 의중에 직접적인 영향을 끼칠 수 있는 능력은 주지 않았다. 작고 초라한 늙은이에 불과한 그가 현실에서 할 수 있는 일이란 극히 제한적일 수밖에 없었다. 예를 들면, 그 녀석과 그놈을 매개해 주는 식의.

'그러고 보니…….'

비슷한 종류의 일이 한 가지 더 남았다는 생각이 문득 떠올랐다. 그는 입고 있던 낡은 승포 속주머니에 꽁꽁 숨겨 두었던 물건을 조심스레 꺼내 들었다. 누군가의 손때로 반들거리는 작은 목갑 하나. 그 안에는 그의 오랜 벗이 한 갑자 지순한 도력을 모아 빚어낸 도가지보道家至寶가 들어 있었다. 짝짝이 눈으로 목갑을 노려보던 그가 투덜거렸다.

"우라질, 소금 자루도 아닌 것이 갈수록 무거워지네."

이 목갑이 주인에게 전해지는 날, 도인도 아니요, 승려도 아닌 비도비승非道非僧의 괴인 매불賣佛은 앎이 가져온 책임의 무게로부터 비로소 벗어나게 될 터였다.

(3)

"아하하! 하늘하늘한 옥접 속에 천변만화의 신묘함이 서려 있다더니 과연!"

호탕한 웃음을 터뜨린 자면철수 동무류가 검푸른 기운이 맺힌 우장을 짧게 휘둘러 속바지 한 장 외에는 아무것도 걸치지 않은 무양문도의 머리통을 가격했다. 그자의 입에서 뿜어 나와 모래사장에 점점 뿌려진 핏방울이 꼭 먹물처럼 보였다.

"철소공鐵簫功과 비접공飛蝶功이 화씨세가의 양대 절기라는 말은 익히 들은 바 있지만, 직접 보니 진실로 개안을 하는 기분이외다."

쌍산호 조방 또한 입에 발린 칭송을 늘어놓으며 왼손에 쥔 등패를 직격으로 밀어붙여 또 다른 무양문도 하나를 뒤로 날려 보냈다. 그자가 토해 낸 구슬픈 비명이 강물 속으로 아스라이 사라졌다.

'하여튼 사내란……'

화반경은 터져 나오는 코웃음을 애써 참으며 왼손을 가볍게 휘저었다. 붉은 머리카락을 한 애꾸눈 흉한의 옆구리에 틀어박혀 있던 금마옥접이 꼬리에 붙은 은삭에 이끌려 허공으로 날아올랐다. 그렇게 되돌아온 금마옥접을 소매 속에 갈무리한 그녀가 감미로운 목소리로 두 사내에게 말했다.

"두 분의 헌신적인 보살핌이 없다면 저 같은 아녀자가 이 사나운 전장에 어찌 함부로 나설 수 있었겠어요."

그러자 두 사내가 앞다투어 꼬리를 치기 시작했다.

"원, 화 가주께서는 겸손이 지나치십니다."

"우리 같은 남자들 열이 있어 봤자 어디 화 가주 같은 여걸

한 분만 하겠소이까.”

전세는 고만고만했다. 선봉에 나선 적아敵我 공히 정예라고는 볼 수 없는 가운데 처음에는 사병을 통한 원거리 공격만이 그나마 위협적이라 할 수 있는 상황이었다. 한데 적의 일부가 무모하게 상륙을 시도하는 바람에 그조차도 제 효과를 낼 수 없게 되었다. 그런 마당에 적의 우두머리로 보이는 애꾸눈 흉한을 금마옥접으로 암격하는 데 성공했으니, 뭍에 오른 벌거숭이 무양문도들이 핏발 선 눈으로 패악을 부리고는 있지만 용기를 얻어 뛰쳐나온 건정회 소속 녹림도들의 머릿수도 만만치 않았다. 자면철수와 쌍산호 정도면 능히 판세를 주도할 수 있게 된 것이다. 승기를 잡을 정도는 되지 못하더라도 시간을 끄는 일은 어렵지 않을 터.

마음이 약간 풀어진 화반경은 두 사내가 경쟁적으로 풀어 놓는 아부의 향연을 내심 즐기면서도 겉으로는 짐짓 곤란하다는 양 매끈한 눈초리를 살짝 찌푸렸다.

“아아, 정말이지 두 분께서는 사람을 놀리시는 재주가……”

그러나 화반경은 이 가식적인 대사를 마무리 지을 수 없었다. 혀보다는 다리에 더 신경 써야 할 상황이 닥쳤기 때문이다. 그녀가 입은 유백색 비단 경장의 외곽선이 흐릿해지며, 화씨세가 비전의 호상연파보湖上煙波步가 거친 모래 바닥 위에 두 줄기 짧은 족적을 그린 순간.

쐐애앳!

소름 끼치는 파공성이 공간을 울리고, 송곳 같은 경풍 한 줄기가 방금 전 화반경의 얼굴이 있던 자리를 무서운 속도로 지나쳐 삼사 장 후방에 서 있는 버드나무에 박혔다. 그 모습을 지켜보던 그녀의 두 눈이 실처럼 가늘어졌다.

'화살?'

부르르 진동하는 검은 살깃이 어둠 속에서 더욱 검게 보였다.

"엇!"

"위험하오, 화 가주!"

그제야 상황을 파악했는지 자면철수와 쌍산호가 허둥거렸다. 화반경은 미간을 찡그렸다.

'무능한 작자들!'

그러나 두 사내를 탓하고 있을 여유는 없었다. 화반경은 재빨리 두 걸음을 옮겨 화살이 날아온 방향과 자신 사이에 두 사내가 놓이도록 만들었다. 그러면서도 시선을 강심으로 돌려 화살을 발사한 자가 누구인지를 확인했다.

시커먼 물살이 모래톱을 두드리는 지점에서 오륙 장 떨어진 강상에서는 무양문의 궁수들이 뭍을 향해 화살을 날리고 있었다. 뭍에 지지대를 확보하지 못한 까닭에, 그들이 두 줄로 늘어앉은 통나무 가교는 하류를 향해 비스듬히 기울어진 상태였다. 아까에 비해 날아오는 화살들이 확연히 줄어든 것은 이미 상륙한 벌거숭이 동료들이 맞을 것을 걱정한 때문인 듯했다. 안개 낀 야간인 데다 흔들리는 통나무 위였다. 제아무리 뛰어난 궁수라도 그런 악조건 속에서 정확한 조준을 바라지 못할 터였다. 하지만 방금 날아온 화살은…….

'저자다!'

가늘게 뜬 눈으로 강심을 살피던 화반경은 통나무 가교에 일렬로 세워 놓은 장방형의 방패 위로 불쑥 몸을 드러내는 어떤 사내를 발견했다. 단번에 시선에 잡힐 만큼 건장한 체격을 가졌지만 얼굴은 아직 앳되어 보이는 청년. 그 청년이 그녀가 있는 방향으로 금빛 대궁을 겨누었다.

'저 활······.'

왠지 낯이 익다는 생각이 화반경의 머릿속을 스친 순간.

번쩍.

부벽애 위에서 일렁거리는 화광이 청년이 내민 금빛 대궁의 끝에서 짧고 강렬한 반사광을 만들어 냈다. 그 순간 화반경은 깨달았다. 자신의 목숨을 노리는 두 번째 화살이 지금 막 발사되었다는 사실을.

전방에 두 사내를 세워 놓기는 했지만 그것만으로는 안심할 수 없었다. 화반경은 다시 한 번 호상연파보를 밟아 위치를 옮겼고, 금빛 대궁으로부터 발사된 화살이 자신의 얼굴이 있던 자리를 관통하는 매서운 소리를 들으며 그 판단이 옳았음을 확인하게 되었다. 위력도 위력이거니와, 발사한 곳이 출렁이는 강물 위임에도 앞뒤로 겹쳐 있는 두 개의 머리통 사이 두 뺨도 안 되는 공간 속으로 화살을 박아 넣는 놀라운 정확성이라니!

"저, 저 망할 놈이 감히 화 가주의 옥체를 해하려 하다니!"

"화 가주를 보호하는 일만 아니라면 내 당장 저리로 뛰어올라 육시를 내 버릴 텐데."

강심의 청년을 향해 핏대를 세우는 두 사내는 화반경의 눈에 잡히지도 않았다. 그녀는 자신이 있는 쪽을 원통한 듯 노려보다가 방패 아래로 몸을 낮추는 청년을 바라보며 생각했다.

'솜씨에 비해 경험은 부족하군.'

청년이 만일 노련한 궁수였다면 앞선 두 발의 화살을 통해 저격 목표인 자신에 앞서 방패막이 둘부터 처리하려 들었을 것이다. 하지만 이제는 늦었다. 자면철수가 화반경을 돌아보며 굳은 얼굴로 말했다.

"우리가 방심하고 있었던 모양입니다. 다시는 화 가주를 번거롭게 하는 일이 없을 테니 우리들을 믿고 마음 푹 놓으십시오."

그러면서 아래로 늘어뜨리고 있던 두꺼운 등패를 가슴 앞으로 바짝 당겨 세우니, 더 이상 화살을 날려 두 사내를 쓰러트리기란 어려울 것 같았다. 화반경은 경직된 눈초리를 부드럽게 구부리며 두 사내를 향해 말했다.

"물론이죠. 저는 두 분을 진심으로 믿고 있으니까요."

두 사내의 얼굴에 수컷 특유의 자만심이 떠올랐다. 그러나…….

당연히 진심일 리 없었다.

자면철수와 쌍산호라면 사천 강호의 신진들 가운데 나름 명성을 얻은 자들이라 할 수 있지만, 그렇다고 그 두 사람이 자신을 지켜 주리라 믿고서 몸을 드러낸 것은 아니었다. 아니, 화반경은 믿음이라는 덕목 자체를 믿지 않는 사람이었다.

불신을 공기처럼 자연스럽게 호흡하는 여자, 화반경.

그녀가 그런 삶을 살아오게 된 데에는, 모친이 세상을 뜬 십오 년 전 이후로 세상의 그 누구도, 심지어는 남편인 강이환조차도 알지 못하는 한 가지 비밀이 숨어 있었다. 이제는 그녀의 영혼 위에 낙인처럼 뚜렷이 찍혀 영영 떨칠 수 없을 것만 같은 비밀이.

―명심해라. 그 일은 누구에게도 알려져서는 안 된다.

화반경이 열일곱 살이 되던 해, 그녀의 모친은 그녀가 그 비밀을 알아차린 날부터 하루도 빠짐없이 반복해 온 바로 그 말을 유언으로 남긴 채 눈을 감았다.

석년 낙일평에서 불기 시작한 치욕스러운 피바람이 호남의 유서 깊은 명문 화씨세가를 덮친 것은 그녀가 세상에 태어나기도 전인 사십여 년 전의 일. 선봉에 선 호교십군의 어떤 군장에게 극심한 부상을 입은 몸으로 가까스로 세가를 탈출하는 데 성공한 화씨세가의 젊은 가주 화연평華淵平은 부인의 지극한 간호에도 불구하고 이듬해를 보지 못한 채 죽고 말았다. 부인에게 남겨진 것은 혈겁이 닥치기 전 화연평이 빼돌린 약간의 재물, 세가의 가전 무공이 실린 몇 권의 무경, 화씨의 적통에게만 전해지는 양대 기문병기인 봉무철소鳳舞鐵簫와 금마옥접 그리고 터무니없이 강한 원수 서문숭과 무양문을 상대로 한 복수의 책무뿐이었다.

너무도 당연한 소리겠지만, 서문숭과 무양문은 병기보다는 장신구에, 수련보다는 화장법에 더 관심이 많던 이십 대 후반의 여자가 뒤늦게 익힌 무공으로 어찌해 볼 수 있는 상대가 절대로 아니었다. 그러나 달리 방법이 없다고 여겼기에, 화연평의 부인은 그 당연한 소리를 확인하는 데 사 년이라는 세월을 흘려보내고 말았다. 그것은 문자 그대로 허송세월. 그녀는 사 년의 폐관을 마친 뒤로도 별다른 성취를 보이지 않는 자신의 평범한 자질을 원망하고 저주했다. 만일 그녀가 거기서 복수를 포기하고 비탄과 절망에 잠겨 남은 생을 보냈다면, 화반경, 당금 강호에서 가장 유명세를 떨치는 용봉단의 여걸은 세상에 태어나지 못했을 것이다. 하지만 그녀는 포기하지 않았다.

─나보다 더 젊고 더 재능 있는 새로운 화씨가 필요해!

제자로는 이룰 수 없는 일이었다. 문파가 아닌 세가를 재건하기 위해서는 화씨 성을 가진 적통 후계자가 있어야 했다. 그러나 이 계획은 처음부터 성립될 수 없었다. 세상의 어떤 여자가 아이를 혼자 낳을 수 있겠는가. 씨를 심어 줄 남편은 이미 세상에 없는 마당인 것을.

재혼은 아무런 방편이 되지 못했다. 재혼을 통해 낳은 아이는 새남편의 핏줄일 뿐, 강호의 어느 누구도 화씨세가의 적통으로 인정해 주지 않을 것이다.

한데 화연평의 부인, 근골은 평범하나 집념 하나만큼은 어느 장부에 못지않은 이 대담한 여인은 그 불가능한 계획을 현실로 옮기는 데 성공했다. 그 일을 위해 그녀가 어떤 수단을 동원했는지는 알 수 없지만, 어쨌거나 그 이듬해 그녀는 한 아이를 출산하게 되었다. 아들이라면 더 좋겠지만 그녀가 나은 것은 아쉽게도 딸이었다. 젊은 시절 호남일미湖南一美로 이름을 떨친 그녀를 쏙 빼닮은, 그러면서도 그녀보다 훨씬 좋은 근골을 지닌 딸, 바로 화반경이었다.

화연평의 부인은 딸에게 친부에 대해서는 한마디도 해 주지 않았다. 때문에 화반경은 모친과 함께 아침저녁으로 절을 올리는, 골방 속 위패 위에 적힌 화연평이라는 이름을 가진 사람이 자신의 아빠라고 철석같이 믿었다. 그러나 그 아빠의 십 주기를 맞아 모친의 손을 잡고 불공을 드리러 인근 암자로 향하던 그녀는 문득 떠올리게 되었다.

'어라? 난 지금 다섯 살인데?'

편모슬하의 아이들이 대개 그러하듯 화반경은 조숙한 아이였고, 덕분에 다섯 살의 어린 나이임에도 불구하고 수태에서 출산까지 얼마의 시간이 걸리는지를 알고 있었다. 죽은 지 십 년이 지난 남자는 절대로 다섯 살짜리 계집애의 아빠가 될 수 없었다.

그날 밤, 친부가 누군지를 묻는 화반경의 질문에 대한 모친의 답은 무서운 매질이었다. 그리고 피투성이가 된 종아리를 감싸 안고 울먹이는 그녀에게 모친이 처음으로 그 말을 꺼냈다.

－명심해라. 그 일은 누구에게도 알려져서는 안 된다.

그 말은 모친의 생이 끝나는 날까지 반복되었다.

이제 그 말을 해 줄 모친은 이 세상에 없지만, 화반경 스스로가 절절히 느끼고 있었다. 자신은 화연평의 친딸이어야 하며 화씨세가의 적통이어야 하며 그러기 위해서는 친부의 존재 따위 영원히 비밀로 묻어 버려야만 한다는 것을. 거짓은 그녀의 숙명이었다.

세상 누구도 알지 못하는 거짓 위에 자신의 기반을 세운 여자, 화반경.

그래서 그녀는 자신 외에는 누구도 믿지 않았다. 자신의 판단 외에는 무엇도 믿으려 하지 않았다. 거짓 위에 서 있는 삶은 어떤 믿음과도 공존할 수 없기 때문이다. 그런 그녀가 여자의 한마디에 천당과 지옥을 수시로 오락가락하는 저따위 어리석은 사내들을 어떻게 믿을 수 있단 말인가!

그럼에도 불구하고 화반경이 이 전장에 모습을 드러낸 것은 믿음과 무관한 두 가지 현실적인 조건이 전제되었기 때문이다.

첫 번째 조건은 아군의 주장인 무당파 현유진인을 위시한 건정회의 수뇌부가 곧 이 자리에 도착하리라는 것. 두 번째 조건은 저 통나무 가교를 통한 무양문의 장강 도하가 결코 순탄하게 이어지지 않으리라는 것.

그중에서도 이곳으로 향하는 강안에서 목격한 두 번째 조건이 조심성 많은 그녀로 하여금 용기를 일으키게 만든 결정적인 요인이 되었다. 만약 고검 제갈휘가 이끄는 무양문 본대가 별다른 장애 없이 도하에 성공한다면, 현유진인이 아니라 무당산에 웅크리고 있는 건정회주 현학진인까지 달려오는 중이라고 해도 지금처럼 앞장서서 모습을 드러내는 무모한 짓은 벌이지 않았을 것이다. 그러나 무양문 본대는 날이 밝기 전까지 도하에 성공하지 못한다. 그것이 두 번째 조건을 목격한 뒤 그녀가 내린 판단이었다.

아니나 다를까.

콰앙!

강심 어딘가에서 울린 둔중한 충돌음이 자욱한 밤안개를 뚫고 북안에 있는 화반경에게 전달되었다. 이어지는 난잡한 소음들.

쿵! 그지직! 아악! 쿠쿵!

그 여파는 통나무 부교 끝단에 있는 무양문의 궁수들에게도 미쳤다. 눈에 띄게 동요하는 그들을 보며 화반경은 나직이 중얼거렸다.

"위응양, 과연 당신은 나를 실망시키지 않는군요."

화반경이 이번에 내린 판단은, 최소한 이 시점에서는 제대로 들어맞은 것처럼 보였다. 때문에 그녀는 면사 아래로 회심의 미소를 지을 수 있었다.

그러나 화반경이 간과하고 있는 사실 하나가 있었다. 자신이 내린 판단의 이면에는 어떤 사람에 대한 믿음이 깔려 있다는 것을 그녀는 미처 자각하지 못하고 있었다. 누구도 믿지 않는, 심지어 남편인 강이환마저도 내심으로는 믿지 않는 그녀이기에, 올봄 무당산에서 처음 인사를 나눈 어떤 백도 명숙에게 자신이 그토록 부정해 온 '믿음'을 주고 있다는 사실을 알아차릴 수 없었던 것이다.

화반경은 왜 자신도 모르는 새 그 백도 명숙을 믿게 된 것일까?

　불신을 공기처럼 호흡하는 여인으로 하여금 믿음이라는 낯선 감정을 일으키게 만든 두 번째 정보의 실체는 장강의 상류로부터 떠내려오는 이십여 척의 소형 선박들이었다.

　건정회가 서릉협 상류 지점에 건설한 임시 포구에서 급히 출발한 그 선박들은 본래 칠성노조에게 포섭된 네 곳 수채에서 보유하고 있던 것들이었다. 하지만 지금 이 순간, 선두 선박의 출렁거리는 이물에 꼿꼿이 몸을 세운 채 전체 선박들을 지휘하고 있는 사람은 수적과는 무관한, 오히려 장강 일대의 수적을 토벌하는 과정에서 혁혁한 명성을 쌓은 장강쌍절의 대형이자 건정회 십팔대 공봉 중 한 사람인 위응양이었다.

　"북초北礁와 중초中礁 사이를 뚫는다! 방향을 놓치지 마라!"

　위응양이 탄 선박의 키를 잡은 사람은 그의 동생인 위응호였다. 하지만 내공이 실려 거센 물소리 속에서도 또렷하게 들리는 그의 우렁찬 지시는 위응호 한 사람만을 향한 것이 아니었다. 이십여 척의 소형 선박에 나눠 탄 자들 또한 장강이라면 신물이 날 만큼 익숙한 삼협 인근의 수적들. 키를 움직여 뱃머리의 방향을 잡는 일에 실수가 있을 리 없었다.

　뱃머리가 위아래로 펄떡거릴 때마다 일어나는 거센 물보라를 온몸으로 맞으면서도 위응양은 눈을 빛냈다. 뱃머리 왼편에 펼쳐진 장강 북안에는 거대한 등대 하나가 서 있었다. 화염의 왕관을 여전히 벗지 못한 부벽애가 바로 그 등대였다. 그 부벽애로부터 피어오르는 휘황한 화광은 이처럼 빠른 물살 속에서 거리를 가늠하는 데 큰 도움을 주고 있었다.

　"이제 얼마 남지 않았다! 모두 단단히 준비하라!"

고개를 돌린 위응양이 다시 한 번 내공을 실어 외쳤다. 그가 지휘하는 소형 선박들의 이물에는 커다란 충각衝角이 튀어나와 있었다. 밑변이 짧고 높이가 긴 세모꼴 철판 세 장을 삼각뿔 모양으로 이어 붙인 그 충각은 이 선박들을 징발하는 과정에서 그의 요구로 특별히 제작, 설치한 것이었다. 무양문이 장강을 건너지 않고 순순히 회군하리라고는 생각하지 않은 그이기에, 언제고 도하에 나설 그들을 격파할 회심의 수단으로 소형 선박들을 이용한 육탄 돌격을 준비한 것이다.

단 한 번의 치명적인 타격을 위해, 다른 때라면 벌레만도 못하게 여겼을 천한 수적들과 한 몸이 되어 더러운 강물을 들이켜가며 훈련에 매진하는 동안, 위응양은 전선의 주장인 현유진인에게 이렇게 장담했다.

─삼협의 물살이 비록 거세다 해도 장강을 건널 수단은 결국 배편밖에 없소이다. 무양문의 본대가 배편을 통해 도하를 시도할 때, 나는 상류로부터 이 선박들을 이끌고 내려와 그들을 치겠소.

그 장담은 빗나갔다. 저들이 배편 대신 나무장수들을 동원한 통나무 가교라는 기상천외한 방법으로 도하를 시도해 올 줄은 미처 예상치 못했던 것이다. 하지만 충각으로 타격할 목표물이 강물 위를 움직이는 대신 한자리에 고정되어 있다는 점에서는 오히려 잘된 일이라고도 볼 수 있었다.

그 목표물이 마침내 위응양의 시선에 잡혔다. 물보라와 안개 너머로 솟은 세 개의 암초 사이에 걸린 길쭉한 부교들. 그는 어금니를 질끈 깨물었다.

'역시 삼성초를 교각으로 이용했구나.'

강물 위를 떠내려가는 통나무 뗏목을 처음 발견했을 때 위응양이 머릿속에 그린 것에서 크게 벗어나지 않는 광경이었다.

"잊지 마라! 북초와 중초 사이다!"

위응양이 확인 지시를 내렸다. 개개의 이름이 붙어 있지 않은 삼성초의 세 암초를 장강의 수적들은 편의상 북초와 중초와 남초로 구별하여 불렀다. 이번 돌격 작전에서 그가 노리는 곳은 거리가 가장 긴 북초와 중초 사이 구간이었다. 그 선택에는 적진인 남안으로부터 상대적으로 멀리 떨어져 있다는 점도 중요한 요소로 작용했다.

목표한 구간을 향해 돌진하는 뱃머리 위에서 주변 상황을 살피던 위응양이 희끗한 눈썹을 꿈틀거렸다. 이제 막 남초 위를 건너 중초로 향하는 부교 위에 모습을 드러낸 기다란 행렬을 발견했기 때문이다. 개미 떼처럼 꼬리에 꼬리를 문 그 행렬의 정체가 무엇인지는 확인할 필요도 없었다.

적의 본대가 마침내 도하에 나선 것이다!

반면에 아군이 지키고 있어야 할 북안은…….

"엇?"

고개를 돌려 장강의 북안을 살피던 위응양은 어느 순간 눈을 부릅뜨고 말았다. 부벽애 아래 모래톱에 펼쳐진 소규모 전장, 그 속에서 움직이는 어떤 여자 하나가 이제껏 냉정을 유지하던 그를 순식간에 당혹감 속으로 밀어 넣어 버린 것이다. 유백색 경장 차림의 그 여자가 몸을 움직일 때마다 얼굴을 가린 면사가 팔락거리는 모습이 잡혔다.

"저 아이가 왜 저기에……?"

위응양은 자신도 모르게 손을 오른쪽 귓불 쪽으로 올렸다. 그 아래 선명히 찍혀 있는 까만 복점 하나. 본인이 아니라면 쉽게 느끼지 못할 그 미미한 융기를 더듬는 그의 손길이 가늘게 떨리고 있었다.

건정회가 처음 결성된 올봄.

무당파의 장문인인 현학진인의 초청으로 무당산에 오른 백도 명숙들은 서문숭과 무양문에 대적하여 호남에서 외로운 항쟁을 벌이는 용봉단의 두 단주로부터 인사를 받게 되었다. 각각 형산 검문과 화씨세가의 진전을 얻은 그들 남녀 중 백도 명숙들의 눈 길을 끈 것은 아무래도 남자 쪽일 수밖에 없었다. 용봉으로 함 께 불리기는 해도 봉이 용을 앞설 수는 없는 법. 용봉단을 움직 이는 주체는 용이었고 봉은 그다음이었다.

그러나 그 자리에 있던 백도 명숙들 중 오직 한 사람, 위응양 만은 용이 아닌 봉을 주시하고 있었다. 성정이 강직하여 주색을 멀리하는 그가 다 늙은 나이에 엉뚱한 춘정을 일으켰을 리는 없 고, 그는 전혀 다른 이유로 인해 여자로부터 눈길을 뗄 수 없 었다.

그녀의 딸이다!

위응양은 심중을 뒤흔드는 격정이 목소리에 배어 나오지 않 도록 애쓰며 여자에게 말을 걸었다.

ー과거 모친을 뵌 적이 있네. 미모와 기품을 겸비하신 분이었 지. 실례가 되지 않는다면 얼굴을 볼 수 있겠는가?

면사로 얼굴을 가리고 있는 사연이 없지는 않을 텐데도 여자 는 위응양의 요청을 순순히 받아들였다. 여자가 조심스러운 손 길로 면사를 걸어 올리자 사방으로부터 탄성이 터져 나왔다.

ー오오!

ー과연 호남일미의 여식이로고.

여자의 얼굴은 쉰내 나는 명숙들조차 경탄을 감추지 못할 만 큼 아름다웠다. 하지만 위응양의 시야를 꽉 채운 것은 여자의

미모가 아니었다.

여자의 오른쪽 귓불 아래 찍힌 작고 까만 복점!

위응양이 떨리는 목소리로 여자에게 다시 물었다.

─자, 자네의 나이가……?

여자가 살포시 고개를 숙이며 대답했다.

─올해로 서른넷입니다.

그 순간 위응양의 시간은 삼십오 년 전의 어느 밤으로 회귀되었다…….

……밤비가 촉촉이 어둠 속으로 스미던 그 밤, 은은한 말리화茉莉花 향기와 함께 찾아온 그녀.

─나는 당신이 필요해요.

그녀가 속삭이듯 말했다. 위응양은 환상처럼 홀연히 자신의 침소에 모습을 드러낸 그녀가 누구인지 알고 있었다. 아마 호광湖廣(호남과 호북) 강호에서 활약하는 그와 비슷한 나이 대의 남자라면 누구나 그녀를 알고 있었을 것이다.

─부, 부인은 화씨세가의……?

─아무것도 알려고 하지 마세요. 오늘 밤 일을 기억하려고도 하지 마세요. 그냥…….

그녀는 옷고름으로 손을 올리며 말을 이었다.

─나를 가지세요.

경악보다 앞서 안겨 온 부드럽고 따뜻한 여체가 당시 장년의 초입에 선 위응양의 견고한 자제력을 무너트렸다. 호광의 소년 기협들 대부분이 그러했듯, 한창 시절 그의 마음 한구석에는 미명으로 이름을 떨치던 한 여자에 대한 연모가 자리 잡고 있었다. 젊은 날의 치기일 뿐이라고 여기던 그 연모의 끈이 말리화의 향기에 실려 그를 사로잡아 버렸다. 그는 거미줄에 걸린 작은 벌레처럼 항거할 수 없었다.

격정은 밤새도록 이어지고, 부끄러울 만큼 투명한 아침 햇살 속에서 깨어난 위응양은 그녀가 이미 떠났다는 사실을 깨달았다. 그는 어젯밤 자신이 겪은 일을 현실로 받아들이기 힘들었다. 화씨세가가 몰락과 함께 종적을 감춘 호남일미와 잠자리를 나누다니! 그러나 꿈은 아니었다. 그녀가 다녀간 유일하고도 뚜렷한 증거, 말리화 향기가 배어 있는 얇은 비단 이불을 망연히 내려다보던 그는 때늦은 의혹에 사로잡히고 말았다.

그녀는 자신이 필요하다고 했다.

내 무엇이 필요했을까? 그녀가 내게 바란 것은 대체 무엇이었을까?

말리화의 향기 속에서 이루어진 그 일야지정—夜之情의 의혹은 지난 삼십오 년간 위응양을 지긋지긋할 만큼 괴롭혀 온 난제로 남았다. 그런데 그 난제의 해답과 마침내 마주치게 된 것이다. 그녀와 꼭 닮은 그리고 자신과 똑같은 자리에 복점을 가진 화씨세가의 후예가 바로 그 해답이었다. 그녀는 저 아이를 잉태할 씨앗이 필요했던 것이다.

올봄, 무당산 상청궁의 대청에서 위응양은 용봉단을 이끄는 여자, 화반경을 향해 마음속으로 부르짖었다.

너는 내 딸이다!

"형님, 어서 밧줄을 붙드세요!"

뒷전에 터진 동생 위응호의 외침이 위응양을 현실로 이끌었다. 퍼뜩 정신을 차린 그는 북안 모래톱 위에 주었던 눈길을 정면으로 돌렸다.

콰콰콰콰!

귀청을 찢을 듯한 격류 소리가 사방을 가득 메운 가운데 부교를 이루는 통나무들이 어느 틈에 목전에 다다라 있었다. 위응양은 충돌에 대비해 용골 마루에 묶어 둔 밧줄을 왼손으로 단단히 말아 쥐었다. 이제 시작이었다. 그의 주름진 이마에 진득한 땀방울이 스며 나오기 시작했다.

콰앙!

격렬한 충돌음과 함께 엄청난 반력이 뱃머리를 버틴 발바닥을 통해 전해졌다. 그 반력 속에는 뱃바닥 용골이 어그러지는 진동까지도 포함되어 있었다. 충각은 부교의 교체橋體를 이루는 통나무에 정통으로 틀어박혔고, 선박을 추동하던 부유력은 고스란히 반력으로 되돌아왔다.

위응양은 천근추千斤錘의 재주를 펼쳐 반력에 맞서려는 시도 따위는 하지 않았다. 대신 그 힘에 전신을 맡긴 채 허공으로 둥실 떠올랐다. 부교 위에 있던 사내들이 측방으로부터 갑작스럽게 가해진 충격을 견디느라 밧줄과 쇠사슬에 매달리는 모습이 거꾸로 뒤집힌 시야 속에 들어왔다. 그들의 얼굴마다 떠오른 경악과 공포가 손에 잡힐 듯 생생히 느껴졌다.

충돌은 단발로 끝나지 않았다. 시야의 한 귀퉁이에서는 자신을 따르던 선박들이 부교의 측면에 저마다의 충각을 때려 넣는 호쾌한 장면이 연이어 담기고 있었다. 그때마다 울려 나오는 난잡한 소음들.

쿵! 그지직! 아악! 쿠쿵!

위응양은 선박과 연결된 밧줄을 놓으며 뒤집힌 몸을 비룡번신飛龍翻身의 재주로 바로잡았다. 그러면서 오른손에 움켜쥔 자령간紫靈竿, 사십 년을 함께해 온 기물이자 애병에 공력을 불어넣으니……

찌이이이잇—

긴 울음소리와 함께 자령간의 끝으로부터 뻗어 나간 천잠사 낚싯줄이 부교 위 쇠사슬에 휘감기고, 위응양은 야공에 커다란 반호를 그리며 부교 위에 안착할 수 있었다.

'막는다!'

북안 강변에 자신의 딸이 있었다. 무양문의 본대를 반드시 저지해야 하는 가장 큰 이유가 생긴 셈이었다. 모든 공적 책무를 뛰어넘는 사적 결의가 위응양, 이 백도 명숙의 늙은 피를 끓어오르게 만들고 있었다.

(4)

그는 치밀함과 기발함을 장점으로 삼는 사람이었다. 때문에 그의 살행殺行에는 항상 준비가 필요했고 짧지 않은 시간이 투입되었다. 그는 살행의 성공률을 높이기 위해 펼치는 모든 사전 공작 행위들을 즐겼고, 그것들이 계획대로 딱딱 맞아떨어지는 모습을 지켜보며 짜릿한 쾌감을 느꼈다. 그에게 있어서 살행이란 머릿속으로 구상한 한 편의 계획을 현실로 옮기는 일에 불과했다.

하지만 빛이 밝을수록 사물 뒤에 맺히는 그림자는 짙어지는 법. 특출한 장점일수록 그것이 막힘으로 인해 생기는 폐해 또한 커지는 것은 당연했다. 준비에 누구보다도 공을 들이는 그이기에 그것이 무위로 돌아갔을 때 찾아오는 분노를 견디기 힘들었다. 다섯 관문을 통해 얻은 무감지신無感之身의 덕목도 이 경우만큼은 별 도움이 되지 않았다.

턱 근육을 실룩거리며 심중의 분노를 가까스로 억누르던 사복이 그 남자를 향해 입을 벌렸다.

"다시 한 번 말씀해 주시겠소?"

사복이 요 며칠 거점으로 삼고 있던 동굴로 찾아온 회의 남자로부터는 풀숲 아래를 기어 다니는 들쥐의 음습한 분위기가 풍겨 나오고 있었다. 사복은 둥지를 후원하는 세력의 그늘 밑에 여덟 마리의 들쥐들[八鼠]이 암약하고 있음을 알고 있었다. 그 들쥐들 중 한 마리로 여겨지는 그 남자가 말했다.

"장소에 관한 사항에 착오가 있었소. 그자가 향하는 장소는 세석평細石坪이 아니오."

"세석평이 아니다……."

대회 날이 가깝도록 한 놈도 지나가지 않기에 이상하다 여기기는 했다. 하지만 형을 통해 전달받은 명령서이기에 문제가 있을 것이라고는 생각하지 못했다.

'공을 가로채기 위해 내게 엉터리 명령서를 줬단 말이지?'

그 졸렬함이 형답지 않다는 생각도 들었지만, 다음 대 산로의 자리가 걸린 경쟁이니만큼 이해 못 할 정도까지는 아니었다. 어쨌거나 가장 강력한 경쟁자의 약점을 알게 된 셈이니 그리 나쁜 일만은 아니었다.

'후회하게 될 거요, 형님.'

분노의 살촉이 형을 똑바로 겨누었다. 사복의 입술 위로 잔인한 미소가 떠올랐다.

"좋소. 세석평이 아니라면 대체 어디란 말이오?"

사복의 질문에 회의 남자가 편지 한 통을 내밀며 말했다.

"정확한 장소는 이 안에 적혀 있소."

봉인을 뜯고 편지를 읽어 나가던 사복의 얼굴이 어느 순간 보기 흉하게 일그러졌다.

'……처음부터 잘못된 정보였다고?'

결과적으로 형에게는 아무 책임도 없었다. 둥지로부터 내려온 명령서 자체가 잘못되었던 것이다. 잘못된 정보를 토대로 만들어진 잘못된 명령서. 사복은 어금니를 악물었다.

'빌어먹을! 빌어먹을! 빌어먹을!'

잘못을 저지른 책임이 형에게 있기를 바랐다. 그래야 돌 같고 쇠 같은 그 비정한 눈알을 후벼 파 줄 명분이 생길 텐데. 표적을 잃은 분노의 살촉이 방향을 잡지 못하고 허둥거리고 있었다. 사복의 호흡이 조금씩 거칠어지기 시작했다.

그때 회의 남자가 말했다.

"숙지했으면 편지를 소각하시오."

'소각……하시오?'

꿩 대신 닭이라던가. 회의 남자의 말에 담긴 기묘한 오만함이 허둥거리던 분노의 살촉을 한 방향으로 딱 붙들어 놓았다. 사복은 회의 남자의 얼굴을 쳐다보았다. 다 꺼진 모닥불의 흐릿한 빛을 하방으로부터 받은 그 얼굴은 길거리 어디에서 마주쳐도 눈길을 끌지 못할 만큼 평범했고, 또 덤덤했다. 문득 저 평범하고 덤덤한 얼굴이 공포와 고통으로 일그러지는 모습을 보고 싶다는 생각이 사복의 머릿속에 떠올랐다. 추상적인 분노가 구체적인 살의로 전화되는 데에는 그리 긴 시간이 필요하지 않았다. 분노가 불이라면 살의는 얼음. 거칠어진 호흡이 가라앉고 있었다.

사복이 한결 차분해진 목소리로 회의 남자에게 물었다.

"이 편지를 소각하라고요?"

"정보를 다루는 사람에겐 기본적인 일이오."

"아, 그렇구려. 가르쳐 주셔서 고맙소."

사복은 동굴 바닥 불자리 안에서 빨간 눈알들을 깜빡거리고 있는 깜부기불 속으로 봉서를 던져 넣은 뒤 '이제 됐소?'라는 듯이 회의 남자를 돌아보았다.

"잘했소."

회의 남자가 고개를 끄덕였다. 사복은 그 남자의 얼굴 가죽 밑으로 양양한 기색이 꿈틀거리고 기어 다니는 것을 발견할 수 있었다. 천한 자객 하나 다루는 일쯤은 식은 죽 먹기라 이거겠지. 하지만 언제까지 그럴 수 있을까? 사복은 히죽 웃으며 회의 남자에게 물었다.

"그런데 이거 아시오?"

회의 남자의 표정이 가볍게 굳어졌지만, 사복은 상대의 반응에 아랑곳하지 않고 자신의 말을 이어 갔다.

"나란 사람은 임무를 수행하기에 앞서 공을 조금 많이 들이는 편이라오."

서역의 핏줄이 섞여 푸르스름한 광채가 감도는 사복의 작고 동그란 눈동자가 회의 남자의 두 눈을 단단히 붙들고 있었다.

"아실지 모르지만 세석평으로 들어가기 위해서는 이 골짜기를 반드시 지나야 한다오. 하여 닷새 전부터 이 일대 곳곳에 준비해 놓은 것들이 꽤 만만치가 않소. 내 귀여운 아이들도 일찌감치 풀어놓았고. 한데 이를 어쩌오? 귀하가 가져온 편지 한 장으로 그 모든 공이 물거품으로 돌아가게 생겼으니 말이오."

사복의 입가에 머물던 웃음기가 조금씩 엷어지자 회의 남자가 동요하는 기미를 드러내기 시작했다. 충분히 이해할 수 있었다. 쥐새끼란 본시 위험의 냄새를 잘 맡는 족속이니까.

사복이 회의 남자에게 물었다.

"어떻소, 헛고생을 하고 큰 실망에 빠진 내게 해 줄 위로의 말이나 변명의 말 같은 것은 없소?"

회의 남자가 비로소 입을 열었다.

"장소에 착오가 있었던 것은 처음 입수한 문건이 잘못되었기 때문에……."

"쯧쯧, 어쨌거나 정보를 최종적으로 만든 것은 귀하 측이 아니오. 그런 말로 내가 납득할 수 있겠소?"

사복이 혀를 차며 몸을 움직거리자 회의 남자가 급히 덧붙였다.

"당신을 도울 인원을 이끌고 왔소. 지금 이 동굴 밖에서 대기중이오."

"편지에도 적혀 있더구려. 한데 귀하가 이끌고 왔다는 표현에는 약간 문제가 있는 것 같소. 그들은 산로께서 파견하신 둥지 사람들이니까."

사복은 회의 남자를 향해 한 걸음을 내디뎠다. 회의 남자가 주춤 뒤로 물러나며 한 손을 들어 올렸다.

"나는 이비영 님의 지시로 온 전령이오!"

"내가 그 점을 모르고 있는 것 같소?"

사복은 회의 남자를 향해 왼손을 치켜들었다.

"다, 당신! 지금 무슨 짓을 하려는 거요?"

사복이 회의 남자에게 하려는 일은 명확했다.

"예절 교육."

회의 남자를 향해 치켜든 사복의 왼손 손목 아래에서 숫, 하는 바람 빠지는 소음이 삐져나왔다. 회의 남자가 뒤춤으로 오른손을 급히 돌렸지만 사복이 보기에는 터무니없이 굼뜬 동작에 지나지 않았다. 그가 자랑하는 강철 고슴도치, 자위탄刺蝟彈은 저런 동작으로 막을 수 있는 암기가 아니기 때문이었다.

"큽!"

빽빽한 강침들로 뒤덮인 작고 새까만 금속 구체가 회의 남자의 인후에 정확히 틀어박혔다. 강침들마다 뚫려 있는 가느다란 관이 먹잇감의 몸속으로 절독을 주입하는 데 걸린 시간은 극히 짧았다.

뎅.

뒤춤에서 돌아 나오던 회의 남자의 오른손이 등나무 가지처럼 뒤틀리더니 쥐고 있던 비수를 동굴 바닥으로 떨어트렸다. 공포와 고통으로 일그러진 그 남자의 얼굴은 더 이상 평범해 보이지도, 덤덤해 보이지도 않았다.

"하하, 이제야 좀 봐줄 만한 얼굴이 되셨구려."

사복이 유쾌한 웃음을 터뜨리며 그 얼굴을 향해 오른손을 휘둘렀다. 엄지를 제외한 네 손가락에 끼워진 호묘조胡猫爪가 어스름한 불빛 속에서 음험한 빛의 꼬리를 그려 냈다.

찌이익.

독기에 심장을 급습당한 상태에서 왼쪽 눈두덩부터 오른쪽 턱 밑까지 네 줄기 기다란 고랑을 새긴 회의 남자는 비명 한마디 지르지 못하고 그 자리에 무너져 내렸다. 호묘조에 걸려 날아간 눈알 하나가 깜부기불 속에 떨어져 노릿한 냄새를 피워 올렸다.

호묘조 끝에 붙은 살점과 핏방울을 허공에 대고 털어 낸 사복이 회의 남자를 내려다보며 말했다.

"잘못된 정보로 사람을 헛고생시켰으면 우선 사과부터 해야 한다는 점을 부디 배우셨기 바라오."

안에서 울린 수상한 소음들을 들은 듯, 다섯 명의 남자들이 동굴 안으로 뛰어들었다. 바닥에 쓰러진 회의 남자를 발견하고 흠칫 놀란 그들은 그 앞에 서 있는 사복에게로 시선을 올렸다. 그들 중 선두에 선 남자가 조심스럽게 말문을 열었다.

"이비영이 부리는 자입니다. 왜 죽이셨습……?"

짝!

질문하던 남자의 고개가 홱 돌아갔다. 사복이 왼손을 거두며 차갑게 말했다.

"예절 교육이 필요한 것은 둥지도 마찬가지인 모양이군. 중륙中六! 언제부터 상급이 쥐새끼 한 마리 잡은 이유를 중급에게 보고하게 되었지?"

둥지는 그 안에 품은 백 수십 명의 자객을 상중하의 세 등급으로 구별하였고, 사복을 포함한 사씨 남매는 그중에서도 여섯 사람뿐인 상급에 속해 있었다. 더구나 산로의 후계자였던 월사, 이븐 힐랄이 이 대 혈랑곡주에게 살해당한 지난여름 이후로는 그 수가 다섯으로 줄어든 상태였다.

중륙, 중급 자객 중에서도 여섯 번째 순위에 있던 남자가 부풀어 오르기 시작한 얼굴을 재빨리 숙였다.

"죄송합니다!"

상급에 오르기 전까지는 개별의 이름을 사용할 자격이 주어지지 않았다. 오직 중과 하 뒤에 붙는 숫자로만 불릴 뿐. 이 점만 보아도 둥지가 상하 구별에 얼마나 철저한지 짐작할 수 있으니, 그런 둥지 사람을 상대로 더 이상의 예절 교육은 불필요할 터였다. 사복은 중륙에게 주던 매서운 눈길을 거둔 뒤, 자신을 보조하기 위해 둥지에서 파견된 다섯 남자들에게 첫 번째 지시를 내렸다.

"저 시신을 처리하고 이곳에서 대기해라. 내가 돌아오는 대로 이동할 것이다."

단독 행동을 원칙으로 삼는 사복이지만, 잘못된 정보로 말미암아 여러 날을 허비한 만큼 혼자서 처리하기에는 이미 늦은 감이 있었다. 산로가 저들을 급파한 것도 그 점을 고려했기 때문이리라.

'바빠지게 생겼군.'

거미처럼 혹은 개미지옥처럼 함정을 파 놓고 먹잇감이 걸려들기를 기다리는 느긋한 도락은 더 이상 바랄 수 없게 되었다. 장점을 봉쇄당한 이상 손발이 번거로워지는 일은 피할 수 없어 보였다. 인근 골짜기에 닷새에 걸쳐 펼쳐 놓은 살인 장치들을 회수하기 위해 동굴을 나서는 사복의 마음은 초조할 수밖에 없었다.

보복지리 報復之理 (二)

(1)

미명에 가까워질수록 상류로부터 부는 바람이 거세지고 있었다. 그 때문인지 안개는 눈에 띄게 엷어진 상태였다. 그러나 삼협의 격류 위에 놓인 부교를 건너는 사람들의 시야는 조금도 나아지지 않았다. 안개와는 비교할 수 없을 만큼 짙고 드센 물보라로 인해 그들은 바로 앞에 가는 사람의 뒷모습도 제대로 보기 힘든 지경이었다. 난점은 그것만이 아니었다.

콰콰콰―

굉음과 함께 통나무 상판의 측방을 두드리고 지나가는 삼협의 격류도 그들의 전진을 위협하는 커다란 장애로 작용하고 있었다. 실제로 그런 꼴을 당한 사람이 아직까지는 나오지 않았지만, 중심을 잃고 넘어지기라도 하는 날에는 물살에 휩쓸려 강물로 떨어질 위험을 배제할 수 없었다. 만일 부교를 건설할 때 고정 줄로 삼은 쇠사슬과 밧줄이 손닿는 높이에 걸려 있지 않았다면, 강병으로 소문난 호교십군 소속 무사들이라도 도하를 진행하는 데 적잖이 애를 먹었을 것이 분명했다.

삼성초로 분절된 첫 번째 구간을 지나 남쪽 암초 위에 올라서자 물보라로 인한 장애가 한결 덜했다. 물보라가 아무리 기승을 부려도 이 높이까지는 올라오지 못하는 것이다.

걸음을 멈추고 눈가와 북슬북슬한 턱수염에 맺힌 물방울을 슥 훔쳐 낸 제갈휘는 뒤를 돌아보았다. 뒤따라 암초에 오른 네 사람이 몸을 세우고 그에게 시선을 모았다.

이로군을 이끄는 이군장 좌웅과 칠군장 반외암.

삼로군을 이끄는 사군장 마경도인과 팔부군장 봉장평.

일군장인 제갈휘와 더불어 일로군을 맡고 있던 십군장 마석산 하나를 제외하면 이번 원정의 주역들이 한자리에 모인 셈이었다. 반사적으로 마석산의 못생긴 얼굴을 떠올린 제갈휘는 눈썹을 슬쩍 찌푸렸다.

'시킨 대로 얌전히 숨어 있는지 모르겠군.'

마석산이 이 자리에 없는 것은 제갈휘가 신무전 후계자의 요청을 받아들였기 때문이다. 음탕한 두꺼비가 상제의 벌을 받아 변했다는 요상한 이름의 암초 위에서 만난 신무전 후계자, 도정은 무양문과 신무전이 장강에서 맞붙는 일이 벌어지지 않도록 자신이 전선에서 이탈할 만한 적당한 핑곗거리를 제갈휘 쪽에서 제공해 줄 것을 요청했다. 제갈휘는 그 요청을 흔쾌히 받아들였다. 도정이 이끄는 신무전 파견대가 두려워 그런 것은 당연히 아니었다. 제갈휘가 정작 두려워한 것은 신무전 파견대를 격파한 뒤에 벌어질 사태들이었다. 신무전에도 주전파主戰派가 없지는 않을 터. 그들의 목소리에 힘이 실리는 것을 제갈휘는 원치 않았다. 거기에 더하여, 제갈휘 개인적으로는 눈앞에서 좀 치웠으면 싶은 물건이 하나 있었다. 당최 말이 통하지 않는 고약한 물건이.

─적당한 인물이 하나 있네. 그자에게 얼마의 병력을 주어 강북으로 침투시키도록 하지.

─그 정도면 되겠군요. 저희 쪽에서 그자를 쫓겠습니다.

만족스러운 웃음을 짓는 도정을 보며 제갈휘는 실소를 금치 못했다. 그 '적당한 인물'의 정체가 천하에서 둘도 찾아보기 힘든 최악의 개차반이라는 사실을 안 다음에도 과연 저렇게 웃을 수 있을까? 어쨌거나…….

'도정은 내 심중을 알고 있었어.'

제갈휘는 이번 원정의 목적과 한계를 내심 정해 두고 있었다. 원정의 목적은 크게 세 가지였다. 첫째는 납치된 관아를 되찾아 오는 것, 둘째는 관아를 납치해 간 자들에게 징계를 내리는 것, 셋째는 그 과정에서 필시 충돌할 용봉단을 격파함으로써 작년 형산에서의 패배를 설욕하는 것.

반면에 원정의 한계는 단 한 가지였다. 천하의 모든 분노가 무양문에 쏠리지 않도록 원정으로 야기되는 피해를 최소한으로 줄이는 것. 제갈휘에게 이 한계를 확인시켜 준 사람은 무양문의 대장로인 육건이었다.

─일군장께서는 이 한 번의 원정으로 강호의 패권이 우리 무양문의 손에 넘어오리라 보시오?

출정 전야에 자신의 처소로 제갈휘를 초대한 육건이 이렇게 물었을 때, 제갈휘는 가벼운 미소와 함께 고개를 흔들었다.

─강호의 패권을 그리 간단히 얻을 수 있다면 대장로님의 주

름이 그리 깊어지지는 않았겠지요.

피식 웃은 육건이 고개를 끄덕였다.

─동감이오. 나 또한 그런 망상은 품고 있지 않소.

제갈휘가 아는 육건은 명분보다는 실리를 좇는 현실주의자
였다. 그렇다면 서문숭은 어떨까?

─문주께서도 같은 생각이신지?

─말은 안 하지만 속으로는 동의하지 않고 못 배길 거요. 교
주님도 바보는 아니니까.

제갈휘는 눈치챌 수 있었다. 지금 육건은 서문숭이 공식적으
로 드러내지 못하는 복심을 원정의 주장인 자신에게 전하려 하
고 있었다. 제갈휘가 자세를 바로 하고 물었다.

─본 문이 이번 원정을 통해 얻고자 하는 것은 무엇입니까?

원정의 목적을 묻는 이 질문에 육건이 해 준 대답은 제갈휘의
생각과 크게 다르지 않았다. 관아를 구출하는 것, 흉수들을 징
계하는 것, 용봉단을 격파하는 것……. 거기에 덧붙여 육건은
원정의 한계까지도 설정해 주었다.

─하지만 죽자고 매달리실 필요까지는 없소.

─죽자고 매달리지 마라…….

─우리 무양문이 건재하다는 점을 세상에 보여 주는 정도면
충분하지 않겠소?

낙일평의 치 이후 사십 년이 넘는 세월 동안, 강호는 대체로
평화로웠다고 볼 수 있었다. 평화가 길어지자 강호인들은 무양
문에 대한 두려움을 서서히 망각하기 시작했다. 그래서 용봉단
이 날뛰고 건정회가 결성되고, 급기야 무양문의 심장부에 들어
와 몸도 불편한 계집아이를 납치하는 비열한 짓까지 저지르기
에 이른 것이다.

-아마 비각에 있는 누군가겠지. 그자는 바라고 있는 것 같소. 본 문이 혈겁을 일으킴으로써 천하의 공분이 무양문에게로 쏟아지기를 말이오. 교주님이야 그따위 것 신경 쓰지 않는다고 하지만, 그렇게 가벼이 치부할 일은 결코 아니오. 무양문의 힘이 아무리 강해도, 또 백련교의 뿌리가 아무리 깊어도, 천하와 적대할 수는 없소. 게다가 관부까지 움직이게 되는 날에는…….

　생각하기도 싫다는 듯 단구 위로 짧게 진저리까지 친 육건이 말을 이었다.

　-하지만 그렇다고 해서 교주님의 친족이 간인들의 수중에 떨어졌는데도 가만히 있다면 저들은 기가 살아 본 문을 더욱 능멸하려 들 것이오. 그렇게 놔둘 수야 없지. 징계는 반드시 필요하오. 반면에 확전은 경계할 필요가 있소. 그래서 일군장께 이렇게 당부드리는 거요. 이번 원정을 지휘하는 동안 부디 중용지도中庸之道를 잊지 마시기를 바라오.

　이는 신무전 후계자 도정이 독각섬여초 위에서 한 말과 일맥상통하는 면이 있었다.

　-언젠가는 선배를 상대로 선을 넘어야 할지도 모르지만, 지금은 아닙니다. 당초부터 우리의 싸움이 아니었으니까요.

　도정 본인의 판단이라기보다는 신무전의 군사 운소유의 판단이라고 보는 쪽이 옳을 터. 그렇다면 북악과 남패를 움직이는 두 책사가 확전을 경계한다는 점에서 의견 일치를 본 셈이었다.

　'신무전은 역시 만만한 상대가 아니야.'

　북악대종 소철은 고목처럼 생기를 잃어 가고 있다고 했다. 하지만 신무전의 운명이 그와 함께할 것 같지는 않았다. 좋은 책사와 좋은 후계자를 함께 보유한 그 강북제일세는 오래지 않아 무양문의 가장 강력한 적수로 다시 한 번 자신의 존재를 드러낼 것이다. 하지만…….

'지지는 않겠지.'

제갈휘는 무양문을 믿었다. 지금 자신을 쳐다보고 있는 호교십군의 네 기둥들을 믿듯이.

회상은 길었지만 거기에 걸린 시간은 매우 짧았다. 기껏해야 물보라에 젖어 후줄근해진 의복을 가다듬을 정도? 네 사람의 얼굴 위를 부드럽게 움직이던 제갈휘의 눈길이 그중 한 사람에게 고정되었다.

"칠군 덕분에 우리 모두가 장강을 걸어서 건너는 희한한 경험을 하게 되었구려. 수고하셨소."

칠군장 반외암, 전직 해적 두목의 살기 어린 눈매가 제갈휘의 한마디에 봄볕 쬔 눈사람처럼 녹신해졌다. 그는 뒷머리를 긁적이며 말했다.

"수고야 태 아우가 했지요. 일이 끝나면 일군장께서 좋은 술이나 몇 통 내려 주십시오."

"하하, 이게 어디 술 몇 통으로 때울 일이오? 감관監官에게 태부군장과 칠군의 공적을 똑똑히 기록하라고 일러두었으니, 이번 원정이 마무리되는 대로 합당한 포상이 내려질 것이오."

제갈휘의 거듭된 칭찬에 쑥스러워하던 반외암이 북쪽을 흘끔거리며 말했다.

"지금쯤이면 태 아우와 우리 애들이 북안에 거의 이르렀을 텐데, 속도를 조금 내는 편이……."

오군에서 파견된 광명궁수대를 붙여 주기는 했지만 그들만으로 건정회의 주력을 상대하기란 불가능한 일이었다. 반외암의 조급함을 십분 이해한 제갈휘가 고개를 끄덕였다.

"알겠소. 곧바로 움직이기로 합시다."

제갈휘 또한 불안정한 강상에서 시간을 지체할 의향은 조금도 없었다. 다만⋯⋯.

"네 분께서는 항복하거나 달아나는 자에게 살수를 써서는 안된다는 점을 각별히 유념해 주시기 바라오."

출전 전에 했던 말을 다시 한 번 덧붙인 까닭은 육건이 당부한 중용지도를 확실히 해 두기 위함이었다.

"알겠습니다."

네 사람으로부터 대답을 받아 낸 제갈휘는 부교의 두 번째 구간으로 내려가기 위해 암초의 북단으로 걸어갔다. 거기에서 막 부교로 뛰어내리려던 순간, 그는 우뚝 동작을 멈추고 상류 쪽으로 시선을 모았다.

'⋯⋯저것은?'

상류, 방위상으로는 좌전방으로 오륙십 장 떨어진 강상에서 물살을 타고 내려오는 거뭇한 물체들을 발견한 것이다. 나무장수들이 띄운 통나무 뗏목이라고 보기에는 물체의 길이가 너무 짧아 보였다. 그때 제갈휘의 옆으로 다가온 마경도인이 고개를 갸웃거리며 중얼거렸다.

"갑자기 웬 배들이⋯⋯?"

마경도인의 말처럼, 휘도는 안개와 시커먼 강파 속으로 잠겼다 나타나기를 반복하며 전방의 부교를 향해 내려오는 물체들의 정체는 정원이 열 명을 넘기지 않을 소형 선박들이었다. 좌전방에서 전방을 향해 빠르게 각도를 좁혀 오는 그 소형 선박들의 뱃머리마다에는 먼 거리에서도 알아볼 수 있을 만큼 크고 뾰족한 돌기가 기세등등하게 튀어나와 있었다.

'충각!'

제갈휘는 곧바로 상황을 파악했다. 간자들을 통해 수집한 정보에 따르면, 건정회는 서릉협 북쪽 상류에 임시 포구를 확보해 두고 있었다. 그곳에서 출항한 것으로 추정되는 저 소형 선박들은 칠군의 별동대가 건설 중인 통나무 부교의 일부 구간, 내려오는 방향으로 보건대 아마도 가운데 암초와 북쪽 암초 사이의 세 번째 구간을 노리고 내려오는 것 같았다.

삼협의 물살은 빨랐다. 소형 선박들과 부교가 이루는 각도는 잠깐 사이에 사라져 버렸다. 소형 선박들이 전방의 안개 속으로 속속 모습을 감추더니만, 곧이어 습기를 머금은 먹먹한 충돌음이 안개 저편에서 울려 나왔다.

꿰엉-

제갈휘가 네 사람을 돌아보았다.

"부교가 공격을 받는 모양이오."

네 사람의 표정이 일변했다. 특히 안개 저편에 수하들을 파견해 놓은 칠군장 반외암은 눈썹에 불이 붙은 사람처럼 안절부절못하는 눈치였다.

"이군장과 사군장께서는 도하를 지휘해 주시오. 칠군장과 팔부군장은 나와 함께 가 봅시다."

몇 마디 빠른 말로 도하의 지휘권을 원정대 서열 이 위와 삼 위에게 넘긴 제갈휘는 네 사람의 대답을 기다리지 않고 암초 아래로 몸을 날렸다. 연자약파燕子躍波의 깔끔한 경신술을 발휘해 암초 머리로부터 부교를 따라 길게 늘어진 쇠사슬을 찍으며 재차 몸을 솟구치는 제갈휘를 반외암과 봉장평이 급히 따라붙었다.

"방금 뭐라고 하였느냐?"

현유진인은 시동이 받쳐 든 보검 쪽으로 뻗던 손길을 멈추고 고개를 돌렸다.

"칠성채의 병력이 진영을 이탈했다고?"

호북 강호의 종주 격인 무당파의 대표로서 이번 장강 전선에 주장으로 나서게 된 현유진인은 영리하고 심계 깊은 사형 현학진인과는 달리 천생 도사라고 해도 좋을 만큼 담백하고 진중한 사람이었다. 하지만 그 보고를 접한 순간만큼은 평소의 담백함과 진중함을 견지할 수 없었다. 그의 오십 년 수양을 흔들어 놓은 문제의 보고를 올린 장본인, 금야의 당직 업무를 맡은 수결도인修缺道人이 송구한 얼굴로 대답했다.

"그렇습니다, 사숙. 그들이 집단으로 정문을 나서는 것을 목격했다는 소식이 한 식경쯤 전에 올라왔습니다."

현유진인의 학우鶴羽처럼 새하얀 눈썹이 매서워졌다.

"한 식경 전에 올라온 소식을 왜 이제야 알리는 것이냐?"

그러자 수결도인의 얼굴에 무안한 기색이 어렸다. 현학진인의 장제자인 그는 자질이 뛰어나고 품성이 후덕하여 다음 대 무당 장문인 자리에 오를 것이 거의 확실시되는 인물이었다. 나이도 오십에 가까운 만큼, 이렇듯 타문 사람들이 보는 앞에서 공개적으로 질책당할 위치는 아닌 것이다. 이를 모를 리 없는 현유진인이지만 상황이 상황인지라 목소리가 커지는 것을 참지 못했다.

"녹림도들이 야밤에 진영을 나간 것이 한두 번이 아닌 탓에…… 죄송합니다."

말끝에 고개를 깊이 숙이는 수결도인을 보며 현유진인은 낮게 혀를 차고 말았다.

제 버릇 남 못 준다는 말처럼, 건정회에 합류한 뒤로도 녹림도들의 행실은 그리 방정하지 못했다. 그로 인해 삼협 북쪽에

거주하는 민간인들이 입는 피해가 이만저만이 아닌 탓에, 만일 비각에서 호북 관부에 미리 손을 쓰지 않았다면 현유진인은 무양문에 앞서 토벌군부터 상대해야 하는 황당한 상황에 맞닥뜨렸을지도 몰랐다. 하지만, 그렇다고는 해도, 칠성채라는 이름에는 여느 녹림 산채와는 확연히 구별되는 무게가 실려 있었다. 그곳은 녹림 맹주이자 건정회의 부회주인 칠성노조 곽조가 직접 다스리는 산채였다. 그런 칠성채가 다른 때도 아니고 적의 침습이 닥친 시점에 진영을 이탈했다고 하니, 현유진인으로서는 굳게 믿고 있던 무엇인가가 어그러지는 듯한 꺼림칙한 기분을 지울 수 없었던 것이다.

한데 전혀 그렇게 생각하지 않는 사람도 있었다.

"이번에도 비슷한 용무로 나갔겠지요. 이곳의 소식을 접하면 곧 돌아올 겁니다."

대수롭지 않다는 투로 두 도사의 대화에 끼어든 사람은 물빛 비단 장삼을 단정하게 차려입은 잘생긴 장년인이었다. 그 장년인을 향한 현유진인의 눈이 가늘어졌다.

"문주께서는 그리 생각하시오?"

장년인, 상산팔극문의 문주 남립이 어깨를 으쓱거리더니 현유진인에게 반문했다.

"하면 진인께서는 달리 생각하십니까?"

현유진인은 대답 대신 남립의 얼굴을 묵묵히 노려보았다. 그 눈길에 담긴 의심의 기미를 읽지 못할 리 없을 텐데도 남립은 담담한 미소만 짓고 있을 따름이었다.

"허어!"

이 자리에는 무당파 도사들과 팔극문 문주만 있는 것이 아니었다. 누군가 한 발짝 앞으로 나서며 탄식을 터뜨렸다.

"마귀들이 도하를 시작했다고 하지 않소이까. 조마번은 이미 놈들의 공격에 불타 버렸고요. 지금 이러고 있을 때가 아닙니다. 어서 출동을 해야지요."

어깨에 걸친 가사처럼 안색이 불그레한 노승이 현유진인을 재촉하고 나섰다. 남직례에 위치한 임제종 사찰인 봉은사奉恩寺의 주지 적광대사寂光大師가 바로 그 노승이었다. 불문에서 봉은사가 차지하는 명망은 소림사에 버금갔다. 덕분에 건정회 십팔대 공봉 중에서 수석 공봉 자리를 차지할 수 있었던 이 적면의 노승은 왼손에 쥔 철목鐵木 염주를 쉴 새 없이 짤그락거림으로써 심중의 조급함을 드러내고 있었다.

현유진인은 적광대사에게 눈길을 돌리지 않았다. 눈동자를 남립의 밤톨처럼 반질반질한 얼굴에 똑바로 고정한 채, 현유진인이 천천히 물었다.

"관부에서 나오신 분들은 지금 어디 계시오?"

건정회가 결성되는 과정에 깊숙이 관여한 문강이라는 관부인은 이번 장강 전선을 지원한다는 명목으로 다섯 명의 관부 고수들을 파견해 주었다. 얼굴이 드러나면 곤란하다는 이유로 복면을 쓰고 나타난 그들은 현유진인이 보기에도 범상치 않은 실력을 지닌 진짜배기들이긴 하지만, 복면을 쓴 것과 마찬가지의 이유를 들어 공개적인 활동은 철저히 피했다. 자연 지휘 계통에서도 벗어날 수밖에 없어서, 현재는 문강과 사적으로 친분이 깊은 남립이 회와 그들 사이를 매개해 주는 상황이었다.

"아직 소식을 못 들은 모양입니다. 그분들은 제가 모시고 갈테니, 진인께서는 회원들을 이끌고 먼저 전장에 가 계십시오."

여유 있는 남립의 대답이 현유진인의 눈을 더욱 가늘게 만들었다.

태행산 칠성채와 상산팔극문, 일견하기엔 아무 관련도 없을 듯한 그들 두 집단 간의 공통점은 딱 하나, 문강이라는 관부인 과의 관계가 각별하다는 점이었다. 그래서인지 현유진인은 이런 생각이 들기도 했다, 혹시 그들 두 집단을 움직이는 진정한 실세가 문강이 아닐까 하는. 하지만 터무니없는 생각이라며 실소하고 만 것이, 칠성노조는 천하가 다 아는 개세마두였고 남립은 누구나가 인정하는 수완가였다. 그들을 함께 부릴 만한 인물 혹은 세력이 있다고는 상상하기 힘들었다.

"진인, 여기서 이러고 있을 때가 아니라니까요!"

눈치 없는 적광대사가 또 한 번 재촉하고 나섰다. 현유진인 은 전선의 주장 된 몸으로 그 재촉을 외면하기 어려웠다.

"으음."

침음을 흘린 현유진인이 시동이 받쳐 들고 있는, 무당산을 떠날 때 사형인 현학진인으로부터 하사받은 태청보검太淸寶劍을 받아 들었다.

"갑시다."

회의 수뇌부를 이끌고 주장의 집무실로 삼은 막사를 나선 현 유진인이 진영의 정문 쪽으로 향하던 발길을 멈추고 뒤를 돌아 보았다. 그의 시선이 향한 막사 입구에는 마치 먼 길을 떠나는 귀찮은 친척 존장을 배웅하는 사람처럼 시원섭섭한 표정을 한 남립이 서 있었다.

"본 회는 천하의 도의를 세우고 강호의 정기를 지키기 위해 결성되었소. 이 점을 잊지 마시기 바라오, 남 문주."

현유진인이 무거운 목소리로 말했다. 남립이 두 주먹을 눈썹 높이로 모아 올리며 낭랑히 대꾸했다.

"여부가 있겠습니까."

남립의 머리 위, 막사의 꼭대기에 걸린 붉은 건정척사번이 조소하듯 팔락거리고 있었다.

중초와 북초 사이 구간을 지키던 무양문 측 전력 중에는 고수라고 부를 만한 인물이 존재하지 않았다. 부교를 더욱 튼튼히 고정하는 일에 매달려 있던 칠군 소속 벌거숭이 사내들 삼십여 명이 필사의 결의로 육탄 돌격을 감행해 온 위응양과 수적들을 물리친다는 것은 애당초 어불성설이었다. 기술적인 면을 지원하기 위해 함께 자리하고 있던 나무장수 십여 명은 이런 종류의 험악한 싸움에 아무런 도움도 주지 못했다. 힘이 좋으면 뭐 하나, 벌목과 살인은 근본부터가 다른 종목일진대.

"아악!"

"마, 막아! 큭!"

전세는 빠른 속도로 기울어졌다. 머릿수에서도 곱절 넘게 차이 나는 데다, 무엇보다 전투준비라는 측면에서 양측은 비교가 되지 않았다. 한쪽은 손에 익숙한 자신의 병기로 철저히 무장한 반면 다른 쪽은 나무망치나 쇠지레, 갈고리 장대 따위의 작업을 위한 도구가 전부였으니…….

그런 상황에서 위응양과 위응호, 장강쌍절 형제가 보인 위용은 가위 양 떼 속에 뛰어든 두 마리 호랑이를 방불케 했다. 위응양이 아홉 자 자령간으로 펼치는 구구조망간九九釣蟒竿은 자욱한 안개를 자줏빛 그물로 뒤덮었고, 위응호가 여덟 갈래 팔초편八鞘鞭으로 펼치는 팔방와선파八方渦旋波는 솟구친 물보라를 사방으로 흩트려 놓았다. 장강을 주름잡던 그 경인할 재주를 인부 나부랭이들이 어찌 감당할 수 있으리오.

하지만 그들 형제가 내비치는 기색은 사뭇 딴판이었다. 호탕한 웃음을 터뜨리며 팔초편을 맹렬하게 휘둘러 적들을 몰아붙이는 위응호와는 달리, 위응양은 자령간의 현란한 변초로 적들을 쓰러뜨리면서도 초조함을 이기지 못하고 입술을 잘근거리고 있었다. 그는 이 싸움의 진정한 상대가 누구인지를 정확히 알고 있었다. 이 싸움의 진정한 상대는 턱없이 부실한 무기로도 악착같이 달려드는 저따위 벌거숭이들이 아니었다. 바로 시간이었다.

"왕 채주와 방 채주는 부교부터 끊으시오!"

앞뒤로부터 사납게 찍어 오는 갈고리 장대 둘을 자령간으로 걷어 내동댕이친 위응양이 왼손을 번갈아 내질러 그 주인들을 강물 속으로 떨어트린 뒤, 자신보다 남쪽에 위치한 통나무에 오른 백군채의 채주 왕량과 독룡채毒龍寨의 채주 방수귀方水鬼에게 외쳤다. 상대도 되지 않는 나무장수들의 몸뚱이 속으로 뾰족한 날붙이를 찔러 넣는 재미에 정신이 팔려 있던 두 채주가 고개를 번쩍 들더니 그의 명령을 수행하기 위해 움직였다.

"안 돼애!"

크게 부르짖으며 두 채주를 향해 몸을 날리는 벌거숭이의 목에 천잠사 낚싯줄이 매섭게 휘감겼다. 내공을 머금은 그 낚싯줄은 사금파리 가루를 먹인 연실처럼 날카로웠다. 싹, 소리와 함께 붉은 핏줄기가 회오리로 뿜어 나오고, 벌거숭이의 몸뚱이에서 솟구친 머리통이 강물의 검은 아가리 속으로 삼켜졌다.

자령간을 짧게 휘돌려 낚싯줄을 회수한 위응양이 동생 위응호 쪽을 돌아보며 외쳤다.

"너도 저들을 도와라! 쇠사슬까지 잘라야 한다!"

"예, 형님!"

위응호까지 달라붙었지만 쇠사슬을 자르는 일은 쉽지 않았다. 수적들은 물론이거니와 장강쌍절 또한 강물을 육지 삼아 살아온 자들. 그런 그들이 다루는 무기는 대체로 작고 가벼울 수밖에 없었다. 쇠사슬을 끊기에 적합한 도끼라든지 대도처럼 크고 무거운 무기는 물 위에서 먹고사는 이들에게 금기시되는 물건인 탓이었다.

그러나 위응호는 곧바로 차선책을 찾아냈다. 무양문도들이 떨어트린 쇠지레 하나를 집어 들고 밧줄과 쇠사슬이 고정된 양 각정을 통나무 뗏목에서 뽑아내기 시작한 것이다.

형과는 달리 기골이 장대한 위응호의 신력은 대단한 것이 었다. 그가 양 볼을 부풀리며 한 차례 용을 쓰자…….

뿌드드득!

나무 쪼개지는 거북한 소리가 요란하게 울리더니 통나무 뗏목의 한쪽이 부교로부터 떨어져 나갔다. 기가 오른 위응호는 뗏목의 다른 한쪽에 박혀 있던 양각정마저 뽑아냈다. 그러자 한 덩어리의 뗏목이 물살에 밀려 부교로부터 떨어져 나갔다. 뗏목이 떠내려가기 직전 앞쪽의 뗏목으로 자리를 옮긴 위응호가 같은 일을 반복했다. 곧바로 또 한 덩어리의 뗏목이 검은 강물 속으로 모습을 감췄다.

"됐다!"

북초 가까이에 있던 위응양은 기뻐했지만 단절된 구역 남쪽에 고립된 사람들은 악을 써 대기 시작했다. 무양문도들은 공들인 부교가 끊긴 것에 놀라 지르는 것이요, 수적들은 본대와 떨어진 것에 놀라 지르는 것이었다.

하나 통나무 뗏목 부교에서 몇 덩어리가 떨어져 나갔다 하여 문제가 모두 해결된 것은 아니었다. 암초와 암초 사이에 길게 늘어뜨려진 한 가닥의 굵은 쇠사슬과 그 주위에 이어진 밧줄들은 여전히 남아 있었기 때문이다. 남쪽에 고립된 수적들 중 담량 큰 자들이 골짜기를 건너는 원숭이 떼처럼 쇠사슬과 밧줄에 달라붙어 건너오는 모습이 위웅양의 눈에 비쳤다.

'밧줄은 금방이라도 자를 수 있다. 하지만 저 쇠사슬은······.'

위웅양은 시선을 들어 자신의 머리 위를 지나 북초의 암초 머리에 친친 휘감긴, 고리 한 마디의 길이가 한 자에 이르는 굵은 쇠사슬을 올려다보았다. 저것이 건재한 한 부교는 끊긴 것이 아니었다.

'내가 자를 수 있을까?'

자령간은 변화에 특화된 무기이지 패도를 발휘하는 무기가 아니었고, 그 점은 위웅양이 반백년 수련해 온 공력의 성질과도 궤를 같이했다. 그러나 시도해 보지도 않고 포기할 수는 없는 일. 위웅양은 진원에 손상이 갈 위험을 무릅쓰고 명령귀원공冥靈歸元功을 극한까지 끌어 올렸다. 단전으로부터 솟구친 열기가 그의 얼굴이 핏빛으로 달아오르게 만들었다.

"이엽!"

위웅양의 필생 공력이 담긴 자령간이 야공에 커다란 자주색 반원을 그렸다.

쩡―

동종이 깨지는 듯한 높은 쇳소리와 함께 물결 모양의 파동이 타격 부위를 중심으로 대칭을 이루며 퍼져 나갔다. 위웅양은 팔꿈치까지 저리게 만드는 지독한 반탄력을 참느라 이를 악물면서도 쇠사슬의 상태를 확인했다. 그러나 표면이 움푹 우그러졌을 뿐, 자령간에 얻어맞은 부위는 끊어지지 않았다. 날도 없는 자령간이었다. 한 번으로는 역시 부족했던 것이다.

그런다고 내가 포기할까 보냐!

쇠사슬을 향한 늙은 명숙의 눈에 새파란 독기가 어렸다.

"이여업!"

위응양은 다시 한 번 자령간을 휘둘렀다.

……!

그런데 두 번째 타격의 결과는 첫 번째 타격의 그것과 아주 달랐다. 소리도 울리지 않았고, 되돌아온 반탄력도 없었다. 위응양은 양손 안에서 왠지 모르게 낯설게만 느껴지는 자신의 애병을 내려다보았다. 그 이유는 금세 알 수 있었다. 길이가 한자 가까이 줄어든 데다 무게도 반 근가량 가벼워졌다면 아무리 손에 익은 물건이라도 낯설게 느껴질 수밖에 없을 터였다.

끄트머리가 잘려 나간 자령간을 멀뚱히 쳐다보던 위응양이 시선을 천천히 들어 올렸다. 그러고는 마주쳤다, 일곱 자 높이의 쇠사슬 위에 표창처럼 꼿꼿이 몸을 세운 채 자신을 내려다보고 있는 어떤 중년인의 눈동자를.

파라락―

중년인이 자연스레 하방으로 늘어뜨린 장검의 연청색 수실이 때마침 불어온 강바람을 맞아 작은 깃발처럼 나부끼고 있었다.

"통보도 없이 검을 써서 미안하오."

어처구니없는 얘기지만, 위응양의 망막에 담긴 그 중년인의 모습은 눈 속에 피어난 매화처럼 기품 있어 보였다. 천애에 홀로 선 해송처럼 고독해 보였다.

중년인이 오른손에 쥔 장검을 등 뒤의 검집 속으로 되돌리며 낮은 울림을 품은 목소리로 말을 이었다.

"하지만 수하들의 피와 땀으로 이룩한 이 역사적인 공사를 함부로 망치게 놔둘 수는 없는 일 아니오."

검은 검집 안으로 사라졌으나 면문을 아리도록 찔러 오는 검기는 여전히 매섭기만 했다. 가히 절정에 오른 무인검無刃劍이라 아니할 수 없으니, 위응양은 적의 도하를 기필코 막겠다는 다짐에도 불구하고 자신도 모르게 한 발짝 뒤로 물러서고 말았다. 무양문을 통틀어 아니, 온 강호를 통틀어도 저처럼 고요한 가운데에도 매서운 기파를 풍기는 검객이 여럿일 리 없었다.

"너, 너는……."

이번 무양문 원정군의 주장이자 십여 년 전부터 검왕 연벽제와 더불어 천하 검객의 양대 봉우리로 칭송받는 자! 위응양은 마음속으로 하나의 이름을 부르짖었다.

'고검 제갈휘!'

제갈휘의 등장을 알아차린 것은 위응양만이 아니었다.

"이노오옴!"

우렁찬 고함과 함께 야공에 어지러운 그림자가 어른거리더니, 끄트머리가 여덟 갈래로 갈라진 시커먼 채찍이 제갈휘가 선 쇠사슬 위에 철썩 휘감겼다. 그러나 제갈휘는 이미 그 자리에서 사라진 뒤였다. 실로 귀신같은 몸놀림. 무슨 신법을 펼쳤는지는 고사하고 어느 방향으로 운신했는지조차 파악할 수 없었다. 다만 알게 된 것은, 그렇게 사라진 제갈휘가 다시 모습을 드러낸 곳이 방금 전 여덟 갈래진 채찍, 팔초편을 휘둘러 자신을 급습한 자의 코앞이라는 점이었다.

"조심……."

위응양이 터뜨린 짧은 경호성이 채 끝나기도 전, 제갈휘가 검을 쥐지 않은 오른손을 슬쩍 내뻗었다. 인지와 중지로 검결지를 세운 그 오른손이 팔초편의 주인, 위응호의 오른쪽 어깨 부위를 가볍게 짚은 순간.

"으허업!"

위응호가 바람 빠지는 비명을 토하며 황소에게 들이받히기라

도 한 것처럼 후방으로 붕 날아갔다. 쇠사슬에 휘감겨 있던 팔
초편의 손잡이가 손아귀에서 덧없이 빠져나가고, 허공에서
기다란 사지를 꼴사납게 버둥거리던 위응호는 부교로부터 사오
장 떨어진 강물 속으로 거꾸로 처박히고 말았다.

콰콰콰—

아우의 비명을 삼킨 탕탕한 물소리가 잠시 정지되었던 위응
양의 사고를 다시 움직이게 만들었다.

"제갈휘! 네가 감히 내 동생을……!"

노호를 터뜨리며 수중의 자령간을 휘두르려던 위응양.

그러나 제갈휘의 깊은 우물처럼 심현한 눈과 마주친 순간 위
응양은 말과 동작을 동시에 멈출 수밖에 없었다. 수중에 검이
있고 없고는 중요하지 않았다. 단지 존재하는 것만으로도 상대
의 심신을 속박하는 삼엄한 검기를 자아내는 천외천의 검객! 제
갈휘는 바로 그런 검객이었다.

제갈휘가 위응양을 향해 천천히 말했다.

"익사하지 않는다면 목숨은 건질 것이오."

'익사?'

장강을 벗 삼아 평생을 보내온 장강쌍절은 물론 수영에 능
했다. 삼협이 아무리 거칠기로서니 익사는 말도 안 되는 소리
였다.

"그 말은……?"

동생의 생사를 확인하려는 위응양에게 제갈휘는 우회적으로
대답해 주었다.

"내가 본격적으로 검을 쓰는 때는 강을 건넌 다음일 것이오."

위응양은 저 대답으로부터, 최소한 제갈휘에게는 이 강물 위
에서 살수를 펼칠 의도가 없다는 것을 알게 되었다. 하지만 모

두가 제갈휘 같지는 않았다. 상판이 떨어져 나간 남쪽 구간으로부터 연달아 울려 나오는 수적들의 처절한 비명 소리가 그 점을 똑똑히 말해 주고 있었다.

"새벽 끗발이 나쁜 편은 아니군."

산책이라도 나온 듯 여유롭게 걸음을 내디디면서도 마작 패를 쉴 새 없이 날려 인간의 몸뚱이 위에다 끗발을 시험하는 풍채 좋은 장년인은 도박술 못지않은 암기술을 지녔다는 팔군의 부군장 투패탈명공자 봉장평일 터였고.

"태 아우, 어디 있는가!"

난데없는 아우 타령을 외쳐 대며 통나무 부교 위를 살 맞은 멧돼지처럼 맹렬한 기세로 휩쓸고 다니는 가죽조끼 차림의 땅딸막한 초로인은, 전설적인 해적왕이자 유성추의 달인으로 알려진 칠군의 군장 철삭교 반외암일 터였다.

호교십군의 두 고수가 오 장 넘게 끊어진 부교를 무슨 재주로 건너왔는지는 중요한 점이 아니었다. 중요한 점은 저들이 모습을 드러내자 부교를 점령하고 있던 수적들이 추풍낙엽의 신세로 전락했다는 것.

넓은 미간에 상아로 만든 마작 패를 박고 비틀거리던 백군채의 채주 왕량이 짚단처럼 고꾸라지고, 두툼한 목에 가느다란 철삭이 감긴 채 부교 밖으로 패대기쳐진 독룡채의 채주 방수귀는 이름 그대로 물귀신이 되어 버렸다. 포구에서 함께 내려온 네 명의 채주 중 다른 두 사람은 어디서 무슨 꼴이 되어 있을지 감도 잡히지 않았다.

'이, 이게 대체……'

위응양은 머릿속이 새하얘지는 것 같았다. 호교십군의 수뇌들이 철중쟁쟁의 강자들이라는 사실은 익히 들어 알고 있었지만, 그래도 이 정도일 줄은 몰랐다. 단지 세 사람 아니, 제갈휘는 거의 나서지도 않았으니 두 사람이라고 해야 옳을 터였다. 그 두 사람이 개입했을 뿐인데 전세가 손바닥 뒤집히듯 간단히 뒤집혀 버린 것이다.

어찌할 바를 모른 채 망연자실해 있는 위응양을 향해 제갈휘가 담담히 말했다.

"자, 내 수하들이 만든 다리에서 이제 그만 내려가 주시겠소?"

(2)

백운평의 최후는 불행했다. 내부로부터 모든 것을 으스러뜨려 버리는 이창의 충력기가 고통스러웠기 때문은 아니었다. 사지에 돌멩이를 매단 채 금랑호의 심연에 버려진 주검이 외로웠기 때문도 아니었다. 가장 아끼는 사람들에게서 배신당한 충격은 한 남자의 영혼을 완전히 파괴해 버렸고, 그런 영혼으로 맞이한 죽음이기에 불행할 수밖에 없었던 것이다.

그러나 그렇게 불행히 죽어 간 남자가 최후의 그 밤에 행한 한 가지 일이 누군가의 목숨을 부지하는 데 결정적인 요인으로 작용하게 되었으니, 인간의 운명을 자아내는 그 복잡한 반응과 미묘한 이치를 어찌 헤아릴 수 있겠는가.

백운평은 아내 증평의 손에 들어갈 것이라 예상한 보고서 사본의 일부를 고쳐 썼다. 명두대회가 열리는 장소를 자신이 입수한 정보와 다르게 기재한 것이다. 구천을 떠도는 백운평의 원혼조차 어쩌면 자각하지 못할 그 대수롭지 않은 일로 인해 명두대회에 참가하기 위해 파견된 한 사람의 목숨을 노리던 자객은 닷새의 시간을 허비하게 되었고, 덕분에 그 사람, 신무전에서 약사 직함을 가지고 있는 구양자 소홍은 아직까지 숨을 쉬는 행운을 누리고 있었다.

물론 그 복잡하고도 미묘한 속내를 알 길이 없는 소홍으로서는 오늘 밤 닥친 일이 그저 재앙과도 같이 여겨질 따름이겠지만.

"조심하십시오!"

이한李翰의 경호성을 들었을 때, 소홍은 이미 비탈 아래로 굴러떨어지고 있었다. 미끄럽고 가파른 사토층 비탈을 오르는 일이 쉽지는 않겠지만, 그래도 한때 강북에서 일이 위를 다투는 후기지수 소리를 듣던 그가 중심을 잃고 실족할 정도는 아니었다. 그럼에도 이런 난경에 처하게 된 것은 화상으로 진물투성이가 되어 버린 오른쪽 다리와 무관하지 않을 터였다.

오륙 장 가까이 굴러떨어지다가 비탈면 밖으로 삐져나온 나무뿌리를 거머쥐고 겨우 몸을 멈춘 소홍은 안도의 한숨 대신 고통스러운 신음을 흘렸다. 엎친 데 덮친 격이랄까, 비탈을 뒹굴다가 돌부리에라도 부딪쳤는지 왼쪽 팔꿈치가 송곳으로 찌르듯 쓰라렸다. 부러진 것이 아니라면 좋을 텐데…….

"약사 어른, 괜찮으십니까?"

머리 위에서 이한의 외침이 들렸다. 소홍은 함정의 바닥처럼 어둡기만 한 비탈 아래를 내려다보며 생각했다.

'저렇게 소리를 내면 안 되는데.'

오늘 밤 소홍 일행의 야숙지를 덮쳐 온 마수는 집요했다. 폭탄을 매단 박쥐 떼의 공습이라는 상상을 뛰어넘는 방식으로 시작된 그 마수는 동행하던 금록당 소속 청년 무사 네 사람 중 두 사람을 산 채로 불태워 버렸고, 전신에 크고 작은 화상을 입은 채 폭발의 권역에서 가까스로 벗어난 남은 일행에게는 고도로 훈련된 자객들의 암습이 기다리고 있었다.

퍽.

소홍의 바지에 붙은 불꽃을 손바닥으로 두드려 끄느라 정신이 없던 금록당 무사 하나가 목덜미에 수리전袖裏箭을 박고 고꾸라졌다.

—흐읍!

마지막 남은 금록당 무사는 별안간 땅거죽을 뒤집고 솟구친 한 자루 협봉검狹峰劍에 인후를 꿰뚫려 버렸다.

그러고는 모습을 드러낸 다섯 명의 자객들.

—약사님을 모시고 피하게!

폭발로 머리카락이 홀랑 타 버려 노지심처럼 변해 버린 정득용鄭得勇이 자신의 별호와도 같은 노웅부老熊斧를 휘두르며 자객들의 앞을 막아섰다.

—형님!

—어서 가라니까!

정득용과는 친형제처럼 가깝게 지내던 이한이 어찌 발길을 쉽게 떼어 놓을 수 있었겠는가. 하지만 임무는 친분보다 우선했다. 이를 악물고 몸을 돌린 이한은 다리에 입은 화상으로 몸을 제대로 가누지도 못하는 소홍을 둘러업었다.

—반드시 따라오셔야 합니다, 형님!

—염려 말게, 아우!

그러나 정득용은 약속을 지키지 못했다. 이한의 등에 업힌 채 어둠 속을 달아나는 동안 소홍은 백 번도 넘게 뒤를 돌아보았지만, 그는 끝내 따라오지 않았다.

오른쪽 다리로부터 솟구치는 화상의 고통보다 더 견디기 힘든 단장의 비탄을 삼키며 달리기를 일 각여. 그러다가 이 비탈에 가로막히게 되었고, 마찬가지로 화상을 입은 몸으로 사람 하나를 업고 달리느라 체력이 소진된 이한의 등에서 내려온 소홍은 진물이 줄줄 흐르는 오른쪽 다리로 어찌어찌 비탈을 기어오르다가 그만 미끄러지고 만 것이었다.

"올라오실 수 있겠습니까?"

이한이 소홍을 내려다보며 외쳤다. 오른손으로 나무뿌리를 움켜잡은 채 사지 중 남은 세 개를 움직여 보려던 소홍은 미간을 찡그리며 또 한 번 신음을 흘려야 했다. 현재의 몸 상태로는 이대로 버티고 있는 것만으로도 힘에 부쳤다.

"제가 내려가겠습니다. 거기서 기다리고 계십시오."

곧이어 머리 위로부터 자갈과 흙가루 들이 쏟아져 내렸다. 소홍은 고개를 숙이고 어깨를 움츠리면서도 나무뿌리를 놓치지 않기 위해 손아귀에 힘을 주었다. 어언 십오 년에 가까웠다. 강호에 뜻을 버리고 무공을 멀리한 몸뚱이가 지금에 와서는 다른 이들의 피와 땀을 빨아먹는 악랄한 거머리처럼 느껴졌다.

소홍이 스스로의 무기력함을 아프도록 곱씹고 있는 사이, 이한이 곁에 당도했다. 달도 없는 구름 낀 새벽, 핏발 돋은 이한의 눈동자가 짐 덩어리 신세로 변해 버린 자신을 질책하는 듯하여 소홍은 감히 마주 볼 수 없었다.

"업히십시오."

양손에 쥔 절옥쌍비切玉雙匕를 비탈면에 깊숙이 박아 넣은 채 이한이 말했다. 풀무처럼 들썩거리는 어깨만 보아도 사람을 업고 비탈을 오를 만한 상태가 아님을 알 수 있지만, 달리 방도가 없었다. 소홍은 염치 불고하고 이한의 등으로 팔꿈치를 다친 왼

팔을 힘겹게 뻗었다.

"음?"

그때 이한이 비탈에 붙이고 있던 상체를 젖히며 아래를 내려다보았다. 그 바람에 하마터면 중심을 잃을 뻔한 소홍이 다시 나무뿌리에 매달리며 이한을 쳐다보았다.

뿌드득.

이한의 얼굴 아랫부분에서 이를 가는 소리가 섬뜩하게 울려 나왔다.

"왜……?"

이한을 좇아 아래쪽으로 시선을 내린 소홍은 눈을 부릅떴다. 이제 막 비탈을 오르기 시작한, 어둠 속에서도 더욱 어둡게 보이는 세 개의 그림자를 발견했기 때문이다.

이한이 고개를 들고 소홍을 바라보았다.

"두 놈은 정 형님이 데려가신 모양입니다. 그 양반, 술 한 잔 들어가기만 하면 천하제일의 도끼니 뭐니 큰소리쳐 대더니만, 말짱 허풍이었나 봅니다."

"자, 자네……."

덜컥 불길한 예감이 든 소홍이 뭐라 말하려는데, 이한이 땀과 흙먼지로 얼룩진 얼굴을 꾸벅 숙여 보였다.

"끝까지 모시지 못해 죄송합니다."

그 고개가 다시 올라온 순간, 오른손에 쥔 비수를 왼손으로 옮겨 쥔 이한이 빈 오른손으로 소홍의 도포 뒷덜미를 잡아 위로 힘껏 던져 올렸다. 그러고는 그 반동을 그대로 살려 비탈에 붙어 있던 몸을 뒤집으며 아래로 떨어져 내렸다.

"형님이 두 놈이면 이 아우는 세 놈이오! 하하!"

죽음을 향해 떨어지는 호접비胡蝶匕 이한의 유언과도 같은 웃음소리를 들으며, 소홍은 나무뿌리에 매달려 있던 곳으로부터 칠팔 장 위쪽에 있는 비탈면에 달라붙었다. 왼쪽 팔꿈치의 통증에도 아랑곳하지 않고 양손을 있는 힘껏 비탈면에 쑤셔 박은 것은, 그저 생존에 대한 본능적인 집착 때문만이 아니었다.

'반드시 살아야 한다!'

아니면 자신을 살리기 위해 스러진 여섯 개의 목숨은 아무런 의미도 가질 수 없게 되는 것이다. 비탈면에 달라붙은 채 뜨거운 눈물을 흘리던 소홍은 이를 악물었다.

"익!"

팍.

"이익!"

팍.

혼자 힘으로는 도저히 못 오를 것 같던 비탈도 육신의 한계를 뛰어넘는 결의 앞에서는 큰 장애가 되지 못했다. 소홍은 무른 비탈면을 양손으로 번갈아 찍어 가며 위로 올라갔다.

화상을 입은 다리로 신속한 도주는 바라기 힘들었다. 질질거리는 걸음으로도 반 시진 가까이 달아나던 소홍은 마침내 손가락 하나 까딱하기 힘든 탈진 상태에 빠져 버렸다.

미명의 시각, 소홍이 탈진한 몸뚱이를 내던지듯 무너트린 곳은 잡목들로 둘러싸인 작은 공터였다. 여기가 대체 어디쯤인지 짐작조차 가지 않았다.

"허억! 허억!"

말라붙은 목으로는 숨을 넘기는 것조차 버거웠다. 산벚나무 밑동에 등을 기댄 채 두 다리를 쭉 뻗고 있던 소홍은 눈앞을 가물거리게 만드는 피로감 속에서도 어떤 소리를 들을 수 있었다.

사아아아—

매끄럽고 축축한 뭔가가 풀 위를 미끄러지는 듯한 그 소리는 소흥을 중심으로 하여 사방에서 밀려오고 있었다.

'뭐지?'

소흥은 자꾸만 감기려는 눈까풀을 애써 들어 올려 주위를 둘러보았다. 다음 순간 그의 입에서 모래처럼 메마른 실소가 새어나왔다.

"허, 허허……."

뱀이었다. 뾰족한 붉은 머리통을 곤두세운 뱀이 한두 마리도 아니고 떼거리로 다가오고 있었다. 소흥은 약사라는 직함에 부끄럽지 않게 약리에 해박한 사람. 독물 종류에 대해서도 지식이 많았다. 저 뱀은 흔히 홍사라고 알려진 홍관사紅冠蛇였다. 땅꾼들에게는 사중지보蛇中至寶라고 불릴 만큼 귀하신 몸이라 한 산에 한두 마리 보기도 어렵다는데, 그런 홍관사가 이 조그만 공터에 백 마리 가까이 나타난 것이다.

땅꾼들이 보물로 여기는 뱀들은 하나같이 독성이 강하다. 홍관사도 마찬가지였다. 이는 기진해 늘어진 사람 하나를 죽이는 데 여러 마리가 필요하지 않다는 뜻이었다.

'……이렇게 끝나고 마는가?'

문득 새벽길을 떠나는 자신을 걱정스러운 얼굴로 배웅해 주던 신무전의 군사 운소유의 얼굴이 떠올랐다.

'임무를 다하지 못할 것 같습니다. 미안합니다, 군사.'

대란을 목전에 둔 강호 천하를 위해 반드시 해내야만 하는 임무였다. 그러나 더 이상은 역부족. 그것이 못내 한스러워 소흥은 눈을 감고 말았다…….

바로 그때였다. 소흥이 지금의 상황과 전혀 어울리지 않는 순박한 탄성을 들은 것은.

"우와! 이게 웬 횡재래요?"

(3)

–내 수하들이 만든 다리에서 이제 그만 내려가 주시겠소?

　백도 명숙이라 칭송받아 온 자가 마귀들의 수장이 뱉은 이 한 마디에 아무런 반발도 못 하고 강물로 뛰어든다는 것은 상상조차 할 수 없는 일이다. 하지만 그 상상조차 할 수 없는 일을 저지른 장본인이 바로 자신이라는 사실을, 위응양은 강물로 뛰어든 뒤로도 한동안 인식하지 못하고 있었다.

　칙령을 받은 충신처럼, 주인에게 꼬리 치는 개처럼, 장강에서 나고 자라 이제는 이력이 난 수중 공부를 열심히 발휘해 가며 물살을 따라 헤엄치던 위응양은 부교에서 하류 방향으로 한 마장쯤 떨어진 갈대밭에 오른 뒤에야 비로소 자신의 행위를 되돌아보게 되었다.

　'……내가 무슨 짓을 한 거지?'

　처음에 찾아온 것은 당혹감이었다. 아무도 없는 황량한 갈대밭에 물귀신처럼 흠뻑 젖은 몰골로 우두커니 서 있는 지금의 현실이 가져온 당혹감. 하지만 그 당혹감은 즉시 자괴감으로 바뀌었다. 평생 한 번도 느껴 보지 못한, 이제껏 자신을 지탱해 주던 모든 견고한 덕목들이 한순간에 붕괴되는 듯한 끔찍한 자괴감!

　제갈휘는 절대 고수였다. 그 점을 모르지는 않았다.

　부교를 지탱하는 쇠사슬 위에 홀연히 모습을 드러낸 제갈휘는, 마치 봉오리를 막 터뜨린 매화 향기가 한겨울의 눈 언덕을 시나브로 뒤덮듯이, 자신에게 적대하려는 자의 심령을 부지불식간에 장악해 나갔다. 부교에 오를 때만 해도 위응양이라는 인간을 강철처럼 굳세게 만들어 주었던 결연한 의지는 제갈휘가 발산하는 그 암향暗香처럼 은은한 존재감에 짓눌려 촛농처럼 뭉그러지고 말았다. 그래, 필시 그랬을 터였다.

그러나…….

아무리 그렇기로서니 어찌 이럴 수 있단 말인가!

상대가 절대 고수라는 이유만으로 싸워 보려는 의지조차 끌어 올리지 못하고 이처럼 무기력하게 굴종당할 수밖에 없다면, 무인으로서의 내 삶은 무슨 의미를 가질 수 있단 말인가!

'이럴 수는 없다!'

위응양을 참담하게 만드는 이유는 그것 하나만이 아니었다. 그는 두꺼운 미명에 덮인 상류 쪽으로 고개를 돌렸다.

저 어둠 속 어딘가에 있을 그 아이!

마귀들에 의해 오래전부터 척살 대상으로 지목되어 온 그 아이를, 친부의 보살핌을 단 한 번도 받아 본 적이 없는 그 아이를, 제갈휘 같은 절대 고수 앞에 방치해 둘 수는 없었다. 너무 늦게야 만날 수 있었던 피붙이가 아니던가. 그 피붙이를 위험에 빠뜨릴 수 없다는 절박한 마음이 절대 고수의 존재감에 짓눌려 잔뜩 오그라든 늙은 심장을 다시금 벌렁거리게 했다.

"애야!"

위응양은 자신도 모르게 고함을 지르며 웃자란 갈대들을 헤치고 달리기 시작했다.

현유진인을 비롯한 건정회의 수뇌부가 조마번 아래 모래톱에 당도했을 때, 그곳에서 벌어지던 소규모 교전은 거의 끝난 상태였다.

현유진인이 가장 먼저 살핀 것은 그가 선 모래톱을 향해 비스듬히 뻗어 나오다 끊긴 통나무 부교였다. 적의 도하에 사용될 부교가 아직까지 미완인 채로 남아 있다는 것은 다행스러운 일이지만, 아쉽게도 그 미완의 구간이 그리 넉넉해 보이지는 않았다. 눈대중으로 짐작하기에 십사오 장 정도. 통나무 뗏목 대여섯 채만 더 이어 붙이면 능히 뭍까지 도달할 수 있을 것 같았다.

"저곳의 수심이 얼마나 되는가?"

현유진인이 부교가 끝나는 곳을 가리키며 물었다.

"저쯤이면 한 길 조금 못 미칠 겁니다."

한 걸음 나서며 공손히 대답한 이는 진무표국眞武鏢局의 국주인 벽강신검劈岡神劍 하일장河一牂이었다. 무당파의 속가제자로 현유진인에게는 사제가 되는 그는 이번 장강 전선을 지원하기 위해 오대표두 중 두 사람과 칠십 명의 표사들을 이끌고 왔다. 이곳에서 그리 멀지 않은 의창宜昌을 표국 사업의 본거지로 삼은 덕분에 삼협 인근의 지형과 수리에는 익숙한 편이었다.

"그 정도 깊이면 굳이 다리를 완성시키려 들지 않을지도 모르겠소."

청년 못지않게 건장한 체구를 황금처럼 싯누런 장포로 감싼 노인이 부리부리한 눈을 잔뜩 찌푸리며 말했다. 석년 어전비무대회에서 우승을 차지하여 천하제일권의 명성을 얻은 언가의 전대 가주 언당평이 바로 그 노인이었다. 언당평은 서문숭의 손녀를 납치하기 위해 몇 달 전 복건에 다녀온 직후 자신의 자리를 아들에게 물려주었는데, 가업에서 벗어나 전심전력으로 건정회를 돕겠다는 것이 그 이유였다.

현유진인은 잠시 생각하다가 고개를 저었다.

"소수의 정예 고수라면 모를까, 삼천에 달하는 병력을 상륙시키려면 아무래도 다리가 필요할 거외다."

"그렇다면 궁수들을 대기시켜 놓았다가 적들이 다리를 이으려 할 때 공격하면 큰 효과를 볼 수 있겠군요."

건정회의 진영은 삼협의 북안을 따라 횡으로 길게 설치되어 있었다. 무양문이 도하를 시도한다는 소식을 접하고 잠자리에서 달려 나온 사람들이 이곳에 모이기까지는 나름의 시차가 있을 수밖에 없는데, 지금 끼어든 이붕李鵬은 현유진인 등 최고 수뇌들보다 한발 앞서 전장에 도착한 인물이었다. 이붕이 이끄는 비붕방飛鵬幇은 산서 강호에서 지난 몇 년 새 가장 빠른 성장을 보인 방회로 알려져 있었다.

"궁수라……."

이붕의 제안에 대해 진지하게 고려하는 현유진인의 앞으로 누군가 다가왔다.

"기다리고 있었습니다, 진인."

유백색 경장에 얼굴에는 면사를 드린 여인이 현유인진에게 공수의 예를 올리며 말했다. 용봉단의 두 단주 중 한 명인 화반경이었다. 그녀의 뒷전에는 두 명의 건장한 사내가 호위처럼 혹은 하인처럼 버티고 섰는데, 그들이 입고 있는 무복 위에는 검붉은 핏자국이 점점 뿌려져 있었다.

현유진인이 찌푸린 얼굴을 펴며 반색을 했다.

"오! 화 가주께서는 이미 와 계셨구려."

"조마번에서 폭음이 울리는 것을 듣고 곧바로 달려왔습니다. 사전에 보고를 올리고 왔어야 하는 것을, 주장의 명도 받지 않고 함부로 나선 점, 용서해 주시기 바랍니다."

무슨 대죄라도 지은 양 고개를 깊이 숙이는 화반경을 향해 현유진인이 급히 손을 내둘렀다.

"무슨 그런 말씀을! 솔선하여 전장으로 달려온 것이 어찌 용서를 구할 일이 되겠소?"

고개를 든 화반경이 면사 위로 드러난 커다란 눈을 초승달처럼 둥글게 접으며 말했다.

"저희들이 당도했을 때 적당의 수뇌 중 하나가 상륙을 시도하고 있었습니다. 허리에 밧줄을 묶고 있었던 것으로 미루어 아마도 저 부교를 뭍까지 이으려고 했던 모양입니다. 다행히 여기 계신 두 분의 도움으로 그자를 제압할 수 있었습니다."

"하하! 화 가주 혼자서 세운 공을 가지고 하릴없이 빈둥거리기만 한 우리까지 끼워 주시는군요. 부끄러운 일 아니오, 조 형?"

"암요. 부끄럽다마다요."

호탕하게 웃는 사람은 자면철수 동무류요, 그에 맞장구치며 어깨를 으쓱거린 사람은 쌍산호 조방이었다.

"적당의 수뇌라고요?"

현유진인이 의아해하자 자면철수가 의식을 잃고 축 늘어진 사람 하나를 질질 끌어다 현유진인의 발치에 놓았다. 그 사람을 내려다본 현유진인은 눈살을 찌푸렸다. 머리카락이 피 칠갑을 한 듯 불그죽죽한 데다 한쪽 눈에는 시커먼 안대까지 차고 있어 악당이 아니라고 하면 오히려 이상할 것 같았다.

"이자는……?"

"독안수 태황이라는 자입니다."

화반경이 양양히 대답했지만 현유진인은 고개를 갸웃거렸다. 무당파를 대표하는 다섯 명의 장로, 무당오검 중에서도 첫 번째 자리를 차지하고 있는 그는 사제들과 달리 산문 출입을 그리 즐기지 않는 터라 강호의 인물들에 대한 지식이 넓지 않았다. 그런 사정을 눈치챘는지 화반경이 재빨리 부연했다.

"칠군의 부군장입니다. 예전에는 악명 높은 해적이었고요."

현유진인은 그제야 고개를 끄덕일 수 있었다.

"호교십군의 부군장이라면 과연 적당의 수뇌라 할 수 있겠구려. 세 분께서는 큰 공을 세우셨소."

"이런, 이런! 조 형과 소생은 별로 한 일이 없다니까요. 저자는 화 가주 혼자서 쓰러트리신 겁니다. 그러니 저자의 생사 또한 전적으로 화 가주에게 달려 있다고 해야겠지요. 하하!"

자면철수의 말에 진무표국의 국주 하일장이 끼어들었다.

"회주님으로부터 전권을 위임받은 주장이 이 자리에 엄연히 계시거늘, 포로의 생사를 어찌 일개인이 좌우한단 말인가?"

"아, 그게 그렇게 되는 건가요? 소생이 사리에 어두워서 그만…… 하하하!"

하일장의 말에는 쟁쟁한 선배들 앞에서 자발없이 구는 후진을 못마땅히 여기는 기색이 역력했지만, 천성이 쾌활한 것인지 아니면 눈치가 없는 것인지 자면철수는 개의치 않고 또 한 번 낭랑한 웃음을 터뜨렸다.

미명의 어둠이 짙게 깔린 강심으로부터 누군가의 목소리가 들려온 것은 그 웃음이 끝난 직후였다.

"당신들 중 누구도 그의 생사를 결정하지는 못할 것이오."

목소리가 울린 순간, 현유진인의 주위에 모여 있던 인사들의 얼굴이 동시에 경직되었다. 목소리에 실린 범상치 않은 공력이 그들의 기맥을 가볍게 진동시키고 지나간 탓이었다.

'이것은……?'

얼굴이 경직되기는 현유진인도 마찬가지. 하지만 현유진인은 그 목소리 속에서 남들이 느끼지 못한 무엇인가를 느낄 수 있었다. 그리고 홀로이 느낀 그 무엇으로 말미암아 그는 남들과 다른 반응을 보이고 말았다. 허리에 차고 있던 태청보검을 자신도 모르게 뽑아낸 것이다.

스앙—

바람이 불면 눈을 깜박이듯, 빗방울이 떨어지면 목을 움츠리듯, 현유진인의 발검은 무의식의 영역에서 치러진 너무나도 자연스러운 반응이라고 할 수 있었다. 오랜 수양으로 단련된 의식은 끼어들 여지조차 없었다.

"엇?"

자면철수와 쌍산호가 화들짝 놀라며 한 발짝 뒤로 물러섰다. 두 사람의 앞에 서 있던 화반경은 이미 그들의 후방으로 위치를 옮긴 뒤였다. 현유진인은 앞에 서 있던 세 사람의 행동을 본 뒤에야 자신이 태청보검을 쥐고 있음을 자각했다.

'어찌 이런 일이…….'

검즉인劍卽人이라는 말처럼 검은 곧 검객이었다. 검집 속에 들어 있던 검을 드러낸 것은 자신 속에 감추어 둔 검객을 드러낸 것과 같았다. 그래서 현유진인은 당황할 수밖에 없었다. 의식의 명령 없이 검을, 검객을 내보인 것은, 무당검법의 요체를 얻은 이십 년 전 이후로 처음 있는 일이었다.

휘이익—

현유진인이 태청보검을 쥔 채 망연해하고 있을 때, 강심으로부터 거대한 물체 하나가 뭍 쪽으로 날아왔다. 철썩, 하는 요란한 물소리와 함께 물보라가 몇 길 높이로 솟구쳤다. 물보라가 가라앉자 사람들은 뭍에서 십여 장쯤 떨어진 강상에 비스듬히 박힌 커다란 통나무 하나를 목격할 수 있었다. 어찌나 깊숙이 박혔는지 수면 위로 삐져나온 것은 서너 자 남짓한 끄트머리뿐이었다.

창처럼 허공을 날아와 강바닥에 박힌 통나무는 그것 하나만
이 아니었다. 철썩거리는 물소리가 연달아 울리는가 싶더니, 부
교와 뭍 사이의 십사오 장 구간이 네 개의 통나무 징검다리에
의해 이어지게 되었다. 그리고…….

쾅!

마지막 다섯 번째 통나무가 뭍에서 이 장 떨어진 여울에 굉음
과 함께 박힌 뒤, 얕은 수심으로 인해 물보라보다 더 많이 솟구
친 이토泥土들이 강물과 모래땅이 만나는 경계선에 소나기처럼
뿌려지고 난 뒤, 마침내 그 사람이 모습을 나타냈다.

이삼 장 간격으로 이어진 통나무 징검다리의 끄트머리를 가
볍게 찍으며 미명의 강물 위를 유유히 건너오는 청의 중년인!

"궁수들은 뭐 하는가!"

이래서 여자는 남자보다 현실적이라고 하는 걸까. 청의 중년
인이 도하하는 모습을 홀린 듯이 쳐다보기만 하는 사내들을 향
해, 화반경이 뾰족한 외침을 터뜨렸다. 궁술을 전문으로 삼는
강호인은 그리 흔치 않지만, 대규모 전투를 대비해 모인 전력인
만큼 건정회의 전력 중에는 활을 가진 자의 수가 적지 않았다.

"활, 활을 쏴라!"

뒤늦은 고함이 여기저기서 터져 나오고, 동작 빠른 누군가가
발사한 첫 번째 화살이 청의 중년인을 향해 날아갔다. 그 한 대
는 세 대가 되고, 열 대가 되고, 곧바로 수백 대로 불어났다.

피피피피핑!

화살의 빗발들이 거대한 깔때기 형상을 이루며 청의 중년인에
게로 쏟아졌다. 살촉만큼이나 뾰족한 그 수많은 적대감 앞에서
한 인간이 스스로를 지키기 위해 할 수 있는 일이란 그리 많을

것 같지 않았다. 하지만 그것이 오판이라는 점은 금세 밝혀졌다.

청의 중년인이 마지막 통나무 징검다리의 끄트머리에 몸을 곧게 세웠다. 그의 우수가 어깨 너머로 올라갔다 내려온 순간, 그때까지도 태청보검을 손에 쥔 채 망연함에 빠져 있던 현유진인은 무엇이 자신으로 하여금 무의식중에 발검하도록 만들었는지를 확인하게 되었다. 아직까지도 현유진인의 심상에 또렷이 남아 있는 그 '무엇'의 실체는, 어처구니없게도 꽃이었다.

천외에 핀 한 송이 매화꽃!

스―

청의 중년인이 가볍게 뻗어 낸 장검, 그 검봉으로부터 눈송이처럼 작고 새하얀 매화 한 송이가 피어났다.

현유진인은 그렇게 피어난 작고 새하얀 매화 한 송이가 목화솜처럼 뭉클뭉클 부풀어 오르더니, 검을 삼키고, 검객을 삼키고, 나아가 검객을 덮어 가던 화살의 빗발들까지도 모조리 삼켜 버리는 광경을 경이감에 떨리는 눈으로 지켜보았다.

…….

모든 소리가 사라졌다.

거세게 흐르던 장강의 탕탕한 물소리도, 허공을 할퀴던 화살들의 매서운 파공성도, 그리고 그 광경을 지켜보던 모든 사람들이 내뱉은 각기 다른 종류의 탄성까지도.

소리가 사라진 세계를 지배한 것은 매화 한 송이였다.

소담히 벌어진 꽃잎과 음전히 돋아난 꽃술마저 생생한 그 매화가 청의 중년인이 가볍게 떨친 장검의 검봉에서 떨어져 사뿐히 날아오르더니 허공 어딘가에서 모습을 감췄다. 미명이 걷히기 시작한 새벽 공기 속에는 매화의 은은한 향기가 떠도는 듯했다.

콰아아—

모든 이들의 의식으로부터 잠시 벗어나 있던 청각이 물소리에 실려 깨어났다. 칠백에 달하는 사람들이 청의 중년인의 일검을 지켜보았지만, 그가 자신의 목숨을 노리고 날아온 수백 대의 화살들을 어떻게 처리했는지 알아본 사람은 오직 하나, 현유진인밖에 없었다.

번갯불 같은 전율이 전신을 관통하는 가운데, 현유진인은 마음속으로 외쳤다.

'천외일매天外一梅! 천외일매로구나!'

낙일평의 치 이후 몰락을 거듭하여 지금은 폐허처럼 황량해지고 말았지만, 과거 화산파는 소림과 무당에 뒤지지 않는 성세를 누리던 백도의 명문이요, 검법의 성지였다.

화산파를 대표하는 검법은 바로 매화검법.

개파조사인 매화검선梅花劍仙이 천지인天地人 삼재三才의 덕을 받아 창안했다는 그 검법은 검기로써 만들어 내는 매화의 송이 수에 따라 단계가 구분되는데, 한 송이는 일매검, 세 송이는 삼매검, 그렇게 오매검, 칠매검, 구매검으로 높아지다가 마침내 십매검, 동시에 열 송이의 매화를 만들어 내는 단계에 이르러서야 비로소 대성의 경지에 올랐다는 말을 들을 수 있었다.

하지만 십매검이 매화검법의 궁극은 아니었다.

—암향이 그윽해지면 지상의 열 송이가 천외의 한 송이로 피어날 것이다. 그 한 송이가 매화검법의 궁극이다.

매화검선이 말년에 남긴 이 말은 십매검의 경지 너머에 또 다른 경지가 기다리고 있음을 암시해 주었다. 이름 하여 천외일매. 하지만 개파조사의 예언을 실현한 불세출의 기재는 화산파의 장구한 역사를 통틀어 한 명도 나오지 않았고, 수많은 검객들의 호기심을 불러일으켰던 천외일매는 그렇게 전설의 한 자락으로 묻히고 말았다. 그런데…….

'내 생전에 천외일매의 경지를 보게 될 줄이야!'

지금 이 순간, 현유진인은 그 천외일매를 시전한 자가 적이라는 사실조차 떠올리지 못할 만큼 격정에 휩싸인 상태였다.

화산파에 매화검법이 있다면 무당파에는 태극검법이 있었다. 매화검법의 궁극이 천외일매라면, 태극검법의 궁극은 혜검慧劍이라고 전해 오고 있었다.

현유진인이 무당파의 제자가 되어 태극의 검리劍理를 궁구한 지 어언 사십여 성상, 태극검법을 대성했다는 소리를 들은 것도 벌써 이십 년 전의 일이었다. 그러나 그 너머에 숨어 있는 지혜의 검, 혜검의 길은 도무지 보이지 않았다. 방향은 짐작이 가는데 길은 찾지 못하는 그 답답함이란!

한데 저 청의 중년인이 피워 낸 한 송이 매화로부터 현유진인은 혜검으로 나아가는 길을 엿보게 되었다. 그 파각탈피破却脫皮의 환희를 어찌 형용하리오! 벽이 무너지고 있었다. 혼백이 몽롱해지고 있었다. 오호라, 옳거니, 바로 이것이었구나. 현유진인은 자신도 모르는 새 들고 있던 태청보검을 덩실덩실 휘두르고 있었다.

"지, 진인!"

주장의 영문 모를 행동에 주위에 있던 사람들이 주춤주춤 뒷걸음질을 쳤지만, 현실에서 벌어지는 그 어떤 일도 검과 자신만이 존재하는 세상 속으로 빠져들어 버린 현유진인을 되돌아오게 만들 수는 없을 것 같았다.

건정회 사람들을 당혹스럽게 만든 것은 주장의 일탈만이 아니었다. 신비한 매화를 피워 낸 청의 중년인이 손에 쥔 장검을 등 뒤의 검집 안으로 돌려 넣더니, 딛고 있던 마지막 통나무 징검다리 위에서 훌쩍 뛰어올라 모래톱에 내려선 것이다. 마치 평평한 땅에서 일 보를 내딛는 듯한 그 자연스러운 행보에 사람들은 크게 동요하기 시작했다.

"저, 저⋯⋯."

"제갈휘다! 제갈휘가 왔다!"

혹자는 소리 죽여 수군거렸고 혹자는 소리 높여 부르짖었다. 그 모든 동요의 중심에는 청의 중년인, 호교십군의 일군장 고검 제갈휘가 있었다.

"음?"

현유진인이 보이는 일탈은 제갈휘에게도 예상치 못한 일이었나 보다. 잠시 고개를 갸웃거리던 그가 현유진인을 향해 걸음을 옮기기 시작했다.

"멈추시오!"

광인처럼 비죽비죽 웃으며 도포 자락을 허우적거리는 현유진인을 한 사람이 가로막고 나섰다. 현유진인에게는 사질이 되는 무당파의 이대제자 수결도인이었다. 수결도인은 검집에서 뽑아 든 송문고검宋文古劍으로 제갈휘의 면문을 똑바로 겨누며 물었다.

"사숙께 무슨 짓을 하려는 거요?"

제갈휘는 고개를 기울여 수결도인이 막아선 현유진인을 살핀 뒤 빙긋 웃었다.

"진인의 깨달음을 방해할 의도는 없소. 다만⋯⋯."

제갈휘가 입고 있는 검푸른 의복이 그가 잡아 늘인 말꼬리처럼 길쭉해졌다.

"감히!"

수결도인이 노성을 터뜨리며 풍소잔엽風掃殘葉의 수법으로 송문고검을 크게 휘둘렀지만, 제갈휘는 그의 검과 시야에서 모두로부터 이미 벗어난 뒤였다. 깜짝 놀란 수결도인이 급히 몸을 돌렸지만, 그곳에는 검무에 취해 현실을 팽개친 사숙의 정신 나간 모습만이 있을 따름이었다. 아니, 그러고 보니 한 가지 변화가 있기는 했다. 현유진인의 앞에 죽은 듯이 엎어져 있던 포로가 그 짧은 시간 사이 감쪽같이 사라져 버린 것이었다.

그때 수결도인의 상투 위로 제갈휘의 목소리가 실렸다.

"나는 내 사람을 되찾고 싶었을 뿐이오."

제갈휘는 어느새 본래의 위치로 돌아간 상태였다. 그의 왼쪽 어깨 위에는 현유진인 앞에서 사라진 포로가 빨랫줄에 걸린 이불처럼 엎혀 있었다.

수결도인은 검을 쥔 오른손에 맥이 탁 풀리는 것을 느꼈다. 아까 선보인 요술과도 같은 검법은 접어 두더라도, 무당파 이대제자 중 발군이라 할 수 있는 자신을 코앞에 두고서 펼쳐 보인 제갈휘의 운신은 문자 그대로 신출귀몰, 검은커녕 눈으로도 좇지 못할 지경이었다. 이런 강자를 어찌 대적할 수 있겠는가?

하지만 이 자리에 있던 사람들 모두가 수결도인처럼 의지가 꺾인 것은 아니었다. 부교는 아직 완성되지 않은 이상 제갈휘는 별호처럼 외로운 검일 수밖에 없었고, 한 자루의 검은 열 자루의 검을 당하지 못한다는 것이 강호의 일반적인 시각이었던 것이다.

"이놈!"

벽력같은 고함과 함께 거센 권풍이 자욱한 모래 회오리를 날리며 제갈휘를 휩쓸어 갔다.

"죽어라!"

그에 질세라, 끄트머리에 둥근 철구가 달린 철장鐵杖 한 자루가 제갈휘의 머리통을 노리고 떨어져 내렸다.

각기 다른 방향에서 엄습한 그 공세들은 하나같이 천 근 이상의 무게가 실린 강맹한 것이어서, 어느 하나라도 적중되는 날에는 제갈휘가 제아무리 날고뛰는 검객이라도 무사하기를 바라지는 못할 터였다.

그러나 암향을 어찌 잡을 수 있겠는가. 암향을 어찌 때릴 수 있겠는가. 장정 하나를 어깨에 얹은 상태임에도 제갈휘의 운신은 암향처럼 표홀하기만 했다. 권풍과 철장이 헛되이 지나간 자리에 다시금 모습을 나타낸 제갈휘가 두 재주의 주인공들을 향해 비아냥거렸다.

"건정회란 곳이 명호도 밝히지 않고 다짜고짜 살수부터 쓰는 비루한 늙은이들의 모임이었던가?"

철장을 휘두른 대머리 노인이 발끈하여 대꾸했다.

"나는 벽력태세霹靂太歲 감통甘通이다! 내가 키운 제자 셋을 깡그리 죽인 네놈이 나를 모른다고 하지는 않겠지?"

"노인장이야말로 나를 잘 모르시는군. 이 제갈휘가 죽인 백도의 협객이 어디 그 셋뿐이겠소?"

"뭐, 뭐라고! 네놈이 감히……."

제갈휘는 제 성을 이기지 못해 길길이 뛰는 감통을 더 이상 상대해 주지 않았다. 그는 시선을 다른 노인에게로 돌렸다.

"하지만 당신이 누구인지는 알 것 같군. 신주일권神州一拳 언당평, 맞소?"

위력적인 권풍을 때려 낸 황포 노인, 언당평이 어깨를 움찔거렸다. 제갈휘의 시선을 접한 순간, 보이지 않는 손에 멱살을 틀어 잡힌 듯한 기분이 들었기 때문이다. 세찬 고갯짓으로 그 기분을 떨쳐 버린 언당평이 움츠러든 가슴을 애써 펼치며 외쳤다.

"오냐, 내가 바로 언당평이다! 내게 하고 싶은 말이라도 있느냐?"

"있소."

"뭐냐?"

"감 노인과는 달리 당신의 이름은 명단에 올라 있소."

언당평이 하늘을 향해 사납게 찢어진 눈꼬리를 파르르 떨었다.

"내 이름이 무슨 명단에 올랐다는 말이냐?"

담담하기만 하던 제갈휘의 눈동자 속으로 얼음처럼 차가운 기운이 떠올랐다.

"반드시 죽어야 할 죄인들의 명단."

"뭐, 뭐라고?"

눈을 있는 대로 치뜨는 언당평에게 제갈휘가 차갑게 선고했다.

"언당평, 무양문을 대표하여 당신에게 징계를 내리겠소."

이 말이 끝난 순간, 제갈휘의 신형이 물에 젖은 수묵화처럼 흐릿하게 번졌다. 어깨 위에 사람 하나를 얹은 상태에서도 저런 움직임을 보인다는 것은, 당하는 언당평의 입장에서는 놀라움을 뛰어넘어 소름 끼치도록 무서운 일이 아닐 수 없었다.

"이, 이놈이!"

언당평은 전방으로 내뻗은 커다란 두 주먹을 풍차처럼 휘돌려 자신에게 천하제일권이라는 명성을 안겨 준 언가의 웅풍천권雄風天圈拳을 극성으로 쳐 냈다.

짜아아아악!

가죽 채찍을 힘껏 내리친 듯한 날카로운 소리가 터져 나오고, 언당평의 전면은 바위도 쪼갤 듯한 위력적인 권풍들로 빽빽이 뒤덮였다.

그러나 거듭 강조하거니와, 암향을 어찌 잡을 수 있겠는가. 암향을 어찌 때릴 수 있겠는가. 그 무엇도 암향처럼 표홀한 제갈휘의 운신을 제약하지는 못했다. 부연 잔영으로 흩어진 제갈휘가 웅풍천권의 엄밀한 권풍 안쪽에서 본래의 형체를 회복했다. 무릎을 슬쩍 구부려 자세를 한 자쯤 낮춘 그의 오른쪽 어깨 너머로 서늘한 검광이 솟구쳐 올랐다.

"우아압!"

언당평은 비명 같은 고함을 내지르며 그 검광을 향해 두 주먹을 내질렀다. 아니, 내지르려고 했다. 하지만…….

천외일매.

현유진인을 파각탈피의 삼매경 속에 빠뜨린 그 천외의 매화가 다시 한 번 피어났다가 사라졌다. 매화가 피어난 곳은 앞서와 같이 정념검의 검봉이었지만, 매화가 사라진 곳은 앞서와 달리 한 인간의 미간 위였다. 바로 언당평의 미간!

나타남과 사라짐 사이의 시간은 아무 의미가 없었다.

검봉과 미간 사이의 거리도 아무 의미가 없었다.

"음."

주먹 쥔 두 팔을 앞으로 엉거주춤 내밀고 있던 언당평이 짤막한 신음을 흘렸다. 그리고 그 짤막한 신음이 유언이 되었다. 뻣뻣이 굳은 그의 거구가 뿌리에서 잘려 나간 고목 둥치처럼 뒤로 넘어갔다.

쿵!

그러고는 침묵이 찾아들었다. 언당평의 죽음을 목격한 모든

이들은 숨조차 크게 내쉴 수 없었다. 심지어는 그토록 기세등등
하던 감통마저도 경이로울 만큼 깔끔한 그 죽음 앞에 꿀 먹은
벙어리가 될 수밖에 없었다. 단 한 명의 절대 고수에게 칠백 명
이 압도당하는 거짓말 같은 일이 벌어진 것이다.

그 침묵에 종지부를 찍은 것은 몽롱한 기운이 채 가시지 않은
탄식이었다.

"아아! 그릇이 가득 차면 오래 버티지 못하고 칼이 날카로우
면 오래 남지기 못한다. 지상의 열 송이를 버림으로써 천외의
한 송이를 얻을 수 있듯, 혼돈을 관통하는 지극한 지혜를 얻기
위해서는 태극의 껍질부터 벗어던져야만 했던 것이로구나. 이
제야 알았도다. 나는 이제야 알았도다."

모처럼 날이 개려는 모양이었다. 성근 안개 자락 너머 드러
난 검푸른 하늘에는 연자줏빛 물결치는 아침노을이 지난밤의
거뭇한 기운을 조금씩 밀어내고 있었다. 여명, 새날이 시작되는
시간이었다.

"후우."

긴 날숨 한 번으로 심중의 살기를 풀어 낸 제갈휘는 모래톱
위에 잠든 듯 똑바로 누워 있는 언당평의 시신에서 천천히 눈을
떼었다. 살인의 뒷맛은 언제나 씁쓸했다. 내세운 명분이 아무리
엄연할지라도 하나의 생명을 강제로 마감시키는 일이 개운할
리는 없었다. 더구나 그는 무양문에 대한 언당평의 증오심이 어
디에서 연유하는지를 알고 있었다.

언당평의 아우 언욱사는 작년 초 정체불명의 괴한들에 의해
살해당했다. 당시 모습을 드러낸 혈랑탈과 혈랑기로 인해 그들
이 혈랑곡도일 것이라는 소문이 세간에 떠돌았다. 그 사건이 있

은 지 얼마 후 이 대 혈랑곡주 석대원이 강호에 나왔다. 그러니 언당평으로서는 아우의 원수가 석대원이라고 확신할 수밖에 없었을 것이다. 그 뒤 석대원은 제갈휘를 만나 의형제를 맺었고, 제갈휘를 따라 무양문에 몸을 의탁했다. 바로 이때부터 언당평은 무양문을 증오하게 되었다. 아우의 원수를 비호하는 집단. 이 시점에 이르러 아우를 살해한 자들이 진짜 혈랑곡도냐 아니냐는 이미 중요한 문제가 아니었으리라. 맹목적인 복수심의 노예가 된 언당평은 마침내 몸도 불편한 여자아이를 납치한다는, 백도의 당당한 명숙으로서는 결코 해서는 안 될 비열한 행위에 동참하기에 이르렀다. 그리고 바로 오늘, 그 응보와 마주치게 되었다.

하늘의 그물은 성근 듯하지만 이렇듯 빠져나가기는 힘들다. 이른바 보복지리…….

제갈휘는 정념검을 허공에 가볍게 뿌린 뒤 어깨 너머 검집으로 돌려 넣었다. 검의 호수護手 쇠테가 검집의 금장金裝에 부딪치며 짤깍, 하는 작은 쇳소리를 울려 냈다. 매화검법의 다른 이름은 암향검법. 암향이란 숨은 향기였다. 하여 화산파의 검객은 예부터 목적 없이 검날을 내보이려 하지 않았다. 그리고 지금은 검날을 내보일 때가 아니었다. 실력 행사는 징계 한 번으로 족하다는 것이 제갈휘의 생각이었다. 그는 저 새벽 강을 붉게 물들이고 싶지 않았다. 그러기 위해서는 한 사람의 호응이 필요했다.

제갈휘는 천천히 몸을 돌렸다. 그의 시선이 향한 곳에는 한 사람이 여명의 어스름을 이고 서 있었다. 칠백이나 되는 무리를 등 뒤에 벌려 두고 있기는 하지만 왠지 그들로부터 동떨어져 있는 듯 보이는 계피학발의 노도인. 건정회 장강 전선의 주장인 현유진인이 바로 그 사람이었다. 조금 전까지만 해도 그의 손에 들려 기묘한 춤사위를 풀어 내던 보검이 지금은 발치 모래톱에 버려진 듯 떨어져 있었다.

"검을 놓으셨군요."

제갈휘의 말에 현유진인은 아무것도 들려 있지 않은 자신의 빈손을 내려다보았다.

"그렇구려."

"왜 검을 놓으셨습니까?"

"비우지 않으면 채우지 못하는 이치를 알았기 때문이오."

비움의 도리를 깨우치는 것은 벽을 깨트리는 첫걸음이었다. 제갈휘가 다시 물었다.

"그렇게 비운 자리에 무엇을 채우셨습니까?"

텅 빈 듯 허허롭기만 하던 현유진인의 눈동자가 흔들렸다. 그는 모래톱의 보검과 자신의 빈손을 번갈아 쳐다보다가 힘없이 대답했다.

"빈도는 아무것도 채우지 못했소."

비움의 도리를 실천한 자는 채움을 바라게 된다. 그것은 벽 뒤의 벽, 벽을 깨트림으로써 필연적으로 쌓게 되는 두 번째 벽이다. 제갈휘가 또다시 물었다.

"채우지 못할 바에야 굳이 비울 이유도 없지 않을까요?"

"비운 것이 아니라 비워진 것이오. 하늘 밖에 핀 한 송이 매화를 본 순간, 잎이 지듯 강물이 흘러가듯 그렇게 자연스럽게 비워지고 만 것이오."

현유진인이 제갈휘를 향해 한 걸음 내디뎠다.

"도우에게 묻고 싶소. 그렇게 비워진 자리를 대체 어떻게 채워야 하오?"

제갈휘는 대답 대신 네 번째 질문을 던졌다.

"진인께서는 그렇게 비워진 자리에 무엇을 채우고자 하십니까?"

현유진인의 노안에 강렬한 열망이 맺혔다.

"검! 태극의 혼돈을 관통하는 검! 화산의 천외일매를 넘어서는 무당의 혜검! 그것만이 그 자리를 채울 수 있소!"

그 절절한 부르짖음을 들으며 제갈휘는 생각했다.

'당위의 벽.'

화산파와 무당파는 모두 도가에 뿌리를 두는 만큼 추구하는 검도 또한 유사한 면이 있었다. 그래서 제갈휘는 지금 현유진인이 서 있는 자리가 어디인지를 보게 되었다.

지난겨울 장성을 그리 멀리 두지 않은 변방의 작은 마을 곡리 穀里에서 스물여덟 명의 백도인들에 의해 생명이 경각에 달했을 때, 제갈휘는 수년간 자신을 가로막고 있던 두 번째 벽의 실체를 발견할 수 있었다.

ㅡ비워진 그릇을 어떻게 채워야 하는가?

채울 것이 무엇인지는 물을 필요가 있었을까? 마땅히 천외일매로 채우려고 했다. 개파조사께서 예언한 그 궁극의 검법으로 채우려고 했다. 바로 그러한 당위가 벽인 줄도 모르고.

그 뒤 석대원의 도움으로 사경에서 벗어나 무양문으로 돌아온 제갈휘는 육 개월의 각고 끝에 두 번째 벽, 당위의 벽을 허물 수 있었다.

유무有無와 생멸生滅은 본시 하나. 채움과 비움 또한 둘이 아니었다. 그래, 현유도인의 말이 옳았다. 비운 것이 아니라 비워진 것이다. 잎이 지듯 강물이 흘러가듯 그렇게 자연스럽게 비워진 것이다.

잎은 이듬해 자라날 잎을 알지 못해도 때가 되면 제 머물던 가지를 비워 주고, 강물은 뒤이어 밀려올 강물을 알지 못해도 천지로부터 부여받은 발길을 멈추지 않는다. 오직 마음의 조급함만이 형形으로써 떨어진 잎을 붙이려 하고 법法으로써 흘러간 강물을 되돌리려 한다. 벽 너머의 두 번째 벽, 당위의 벽은 그리하여 생기는 것이다.

잎이 지듯 강물이 흘러가듯 그렇게 자연스럽게 비워진 자리는 잎이 피듯 강물이 흘러오듯 그렇게 자연스럽게 채워지게 된다. 모든 것은 이처럼 유전流轉된다. 이것이 당위의 벽을 허무는 무위無爲의 도리였다.

그러자 두 번째 벽이 무너졌다. 천외일매는 그렇게 무너진 벽 너머에서 주은 작은 돌 조각에 불과했다…….

제갈휘는 야박한 사람이 아니었다. 하여 자신이 얻은 심득을 현유진인에게 전하고 싶었다. 적이기에 앞서 천하를 통틀어 두 사람도 찾기 힘든 동류同流의 순례자로서, 순수한 동료애에서 우러나오는 진심 어린 도움을 주고 싶었다. 그러나 그것이 불가하다는 것은 제갈휘 본인부터가 너무도 잘 알고 있었다. 이는 천외일매의 한 수가 현유진인의 파각탈피에 촉매로 작용한 일과는 전혀 다른 종류의 문제였다.

불똥을 옮겨 붙이기 위해서는 마른 장작이 필요하다. 아마도 수십 년을 궁구하였기에, 수십 년을 갈망하였기에, 현유진인이라는 장작은 마르고 말라 마침내 부싯깃처럼 되어 버렸다. 그 위에 천외일매라는 불똥이 떨어졌을 뿐.

하지만 지금은 아니었다. 만일 지금 현유진인에게 두 번째 벽에 대한 실마리를 알려 준다면, 그 실마리조차도 새로운 당위가 되어 벽을 더욱 두껍게 만드는 요인으로 작용할지도 모른다. 지금의 현유진인은 이제 막 마주치게 된 두 번째 벽 앞에서 절망할 필요가 있었다. 다시 한 번 스스로를 말릴 필요가 있었다. 과거 제갈휘가 그러했듯이.

제갈휘가 안타까이 바라보기만 할 뿐 아무런 대답도 주지 않자 현유진인이 어깨를 축 늘어뜨리며 자문하듯 중얼거렸다.

"그런 것인가? 몇 마디 말로는 전할 수 없는?"

현유진인은 어리석은 자가 아니었다. 어리석은 자라면 정념검의 검봉에서 피어난 매화 한 송이로부터 벽을 허무는 대공을 이끌어 내지는 못했을 것이다.

"하기야 말로써 전할 수 있고 가르침으로써 배울 수 있다면 어찌 현묘한 도라 하리오."

허허롭게 말한 현유진인이 허리를 굽혀 발치에 떨어진 보검을 주워 올리는데, 별안간 그의 뒷전에서 벽력같은 노성이 터져 나왔다.

"진인, 저 악적이 무당오검 중에서 현수玄修와 현송玄松, 두 분 도장의 목숨을 앗아 갔다는 사실을 잊으셨소이까?"

제갈휘를 손가락질하며 노성을 터뜨린 사람은 조금 전 언당평과 함께 기세 등등 나섰다가 혼자서만 목숨을 건지고 소리 없이 물러난 벽력태세 감통이었다. 현유진인이 그를 돌아보았다.

"사형제 간의 우의가 반백년에 이르거늘 빈도가 어찌 그 사실을 잊었겠소?"

"그 사실을 잊지 않으신 진인께서 어찌하여 악적과 더불어 뜬구름 잡는 객담을 나누고 계신 거요?"

이미 패하여 물러난 입장에서는 낯부끄러워서라도 차마 못할 말을 저리도 당당히 내뱉는 것을 보면 벽력태세가 자랑하는 외문기공은 얼굴로 익힌 모양이었다.

"객담이라니…… 허허."

현유진인이 어처구니없는 듯 헛웃음을 흘렸다.

"지금이라도 진인과 우리가 힘을 모아 저 악적을 주살하고……."

침을 튀기며 뭐라고 외쳐 대는 감통의 말은 제갈휘의 귀에 들어오지 않았다. 이 순간 그는 유유자적 하늘을 올려다보고 있었다. 이날의 첫 햇살이 여명의 노을 위로 번지고 있었다.

"때가 되었나."

부교를 떠나 이곳에 오르기 직전, 제갈휘는 자신을 따라온 반외암과 봉장평에게 말한 바 있었다.

―먼저 건너가 있겠소. 이군장과 사군장이 당도하면 이르시오. 첫 햇살이 비치기 전까지는 도하를 시도하지 말라고.

주장의 단독 행동을 받아들이려 하지 않는 두 사람에게 제갈휘는 이렇게 덧붙였다.

―사상자가 더 생기면 전면전을 피하기 어려워지오. 쌍방의 피해를 최소화하기 위해서는 나 혼자 가는 것이 가장 좋소.

처음부터 선봉으로 건너와 이 장소를 확보해 두었다면 피해를 더욱 줄일 수 있었을 터였다. 그러나 주장이라는 자리가 그의 운신을 거북하게 만들었다. 지금 와서 돌이켜 보면 한 푼의 가치도 없는 겉치레에 지나지 않건만…….

제갈휘가 고소를 지을 때, 강상으로부터 깃발이 나부끼는 듯한 소리가 길게 이어졌다.

파라라라락―

서늘한 강바람에 옷자락을 펄럭이며 강물 위에 비스듬히 꽂힌 다섯 개의 통나무 징검다리를 연이어 건너오는 사람들이 있었다. 머릿수는 서른을 넘지 않았지만 그 면면을 살펴보면 머릿수를 헤아리는 것이 무의미함을 알게 될 터였다. 좌응, 마경도인, 반외암 등 세 군장과 종리관음, 황사년, 마척, 대경용, 봉장평 등 다섯 부군장, 그 외에도 각 군의 핵심이라 꼽힐 만한 인물들로 채워졌으니, 삼협의 탕탕한 격류도 그들의 위용 앞에는 물머리를 낮추고 숨을 죽이는 듯했다.

호교십군의 강자들이 물과 육지가 만나는 모래톱에 속속 내려서자 제갈휘는 이제껏 왼쪽 어깨 위에 얹고 있던 칠군의 부군장 태황을 바닥에 내려놓았다.

"자네도 이제야 좀 편해지겠군."

육지에 오른 사람들 중 가장 먼저 달려온 것은 역시 칠군장 반외암이었다. 제갈휘의 발치에 고꾸라지듯 몸을 던진 그는 태황의 상세를 살피기 시작했다.

"아우, 이게 무슨 꼴인가! 정신 좀 차려 보게!"

태황은 반외암이 해적으로 활동하던 시절부터 심복으로 달고 다니던 위인이었다. 바닷바람처럼 거친 그 성격들을 받아 줄 사람은 흔치 않은 탓에, 무양문에 투신한 뒤로도 두 사람은 북과 북채처럼 붙어 다녔다. 두 사람의 관계를 모르지 않는 제갈휘가 무거운 목소리로 반외암에게 말했다.

"신도神道와 영태靈台가 상했소. 암기에 당한 것 같소."

신도와 영대는 척추 위에 나란히 있는 요혈이었다. 그곳이 저렇듯 파괴된 이상, 요행히 목숨을 건지더라도 강호인으로서의 생명은 끝장난 것이나 마찬가지였다.

그러자 반외암을 뒤따라온 덩치 큰 청년이 말했다.

"태 아저씨는 금마옥접에 당했습니다."

제갈휘는 눈을 찌푸렸다.

"금마옥접? 화씨세가의?"

"그렇습니다. 그 화반경의 소행입니다."

이름을 입에 담는 것만으로도 분기가 치미는지 어금니를 부득부득 가는 그 청년은 광명궁수대를 이끌고 금야의 도하 작전에 선봉을 맡은 오군의 신임 부군장 대경용이었다.

대경용에게는 친형이 되는 호교십군의 전임 오군장은 지난해 벌어진 용봉단과의 전투에서 목숨을 잃었다. 하지만 그가 당한 수모는 거기서 끝나지 않았다. 용봉단의 두 단주는 그날의 대승을 강호에 널리 과시할 목적으로 전후 습득한 시신들을 십분 활용했으니, 그의 수급을 끓는 물에 삶아 해골로 만든 다음 용봉단의 단기團旗 끝에 깃봉처럼 매달고 다니는 만행을 서슴지 않았던 것이다. 그러니 잘린 머리나마 온전히 보전된 채로 부친 왕고에게 전달된 왕삼보의 처지는 그나마 나은 편이라고 해야 할 터. 대경용으로서는 용봉단의 두 단주들에 대한 증오심이 뼈에 사무칠 수밖에 없었다. 정도의 차이는 있겠지만 그 점은 제갈휘도 마찬가지였다.

"그녀가 여기 있었던가?"

"예, 바로 저 계집! 녹색 옷을 입은 자와 자색 옷을 입은 자 뒤에 서 있는 저 계집이 화반경입니다."

제갈휘는 대경용이 가리키는 곳으로 시선을 돌렸다.

화반경은 자면철수와 쌍산호 뒤에 몸을 숨긴 채 입술을 잘근잘근 씹고 있었다. 지금 그녀는 한 번도 겪어 보지 못한 극심한 낭패감에 사로잡혀 있었다. 그녀를 이 자리에 나서게 만든 두

가지 조건이 모두 어그러졌기 때문이다.

현유진인이 이끌고 온 건정회의 주력은 이빨이 빠져 있었다. 강가로 속속 모여드는 사람들 중에는 화반경이 가장 중요하게 여기는 두 사람, 상산팔극문주 남립과 녹림의 문곡성 채요명의 모습이 보이지 않았다. 그녀는 늦게라도 그들이 와 주리라고 믿을 만큼 순진하지 않았다. 이유는 알지 못하지만 그들은 싸우기도 전에 전선을 이탈한 것이다.

설상가상이랄까, 위응양은 무양문 본대의 도하를 저지하지 못했다. 강상으로부터 신룡처럼 날아온 제갈휘가 미명을 가르며 경천동지할 일 검을 펼쳤을 때, 화반경은 위응양에게 건 기대가 무너졌음을 알아차렸다. 시간을 어느 정도 끌기는 했지만 그녀가 원하는 만큼 충분하지는 않았다. 위응양 또한 그렇고 그런 범부에 지나지 않았던 것이다.

위응양이 시간을 충분히 끌어 주는 가운데 건정회 모든 주력이 완벽한 대응 태세를 갖춘다면, 도하를 시도하는 무양문에게 심대한 타격을 입힐 수 있으리라는 것이 화반경의 계산이었다. 상황이 그 계산대로 흘러간다면 괴멸까지는 아니더라도 격퇴 수준의 승리는 그리 어렵지 않을 터. 승리의 공훈 중 큰 부분은 가장 먼저 이 자리에 도착해 적의 선봉을 잡고 도하를 무력화시킨 그녀의 몫으로 떨어질 것이고, 그리되면 건정회 내에서 용봉단이 차지하는 입지 또한 더욱 굳건해질 것이다. 거기에 더하여 천주산에서 강이환이 추진 중인 공작까지 성공을 거두게 되면 이 모든 혼란의 주재자인 비각의 신임마저 얻게 된다. 생각해 보라! 왼손에는 건정회, 오른손에는 비각, 강호와 관부를 아우르는 이들 양대 세력의 비호 아래 승승장구할 용봉단의 장밋빛 미래를! 그녀의 가슴은 기대감에 들뜰 수밖에 없었다. 그러나…….

그 계산은 깡그리 어긋났다!

계산이 왜 어긋났는지, 남립과 채요명이 왜 전선을 이탈했는지, 또 위응양이 왜 시간을 충분히 끌지 못했는지는 이 시점에서 중요하지 않았다. 이 시점에서 무엇보다도 중요해진 것은 화반경, 본인의 안위가 되었다. 최선을 꿈꾸던 그녀가 이제는 최악을 피하기 위해 머리를 굴리는 신세가 되어 버린 것이다.

'아니야, 아직 최악이라고 볼 수는 없어.'

화반경은 앞에 세운 두 사내의 머리통 사이 작은 틈바구니로 무양문 측의 동태를 살피며 생각했다.

무양문의 도하는 이미 성공한 것으로 간주해야 옳았다. 제갈휘 정도 되는 절대 고수가 한 길 수심도 채 안 되는 십여 장 물길을 건너기 위해 다섯 개나 되는 통나무 징검다리를 놓을 리 없었다. 정작 저 징검다리를 요긴히 사용할 자들은 뒤이어 건너올 무양문 본대일 터. 제갈휘가 단신으로 건너왔을 때라도 동시다발로 강물에 뛰어들어 저 징검다리를 뽑아 버렸다면 조금이나마 더 시간을 끌 수 있었을 테지만, 주장이 갑자기 히죽거리며 광증을 부리고, 언당평과 감통이 주제도 모르고 나서는 바람에 그 기회마저 날아가 버렸다. 지금 생각해도 어이가 없는 것이, 동료의 시신을 앞둔 채로 적장과 더불어 무엇을 비웠느니 무엇을 채웠느니 얼토당토않은 선문답을 주고받던 현유, 이 얼빠진 늙은 말코의 황당한 짓거리라니!

그 결과는 저기 제갈휘의 뒷전에 위풍당당하게 늘어서 있는 인물들로 드러났다. 용봉단에 있어서 무양문은 철천지원수들의 집단. 용봉단주인 화반경이 무양문 요인들에 대해 해박한 것은 당연하다 할 수 있었다. 그런 그녀의 눈에 비친 저들 하나하나는 저승사자와 다르지 않았으니, 저들을 뚫고서 징검다리를 어찌해 본다는 것은 감히 바라기 힘든 일이었다.

무양문의 도하는 이제 기정사실이 되었고, 양 진영 간의 전면전은 불가피해 보였다. 하지만 다시 생각해 보니 그것이 반드시 나쁘다고는 할 수 없었다.

'그 싸움이 내게 기회를 줄 거야.'

지리적인 이로움을 잃어버린 데다 이빨도 왕창 빠져 칠백 남짓한 수로 줄어든 건정회로서는 무양문의 삼천 병력을 절대로 당해 낼 수 없었다. 하물며 제갈휘가 드러낸 압도적인 무위로 인해 기세마저 바닥으로 떨어진 상태가 아니던가. 승패의 향방은 이미 기울어져 있었다. 건정회가 패하는 것은 불 보듯 뻔한 일.

하나 명예와 체면에 목매다는 백도의 특성상 대놓고 항복하거나 도망치는 자는 그리 많지 않을 듯싶었다. 전면전이 시작되면 건정회에 속한 칠백 명의 무사들 중 대다수가 의기를 부르짖으며 무양문을 향해 돌진할 테고, 모닥불에 뛰어든 부나방처럼 장렬히 산화할 터였다. 중요한 점은 바로 그것. 그렇게 벌어지게 될 난전의 소용돌이는 화반경으로 하여금 안전하게 몸을 빼낼 수 있는 기회를 제공해 줄 것이다. 그러면 최악의 사태만은 면할 수 있는 것이다.

'그때까지는 저들의 눈에 띄지 않아야 해.'

화반경은 자신의 이름이 무양문의 척살 명부에 올라 있음을 의심하지 않았다. 지금은 가능한 한 자신을 감출 때였다. 앞에 세운 두 명의 사내들이 지금처럼 쓸모 있어 보인 적은 없었다. 자신의 한마디면 상사를 앓는 숫총각처럼 물불 가리지 않고 나서 줄 두 명의 머저리들이.

그때 제갈휘의 목소리가 들려왔다.

“진인께 묻겠습니다. 우리와 싸우기를 원하십니까?”

화반경으로서는 귀를 의심케 하는 말이 아닐 수 없었다.

‘저자가 방금 뭐라고 한 거지?’

싸움을 원하느냐고 물었다. 그 말인즉 건정회 측에서 원치 않는다면 싸우지 않을 용의도 있다는 뜻이 아니겠는가. 승리를 앞둔 장수가 패배를 앞둔 적에게 싸움의 선택권을 내주겠다고? 신주일권 언당평을 단칼에 죽여 버리던 그 무시무시한 단호함은 어디로 가 버렸단 말인가!

어리둥절해진 것은 현유진인도 마찬가지인 모양이었다.

“도우의 말씀을 이해하기 힘들구려. 무양문은 본 회와 싸우기 위해 장강을 건너온 것이 아니었소?”

현유진인의 반문에 제갈휘가 대답했다.

“뭔가를 오해하셨군요. 우리가 강북에 발을 들인 것은 몇몇 악도들에게 납치당한 문주님의 손녀분을 구출하기 위함입니다. 야밤에 다리를 놓는 수고를 무릅써 가며 이 삼협을 건너온 것은 관으로부터 허가를 받지 못했기 때문이고요.”

제갈휘의 표정과 말투는 지극히 담담하여 그것들로부터 속내를 들여다보기란 힘들 것 같았다. 그러자 현유진인의 뒷전에서 철목 염주를 자발없이 짤그락거리던 노승이 한 걸음 나서며 새된 목소리로 물었다.

“하면 내가 그냥 물러나겠다고 해도 막지 않겠다, 이거요?”

제갈휘의 한쪽 눈썹이 약간 삐딱해졌다.

“스님의 고명은 어찌 되시는지?”

“나, 나는…… 봉은사 주지인 적광이라고 하오.”

큰 죄라도 지은 듯 목구멍 속으로 말려 들어가는 적광의 말에 제갈휘가 소리 내어 웃었다.

"하하! 봉은사 주지 스님이 부자도 아니고 미녀는 더더욱 아닌데 소생이 무슨 이유로 발길을 막겠습니까?"

이제 제갈휘의 의도는 분명해 보였다. 그는 휘하에 보유하고 있는 압도적인 전력에도 불구하고 가장 확실한 승리를 가져다 줄 수단, 즉 전면전을 피하려 하고 있었다. 그러자 그가 취한 일련의 행동들, 단신으로 뭍에 오른 일부터 현유진인과 뜬금없는 선문답으로 시간을 허비한 일까지 이해할 수 있게 되었다. 그의 머릿속에는 처음부터 전면전이 들어 있지 않았다. 때문에 본대에 앞서 단신으로 뭍에 올라 건정회의 전의를 꺾어 놓은 것이었다.

'……왜지?'

화반경은 미간을 좁혔다. 제갈휘는 왜 전면전을 피하려는 것일까? 무엇이 두려워서?

'그, 그렇구나!'

화반경은 눈을 부릅떴다. 오늘 이 자리에서 떠올렸던 가장 큰 의문점 두 가지가 동시에 해소되었기 때문이다.

어떠한 언질도 없이 전선을 이탈한 남립과 채요명!

압도적인 우세에도 불구하고 전면전을 피하려는 제갈휘!

이 두 가지는 전혀 무관한 듯 보이지만 실제로는 하나의 맥락에서 이루어진, 장기로 말하자면 장군에 이은 멍군인 셈이었다.

남립과 채요명이 전선을 이탈한 데에는 보신을 바라는 목적뿐만 아니라 이후 벌어질 전면전의 결과를 더욱 명확히 만들려는 목적이 숨어 있었다. 건정회 장강 전선에서 가장 많은 수를 차지하고 있는 부류는 녹림도들. 칠성채는 그 핵심 아니, 본체라고도 할 수 있었다. 문곡성 채요명과 무곡성 나계제를 필두로 칠성장군 중 네 명이 포진된 칠성채의 전력은 웬만한 중견 문파 네 곳을 합친 것만큼이나 강성했으니, 허섭스레기 산적들을 제외한 그들 칠성채 단독으로도 이번 전체 전력의 삼 할 이상을 차지한다는 것이 객관적인 시각이었다. 거기에 남립의 상산팔극문, 남립의 가신처럼 구는 몇 군데 문파들, 그리고 비각에서 나온 다섯 비영들마저 몽땅 사라져 버렸으니, 건정회로서는 무양문과 싸워 보기도 전에 전력의 절반을 잃은 셈. 이런 상태에서 전면전이 벌어지면 승패는 명확히 갈릴 수밖에 없었다.

완승과 완패.

남립과 채요명 아니, 그 배후에 숨어 있는 문강이 바라는 장강 전선의 결과는 바로 그것이었다.

'그자는 이번 패배로 천하의 공분이 무양문에 쏠리기를 바랐던 거야.'

백도에 그만한 피해가 발생한다면 무양문과 대적하기를 꺼려하던 소림이나 개방 같은 거대 문파들도 손 놓고 있을 수만은 없게 된다. 신무전의 소철도 이전처럼 생색만 내지는 못하겠지. 그리하여 마침내 진정한 강호대전江湖大戰이 벌어지게 되는 것이다!

'하지만 제갈휘는 그 점을 간파하고 있었어.'

제갈휘 아니, 무양문의 두뇌 육건이 두려워한 것은 이 자리에 모인, 이빨이 빠지고 예봉마저 꺾인 칠백 명의 무사들이 아니었다. 그들이 쓰러진 자리에 새로이 등장할 강호 전체였다.

'무서운 자들…….'

도검이 번뜩이고 살육이 난무하는 곳만이 전장은 아니었다. 한 점의 날 빛도 보이지 않고 한 토막의 비명도 들리지 않지만,

이곳은 이미 전장이었다. 강호의 대세가 한순간에 판가름 날 수도 있는 극도로 위태로운 전장. 그 전장 위에서 비각의 문강은 칠백의 목숨을 미끼 삼아 장군을 불렀고, 무양문의 육건은 고검의 온후함을 앞세워 명군으로 받았다. 이 어찌 무섭다 하지 않겠는가!

하지만 등골을 옥죄는 오싹함 속에서도 화반경은 일면 안도할 수 있었다. 전면전이 벌어지지 않는다면 더 이상 희생자는 나오지 않을 것이다. 이는 자신의 안전을 보전하기 위해 특별히 궁리할 필요가 없음을 의미했다.

나는 살 수 있어! 어쩌면 이 자리에 모여 있는 건정회 측 칠백 명 모두가 그녀와 비슷한 심정을 느꼈을지도 모른다. 목숨을 버려 가면서까지 명분을 세우려는 자는 세상을 통틀어도 그리 흔치 않을 것이기에.

"도우께서 우려하시는 바가 무엇인지는 알겠소."

건정회의 주장인 현유진인은, 아까 보인 어처구니없는 광증에도 불구하고, 어리석은 자가 아닌 것이 분명했다. 그의 판단력은 화반경이 방금 사고해 낸 추론에 이미 이르러 있는 것 같았다. 흰 수염을 만지작거리며 숙고에 잠겨 있던 그가 고개를 천천히 들고 제갈휘에게 말했다.

"건정회의 주장으로서 말씀드리겠소. 오늘의 승자는 무양문이오. 무양문이 허락한다면 본 회는 부족함을 자인하고 물러가도록 하겠소."

"진인!"

"어찌 싸워 보지도 않고 패배를 인정하시는 겁니까!"

건정회 측 곳곳에서 앙앙불락해하는 고함이 터져 나왔지만, 화반경이 듣기에 진심이 담겨 있는 것은 하나도 없었다. 현유진인 또한 그 점을 모르지 않는지 뒤쪽으로는 눈길조차 돌리지 않았다.

"다만 장문사형의 지엄한 명을 받아 사문의 지보至寶까지 지니고 내려온 몸으로 아무런 일도 해 보지 못하고 물러난다는 것은 너무 면목 없는 일인 것 같소."

제갈휘가 허리를 똑바로 세우며 현유진인에게 물었다.

"진인께서 원하시는 바가 무엇인지요?"

"도우와 더불어 감히 일 합을 나누고자 하오."

현유진인을 향한 제갈휘의 눈이 가늘어졌다.

"아까와 마찬가지로 귀 회의 주장으로서 하시는 말씀인지? 만일 그렇다면 저는 진인의 분부를 따를 수 없습니다."

"아니오. 빈도는 지금 무당의 검을 익힌 자로서 화산의 검에 가르침을 구하는 것이오."

제갈휘는 가늘어진 눈으로 현유진인을 잠시 쳐다보다가 무겁게 말했다.

"어쩌면 후회하실지도 모릅니다."

오만하게 들릴 수밖에 없는 저 말에도 제갈휘를 대하는 현유진인의 태도는 여일 진지하기만 했다.

"후회해도 어쩔 수 없지요. 빈도가 자청한 일이니까."

그러고도 잠시 더 망설이던 제갈휘가 고개를 작게 끄덕였다.

"정히 그러시다면 진인의 분부를 따르도록 하지요."

"도우의 아량에 감사드리오."

"아니, 감사는 받지 않겠습니다. 저도 진인께 바라는 일이 한 가지 있으니까요."

현유진인의 표정이 어두워졌다. 그가 낮게 한숨을 쉰 뒤 말했다.

"패장이 어찌 승장의 요구를 거부하리오. 도우께서는 빈도에게 무엇을 바라시오?"

"그 일에 관해서는 이번 일 합을 마친 뒤에 말씀드리도록 하겠습니다."

대답을 미룬 제갈휘가 무리로부터 떨어져 앞으로 나섰다. 현유진인도 더는 묻지 않고 제갈휘를 향해 마주 걸음을 옮겼다. 그 모습을 지켜보던 화반경은 침을 삼켰다.

일 합.

말 그대로 단 한 번의 겨룸이다.

하수라면 쇳소리 한 번으로 지나가 버리는 짧디짧은 겨룸. 그러나 제갈휘와 현유진인 수준의 검도 고수에게 있어서 일 합은 그 이상의 의미가 있을 터였다. 자연히 적아를 불문하고 이 자리에 모인 모든 사람들의 눈길이 두 사람에게 집중되었다. 화반경도 예외는 아니었다. 더구나 그녀의 남편 강이환은 후기지수 중에서 손꼽히는 검객. 오랫동안 그를 지켜봐 온 그녀이기에 검법에 대한 안목이 남다를 수밖에 없었다.

그러나 그 남다른 안목으로도, 저 일 합에 대해서만큼은 그 어떤 판단이나 해석도 내릴 수 없었다.

'저게…… 뭐야?'

제갈휘와 이 장쯤 떨어진 곳에 걸음을 멈춘 현유진인이 허리의 태청보검을 뽑아 중단으로 겨눈 뒤 그 검봉으로 원을 느릿하게 그려 냈다. 커다란 원. 하지만 그 안은 텅 비어 있었다. 아무것도 들어 있지 않았다.

반면에 제갈휘가 보인 행동은 조금 더 복잡하다고 할 수 있었다. 어깨 너머 장검을 뽑아 허공에 몇 개의 점들을 찍어 내기는 했으니까. 하지만 그냥 찍어 냈을 뿐이다. 하나씩 하나씩,

아이라도 그 수가 열임을 셀 수 있을 만큼 천천히.

화반경의 눈에 비친 그들의 일 합은 그러했다.

"으음."

현유진인이 묵직한 신음을 흘리며 한 발짝 물러섰다. 혹시 눈에 보이지 않는 검기에 당하기라도 한 것일까? 화반경은 눈을 빛내며 현유진인의 상태를 살펴보았다. 그러나 그녀의 예상은 빗나갔다. 한 발짝 물러난 자리에 몸을 세운 뒤 쥐고 있던 태청보검을 검집으로 집어넣는 현유진인에게서는 그 어떤 피해의 기미도 보이지 않았던 것이다. 그리고 그 점은 제갈휘도 마찬가지. 허공에 열 개의 덧없는 점을 찍어 낸 장검이 어깨 너머 검집으로 돌아가고, 제갈휘가 입을 열었다.

"보여 드리는 게 옳은 일일지 솔직히 망설였습니다."

제삼자는 도무지 의미를 짐작하기 힘든 이 말에 현유진인이 길게 탄식했다.

"빈도의 수양이 모자란 탓이오. 덜 자란 날개로 준령峻嶺의 높이를 재려 했으니……."

"후회하십니까?"

"후회하지 않소."

현유진인이 침중한 안색을 펴며 덧붙였다.

"길이 아무리 멀더라도 목표가 보이는 이상 언젠가는 이르게 될 테니까."

제갈휘가 빙긋 웃었다.

"진인의 텅 빈 원 속에 무엇이 채워질지 저도 궁금하군요. 좋은 시절이 오면 무당산으로 한번 찾아뵙겠습니다."

"빈도로서는 오직 고소원固所願일 따름이오."

제갈휘와 현유진인이 서로에게 정중히 포권을 올렸다. 그리고 두 사람이 상체를 세우고 모은 주먹을 풀었을 때, 분위기가 바뀌었다. 제갈휘가 엄숙한 얼굴로 말했다.

"이제 진인께 바라는 일을 말씀드리지요."

"말씀해 보시오."

"저는 한 발의 화살로써 이 자리를 마무리하고자 합니다. 진인께서는 부디 양해해 주시기 바랍니다."

저 말이 끝난 순간, 화반경은 심장이 철렁 내려앉는 기분을 느꼈다. 제갈휘의 옆으로 성큼성큼 걸어 나오는 덩치 큰 청년을 보았기 때문이다. 아까 통나무 부교 위에서 그녀를 향해 위력적인 궁사弓射를 날려 대던 바로 그 청년이었다.

"한 발의 화살이란…… 하나의 목숨을 의미하는 것이오?"

"그렇습니다."

현유진인은 눈을 감았다. 그러고는 아무 말도 하지 않았다. 그 침묵이 무엇을 의미하는지 화반경은 즉시 알 수 있었다. 현유진인은 제갈휘의 요구대로 하나의 목숨을 내주기로 작정한 것이다. 그녀의 눈동자가 불안하게 흔들리기 시작했다.

아니나 다를까, 청년이 우렁우렁한 목소리로 외쳤다.

"용봉단주 화반경! 나 대경용이 당신을 쏘겠소!"

화반경의 도자기처럼 매끄러운 이마에 진득한 땀방울이 배어 나오기 시작했다.

끝났다고 생각했는데! 이제는 살았다고 생각했는데!

대경용은 금작화세궁의 줌통을 달걀 쥐듯 부드럽게 감싸 쥐었다. 허리를 곧게 세우고 두 다리에 각을 잡으니 대지의 굳건함이 궁신弓身으로 전달되는 것이 느껴졌다.

조마번의 망루를 무너뜨린 일시봉산은 형님조차도 가벼이 펼치지 않으시던 난공難功 중의 난공이었다. 그것을 한 시진도 안 되는 짧은 간격을 두고 연거푸 펼치려니 벌써부터 단전 어름이 따끔거리고 있었다.

그러나 형님의 삶을 증명하는 한 발이었다. 대경용은 반드시 해내야만 했다.

문득 등허리가 뜨듯해졌다. 흠칫 놀라 돌아보니 일군장님께서 명문혈命門穴이 있는 자리에 손바닥을 얹고 계셨다. 그 손바닥으로부터 흘러들어 온 봄볕처럼 온화한 기운이 지친 개처럼 헐떡거리는 단전을 어루만져 주는 것이 느껴졌다. 가슴이 열리는 기분, 해낼 수 있다는 자신감이 생겼다.

대경용은 신중한 손놀림으로 금작화세궁의 시위에 금작시 한 발을 메겼다. 아침빛 속에서 까만 윤기를 흘리는 살깃이 형님의 눈동자처럼 그를 올려다보고 있었다.

시야가 활짝 열렸다. 전방을 가리고 있던 자면철수와 쌍산호가 허둥지둥 비켜선 것이다. 목숨을 바쳐서라도 지켜 줄 테니 아무 염려 말라며 누릿한 수컷의 냄새를 한껏 풍기던 그들이었건만. 그러나 화반경에게는 그들의 비겁함을 탓할 여유가 없었다. 청년의 화살이, 아까의 교전에서 받은 것보다 백배는 더 위험한 느낌을 풍기는 그 화살이, 그녀의 생명을 무서우리만치 정확히 겨누고 있었기 때문이다.

그런데 그 화살이 얹힌 저 활은…… 아까도 왠지 낯익은 느낌을 주었던 저 활은…….

"금작화세궁이다!"

"관산귀전의 마궁魔弓이다!"

맞아! 관산귀전 대적용! 바로 그자가 사용하던 활이었어!

그러자 저 청년이 자신을 향해 초지일관으로 내보이던 그 맹목적인 적개심의 이유를 알 수 있었다. 지금도 용봉단을 상징하는 단기 끝에는 대적용의 해골이 장식처럼 걸려 있었다.

'응?'

주위가 갑자기 시원해졌다. 굳이 시선을 돌려 확인하지 않아도 화반경은 알 수 있었다. 빽빽이 붙어 서 있던 사람들이 그녀로부터 슬금슬금 멀어지고 있었다.

'가지 마!'

화반경은 왼쪽으로 움직였다. 그쪽에 있던 사람들이 더욱 왼쪽으로 멀어졌다. 오른쪽으로도 움직여 보았다. 그쪽도 마찬가지였다. 무리 속에서 그녀는 언제나 꽃이었다. 모든 사람들은 그녀에게 가까이 오지 못해 안달을 냈다. 그러나 지금은 아니었다. 지금 사람들은 그녀가 더러운 오물이라도 되는 양 그녀로부터 멀어지기 위해 애를 쓰고 있었다.

다급해진 화반경은 소매 속에 감추어 둔 금마옥접을 꺼내 들었다. 그러나 대적용의 금작시를 막기에는 너무 작고 가벼울 것 같았다. 그러자 요대에 꽂아 둔 봉무철소가 떠올랐다.

'제갈휘는 한 발의 화살이라고 했어.'

두 발은 없다는 얘기였다.

'침착해야 해. 저 한 발만 막거나 피하면 되니까.'

그러나 그 한 발이 산을 무너뜨린다는 대적용의 일시붕산이라면 장담할 수 있는 상황이 결코 아니었다.

화씨세가의 철소공으로 막아 낼 수 있을까? 화씨세가의 호상연파보로 피해 낼 수 있을까? 하지만…… 하지만 나는 화씨도 아니잖아! 화반경의 눈에 눈물이 맺혔다. 엄마! 내 진짜 성은 뭐예요?

오직 한 점으로 겨누어진 단호한 살기가 그녀를 송두리째 무너뜨리고 있었다. 그리고…….

발사.

한 점의 살기가 무서운 속도로 확대되었다. 화반경은 그 자리에서 얼어붙은 듯 굳어 버렸다. 그녀는 아직 봉무철소를 뽑지도 못했다. 그녀는 무방비 상태였다. 처음 세상에 나온 날처럼.

"안 돼!"

빛살처럼 쏘아 온 살기와 아기처럼 움츠러든 화반경 사이로 누군가 뛰어들었다.

(4)

일단 물리면 약도 없다는 뱀이 바로 홍관사였다. 독물과 약물은 서로 짝이 있어 어느 한쪽만 승하지 않다는 것이 음양상화陰陽相和의 의리醫理이기는 하지만, 독성의 침투력이 워낙 강한지라 제 약을 써 보기도 전에 황천 문턱을 넘어갈 수밖에 없는 것이다. 물리고 일곱 걸음이면 끝장난다는 칠보추혼사七步追魂蛇라는 별칭이 홍관사에 붙은 데는 그런 이유가 있었다.

"우와! 이게 웬 횡재래요?"

때문에 소홍은, 자신을 향해 갈래진 혀를 날름거리는 홍관사 무리에 둘러싸인 절체절명의 순간에 들려온 저 얼토당토않은 탄성 앞에, 그 탄성의 주인공과 이 시간, 이 자리에서 만날 확률이 얼마나 극미한지에 대해서는 떠올려 보지도 못한 채, 그저 이렇게 대꾸해 주고 싶었다.

'네 눈에는 이게 횡재로 보이냐?'

한데 그 얼토당토않은 탄성의 주인공, 소 닮은 낯짝을 한 주제에도 어디서 주워들은 것은 많아서 우두만박개牛頭萬博꾸라는 괴이한 별호를 얻은 개방의 다음 대 방주 황우는 스스로 뱉은 탄성에 다른 뜻이 없음을 몸소 입증해 보였다.

"옷에 비린내 밸지도 모르니 스님께서는 나서시지 않는 편이 좋겠네요."

그러고는 고개를 돌려…….

"호 숙부, 오늘 우리 숙질이 몸보신 제대로 할 수 있겠네요."

하면서 홍관사 무리를 와락 덮쳐 가니, 황우와 함께 나타난 일승일속—僧—俗 중 헌칠한 젊은 중은 심각한 표정이 되어 한 발짝 뒤로 물러난 반면, 땅딸한 늙은 거지는 두 눈에 열기를 띠며 뒤쫓아 달려 나온 것이었다.

꿩 잡는 게 매라면 뱀 잡는 건 거지인 모양인지, 백 마리 남짓한 홍관사 무리를 상대로 늙고 젊은 두 거지가 펼친 활약은 압권이라는 짧은 말로 요약할 수 있었다. 왼손으로는 뒤춤에 차고 다니는 가죽 주머니에서 쥐여 낸 명반明礬을 적절히 사용해 가며, 오른손으로는 홍관사의 삼촌혈三寸穴을 낚아채 어깨 너머 마대 속으로 욱여넣는 눈부신 솜씨라니!

"여섯 마리, 일곱 마리, 여덟 마리……."

쉿! 쉬쉿! 쉿!

인간들의 콧노래와 뱀들의 혓소리가 교차하는 가운데 홍관사들로 인해 검붉어진 땅 색이 누가 베어 먹기라도 하듯 뭉텅뭉텅 휑해 가더니, 일각도 지나지 않아 깨끗해지고 말았다. 아닌 밤중에 홍두깨라고, 꼭두새벽부터 천적과 마주친 가련한 미물들에게는 재앙도 이런 재앙이 없을 터. 절반은 생포되어 두 자루 마대 속에 수습되고 절반은 겁에 질려 머리통 납작 깔고 달아나니, 이제 풀밭 위에 남은 것이라고는 골치를 지끈거리게 하는 뱀 비린내뿐이었다.

마대 무게로 묵직해진 어깨를 추어올리며 소 닮은 넓은 하관 가득 보람찬 미소를 짓는 황우를 바라보며, 소흥은 기진으로 가물거리는 의식의 끝자락을 붙들고 마침내 수긍하기에 이르렀다.

'……너한텐 횡재가 맞구나.'

거지와 도사와 중이 이름 모를 숲 속에서 만난 그 새벽, 거지는 횡재했고 도사는 구사일생했다.

그렇다면 중은 어떻게 되었을까?

중의 표정은 심각했다, 동행한 두 거지가 탐욕에 눈이 벌게져 뱀 떼 속으로 뛰어들 무렵보다 조금 더.

흔히 불문 공부가 깊어지면 여섯 가지 신비한 공능이 생긴다고들 하는데, 세간에 떠도는 말처럼 삼세를 뚫어보고 미물과 소통하며 어디든지 날아다니는 신통방통한 도력까지는 아니더라도, 속가의 여타 공부에 비해 오감이 밝아지는 것은 사실이었다. 불문 공부의 태두인 소림사에서도 기재로 손꼽히는 적송寂悚이 남들보다 밝은 귀를 가질 수 있었던 것은 그런 연유인데, 덕분에 그는 부근에 있던 거지와 도사가 듣지 못한 어떤 소음을 들을 수 있었다. 선비처럼 온유한 그의 얼굴이 이리도 심각해진 것은 잘못 분 피리 소리처럼 어금니 안쪽을 근질거리게 만드는 바로 그 소음 때문이었다.

'누군가 부리는 뱀이다!'

두 거지의 난입으로 극심한 혼란에 빠진 뱀들이지만 저 소음이 울릴 때마다 새빨간 머리통을 곧추세우고는 모종의 통일된 행동을 보이기 위해 애쓰고 있었다. 귀가 달려 있지 않은 뱀은

뼈를 통해 감지한 울림으로 청각을 대신한다고 하니, 저 소음은 이를테면 뱀들의 뼈에 가해진 조련용 채찍인 셈이었다.

그러던 어느 순간 소음의 기조가 바뀌었다. 그 변조는 인간과 미물 사이에 벌어진 이 기이한 전투에 커다란 영향을 끼쳤다. 고막을 묵직하게 누르는 듯한 마지막 긴 소음이 무성無聲의 울림으로 번져 나가자, 거지들의 마수로부터 요행히 벗어난 오십여 마리의 뱀들이 일제히 몸을 돌려 달아나기 시작한 것이다.

적송은 뱀들이 달아나는 방향으로 시선을 돌렸다. 예의 소음이 울려온 방향이기도 했다.

바스락.

그 방향 어딘가에서 일어난 작디작은 인기척이 청각에 포착된 순간, 적송의 신형이 그 자리에서 사라졌다.

입이 비렸다.

비린 맛을 지우기 위해 입맛을 다셨더니 석청石淸이라도 베어 문 양 위아래 입술 사이에서 쩍쩍 소리가 울려 나왔다. 대체 뭘 먹었기에 이리도 비리면서 끈끈한 걸까? 소홍은 불쾌함에 앞서 궁금함을 느끼며 눈을 떴다.

"정신이 드시나 보네요."

얼굴 위에 소머리 하나가 떠 있었다. 황우의 머리였다. 소홍은 눈 뜨기 전 가장 궁금해하던 점을 물었다.

"내게 뭘 먹인 겐가?"

황우는 대답 대신 오른손에 쥐고 있던 붉은 줄을 소홍의 얼굴 앞으로 들이밀었다. 눈에 초점을 맞춰 다시 쳐다보니 붉은 줄이 아니라 뱀이었다. 아래턱 바로 밑에 가로로 칼집이 난 채 축 늘어져 있는 홍관사. 상처에 엉겨 붙은 검붉은 혈병血餠이 불길한 느낌을 안겨 주었다.

"설마……?"

황우가 씩 웃으며 고개를 끄덕인 순간 소홍이 받은 불길한 느낌은 현실이 되었다. 그의 입을 비리고 끈끈하게 만든 액체의 정체는 바로 뱀의 피였던 것이다!

"윽!"

소홍은 조금 전까지 기진으로 의식을 잃고 있던 사람이라고는 믿어지지 않을 만큼 빠른 속도로 상체를 일으킨 다음 두 손으로 땅바닥을 짚었다. 다음 순간, 목구멍을 밀어 젖히며 솟구친 시큼한 덩어리들이 쩍 벌린 입을 통해 무서운 기세로 쏟아져 내리기 시작했다.

"우웨엑!"

소홍은 토하고, 토하고, 또 토했다. 어찌나 열심히 토해 댔던지 말미에는 엊저녁에 먹어 거의 소화가 된 건량 쪼가리까지도 구경할 수 있었다.

"자, 자네…… 내게 왜……?"

그렇게 한바탕 고역을 치른 뒤, 입가에 기다란 침 줄기를 매달고 고개를 든 소홍에게 황우가 혀를 끌끌 차며 말했다.

"홍관사 생혈은 돈 주고도 못 구한다는데 그 귀한 걸 왜 토하시는지 모르겠네요. 안 그런가요, 호 숙부?"

"아무렴, 천금을 줘도 구하기 힘든 산중진미요, 보약이지. 보라고, 불끈불끈 힘이 솟는 것 같잖아?"

황우의 뒷전에 서 있던 땅딸한 늙은 거지가 남보다 몽땅한 팔로 알통을 잡으며 장단을 맞춰 주었다. 눈치를 보아하니 소홍이 기절해 있던 사이 몇 마리 해치운 모양인데, 언행과는 달리 눈이 퀭하고 얼굴이 거뭇해 굳이 문진을 하지 않아도 어딘가에 탈이 난 환자임을 알 수 있었다. 병색으로 인해 늙은이로 보일 뿐이지 실제로는 오십 줄도 넘기지 않았으리라는 점도 그제야 발견할 수 있었다. 소홍은 도포 소맷자락으로 지저분한 입가를 훔친 뒤 땅딸한 거지에게 물었다.

"실례지만 뉘신지?"

"아, 인사가 늦었군요. 저는 개방에서 순찰노두巡察老頭를 맡고 있는 호유광胡俞廣이라는 사람입니다."

신무전 약사가 아무리 한직이라지만 그래도 강호 유명 인사들의 명호 정도는 알아 둘 필요가 있었고, 개방의 순찰노두라면 확실히 그 축에 드는 인물이었다.

'개방의 순찰노두면……?'

소홍은 기억을 더듬어 보았다. 지난해 강남의 모처에서 입은 부상 때문에 장기간 요양에 들었다고 알려진 위인인데, 병색이 완연한 저런 환자까지 바깥으로 내돌리는 것을 보면 개방에 뭔가 심각하도고 중대한 일이 생겼음을 짐작할 수 있었다.

어쨌거나 상태가 멀쩡하든 멀쩡하지 않든, 개방의 고위 인사에게는 그에 합당한 예의를 지킬 필요가 있었다. 소홍은 격하게 토하느라 바닥에 떨어뜨린 흑견도관黑絹道冠을 주워 머리에 쓴 뒤 호유광을 향해 포권을 올렸다.

"신무전의 소홍이 호 대협께 인사 올립니다."

"아이고, 이런 결례를! 신무전 약사님께서 먼저 고개를 숙이시게 하다니요!"

황망해하며 두 주먹을 마주 모은 호유광이 고개를 깊이 숙이며 말을 이었다.

"많이 늦었지만, 일전에 우리 방주님을 살려 주신 은혜, 개방의 모든 거지들을 대표하여 감사드립니다."

소홍은 지난봄 소림사에서 독중선의 절독에 중독된 개방 방주 우근을 치료해 준 적이 있었다.

"제가 한 일이라고는 별것 없었습니다. 모두 우 방주의 천운과 체력이 강성한 덕분이었지요."

"무슨 그런 겸손의 말씀을! 방주님께 다 들었습니다. 그 뭐냐, 삼청연진…… 무슨 묘결을 암송하며……."

"삼청연진수복영사묘결三淸煉眞修伏靈砂妙訣이네요. 모두 육백 자네요."

황우가 환자의 부실한 기억력을 받쳐 주기 위해 끼어들었지만 실제로 큰 도움은 되지 못한 것 같았다.

"그래, 삼청연진……묘결. 그걸 외우며 중양진인의 도력이 담긴 보단을 복용하신 덕분에 그 못된 노독물의 청갑귀산을 완전히 물리치실 수 있었다고 하셨습니다. 그 일로 인해 개방 총타의 벽에는 중양진인의 초상이 걸리게 되었지요."

호유광의 반응이 어찌나 열렬한지 소홍은 일말의 죄책감마저 들었다. 개방 방주를 치료하던 일에는 남들이 모르는 속내가 숨어 있었기 때문이다. 잠시 주저하던 그는 그 속내를 털어놓기로 마음먹었다.

"지금부터 제가 드리는 말씀은 우 방주께 비밀로 해 주시기 바랍니다."

"예? 그게 무슨……?"

"실은 삼청연진수복영사묘결을 반드시 외울 필요는 없었습니다."

"엑?"

두 눈이 휘둥그레진 두 거지에게 소홍이 면구스러워하며 말했다.

"그 자리에 함께 계시던 사숙께서 꼭 그렇게 시키라고 당부하셔서……. 말씀드리기 송구스럽지만, 우 방주는 혼 좀 나 볼 필요가 있다고 하시면서……."

이 말에 황우가 호랑이 온다는 소리를 들은 아이처럼 부르르 진저리를 쳤다.

"그 어른이라면 며칠 전에도 뵈었네요."

이번에는 소홍의 눈이 휘둥그레질 차례였다.

"누구를? 매불 사숙을?"

"맞네요."

"그 어른을 어디서 뵈었다는 겐가?"

"소림에 들렀다가 뵈었네요."

"소림? 그 어른이 지금도 거기 계시는가?"

"안 그래도 언제까지 절 밥 축내실 작정이시냐고 물었다가 꿀밤만 한 대 벌었네요."

소홍은 기가 막힌 나머지 헛웃음을 흘렸다. 지난번에도 느낀 점이지만 이 황우라는 놈도 범상한 물건은 절대 아니라는 생각이 새삼스레 들었다.

"그 어른 성격에 꿀밤 한 대로 끝난 걸 다행으로 여기게."

"저도 그리 생각하네요."

황우가 히죽 웃다 말고 고개를 갸웃거렸다.

"그러고 보니 참 묘한 일이네요."

"뭐가 그리 묘한가?"

"하직 인사를 올릴 때 그 어른께서 하신 말씀 중에, 요번 행보 중에 보복지리를 이루게 될 거라는 말씀이 계셨네요."

"보복지리?"

"예, 하도 뜬금없는 말씀이라 그때는 노망이라도 나신 건가 의아해했는데, 이렇게 약사님을 뵙게 되니 그 말씀이 새삼스럽게 다가오네요. 그 어른, 진짜로 도통하셨나 보네요."

"그러니까 자네 얘기인즉, 지난봄 내가 우 방주께 도움을 드린 인연 때문에 자네가 지금 나를 구하게 되었다 이건가?"

"보복지리라니 대충 그렇게 돌아가는 게 아닌가 싶네요."

"허!"

소흥으로서는 믿기 힘든 얘기가 아닐 수 없었다. 하지만 매불에게 천기를 읽고 앞일을 예측하는 능력이 있다는 것은 사부인 한운자에게서 들어 알고 있는 바, 곱씹어 볼수록 보복지리라는 말이 의미심장하게 여겨졌다.

'나중에 뵙게 되면 한번 여쭤 봐야겠군.'

그렇게 생각하며 소흥이 황우에게 다시 물었다.

"한데 소림에는 무슨 일로 갔는가?"

"사부님께서 소림사 방장대사님께 부탁하실 일이 있었네요."

'소림사 방장대사'라는 말에 소흥은 자연스럽게 두 명의 승려를 떠올리게 되었다. 하나는 소림사 문수전 어둠 속에 몸을 감추고 있던 외눈박이 승려, 또 하나는 문수전 지하 밀실에 처참한 몰골로 누워 있던 고름투성이 승려. 두 승려를 아우르는 공통된 요소는, 불문 성지로 추앙받는 소림사에서 접하리라고는 단 한 번도 생각해 본 적이 없는 섬뜩한 사기邪氣였다. 한쪽은 도가니 속의 쇳물처럼 맹렬히 끓어오르는 포악한 사기, 다른 한쪽은 늪 바닥의 오니처럼 끝없이 침잠하는 쇠약한 사기.

기억과 더불어 당시 문수전을 감돌던 어둡고 무거운 분위기까지 떠올린 소흥은 혓바닥 밑에 지그시 고이는 침음을 삼킨 뒤 황우에게 물었다.

"그곳 방장대사께서는…… 어떠시던가?"

본래는 차도가 있느냐고 물으려 했다. 당시 문수전 지하 밀실에 누워 있던 고름투성이 승려의 정체가 바로 소림사의 현임 방장대사인 적공寂空이었기 때문이다. 하지만 그 일은 소림에서 피객승避客繩을 내건 것으로도 모자라 십팔나한으로 번까지 세워 가며 감추고자 했던 치부 중의 치부, 외인인 자신이 발설하는 것은 도리가 아니었다.

그런 사정에 관해 아는지 모르는지, 황우는 어깨를 으쓱거리더니 대수롭지 않은 투로 대답했다.

"소림사 방장대사님을 직접 뵙지는 못했네요. 그 일은 태사조님께서 대신 해 주셨네요."

태사조라면 소림사에서 가장 배분 높은 어른인 광비대사를 가리켰다. 소홍은 지난봄 광비대사가 소림사의 장문영부인 녹옥불장으로써 문수전의 괴승을 강제하던 광경을 기억해 낼 수 있었다. 한데 황우의 말을 들어 보니 지금의 상황도 크게 달라지지 않은 모양이었다.

'반년이나 흘렀건만…….'

당시 소홍은 매불의 강압에 못 이겨 옥허비전玉虛秘傳의 정수라고 할 수 있는 구천대회혼신단九天大回魂神丹을 적공에게 복용시킨 바 있었다. 하지만 그로부터 반년이 지난 지금까지도 허리 꼬부라진 광비대사가 방장 노릇을 대신하고 있는 것을 보면, 적공에게서는 뚜렷한 차도가 보이지 않은 듯했다. 씁쓸히 입맛을 다신 소홍이 황우에게 물었다.

"한데 물건을 받았으면 사부가 계신 개봉으로 돌아갈 것이지, 이 섬서에는 무슨 일로 온 겐가?"

소림사가 있는 소실산과 개방 총타가 있는 개봉은 모두 하남성 경내에 위치해 있으며, 그 거리가 삼백 리도 채 떨어져 있지 않았다. 그 사이를 왕래하면 되는 일인데, 황우가 하남에서 수천 리 떨어진 이 섬서 땅에 모습을 드러낸 까닭이 자못 궁금해졌다.

"사부님께서는 초여름부터 개봉을 비우셨네요. 어찌나 바삐 쏘다니시는지 지금 어디에 계시는지는 제자인 저도 모를 지경이네요. 소림에 다녀오라는 명도 강남에서 올라온 인편을 통해 전달받은 거네요."

"방 내에 무슨 일이라도 생긴 건가?"

"일이 생긴 것은 방 내가 아니라 방 외네요. 그래서 그렇게 바빠지신 거네요. 그리고 제가 이 섬서에 온 까닭은 꼭 만나야 할 사람들이 있기 때문이네요."

소홍은 남의 일에 미주알고주알 캐물을 만큼 오지랖이 넓은 사람이 아니었다. 하지만 어눌한 듯하면서도 제 할 말을 차근차근 붙여 나가는 황우의 언변에는 기이한 힘이 담겨 있어서 귀 기울여 듣다 보면 저절로 뒷얘기가 궁금해지도록 만들었다.

"만나야 할 사람들이 누군데?"

황우는 대답 대신 호유광을 슬쩍 돌아보았다. 소홍에게 말해 줘도 되는지를 묻는 눈치였다. 호유광은 잠시 망설이는 표정을 짓다가 고개를 끄덕였다. 방주의 목숨을 구해 준 은혜가 있는 만큼 야박하게 굴어서는 안 된다고 판단한 듯했다. 황우의 길쭉한 입이 다시 열렸다.

"실은 내일 저녁 서안西安 부근의 한 야산에서 명두대회라는 모임이 열리네요."

"명두대회?"

소홍은 자신도 모르게 목소리를 높였다. 황우가 눈을 끔벅이며 물었다.

"예, 한데 왜 그리 놀라시는지 모르겠네요."

"나도 그 명두대회에 가던 참이었네."

이번에는 황우가 목소리를 높일 차례였다.

"약사님도요?"

"그렇다네. 명두대회에 참석하는 네 명의 명두를 만나기 위해서지."

황우가 손뼉을 치며 말했다.

"거참 공교로운 일이네요. 우리 사부님께서도 그 사대명두를 만나 연서連書를 전하라는 명을 내리셨네요."

"연서?"

"사부님과 소림사 방장대사님, 강동 석가장의 장주님 등등이 서명하신 연서네요."

주로 듣는 것 위주로 자리를 지키던 호유광이 두 사람의 대화에 끼어들었다.

"제가 따라온 것도 그 연서를 사대명두에게 전하기 위해서입니다. 그들 중 한 사람과 친분이 있거든요."

고개를 주억거린 황우가 호유광의 말을 받았다.

"그리고 적송 스님도 우리와 비슷한 이유로 동행하게 된 거네요."

"적송 스님?"

"우리와 함께 오신 젊은 스님 말이네요. 범도신승의 제자분이라는데 무공이 어찌나 깊은지 적 자 배에서도 세 손가락 안에 들어갈 정도라고 하네요. 게다가 성격은 또 얼마나 진중한지, 나이는 형님뻘이지만 동행하는 내내 존장을 모시고 다니는 것 같다는 생각이 몇 번이나 들었는지 모르네요."

황우가 침이 마르도록 칭찬해 마지않는 그 청년승의 명호는 소홍 또한 들어 본 적이 있었다. 지난해인가 서북방의 어느 강에서 수적의 패악으로 위기에 처한 많은 인명을 구함으로써 옥나한玉羅漢이라는 별호를 얻었다던가. 전대 불문제일인으로 추앙받던 범도신승의 고제자라면 나이를 뛰어넘는 경지를 이룬 것도 이해 못 할 일은 아니었다.

"한데 그 스님은 어디 계시는지?"

소홍의 물음에 호유광이 고개를 갸웃거리며 말했다.

"글쎄요, 아까 홍관사들이 달아날 때 쫓아가는 것 같던데, 아직까지 안 돌아오는 걸 보니 꽤 멀리까지 가셨나 봅니다."

그 말에 황우도 고개를 갸웃거렸다.

"이상하네요. 절 밥 축내는 누구처럼 계율을 어기고 비린 음식을 즐길 분은 아닌 것 같던데."

적송으로 말할 것 같으면 수계식受戒式을 치른 열여섯 살 이후로 단 한 번도 계율을 어긴 적이 없는 신심 깊은 불제자였다. 그러므로 적송이 잡고자 한 것은 당연히 뱀이 아니라 뱀을 부리는 자였다. 인간의 가청 영역을 넘어서는 기묘한 소음으로써 뱀을 부리던 그자는 마지막 퇴각 신호를 끝으로 숨어 있던 자리를 벗어났지만, 그자로 연결되는 끈은 여전히 남아 움직이고 있었다. 적송의 앞에서 달아나는 저 홍관사들이 바로 그 움직이는 끈이었다.

미명의 어스름이 채 가시지 않은 잡목림을 소림의 칠십이종 절기 중 하나인 부동신보不動神步의 신묘함에 기대어 통과한 뒤, 땅이 끊긴 듯 가파르게 굽이진 비탈면이 시작되는 곳에서 적송은 걸음을 멈췄다. 시간도 제법 흘러 멀리 동쪽 능선 위로 자줏빛 아침노을이 밝아 오고 있었다.

'계속 좇아야 하나?'

적송은 홍관사들이 내려간 비탈면을 내려다보며 갈등을 느끼고 있었다. 미물을 부려서 인간을, 그것도 신무전의 요인을 해치려 한 흉수를 붙잡아야 한다는 마음에 일행에게 알리지도 않고 무작정 시작한 추적이었다. 하지만 그 추적이 이 정도로 멀리, 그리고 오래 이어지리라고는 미처 예상치 못했다. 더구나 그에게는 태사조로부터 특별히 받은 임무가 있었다. 명두대회에 전령으로 파견된 개방의 후개를 보호하는 임무. 민간 백련교의 네 명두들에게 연서를 전하는 일은 강호대란을 조장하는 암중 세력에 맞서 비밀리에 결성된 동맹, 동심맹同心盟이 강호대란의 불씨이기도 한 무양문의 패도를 가라앉히기 위해 시도하는 첫 번째 행사이기도 했다.

'음?'

비탈면이 시작되는 곳에 서서 갈등하던 적송이 어느 순간 표정을 굳혔다. 사람의 신음처럼 들리는 가느다란 소리가 비탈면 아래로부터 울려왔기 때문이다. 홍관사가 무리 지어 내려간 방향에서 사람의 기척이 들린다는 사실 하나만으로도 그의 자비로운 불심을 움직이기에는 충분했다. 그는 비탈면 아래로 지체 없이 신형을 던졌다.

비탈면 아래에는 과연 사람이 있었다.

가파른 비탈면을 날듯이 내려온 적송은 땅바닥에 죽은 듯이 쓰러져 있는 남자를 발견하고는 급히 다가갔다.

'이건⋯⋯.'

적송은 미간을 찌푸렸다. 사십 전후로 보이는 그 남자는 일견하기에도 목숨이 붙어 있을 수가 없는 상태였다. 뼈까지 잘려 기괴한 각도로 꺾인 목이 그 점을 단적으로 보여 주고 있었다. 목숨이 끊어지기 직전까지도 누군가와 싸운 듯, 단단히 움킨 채 굳어 버린 그 사람의 양손에는 시퍼렇게 빛나는 비수가 들려 있었다.

"부디 극락왕생하시기를, 아미타……."

반장半掌(한 손으로 하는 소림사 특유의 인사법)을 취해 망자의 명복을 빌던 적송의 머릿속에 아까 비탈면 위에서 들은 신음이 떠오른 것은, 어쩌면 세존의 가호 덕분일지도 모른다. 그 신음을 떠올린 순간, 적송은 심장이 싸늘해지는 것을 느꼈다.

저런 상태로 죽어 있는 사람은 절대로 그 신음의 주인이 될 수 없었던 것이다!

적송이 반장을 한 자세 그대로 몸을 뒤로 물린 것과, 죽은 남자의 오른쪽 겨드랑이와 옆구리 사이에서 조그만 쇠구슬이 튀어나온 것은 거의 동시에 벌어진 일이었다.

쐭-

쇠구슬이 날아온 기세는 실로 폭발적이어서 뒤로 물러나는 적송을 따라잡은 것은 순식간이었다. 그 표면을 촘촘히 뒤덮은 강침들은 어떤 흉기보다도 위험해 보였다.

적송은 지면을 지치던 두 발에 힘을 주어 버티는 한편 반장을 취하느라 가슴 앞으로 끌어 올린 오른손에 공력을 불어넣었다. 팽, 하는 소리와 함께 오른쪽 승포의 소맷자락이 인두로 다려 놓은 것처럼 빳빳하게 펼쳐졌다. 강호에 널리 알려진 철포수鐵布袖가 바로 이 수법이었다.

하지만 기관의 힘으로 쏘아진 쇠구슬의 폭발적인 기세를 창졸간에 끌어낸 철포수 공력으로 막아 내기란 쉬운 일이 아니었다. 만일 적송이 뒤이어 발휘한 철판교鐵板橋의 재주로써 몸을 뒤로 눕히지 않았던들, 독침으로 무장한 강철 고슴도치는 그의 가슴에 치명적인 상처를 새겨 놓았을 것이 분명했다. 암습이란 그런 것. 무공의 고하를 무의미하게 만든다.

쩡!

철판이 뚫리는 듯한 쇳소리가 울리며 반쯤 누운 적송의 얼굴 위로 섬뜩한 파공성이 지나갔다. 나이답지 않은 수양을 자랑하는 적송이지만 이때만큼은 뒷골이 오싹해지는 기분으로부터 벗어날 수 없었다. 하지만 적송은 이 와중에도 필시 진행되고 있을 상대의 다음 공격에 대비해야 함을 잊지 않았다. 그는 접은 오금을 튕기듯 펴 올리며 신형을 바로 세웠다. 그런 직후 눈앞을 맹렬히 할퀴며 들어오는 삼엄한 쇳빛 조영爪影과 맞닥뜨렸다. 그러나 암습으로 말미암은 위기는 이미 넘긴 셈. 이제는 일반적으로 말하는 무공의 고하가 의미를 가질 시점이 된 것이다.

적송은 흔들린 마음을 가라앉히며 왼손에 끌어 올린 비서장飛絮掌으로써 자신을 가둔 조영의 포위망을 흐트러뜨렸다. 강맹한 위력으로 유명한 소림의 여타 장법들과는 달리, 비서장은 이름 그대로 공중에 떠다니는 솜뭉치처럼 가볍고 부드러운 기운을 특징으로 삼는 장법이었다. 하여 소림사 내에서도 집중적으로 수련한 사람이 드문 공부인데, 그 드문 사람들 중 대표적인 이가 바로 적송이었다. 적송은 비서장에 담긴 또 다른 묘용, 살상하지 않고서도 상대를 능히 제압할 수 있는 승이불살勝而不殺의 묘용을 높이 평가하고 있었다.

그렇게 십여 초 정도의 공수가 지나가자 상대의 맹렬하던 기세가 꺾이는 것이 느껴졌다. 적송은 그제야 상대를 차분히 관찰할 마음의 여유를 가지게 되었다.

상대는 등허리에 불룩한 혹을 달고 있는 곱사등이였다. 얼굴을 검은 복면으로 가린 탓에 표정을 확인할 수는 없지만, 뚫린 눈구멍 사이로 드러난 핏발 돋은 눈알만으로도 저자가 얼마나 간절히 자신을 죽이고 싶어 하는지 짐작할 수 있었다.

'자객, 그것도 고도의 훈련을 거친 자객이다!'

시신 밑에 깔아 놓은 토형피土形皮 아래 몸을 감추고 인간으로서의 모든 기척을 지운 채 누군가를 저격할 순간만을 노리는 것은 오직 자객만이 취할 수 있는 공격 방식이었다. 자객이란 표적이 정해지고 난 다음에야 행동에 돌입하는 기계적인 살인자. 저자의 표적은 아마도 신무전 약사일 테고.

그러고 나니 지금 저자가 보이는 적송에 대한 집요한 살의도 이해할 수 있었다. 성공 일보 직전에 이르렀던 임무를 망쳐 놓은 훼방꾼들에 대한 증오심의 발로라기보다는, 그 훼방꾼들을 제거하기 전에는 임무를 달성할 수 없다는 절박함에서 비롯된 행동일 터였다. 미행을 눈치채고 난 다음에도 전력으로 도주하기보다는 시신을 이용한 함정을 파 추적자에게 반격을 시도한 것이 그 증거였다.

저 자객은 결코 포기하지 않을 것 같았다. 그러므로…….

'세존이시여, 용서하소서.'

적송은 마침내 살계를 깨트리기로 마음먹었다.

"아미타불!"

탄식 같은 불호와 함께 적송의 소림권이 웅후한 경파硬波를 일으키며 터져 나왔다.

망중어 網中魚

(1)

궁— 구릉— 구릉—

귀둔곡龜遁谷 심처에서 흘러내린 계곡물이 아홉 개의 크고 작은 바위 굽이 아래로 연이어 떨어지고 있었다. 굽이 아래마다에서 솟구치는 물보라 너머에는 새하얀 포말이 부서지고, 그 위로 앞다퉈 팔을 드린 단풍나무들은 부서지는 물소리에 흥이 난 듯 청록의 소맷자락을 남실거리고 있었다. 청명한 하늘에서 내리쬐는 가을볕은 허공으로 튀어 오른 물방울 위에서 흩어져 계곡 곳곳에 무지개를 만들어 놓으니, 그 별천지와도 같은 풍경은 가히 산중절경이라 아니할 수 없었다.

물이 아홉 번 머리를 숙인다 하여 구배단九拜段이라 불리는 이 일대에는 수령이 백 년을 넘나드는 단풍나무들이 밀생하고 있어, 해마다 단풍철이 되면 가까운 형주荊州는 물론이거니와 거리가 제법 떨어진 무창武昌의 인사들까지도 원로의 고단함을 마다 않고 찾아오는 호북의 명소로 자리 잡은 지 오래였다. 그러나 지금은 가지 끄트머리에 달린 단풍잎에도 푸른 물이 가시지 않은 이른 계절. 게다가 귀둔곡 깊숙이 숨어든 한 무리의 무뢰한들로 인해 계곡 아래에는 강호의 무사들 수백 명이 진을 치고 있는 상황이었다. 철도 아닌 데다 분위기마저 흉흉하니 사람의 발길이 뚝 끊긴 것은 당연한 일. 볕 좋은 낮 시간임에도 절경을 즐기는 이 찾아보기 힘든 데에는 그런 사연이 숨어 있었다.

한데 오늘만큼은 사정이 조금 달랐다.

"제가 뭐라고 했습니까? 조금만 올라가면 기똥찬 곳이 나온다고 그랬죠?"

하류 쪽에서 울린 우렁우렁한 목소리가 아홉 굽이 물소리의 조화를 깨트렸다.

"자네 말대로구먼. 숙영지에서 반 시진도 안 되는 거리에 이런 절경이 있는 것도 모르고 지냈다니, 원."

뒤따른 누군가가 낮게 혀를 찼다.

잠시 후, 단풍나무 군락 사이로 우거진 원추리 수풀을 헤치며 두 사람이 모습을 드러냈다. 각기 갈색 무복과 흑색 무복을 걸친 건장한 사내들인데, 특히나 앞장선 갈의 사내는 덩치가 크고 살집이 투실해 일견하기에도 예사 장사가 아닌 듯싶었다. 그래서인지 가지고 온 짐 또한 이만저만한 것이 아니었다. 오른손으로는 반 말들이 술 단지를 끼고, 왼손으로는 네 단짜리 찬합을 들었는데, 그것들로도 모자랐는지 등에는 오십 근은 족히 나갈 육중한 팔황동추까지 엇질러 메고 있었다. 그러고도 힘든 내색 한 점 드러내지 않는 것을 보면 갈의 사내의 용력이 어느 정도인지를 짐작할 수 있었다.

반면에 흑의 사내의 행장은 무척이나 단출했다. 가져온 짐이라고는 둘둘 말아 옆구리에 낀 낡은 부들자리 한 벌이 전부였으니까. 바리바리 들고 멘 갈의 사내와 비교하면 빈손이라고 해도 좋을 터.

한 사람은 바리바리, 한 사람은 빈손.

하지만 바리바리는 억울한 기색이 없고 빈손은 미안한 기색이 없다. 둘 사이의 상하 관계를 판단할 수 있는 증거로 이보다 명료한 것은 찾기 어려우리라.

"한잔하기에는 저기가 제일 좋습니다."

둥글넓적한 하관 가득 밤송이 수염이 돋아 있는 갈의 사내는 이 구배단에 초행이 아닌 눈치였다. 그 사내가 안내한 장소는 네 번째와 다섯 번째 굽이 사이에 길게 놓여 있는 너럭바위인데, 넓고 편편할 뿐 아니라 뒤로는 키 큰 단풍나무들이 병풍처럼 둘러 있어 하오의 따가운 가을볕을 가리기에 더없이 좋아 보였다.

"흠, 과연 명당이로군."

너럭바위에 서서 주위를 둘러본 흑의 사내가 만족한 듯 고개를 주억거렸다. 유순한 눈매와 거뭇하게 그을린 안색으로 인해 꼭 농군처럼 보이는 그 사내가 옆구리에 끼고 있던 부들자리를 허공에 대고 두어 번 털더니 바위 바닥에 펼쳤다.

부들자리 옆에 들고 온 술 단지와 찬합을 내려놓은 갈의 사내가 우쭐거리듯이 말했다.

"다른 건 몰라도 산속에서 이런 데를 찾아내는 재주만큼은 제가 도 대협보다 훨씬 나을 겁니다. 형산에 틀어박혀 살던 때에도 바깥에 자리 마련하는 일은 언제나 제 몫이었다니까요."

"그때도 야연野宴을 자주 가졌나 보지?"

"자주는 아닙니다. 음, 본 단의 두 분 단주님 모두 술을 즐기시는 편이 아니라서요. 하지만 주장이 그렇다고 아랫사람들까지 모조리 중이나 도사처럼 참고 살 수 있나요. 아시는지 모르겠습니다만, 산 생활이란 여간 짜증나는 게 아닙니다. 당최 즐길 거리란 게 있어야지요. 하초에 맥 풀린 노인네들이야 뭐 그 생활도 그럭저럭 견딜 만하겠지만, 저처럼 피가 펄펄 끓는 젊은 놈들에게는 고역도 그런 고역이 없었습니다."

덩치가 더 좋은 갈의 사내는 이십 대 후반, 그보다는 작지만 나름대로 탄탄한 체격을 가진 흑의 사내는 삼십 대 중반으로 보였다. 갈의 사내가 네 단으로 쌓인 찬합을 부들자리 위에 벌려 놓으며 말을 이었다.

"그러다가 출동 명령이 떨어지면 다들 눈이 벌게진 채 산 아래로 내려가야 하니……. 이런 얘기까지 드려도 될지 모르겠습니다만, 그러다 보니 민간에 뜻하지 않은 피해를 끼치는 일도 간혹 생기게 되었지요."

"피해?"

"뭐, 술에 취해 길 가던 여자를 희롱한다든지, 그런 일들 말입니다."

갈의 사내가 부끄럽다는 듯이 고개를 숙였다.

"물론 우리 단의 기강도 말랑말랑하지는 않습니다. 단주님 중 한 분이 여자라서 그런지 여색과 관련된 일에는 더욱 엄하지요. 때문에 잘못을 저지른 단원에게는 지위 고하를 막론하고 합당한 벌이 내려졌습니다. 하지만 한창 혈기 뻗치는 놈들을 언제까지고 채찍질로만 다스릴 수는 없는 노릇 아니겠습니까. 단의 간부들로서도 다른 방편을 궁리하지 않을 수 없었지요. 해서 제가 단주님께 청을 올렸습니다. 최소한 두 달에 한 번은 경치 좋은 곳에다가 풀어놓고 마음껏 즐기게 해 주자고요. 산돼지나 사슴 몇 마리 잡아 놓고서, 술도 먹고 물놀이도 하고…… 거 뭐냐, 도 대협네 수하들이 했던 것처럼 패싸움 비슷한 것도 시키고…… 그러다 보면 쌓인 힘도 쏟아 내고 답답하던 마음도 풀려서 한결 나아질 거라고 말입니다."

흑의 사내가 동감한다는 듯이 고개를 끄덕였다.

"원래 막힌 데는 뚫어 줘야 탈이 없는 법이지."

"예, 다행히 위에서 제 청을 받아 주셔서 형산 경내나마 구석구석 돌아다닐 수 있게 되었지요. 오늘 도 대협을 모실 생각을 하게 된 것도 다 그때의 경험 덕분입니다."

그러면서 찬합 맨 아랫단에서 나무잔과 젓가락을 두 벌씩 꺼내니, 어느덧 두 평 남짓한 부들자리 위에는 조촐하나마 갖출 것은 다 갖춘 술상 한 판이 차려지게 되었다. 안주는 갈의 사내가 찬합에 챙겨 온 세 가지인데, 살짝 데친 백채白菜와 소금에 절인 은어와 말린 지 오래되어 시지근한 냄새를 풍기는 양고기 육포가 그것들이었다. 그 세 가지는 숙영 생활을 하는 내내 두 사람의 끼니가 되어 주었던 반찬들이기도 했다.

"따로 장만할 안줏거리가 없어서…… 죄송합니다."

갈의 사내가 뒤통수를 긁다가 고개를 꾸벅 숙였다. 흑의 사내가 손을 내둘렀다.

"그 사정이야 빤히 아는데 별소리를 다 하는군. 이런 절경 속에서는 풀뿌리만 주워 먹어도 배가 부를걸세. 자, 앉자고."

두 사람은 부들자리 위에 자리를 잡고 앉았다.

계곡 상류로부터는 물소리를 실은 시원한 골바람이 연신 불어 내려오고 있었다. 그럴 때마다 표면이 반질거릴 만큼 닳은 부들자리 위로 단풍 그늘이 부드럽게 어른거렸다. 흑의 사내는 허리를 곧게 펴고 숨을 크게 들이마셨다. 물과 공기와 땅과 나무가 바람의 갈피마다 섞여 들어 맑고 싱그럽고 촉촉하고 싱싱한 향기로 어우러지고 있었다. 이 같은 상쾌한 흥취는 오직 자연으로부터만 얻을 수 있는 것이었다.

"아쉽군, 이 좋은 흥취를 마음 편히 즐길 수 없다는 것이."

폐부에 가득 찬 상쾌함을 날숨에 실어 흩어뜨린 뒤, 흑의 사내가 작게 중얼거렸다.

"예? 방금 뭐라고 하셨습니까?"

진흙으로 밀봉한 술 단지를 여는 데 몰두하고 있던 갈의 사내가 숙인 고개를 쳐들고 물었다. 사방이 물소리에 갇힌 이런 장소에서 혼잣말처럼 작은 말소리를 알아듣기란 오감이 발달한 강호인이라도 쉬운 일이 아니었다. 자신 쪽으로 상체를 기울여 오는 갈의 사내를 잠시간 미묘한 눈길로 쳐다보던 흑의 사내가 천천히 고개를 흔들었다.

"별것 아니니 신경 쓰지 말게."

흑의 사내의 이 말에 금세 고개를 숙이고 하던 일에 열중하는 것을 보면 갈의 사내는 험상궂은 용모와 달리 순박한 성격의 소유자인 것 같았다.

잠시 후 퐁, 하고 나무 마개 열리는 소리가 울리더니 단지 주둥이로부터 피어오른 그윽한 주향이 계곡 안으로 소리 없이 번져 나가기 시작했다. 코를 벌름거리던 흑의 사내가 탄성을 흘렸다.

"허! 무슨 술이기에 향이 이리 좋은가?"

"헤헤, 안주는 몰라도 술만큼은 기대하셔도 좋다고 말씀드렸죠? 이건 자그마치 삼십 년이나 묵은 양하대곡洋河大曲입니다. 이런 명주는 돈이 많다고 쉽게 구할 수 있는 물건이 아니지요."

"오! 양하대곡!"

수수를 양조한 뒤 비전에 따라 항아리에서 장시간 숙성시키는 방법으로 생산되는 양하대곡은 강소성 양하진洋河鎭의 특산물로 황제에게도 일 년에 세 곡斛(15말~20말) 이상은 진상되지 않는다는 귀하디귀한 술이었다. 흑의 사내는 내 수완이 어떠냐는 듯 목에 잔뜩 힘을 주는 갈의 사내를 향해 엄지손가락을 치켜 올려 주었다.

"술이라면 나도 마실 만큼 마셔 본 사람이네만, 강소의 옥수 玉水라는 양하대곡을 실제로 대하기는 이번이 처음일세. 자네 덕분에 혓바닥이 호강하게 생겼군."

"흐흐, 사실은 저도 처음입니다."

"그래?"

"저 같은 촌놈이 무슨 재주로 이런 명주를 맛볼 수 있었겠습니까. 단주님께서 특별히 내주시지 않았다면 아마 말 오줌처럼 시큼털털한 농주나 챙겨 왔을 겁니다."

단주님이라는 말에 흑의 사내의 눈이 가늘어졌다.

"흠, 강 단주가 내준 술이란 말이지?"

"예."

"재미있군, 호주가도 아닌 강 단주가 이 귀한 양하대곡을 가지고 있었다는 것이……."

"그렇죠? 저도 그 점이 신기했습니다."

갈의 사내가 부들자리 위에 놓인 두 개의 나무 잔에다 양하대곡을 따른 다음 하나를 들어 흑의 사내에게 건넸다. 그런데 흑의 사내는 그 술잔을 내려다보기만 할 뿐 선뜻 받으려 하지 않는 것이었다. 이를 의아히 여긴 갈의 사내가 조심스럽게 물었다.

"왜 그러십니까?"

"이처럼 귀한 술을 함부로 마시다가는 조왕신竈王神(부뚜막신)께서 벌을 내리실지도 모르지."

"조왕신요?"

"그래, 우리 같은 술꾼은 조왕신을 제일 무서워해야 한다네. 안 그러면 평생 말 오줌 같은 술만 마셔야 할지도 모르니까. 조왕신께 예의를 갖출 테니 잠시만 기다리게."

흑의 사내는 포개 모은 두 손바닥을 자신의 명치 위에 가져다 댄 뒤 눈을 감고 입속말로 뭐라고 웅얼거렸다. 그러자 그의 명치 주위로 실벌레처럼 가느다란 기운이 어른거리다가 사라졌다. 하지만 그 움직임이 워낙 미미한지라 갈의 사내는 그저 어리둥절한 얼굴로 그가 하는 양을 지켜볼 따름이었다.

"이제 됐네."

눈을 뜬 흑의 사내가 명치에 댄 두 손을 아래로 내리며 말했다. 갈의 사내가 흑의 사내의 눈치를 살피며 물었다.

"저도 그 의식이라는 걸 해야 하나요?"

흑의 사내는 픽 웃었다.

"집집마다 다르고 또 지방마다 다른 게 예의니 굳이 자네까지 따라 할 필요는 없네."

그러면서 앞에 놓인 술잔을 들어 올리더니 갈의 사내에게 내밀었다. 흑의 사내의 얼굴 위로 일순 엄숙한 기운이 떠올랐다.

"묻겠네. 자네는 나와 건배할 마음이 있는가?"

"아이고, 물론이고말고요. 제가 이 자리를 왜 마련했겠습니까? 내일 신무전으로 복귀하신다는 소식을 듣고 제가 얼마나 아쉬워했는지 도 대협께서는 아마 모르실 겁니다."

갈의 사내가 고리눈을 빛내며 말했다. 그 절절함이 진심에서 우러나왔음은 눈빛만으로도 알 수 있을 것 같았다. 흑의 사내의 표정이 조금 부드러워졌다.

"다행이군."

"예? 뭐가 다행인가요?"

"자네와 건배할 수 있어서……."

자칫 남우세스럽게 들릴 수도 있는 이 말에 갈의 사내가 투실한 볼따구니 가득 발그레한 홍조를 떠올렸다.

"저 따위가 건배해 드리는 게 뭐가 중요한 일이라고……."

"아니, 내겐 중요한 일이었네."

"예?"

"쯧쯧, 이러다 팔 떨어지겠네. 일단 마시자고."

두 사내가 동시에 잔을 기울였다. 사발만 한 나무잔에 담겨 있던 명주가 한 방울도 남김없이 두 사내의 목구멍 너머로 흘러 들어 갔다. 귀하기도 귀하거니와 부드러운 면에서도 따를 술이 없는 것이 바로 양하대곡이었다. 맛 또한 일품 중의 일품.

"카, 좋구나!"

갈의 사내의 입에서 가락 실린 탄성이 저절로 흘러나왔다. 흑의 사내도 입맛을 쩝쩝 다시며 말했다.

"정말 좋은 술이군. 둘이 마시다 하나가 죽어도 모를 만큼."

"하하, 술맛을 칭찬하는 말씀치고는 조금 살벌하군요."

농으로 여긴 듯 가벼이 웃어넘기려는 갈의 사내에게 흑의 사내가 진지한 얼굴로 말했다.

"그렇게 웃을 일만은 아닐지도 모르지."

"예?"

"아닐세. 한 잔 더 따르게나. 한 잔 가지고는 만족하지 않은 모양이니."

그 말이 이상하게 들린 탓에 갈의 사내는 고개를 갸웃거렸지만, 그래도 별말 없이 흑의 사내의 잔에 새 술을 채워 주었다.

두 번째 잔도 깨끗이 비운 흑의 사내가 주위를 두리번거리다가 눈살을 찌푸리며 갈의 사내를 돌아보았다.

"자네 사형인 강 단주 말일세, 과감한 편인가 신중한 편인가?"

전혀 예상치 못한 질문을 받고 당황하던 갈의 사내가 어물어물 대답을 꺼내 놓았다.

"굳이 따진다면…… 신중한 편이라고……."

"내 생각에도 그런 것 같군."

"그게 무슨 문제라도 되나요?"

"나는 참을성이 그리 많지 않거든."

갈의 사내로서는 동문서답이 아닐 수 없어 뭐라 대꾸도 못하고 눈만 끔뻑거리는데, 흑의 사내가 빈 잔을 다시 내밀며 말했다.

"자, 따르게."

그렇게 채워진 세 번째 잔까지 단숨에 들이켠 흑의 사내가 이번에는 빈 잔을 머리 위에 올리더니 보란 듯이 탈탈 털어 댔다. 갈수록 괴이해지는 흑의 사내의 언행에 갈의 사내가 마침내 참지 못하고 물었다.

"도 대협, 저는 도무지 모르겠습니다. 대체 무엇 때문에 그러십니까?"

하지만 흑의 사내의 관심은 이미 갈의 사내에게서 떠난 뒤였다. 얼음처럼 차가워진 그의 시선은 물살이 굽이치는 계곡 건너편 어느 한 곳에 고정되어 있었다. 잠시 후 굳게 다물렸던 그의 입이 천천히 열렸다.

"일배일배부일배一杯一杯復一杯 하였건만 아직도 부족하신 게요?"

강이환은 쓰게 웃었다.

'곰의 몸뚱이에 여우의 머리를 가진 자라고 하더니만…….'

강호에서 저자를 평할 때 종종 사용하는 표현이었다. 투박한 생김새와는 달리 머리가 좋다는 뜻인데, 직접 겪어 보니 머리만이 아니라 눈치도 여우인 모양이었다.

객관적으로 봐도 자신의 은신에는 아무 문제가 없었다. 겹겹이 가로놓인 바위들과 잎이 우거진 단풍나무들은 강이환 본인은 물론이거니와 동행한 두 사람까지도 함께 가려 주기에 충분했다. 아홉 굽이로 떨어지는 요란한 물소리 또한 기척이 들킬 걱정을 하지 않아도 좋을 만한 천연의 차음막이 되어 주었다. 그러므로 계곡 건너 너럭바위 위에 앉아 이쪽을 바라보고 있는 저자가 눈으로 보거나 귀로 들어 누군가가 숨어 있다는 사실을 알아차린 것은 아닐 터였다.

'그렇다면 혹시 사제가……? 아니, 그럴 리 없지.'

사제를 믿어서가 아니라 사제는 아무것도 모르기 때문이었다. 그저 스스로 원해 저자와 석별의 술자리를 마련했다고 여길 뿐, 그 술자리를 암중에서 설계하고 조장한 사람이 있다는 사실을 그는 꿈에서도 짐작하지 못할 것이었다. 양하대곡이 담긴 술잔을 아무 거리낌 없이 넙죽넙죽 비워 낸 것은 사제가 이번 작전에 대해 아는 게 전혀 없음을 보여 주는 단적인 증거였다.

그렇다면 저자는 대체 어떻게 이번 작전을 알아차린 것일까?

'직접 물어보면 되겠지.'

기회는 많았다. 저자는 이미 그물에 걸린 물고기 신세니까. 그렇게 생각하며 강이환은 뒤를 돌아보았다.

"슬슬 나가 볼까 합니다."

강이환의 말이 떨어지자, 악살 같은 용모와는 어울리지 않게 이곳에 당도한 뒤부터 줄곧 명상에 잠겨 있던 두 명의 밀승이 감고 있던 눈을 떴다. 그 순간 그들의 우묵한 안와眼窩 밑에서 뇌전처럼 뻗쳐 나온 푸르스름한 안광을 보며 강이환은 내심 감탄하지 않을 수 없었다. 내공이 화경에 이른 자가 아니면 결코 저런 안광을 뿜어낼 수 없는 것이다.

두 명의 밀승 중 해골을 연상케 할 만큼 깡마른 밀승이 서툰 한어로 강이환에게 물었다.

"그가 술을 마셨나?"

"석 잔 마셨습니다."

"석 잔이면 본 좌가 법력을 드러낼 일도 없겠군."

아쉬운 듯 입맛을 다시는 깡마른 밀승에게 강이환이 빙긋 웃으며 말했다.

"두 분의 높으신 법력으로 명복을 빌어 준다면 저자에게도 크나큰 영광이 되겠지요."

"본 좌의 드높은 법력을 하찮은 축생의 명복을 비는 일 따위에 쓰란 말인가?"

말은 이렇게 하면서도 바위에 기대 놓은 삼고저三鈷杵를 쥐고 일어서는 것을 보면 이곳에서 구경만 하고 있을 생각은 없는 눈치였다. 불제자로서는 특이하게도 두 자루 삼첨도三尖刀를 등 뒤에 엇질러 멘 또 다른 밀승도 순순히 몸을 일으켰다.

강이환이 두 명의 밀승을 양쪽에 거느린 채 모습을 드러내자 누구보다도 놀란 사람은 사제인 여범이었다. 여범은 귀신을 본 벙어리처럼 입만 벙긋거리다가 세 사람이 깃털처럼 표홀한 몸놀림으로 계곡물을 건너온 다음에야 비로소 말문을 열었다.

"다, 단주님께서 여기 어떻게……? 이게 대체……?"

하지만 강이환은 그런 여범에게 시선조차 주지 않았다. 주위를 한 바퀴 둘러본 그의 시선이 여범과 마주 앉아 있는 한 사람의 얼굴에 고정되었다.

"한 사람의 생을 마감하기에 참으로 좋은 장소라고 생각하지 않소, 도 형?"

강이환의 눈길이 향한 사람, 신무전주 소철의 후계자이자 계곡 아래 진을 치고 있는 신무전 파견대의 주장이기도 한 철인협 도정은 부들자리 위에 그대로 앉은 채 대답했다.

"좋아도 너무 과하게 좋은 것 같소. 한 사람이 아니라 여러 사람이 생을 마감해도 될 만큼."

강이환을 향한 도정의 얼굴에는 뭐라 표현하기 힘든 기묘한 표정이 떠올라 있었다. 강이환은 고개를 살짝 옆으로 기울이며 물었다.

"그 표정의 의미를 물어도 되겠소?"

도정은 어깨를 으쓱거렸다.

"거울이 없어서 지금 내가 어떤 표정을 짓고 있는지 잘 모르겠지만, 아마도 실망한 표정이 아닐까 싶소."

강이환은 검미를 찌푸렸다. 기대한 대답과 거리가 멀기도 하거니와, 상황이 이리되었음에도 여전히 침착함을 유지하는 도정의 태도가 불쾌했기 때문이다. 승패는 이미 결정 난 뒤였고, 그 사실은 이 자리에 있는 모든 사람—눈치라고는 털끝만큼도 찾아보기 힘든 여범을 제외한—이 알고 있을 터였다.

승자로서, 저 건방진 패자를 당장이라도 바닥에 거꾸러뜨린 다음 살려 달라 애원하도록 만들고 싶은 욕망이 불처럼 치밀었지만, 기왕에 대화를 시작한 것, 강이환은 조금 더 인내심을 발휘하기로 마음먹었다. 상대는 아껴 먹을 가치가 충분한 진미 중의 진미가 아니던가.

　강이환은 한껏 당겨 놓은 턱 근육을 이완시키며 부드럽게 물었다.

　"무엇이 도 형을 그리 실망시켰소?"

　도정은 실망했다는 자신의 말을 실천해 보이기라도 하려는 듯 털벌레처럼 부스스한 눈썹을 아래로 늘어뜨리며 강이환의 질문에 대답했다.

　"강호 기협으로 이름 높은 용봉단의 단주가 암계로써 사람을 속이는 것으로도 모자라 산공독散功毒과 같은 비열한 수작까지 동원하는 양두구육의 인물이라는 사실을 알았으니, 내가 어찌 실망하지 않을 수 있겠소."

　"아, 암계? 산공독?"

　앉지도 서지도 못한 엉거주춤한 자세로 두 사람을 번갈아 쳐다보던 여범이 도정의 말에 펄쩍 뛰더니 강이환을 돌아보았다.

　"단주님, 도 대협께서 지금 무슨 말씀을 하고 계시는 겁니까?"

　"자네는 끼어들지 말게."

　"하, 하지만! 하지만 오해가 있다면 풀어야……!"

　"끼어들지 말라고 했네."

　낮지만 위엄이 실린 강이환의 한마디가 여범의 두툼한 입술을 다물게 만들었다. 무양문에 의해 멸문당한 옛 형산검문의 맥을 이은 이들 두 사람의 관계는 사형과 사제 간의 그것을 뛰어

넘어 마치 새끼 오리가 어미 오리를 좇는 식의 각인刻印 관계라고 할 만큼 확고부동해져 있었다. 여범은 강이환을 거역할 수 없었다. 새끼 오리가 어미 오리를 거역할 수 없는 것처럼.

흥분한 여범을 진정시킨 강이환이 다시금 도정에게로 시선을 돌렸다.

"술에 산공독이 들어 있다는 것은 어떻게 알았소?"

"확실한 것은 아니고, 술꾼도 아닌 강 단주가 양하대곡 같은 귀한 술을 내주었다는 말을 듣고 어쩌면 그럴지도 모른다고 짐작했을 뿐이오. 강 단주의 친인도 함께 마실 술이니만큼 극독을 타지는 않았을 테고, 그러다 보니 생명에는 지장이 없지만 내공은 못 쓰게 만드는 산공독이 적당하겠구나 하는 생각이 떠오르더구려."

도정의 말 중에 등장하는 '강 단주의 친인'이 자신을 가리키는 것임을 뒤늦게 깨달은 듯, 여범의 입에서 '헉!' 하는 신음이 터져 나왔다. 황급히 자리에 앉아 운공을 해 본 여범이 고리눈을 부릅뜨고 강이환을 쳐다보았다. 그 눈길을 접한 강이환은 작게 한숨을 쉬었다. 영민하든 미욱하든, 또 쓸모가 많든 적든, 여범은 자신이 거둬야 할 자신의 사람이었다.

"해약은 내게 있네. 일이 끝나는 대로 줄 테니 걱정하지 말게."

강이환의 말에 도정이 이죽거렸다.

"참으로 자상한 사형이시군."

누구라도 그렇겠지만, 강이환 또한 타인이 자신을 비웃는 것을 즐기지 않았다. 하물며 승패가 명확히 갈린 지금의 경우는 더더욱 그러했으니, 도정을 향해 돌아간 강이환의 시선 속으로 칼날 같은 예기가 맺힌 것은 당연한 일이었다.

"내가 진짜로 궁금한 점은, 그물에 걸린 물고기 신세가 된 도

형이 어떻게 이토록 침착할 수 있는가 하는 것이오. 나라면 당황해서 식은땀을 줄줄 흘리고 있을 텐데 말이오."

겁박하는 의미를 숨긴 이 말에 뭔가를 떠올린 듯 도정이 넙데데한 이마 가득 주름을 잡았다.

"그러고 보니 얼마 전에 누군가를 만났는데, 그때에는 정말로 식은땀을 줄줄 흘렸다오."

비록 대면한 지 얼마 되지는 않았지만 도정이 거짓말을 싫어하는 강직한 위인이라는 것쯤은 쉽게 짐작할 수 있었다. 강이환은 호기심이 일었다.

"도 형 정도 되는 사람을 식은땀 흘리게 만든 그 대단한 인물이 대체 누구요?"

"고검."

도정의 대답은 무척이나 짧았지만, 그 짧은 대답이 강이환의 마음속에 작지 않은 파문을 일으켰다.

"제갈휘를 만났소?"

"만났소. 그리고 감탄했소. 얼굴을 맞대고 있는 내내 이 몸뚱이가 떨리는 것을 참느라 죽을힘을 다해야 했으니까. 아마 강단주도 고검을 만난다면 식은땀깨나 흘리게 될 거요."

당시의 기억을 떠올린 것만으로도 싫었는지 도정은 말끝에 부르르 진저리를 쳤다. 무엇에 홀린 듯한 눈으로 그 모습을 쳐다보던 강이환은 어느 순간 자신의 실책을 깨달았다.

'상황이 왜 이렇게 돌아가는 거지?'

지금의 이 상황은 강이환이 예상한 것에서 너무 벗어나 있었다. 그물에 걸린 도정은 절망 속을 허우적거려야 했고, 자신은 그 광경을 굽어보며 승리감을 만끽하고 있어야 했다. 한데 이게 뭔가? 도정은 평소와 다름없이 여유만만한 데 반해, 오히려 자신 쪽에서 초조함을 이기지 못하고 입안이 조금씩 말라붙고 있었다. 이런 상황이라면 설령 도정의 몸뚱이를 육시를 낸다 한들 이 찜찜한 기분으로부터 벗어날 수 없을 것 같았다.

'죽는 순간까지도 속을 긁어 놓겠다 이건가?'

강이환은 도정을 노려보며 입술을 지그시 깨물었다. 이대로는 곤란했다. 도정에게 빼앗긴 주도권을 되찾아 올 필요가 있었다. 비각의 책사가 보내 준 두 명의 강력한 지원군의 존재가 떠오른 것은 바로 그때였다.

"아, 도 형에게 소개시켜 드릴 분들이 있다는 것을 잊고 있었군."

강이환은 뒷전에 흙 인형처럼 서 있는 두 명의 밀승을 슬쩍 돌아본 뒤 말을 이었다.

"혹시 천룡팔부중이라는 명호를 들어 보셨소?"

밀승들을 향한 도정의 눈이 가늘어졌다.

"과거 서북 지방의 철마곡에서 전대의 천룡팔부중을 일패도지시킨 분이 누구인지를 알고 있다면 그따위 어리석은 질문은 하지 않았을 거요."

"아, 그렇군. 도 형의 사부 되시는 소 전주께서 그 일을 하셨다는 것을 깜빡했구려. 결례를 용서해 주시오."

강이환은 도정을 향해 과장스럽게 포권을 올려 보였다.

그때 두 명의 밀승 중 삼고저를 든 깡마른 밀승이 한 발짝 앞으로 나서며 도정을 향해 으스스하게 말했다.

"지고지귀至高至貴한 본 좌들이 하찮은 축생을 만나기 위해 먼 길을 마다 않은 것은 그 축생의 사부가 저지른 과거의 죄업을 징계하기 위해서니라."

솔직히 강이환으로서는 미처 생각지 못한 속사정이었고, 그래서 비각의 책사가 천룡팔부중과 같은 인물들을 수하처럼 부리는 데 대해 일면 놀라기도 했지만, 이 시점에서 그런 것들은 중요한 문제가 되지 않았다. 이 시점에서 중요한 문제는 두 밀승들의 위세를 빌려 빼앗긴 주도권을 되찾는 것. 그리고 그 목적은 어느 정도 달성한 것 같았다.

"어떻소, 이분들이라면 도 형으로 하여금 식은땀을 흘리게 만들기에 충분한 것 같소만?"

이 말에, 뱀의 것처럼 쭉 찢어진 눈으로 자신을 잡아먹을 듯 노려보는 깡마른 밀승과 잠시 눈싸움을 벌이던 도정이 어이없다는 듯 픽 웃더니 강이환을 돌아보았다.

"강 단주는 정말 신중한 사람 같소. 사제의 호의를 이용해 내게 산공독을 먹이는 데 성공한 마당임에도 방심하지 않고 서역에서 온 저 흉측한 낙타 대가리들의 손까지 빌릴 생각을 하다니……. 그 철두철미함에 도 모는 오직 감탄할 따름이오."

도정의 말에는 신랄한 풍자가 담겨 있었지만, 강이환은 상황의 주도권이 이미 자신의 손에 들어왔다고 믿었다.

"몇 마디 말로써 나를 흔들지는 못할 거요."

강이환은 뒷짐을 지며 여유롭게 말을 이었다.

"그리고 내가 도 형을 꺾지 못할 것을 염려해 두 분의 지원을 받은 것은 아니오."

"하하. 아니면 다른 이유라도 있소?"

"내가 수련한 검법의 특징 중 하나는 검흔이 뚜렷이 남는다는 점이오."

형산검문의 소천기燒天氣와 추뢰검법追雷劍法이 결합되어 나타나는 열양검흔熱陽劍痕으로 말미암아, 강이환은 지난해 자신이 저지르지도 않은 살인을 이유로 무양문의 대대적인 공격을 받은 바 있었다. 물론 그 대가로 비각으로부터 지원을 받을 수 있게 되었으니 전화위복이라고 봐야 옳겠지만.

"도 형 정도 되는 인물은 죽은 뒤에도 쓰임새가 사라지지 않는 모양이오. 하지만 도 형의 시신에 추뢰검법의 흔적이 남는다면 내 입장이 조금 곤란해지지 않겠소? 두 분 법왕을 이 자리에 모신 데에는 그런 사정이 있으니 도 형께서는 모쪼록 이 강 모를 너무 졸렬한 사람으로 여기지 말아 주셨으면 좋겠소."

강이환의 설명을 묵묵히 듣고 있던 도정이 고개를 숙이고 한숨을 푹 내쉬었다.

"산공독에 낙타 대가리에 추뢰검룡까지……. 이만하면 그물들에 겹겹이 갇힌 물고기 신세가 된 게 맞구려."

강이환이 빙긋 웃었다.

"도 형으로서는 결코 벗어날 수 없는 그물들일 것이오."

그러자 도정이 숙이고 있던 고개를 들었다. 그 순간 강이환은 흠칫 어깨를 떨었다. 농군의 것처럼 순박한 도정의 두 눈에 기이한 광채가 어른거리는 것을 발견했기 때문이다. 그런 눈을 강이환에게 똑바로 고정한 채, 도정이 느릿하게 물었다.

"정말로 그렇게 생각하시오?"

"하면 도 형은 이 그물들을 벗어날 수 있다고 생각하시오?"

강이환의 반문에 도정이 말했다.

"어떤 물고기는 머리가 워낙 나빠서 자신이 그물 속에 들어가 놓고도 바깥에 있는 어부가 그물에 갇힌 것으로 착각하기도 한다는 얘기를 들은 적이 있소."

뭔가 심상치 않은 의미를 담은 이야기인 듯. 도정을 향한 강이환이 눈이 실처럼 가늘어졌다. 그러거나 말거나 도정이 빙긋 웃더니 포개 모은 두 손바닥을 명치 부근에 가져다 대며 말을 이었다.

"자, 이제 강 단주가 그물이라고 믿는 것들로부터 하나씩 벗어나 보일 테니 눈을 크게 뜨고 잘 지켜보도록 하시오."

강이환의 머릿속에 불길한 예감이 떠오른 것과 도정의 얼굴이 붉게 달아오른 것은 거의 동시의 일이었다. 강이환은 두 명의 밀승을 향해 외쳤다.

"두 분께서는 당장……!"

그러나 강이환은 그 외침을 끝맺을 수 없었다.

쫫!

도정의 입에서 뿜어 나온 화살 같은 물줄기가 강이환을 향해 쏘아 온 것이다.

"엇!"

강이환의 두 발이 기쾌하게 움직였다. 추뢰검법을 익히는 과정에서 호흡처럼 체화된 육합전六合轉의 보법 덕분에 그는 도정이 쏘아 낸 물줄기를 뒤로 흘려보낼 수 있었다. 하지만 그는 곧바로 준미한 얼굴을 휴지처럼 일그러뜨릴 수밖에 없었다. 물줄기가 지나가고 난 뒤, 자신의 주변을 감도는 한 줄기 그윽한 향기를 맡을 수 있었기 때문이다.

바로 양하대곡의 향기였다!

당혹감으로 가늘게 떨리는 강이환의 시야 속으로 앉아 있던 부들자리에서 유유히 몸을 일으키는 도정의 모습이 담겼다.

"강 단주는 술꾼이 아니니, 이 세상에는 술을 더 마시기 위해 이미 마신 술을 일부러 토하기도 하는 정신 나간 술꾼이 있다는 사실을 모르겠구려. 부끄럽게도 내가 바로 그 정신 나간 술꾼이오. 그리고……."

도정의 몸 주위로 엷은 아지랑이가 보풀처럼 일렁거리다 공기 중으로 흩어졌다. 그 아지랑이가 어디서 연유했는지를 궁리해 보기도 전에, 도정이 자신의 배를 툭툭 두드리며 말을 이었다.

"이 속에 잠시 담아 두는 바람에 흡수된 약간의 산공독을 태울 재주쯤은 내게도 있소. 사부님의 무극팔진기無極八振炁는 강 단주도 들어 보셨을 거요."

"무극팔진기……."

강이환은 신음처럼 중얼거렸다. 신무대종 소철을 오대고수의 반열에 오르게 만든 신공의 이름이었다. 신주소가의 누백 년 공력이 집대성된 정종 심법의 최고봉이라던가. 소철의 최고 절학으로 알려진 팔진수의 장법도 무극팔진기라는 나무에서 갈라져 나온 하나의 줄기에 지나지 않았다.

강이환은 걷잡을 수 없이 흔들리기 시작한 평정심을 억지웃음으로 다잡으려 애를 썼다.

"좋소, 도 형이 첫 번째 그물에서 벗어났다는 것은 인정해 드리리다. 하면 그다음 그물들은 어떻게 벗어날 생각이오?"

이 말이 떨어지기 무섭게 두 명의 밀승이 각자의 병기를 꼬나쥐고서 본격적인 살기를 풍기기 시작했다. 그들이 풍기는 살기는 구배단의 높은 아치를 단숨에 무너뜨릴 만큼 지독했지만 도정의 얼굴에서 여유를 앗아 가지는 못했다.

"강 단주가 모르는 점은 그것 말고도 몇 가지가 더 있소."

도정이 말했다. 강이환은 어금니를 지그시 문 채로 도정의 뒷말을 기다렸다.

"나는 원래 어젯밤에 전으로 출발했어야 했소."

"어젯밤?"

"그렇소. 전령이 가져온 소식은 촌각을 다퉈야 할 만큼 급박

했으니까."

신무전으로부터 어떤 전갈이 당도했으리라는 점은 짐작하고 있었다. 그게 아니라면 도정이 스스로 주장하여 맡은 십군을 추적하는 임무를 헌신짝처럼 팽개친 채 신무전으로의 복귀를 서두를 까닭이 없을 테니까.

강이환이 도정에게 물었다.

"한데 왜 내일로 출발을 미룬 거요?"

"그 전령에게서 어떤 얘기를 듣고 생각이 바뀌었기 때문이오."

"무슨 얘기이기에……?"

그러자 도정이 웃었다. 얼굴이 아니라 눈으로 웃었다. 강이환은 도정의 눈동자에 맺힌 선명한 조소를 발견하고는 몸을 가늘게 떨고 말았다. 그렇게 얼굴이 아닌 눈으로 조소하면서, 도정이 말했다.

"내 주위에 미꾸라지가 한 마리 꿈틀거리고 있을지도 모른다는 얘기였소."

"미꾸……라지?"

"그렇소, 자신이 용이라고 착각하는 미꾸라지!"

그 순간 강이환의 잘 빠진 눈썹초리 위로 세찬 경련이 파르르 지나갔다. 온몸의 모든 털을 곤두서게 만드는 이 지독한 모멸감이라니!

"미꾸라지가 애써 준비한 그다음 그물들을 이 도정이 어떻게 벗어나는지 보여 드리지."

도정이 양 손바닥을 힘차게 부딪쳤다.

빠—우웅—!

인간의 박수 소리라고는 믿을 수 없을 만큼 굉장한 폭음이 구배단 구석구석으로 퍼져 나갔다가 각양한 바위들에 부딪쳐 수

많은 메아리로 되돌아왔다. 그 메아리의 파편이 채 사그라지기도 전, 강이환이나 두 밀승의 능력으로도 기척을 감지하지 못할 먼 거리에서 속속 모습을 드러내는 수십 명의 청년들이 있었다.

그들 중에 도정의 사제인 구양현이 끼어 있는 것을 발견하고는 더 이상 자제력을 유지하지 못할 만큼 낭패감에 사로잡혀 버린 강이환에게, 도정이 이제껏 한 번도 보여 준 적이 없는 준열한 얼굴로 선언했다.

"강이환! 그물에 걸린 물고기는 내가 아니라 바로 당신이오."

(2)

야차夜叉는 상상하기 힘든 초자연적인 이력으로써 인간을 괴롭히거나 해치는 포악한 귀신이다.

아수라阿修羅는 싸움을 누구보다 즐겨 제석천을 상대로 항상 전쟁을 벌이는 호전적인 귀신이다.

이들 두 귀신이 어떠한 연유로 불법을 수호하는 여덟 신장인 천룡팔부중에 속하게 되었는지는 정확히 알려져 있지 않지만, 현실 속 야차와 아수라가 신화 속에서 묘사되는 그들만큼이나 포악하고 호전적인 성격을 지닌 것만은 분명했다.

전세가 곤두박질치고 유리함이 불리함으로 바뀌었음을 안 이상 어떻게든 몸을 빼내어 후일을 도모하는 것이 병법의 기본이거늘, 그들은 오히려 살기를 더욱 흉흉히 뿜어내며 당초 표적으로 삼은 도정을 향해 온몸을 던져 간 것이다.

"오옴 마나아아니!"

인간 야차에게는 귀신 야차의 신괴한 이능은 없었지만 부딪히는 모든 것을 쪼개고 깨트리는 맹렬한 삼고저가 있었다.

"미율두주타나 미율두위타리!"

인간 아수라는 귀신 아수라처럼 여섯 개의 팔을 가지지는 않았지만 삼첨쌍도로써 살벌한 도풍의 회오리를 만드는 데에는 두 개의 팔로도 충분했다.

이 대 일의 격돌. 하지만 약자가 강자를 상대로 합공한다는 느낌은 전혀 들지 않았다. 마치 맛있는 먹잇감을 먼저 차지하려는 두 마리 맹수와도 같은 기세로, 저마다 알아듣기 힘든 밀종 주문을 포효 대신 내지르며 야차와 아수라가 도정이 서 있는 너럭바위 위로 들이쳤다.

맹수처럼 사나운 두 밀승의 기세를 대하고도 도정은 그다지 긴장하는 기미를 보이지 않았다. 공간을 난자해 오는 세 자루 흉기에 맞선 것은 오로지 적수공권. 그러나 그 적수공권은 결코 예사로운 것이 아니었다. 허공의 여덟 방위를 찍듯이 짚어 나가는 거무튀튀한 쌍장 주위로 자하처럼 신비한 기운이 일렁거리니, 신무대종의 명성을 드높인 팔진수가 바로 이 수법이었다.

공격하는 자들도 강맹하고 수비하는 자도 강맹하다. 어느 쪽도 회피하려 들지 않는 강맹함끼리의 정면충돌은 구배단 전체를 뒤흔드는 무지막지한 폭음을 불러일으켰다.

쾅!

너럭바위 위로 늘어진 단풍나무 가지들이 하방으로부터 뻗쳐 오른 막강한 압력을 견디지 못하고 조각조각 터져 나가며 사방으로 비산했다.

"음!"

굳게 다물린 도정의 입에서 묵직한 신음이 새어 나왔다. 그는 본래 서 있던 자리에서 한 자쯤 밀려나 있었다. 오랜 풍화를 거치는 과정에서 동경처럼 매끄러워진 너럭바위의 표면에는 두 개의 족적이 마치 진흙 위에 새겨 놓은 양 또렷이 남겨져 있었다.

그렇다고 해서 야차와 아수라, 두 밀승에게 승기가 돌아간 것은 아니었다. 도정의 팔진수는 철벽처럼 견고했고, 그 결과 두 밀승은 너럭바위 위에 발조차 들이지 못한 채 불신감에 물든 눈으로 서로를 힐끔거려야만 했다.

"본 좌들의 법력에 맞서고도 목숨이 붙어 있다니 하찮은 축생치고는 제법이도다."

두 밀승 중에서 서투나마 한어를 할 줄 아는 야차가 도정에게 말했다. 도정이 가당치도 않다는 듯 콧방귀를 뀌었다.

"어디 목숨이 붙어 있다 뿐이겠소? 나는 오늘 이 천주산에서 그 옛날 철마곡을 재현해 볼 작정이라오."

'철마곡'이라는 단어에는 천룡팔부중을 발작하게 만드는 기이한 능력이 담겨 있는 것 같았다. 찢어진 눈을 희번덕거린 야차가 서툰 한어 대신 빠르고 날카로운 서장어로 뭐라 소리치고, 이에 호응하듯 아수라가 야차와 거리를 수평으로 벌리며 도정과 정족鼎足의 위치를 이루었다.

여전히 이 대 일의 형국. 그러나 아까와는 느낌이 사뭇 달랐다. 야차와 아수라는 훨씬 더 신중해져 있었고, 이는 첫 번째 격돌을 통해 가늠해 본 도정의 경지가 그들의 예상을 훨씬 웃도는 것임을 묵시해 주고 있었다. 이를 지켜보던 강이환은 마음을 짓누르는 낭패감 위에 무거운 추 하나가 더해지는 것을 느꼈다.

'정말로 그 정도인가?'

쥐를 비호秘號로 삼는 밀사를 통해 비각의 책사가 보내온 전언에 따르면, 야차와 아수라 두 사람이면 건정회 내 최고 고수로 알려진 현유진인이라도 능히 상대할 수 있다고 했다. 그리고 짧은 동안이나마 곁에서 지켜본 두 밀승은 그러한 평가에 과장이 없음을 알게 해 주었다. 서장 무림에서 신처럼 추앙받는 천룡팔부중은 과연 명불허전, 은연중에 드러내는 위험하고 괴악한 기파만으로도 강이환의 살갗 위에 소름을 돋게 할 지경이었던 것이다.

한데 그런 야차와 아수라로 하여금 진지하게 합공을 고려하도록 만들 정도의 능력이 저 도정에게 있다니! 그렇다면 도정의 경지가 현유진인과 동급이거나 혹은 그 이상이라는 말인가? 강이환으로서는 믿기 힘든 일인 동시에 믿지 않을 수도 없는 일이었다.

불신의 뒤를 이은 것이 경악감이라면, 그 뒤에 찾아온 것은 시기심이었다. 도정을 처음 마주한 순간부터 줄곧 창자를 근질거리게 만들던 자신보다 잘난 동배同輩에 대한 시기심. 그저 배경이 나보다 좋을 뿐이라고, 살아온 과정이 나보다 순탄할 뿐이라고 애써 폄하하며 자위해 보았지만, 실제로 접한 도정이 다방면에서 자신을 뛰어넘는 일세의 걸물이라는 점을 부정할 수는 없었다.

그리고 도정이 가진 무인으로서의 능력까지도, 천룡팔부중의 두 사람을 동시에 상대하는 그 경이로운 무위까지도 확인한 지금, 강이환은 아랫배로부터 치밀어 오르는 불같은 시기심을 억누를 수 없었다. 머릿속이 타 붙는 기분이 이럴까. 시야가 붉은 빛으로 남실거리는 것 같았다.

"이게 대체 어떻게 된 일입니까?"

만일 곁에서 울려온 이 말소리가 아니었다면, 어쩌면 강이환은 허리에 매달린 형산검문의 장령보검, 소뢰霄雷를 뽑아 들고 저 이 대 일의 전장으로 뛰어들었을지도 모른다. 시기심의 근원, 자신을 이토록이나 초라하게 만든 저 도정의 심장에 분노의 일 검을 꽂아 넣기 위해.

강이환이 간당간당하던 이성의 끈을 어렵사리 부여잡고 옆을 돌아보니, 너럭바위에서 밀려난 사제 여범이 어느새 곁에 다가와 있었다. 산적으로 오인받기 딱 좋은 여범의 우락부락한 얼굴이 짧은 시간 사이 거듭 닥쳐온 정신적 충격을 이기지 못하고 촛농처럼 흘러내리고 있었다.

"도 대협을 해치기 위해 산공독을 사용하신 것이 사실입니까? 단주님, 대답해 주십시오!"

눈이 있고 귀가 있는 이상 보고 들은 것이 없지는 않을 테니 가부의 대답을 원하고 묻는 질문은 아닐 터였다. 그저 확인하고 싶었을 것이다. 아니면, 그럼에도 부정하고 싶었거나. 강이환은 당장이라도 울먹거릴 것 같은 여범의 얼굴을 잠시 쳐다보다가 품에서 작은 주석 병을 꺼내 내밀었다.

"산공독의 해약일세."

여범의 얼굴이 시뻘겋게 달아올랐다. 자신을 향해 내밀어진 주석 병을 뿌리치려는 듯 그의 오른손이 번쩍 치켜 올라갔다. 강이환은 눈썹에 힘을 주며 엄하게 말했다.

"먹게."

만일 여범까지 자신을 거역한다면 강이환으로서는 정말로 견디기 힘들었을 것이다. 다행히 여범은 단주이자 사형인 그를 거역하지 않았다. 쭈뼛거리는 손길로 주석 병을 받아 입가로 가져가는 여범을 보며, 그는 어느 정도 마음의 안정을 되찾을 수 있었다.

"도 대협이 이 귀둔곡에 잠입한 적당들과 내통하였다는 첩보를 입수했네. 그것을 확인하기 위해서라도 그의 신병을 확보할 필요가 있었네."

강이환으로서는 이렇게 변명할 수밖에 없었다. 사실 천주산
에 눌러앉은 이후 도정이 취한 조치에는 석연치 않은 면이 분명
히 있었다. 단 한 번의 변변한 토벌 없이 그저 요식적인 행위에
불과한 정찰 활동만 펼친 데 대해서는 여범 또한 불만을 드러낸
바 있었던 것이다.

해독약을 복용한 여범이 투박한 입술을 비죽거리다가 불퉁스
럽게 말했다.

"아무리 그렇기로서니 술에 독을 타는 편법까지 동원하실 필
요는……."

"그 얘기는 나중에 하기로 하세. 지금은 이 자리를 벗어나는
것이 우선일 것 같군."

여범의 말을 자른 강이환이 주위를 둘러보았다. 도정과 두
밀승의 격전이 너럭바위 위를 삼엄한 경풍으로 뒤덮은 지금, 이
일대를 널찍이 에워싸고 있던 신무전의 청년 무사들은 구양현
의 지휘 아래 포위망을 서서히 좁혀 오는 중이었다. 그 포위망
의 중심부에서 자신들의 주장인 도정이 두 명의 강적들에게 공
격받는 중임에도 그들에게서는 동요하거나 초조해하는 기색을
전혀 엿볼 수 없었다. 그 점만 보더라도 저들이 신무전의 차기
전주를 얼마나 신뢰하고 있는지 알 수 있을 것 같았다.

"저, 저들이 설마 우리를 어쩌기야 하겠습니까."

도정에게 악의를 품은 적이 없어서일까? 여범은 신무전과 용
봉단을 여전히 한편으로 여기는 것 같았다. 그 속편한 소리를
귓전으로 흘려보내며, 강이환은 자신을 향해 서서히 좁혀 오는
포위망을 면밀히 살펴보았다. 아직까지는 구역이 넓어 군데군
데 허점을 드러내고 있지만 이 단계보다 더 조밀해지면 꽤나 성

가신 울타리로 작용하리라는 생각이 들었다. 더구나 일야참구룡 구양현이라면 서른 살 안짝에서는 발군의 실력을 뽐낸다는 청년 고수가 아니던가. 그런 구양현에게 발목을 잡히는 날에는 이 난경에서 몸을 빼내기가 더욱 힘들어질 것이 분명했다.

"산공독은 몰아냈는가?"

강이환의 물음에 잠시 눈을 감고 내기를 움직여 보던 여범이 고개를 끄덕였다.

"완전히는 아니지만 대충은…….."

"그럼 준비하고 따라오게."

"예?"

바보처럼 눈을 끔벅이는 여범의 등짝에서 팔황동추를 빼낸 강이환이 그 손잡이를 여범의 손에 강제로 쥐여 준 뒤 조금 전 자신이 은신해 있던 계곡 건너편을 향해 몸을 날렸다.

"막아!"

구양현의 외침과 함께, 저마다 병기를 꼬나 쥔 네 명의 청년 무사들이 강이환의 앞길을 차단하고 나섰다.

"찻!"

바위 부리를 박차며 계곡물 위로 훌쩍 몸을 띄운 강이환이 허리에 걸린 소뢰의 검자루를 움켜잡았다. 엄지가 검자루 끝을 향하는 역검逆劍의 파지법으로써 소뢰를 세상 밖에 꺼내 놓으며, 강이환은 추뢰검법의 근간이 되는 소천기를 끌어 올렸다. 검신을 따라 치달리는 열기가 그의 주위로 후끈한 바람을 불러일으켰다. 다음 순간, 전방을 향해 '예乂' 자로 뻗어 나간 화사火蛇 같은 검기가 청년 무사들을 매섭게 덮쳐 갔다.

소뢰는 그 자체로 단금절옥斷金切玉이 가능한 절세의 신병이었다. 그런 신병에 형산검문의 누백 년 적공이 실린 추뢰검법의 검기가 실렸으니, 범상한 병기로 막아 내기란 어림도 없는 일.

까가가각!

"으악!"

날붙이와 인간이 서로 다른 음색의 비명을 터뜨리는 가운데, 강이환은 땅을 디딘 왼발을 축 삼아 신형을 반전시켰다. 추뢰검법을 익히기 위해 반드시 수반되어야 하는 육합전六合轉의 신법은 시전자로 하여금 어떤 자세에서든 폭발적인 회전력을 끌어낼 수 있도록 해 주었다.

츠츠츠—

소뢰의 시퍼런 검광이 허리 높이의 반원을 그리며 강이환의 움직임을 따라붙었다.

곧바로 다시 반전 그리고 또 한 번의 반전.

직경 석 자도 안 되는 좁은 공간 위에서 강이환이 행한 세 차례의 반전은 명주실에 꿰인 구슬처럼 한 호흡 안에서 매끄럽게 이어졌고, 그 결과 그의 앞길을 가로막은 네 명의 청년 무사들은 몸뚱이 여기저기가 갈라진 채 땅바닥으로 무너져 내리고 말았다. 강이환이 펼친 이 삼고불회三顧不悔의 절초는 상대방의 사정을 전혀 봐주지 않는 잔인한 독수여서, 일견하기에도 네 명의 청년 무사들 중 둘은 즉사요, 숨이 붙어 있는 남은 둘 또한 동료들을 따라 황천 문턱을 넘어갈 공산이 컸다.

"다, 단주님, 굳이 살수를 쓰실 필요까지는……."

짝!

황망한 얼굴로 말을 잇던 여범의 고개가 옆으로 홱 돌아갔다.

"죽이지 않으면 죽는 상황이다! 아직도 모르겠느냐?"

다시 제자리로 돌아온 여범의 두 눈 속에서 불복하는 기운이 들끓는 것을 발견한 강이환은 소뢰를 쥔 오른손에 불끈 힘을 주다가 깜짝 놀랐다. 자신도 모르게 여범을 베어 버릴 뻔했던 것이다. 코흘리개 시절부터 자신을 친형처럼 따르던, 아내 화반경을 제외하면 천지간에 가장 가까운 사람이라고 할 수 있는 사제를 말이다.

'내가 언제부터 이렇게 된 거지?'

불현듯 어떤 얼굴 하나가 강이환의 머릿속에 떠올랐다. 그것은 몸통에서 잘려 작은 나무 상자 안에 담긴 채로 자신을 올려다보던 왕삼보의 얼굴이었다. 그 창백한 얼굴이 마치 자신을 조롱하고 있는 것만 같았다.

'……그때부터였어.'

불끈거리던 소뢰가 아래로 축 늘어졌다.

만일 왕삼보의 얼굴에 뒤이어 누군가의 목소리를 떠올리지 못했다면, 강이환은 소뢰의 검자루를 놓쳤을지도 모른다.

―독하지 않으면 영웅이 아니라고 했던가요. 어떻습니까, 강단주께서는 영웅의 반열에 오르실 만큼 스스로를 충분히 독하다고 생각하십니까?

비각의 책사는 그렇게 물었다. 가을 하늘처럼 심청深靑한 그 눈빛과 듣는 이로 하여금 저절로 고개를 끄덕이게 만드는 그 목소리, 거기에 두 사람의 주위를 맴돌던, 서역의 향미료 냄새를 닮은 기이한 향기까지도 마치 이 자리에서 직접 마주한 것처럼 생생히 되살아났다.

'향기…… 맞아, 지금 나는 그 향기가 필요해.'

그 향기를 처음 맡았을 때 느낀 편안함을 어떻게 설명할 수 있을까? 이후 마음이 불안할 때마다 그 향기가 자꾸만 떠올랐다. 지금이 바로 그랬다. 그 향기에 자신을 맡긴 채 지친 심신을 달래고 싶었다. 그런 의미로 볼 때, 그것과 비슷한 향기를 풍기는 향촉을 우연한 기회에 구하게 된 것은 실로 행운이라고밖에 할 수 없었다. 그 향촉이 주는 편안함을 누리기 위해서라도 반드시 이 자리를 벗어나야만 했다.

강이환은 퍼뜩 정신을 차리고 소뢰를 쥔 오른손에 힘을 주었다.

"자네에게까지 단주의 권위를 내세우고 싶지는 않네. 나를 따르든 말든 자네 뜻대로 하게."

말을 마친 강이환은 하류 쪽으로 몸을 돌렸다.

"강 단주, 멈추시오!"

구양현의 외침이 뒤통수에 실렸지만 강이환은 뒤도 돌아보지 않고 달리기 시작했다.

구배단만 벗어나면 본격적인 추격이 없으리라는 점은 짐작하고 있었다. 도정과 두 밀승들 간의 싸움이 결판나지 않는 한, 구양현으로서는 사형의 안위에 보다 신경을 쏟을 수밖에 없을 터였다. 강이환에게 정작 다행스러운 일은 여범이 자신을 따라와 주었다는 점이었다. 하기야 그의 밑에서 고락을 함께하며 잔뼈가 굵어 온 여범이 가면 어디로 가겠는가. 내키든 내키지 않든 여범은 그의 속물屬物일 수밖에 없었다. 그것이 여범의 운명이었다.

"지금 어디로 가시는 겁니까?"

여범이 헐떡거리며 물었다. 반 식경 남짓한 하산 길에 호흡이 저처럼 거칠어진 것을 보면 아직도 산공독의 영향에서 완전히 벗어나지는 못한 모양이었다.

"형제들이 대기하고 있는 곳으로 가는 중이네. 그들을 데리고 장강 전선으로 복귀할 생각이네."

어제 신무전 파견대의 철수 소식이 알려진 뒤, 강이환은 행장을 꾸리는 데 지장을 주지 않겠다는 핑계로 용봉단의 전력을 신무전 측과 함께 사용하던 진영에서 분리하여 귀둔곡 곡구로 이동시켜 놓았다.

"신무전에서 오늘 일을 문제 삼고 나온다면 본 단의 입지가 곤란해지지 않겠습니까?"

근심이 담긴 여범의 질문에 강이환은 차갑게 웃었다.

"물살이 높으면 아무리 큰 배라도 위태로워지는 법. 신무전이 언제까지나 북악의 위세를 누린다고 볼 수는 없지."

"예? 그게 무슨 말씀이십니까?"

"때가 되면 자네도 알게 될 걸세."

그 '때'가 얼마나 가까이 다가와 있는지는 굳이 알려 줄 필요성을 느끼지 않았다. 비록 살가운 사제임에는 분명하지만, 여범에게는 그런 고급한 정보를 다룰 만한 두뇌가 없었다.

귀둔곡은 천주산에서 손꼽힐 만큼 크고 깊은 계곡이었다. 가파르던 산길이 눈에 띄게 완만해진 뒤로도 길 없는 수풀 둔덕을 서너 군데 더 지나서야 두 사람은 목적한 곡구에 당도할 수 있었다. 본래 그곳에는 강이환이 신무전 파견대를 지원한다는 명분하에 인솔해 온 오십여 명의 용봉단원들이 단주의 귀환을 기다리고 있어야 했다. 그만한 전력이면 엉망으로 꼬여 버린 이번 사태를 수습하기에 부족함이 없었다. 무엇보다도 그곳에는 자신을 불안함을 달래 줄 향촉이 있었다. 때문에 강이환은 목적지에 가까워질수록 마음이 진정되는 것을 느꼈다.

마음이 진정되자 혼탁하던 머릿속도 맑아졌다.

'그래, 인정할 것은 인정하자.'

이번 작전은 실패했다. 실패의 가장 큰 요인은 작전의 표적인 도정이 사전에 눈치를 채고 있었다는 점이었다. 어제 당도한 신무전의 전령으로부터 무슨 언질을 받았는지는 알 수 없지만, 작전의 실패가 그 언질과 밀접한 관련이 있으리라는 것은 능히 짐작할 수 있었다. 어쨌거나 작전은 실패로 끝났고, 지금 강이환에게 남겨진 일은 뒷수습이었다.

'도정이 무양문과 내통했다는 증거부터 만들 필요가 있겠군.'

그렇게 몰고 갈 도리밖에 없었다. 증거의 신뢰성은 중요하지 않았다. 정 안 되면 오해에서 비롯된 일로 치부해 버리면 그만이니까. 물론 그 과정에서 산공독과 같은 비열한 수단까지 동원한 데 대한 비난은 면하기 힘들겠지만, 건정회 내에서 용봉단이 확보한 위치는 몇 마디 비난으로 흔들릴 만큼 허술하지 않았다.

천룡팔부중의 도움을 받은 일도 비각에서 보내 준 인사들이라는 말로 설명이 가능했다. 건정회에서 행세깨나 하는 늙은이들 중에서 비각의 눈치를 보지 않는 자는 없었다. 강이환이 판단하기에 건정회는 이미 비각의 수족으로 전락한 지 오래였다. 아니, 건정회 자체가 비각의 의도하에 만들어진 집단이라고 봐야 했다. 회주 자리에 앉아 있는 무당파의 욕심 많은 말코 영감은 자신의 뛰어난 정치력이 관부의 지원을 이끌어 낸 것이라고 철석같이 믿고 있겠지만 말이다.

웃자란 수풀 너머로 나부끼는 용봉단의 단기를 보며 강이환은 생각했다.

'도정을 죽이지 못한 것은 작은 실패에 불과해. 그 정도 실패는 얼마든지 만회할 수 있지.'

향촉이 있는 곳과 가까워졌기 때문일까? 강이환은 작전의 실패가 가져다준 중압감으로부터 벗어나는 기분이 들었다.

그러나 그것은 엄청난 착각이었다. 수풀을 헤치고 공터로 들어선 순간, 강이환은 이번 실패의 여파가 결코 작은 것이 아님을 깨닫게 되었다.

"……곽 숙부?"

수십 명의 용봉단원들을 등 뒤에 거느린 채 공터 중앙에 버티고 선 사람은 이 귀둔곡에 진지를 세운 첫날 이후로 단 한 번도 얼굴을 마주하지 않았던 쌍창진남천 곽달이었다. 숙질간처럼 가깝던 두 사람의 관계가 이 지경이 된 데에는, 선친의 의형제라는 점을 내세워 사사건건 자신의 행동에 참견하려고 한 곽달을 강이환 쪽에서 의도적으로 멀리한 점이 크게 작용했다고 할 수 있었다.

"드디어 왔군."

곽달이 말했다. 강이환을 향해 고정된 그의 두 눈은 얼음 조각을 박아 넣은 것처럼 차가웠다. 강이환은 당황한 기색을 감추지 못하고 그에게 물었다.

"정 호법은 어디 가고 숙부님…… 아니, 곽 호법께서 이 자리에 계시는 겁니까?"

강이환은 자신이 돌아올 때까지 이곳의 전력을 통솔하는 임무를 올봄 용봉단에 새로이 입단한 쇄비철권碎碑鐵拳 정북리鄭北刑에게 맡긴 바 있었다. 정북리를 포함한 두 명의 신임 공봉들과 다섯 명의 신임 호법들은 기존에 있던 공봉, 호법 들과 비교할 때 하나같이 젊고 용맹한 인물들이었다. 그래서 새 술은 새 부대에 담으라고 했던가. 강이환으로서는 틈만 나면 어른 행세를 하려고 드는 눈꼴신 노인네들보다 새로운 인물들에게 더욱 마음이 가는 것이 당연했다.

"끌고 와라!"

곽달이 뒤를 돌아보며 짧게 지시를 내렸다. 그러자 두 명의 용봉단원이 사지를 밧줄로 결박당한 누군가를 곽달의 앞으로 끌고 나왔다. 봉두난발에 가려진 그 사람의 얼굴을 확인한 강이환은 흠칫 놀랄 수밖에 없었다.

"정 호법?"

끌려 나온 사람이 흐트러진 머리카락 사이로 강이환을 보고는 고개를 푹 숙였다. 반나절 전의 늠름하던 모습과는 거리가 먼 비참한 몰골로 변해 있기는 했지만, 그 사람은 분명 용봉단의 신임 호법인 쇄비철권 정북리였다.

"곽 호법, 노망이라도 난 거요? 대체 무슨 짓을……."

"그 질문은 단주에게 그대로 돌려주고 싶네. 단주는 저 위에서 대체 무슨 짓을 저지른 겐가?"

곽달이 냉엄한 눈으로 강이환을 노려보며 말했다.

"무, 무슨 짓이라니……?"

"강호의 신의와 백도의 도리를 저버린 채 비열한 수법으로써 신무전의 후계자를 암해하려고 한 것을 부인할 셈인가!"

"헉!"

담대하기로는 누구 못지않다고 자부해 온 강이환이지만 이 순간만큼은 비명 같은 신음이 터져 나오는 것을 막을 수 없었다. 정북리를 포함해 이 자리에 있는 누구에게도 알리지 않은 일이었다. 구배단에 있던 여범조차도 그 일에 관한 전모는 알지 못했다. 한데 저 늙은이는 어떻게 그 일을 알고 있는 것일까?

그때 강이환의 뒷전에서 얼빠진 얼굴을 하고 있던 여범이 한 발짝 앞으로 나서며 곽달에게 말했다.

"그건 곽 숙부님께서 오해하신 겁니다. 단주님께서는 도 대협을 암해하려 하신 게 아닙니다. 도 대협이 이 귀둔곡에 잠입한 무양문의 마귀들과 내통하고 있다는 첩보를 입수하시고 그것을 확인하기 위해……."

"멍청한 놈! 북악의 후계자가 남패의 졸개들과 내통한다는 것이 상식적으로 말이 되는가!"

"하지만 단주님께서는 분명히 그렇게 말씀하셨습니다!"

끝까지 우직하기만 한 여범의 항변에 곽달이 답답하다는 듯 오만상을 찡그렸다. 그때 호리호리한 인영 하나가 용봉단원들 뒤에서 걸어 나오며 여범을 향해 입을 열었다.

"말씀을 들어 보니 대력신웅 여 소협이신 것 같군요. 그 일에 대해서는 제가 설명을 드려도 될까요?"

"헤에?"

여범은 정말로 바보가 되어 버린 것처럼 눈을 끔뻑거렸다. 그렇게 바보 흉내는 내지 않았지만, 바보가 된 듯한 기분을 느끼기는 강이환도 마찬가지였다. 생면부지의 여자, 그것도 눈길을 확 사로잡는 아름다운 얼굴과 늘씬하면서도 풍염한 몸매를 가진 젊은 여자가 이 일에 개입하리라고는 꿈속에서조차 생각해 본 적이 없기 때문이었다.

"소, 소저는 누구요?"

한참 만에야 흘러나온 여범의 질문에 여자가 대답했다.

"저는 올 초에 신무전으로 시집간 강동제일가의 여식이에요. 지금은 신무전의 전령 신분으로 이곳에 왔지요."

신무전의 셋째 도령과 강동제일가의 여식이 부부로 맺어진 일은 올 초 세상을 떠들썩하게 만든 강호의 대사였다. 강이환이 미간을 좁히며 그녀에게 물었다.

"하면 비응당 구양 당주의 부인 되는 분이란 말씀이오?"

여자가 고개를 끄덕였다.

"이 사람이 과문하여 미처 몰라 뵌 것을 용서해 주시오. 상황이 상황이니만큼 정식으로 인사를 올리지 못하는 점, 이해해 주시리라 믿소."

"그렇게 예의를 차리실 필요는 없어요. 강 단주처럼 표리부동한 자의 인사는 별로 받고 싶지 않았으니까."

초면임에도 여자의 말에는 거침이 없었다. 조신해 보이는 외모와는 달리 제법 강단이 있는 성격인 듯했다. 하지만 강이환의 얼굴이 딱딱하게 굳은 것은 여자의 말 때문이 아니었다. 이곳은 용봉단원들이 모여 있는 자리였다. 그런데 단주가 외인인 아녀자에게 공개적으로 모욕을 당했음에도 분노한 기색을 드러내는 단원을 한 명도 찾아볼 수 없다니!

"강 단주께 묻겠어요. 본 전의 백상당주께서 저 골짜기 안에 숨은 무양문도들과 내통했다고 하셨나요?"

강이환은 대답하지 않았다. 여자가 작게 코웃음을 친 뒤 말을 이었다.

"북악의 후계자를 가증스러운 배신자로 고발하기 위해서는 그에 걸맞은 증거가 있어야 마땅하겠지요. 강 단주께서는 그 증거를 지금 공개하실 수 있나요?"

여범이 불안한 눈길로 자신을 흘끔거리는 것이 느껴졌다. 강이환은 입술을 깨물었다.

"대답하시기가 곤란한 모양이군요. 좋아요. 그러면 제 쪽에서 증거를 보여 드리죠. 하지만 본 전의 백상당주와는 무관한 증거일 거예요."

여자가 소매 속에서 한 장의 편지를 꺼내어 강이환을 향해 들어 보였다.

"누가 보냈는지는 쓰여 있지 않지만 내용은 무척이나 흥미롭더군요. '신무전의 후계자를 제거할 때가 되었습니다. 두 분 법왕의 능력이면 현유진인이라도 감당할 수 있을 테니 일을 성사시키는 데 큰 어려움은 없으리라 봅니다.' 흠, 며칠 전 서역의 승려로 보이는 두 사람이 이곳에 도착했다고 하던데, 이 편지에서 말하는 '두 분 법왕'이 그들인가 보죠?"

여자가 또박또박한 목소리로 낭독한 편지는 비각의 책사가 키우는 쥐들 중 여섯 번째 쥐로부터 전달받은 밀서였다. 입술을 잘근거리던 강이환이 여자에게 물었다.

"내 짐을 뒤졌소?"

여자가 그렇다면 어쩔 거냐는 듯이 어깨를 으쓱거렸다. 강이환의 눈길이 여자의 곁에 서 있는 곽달에게 향했다.

"곽 호법, 당신은 외인이 단주의 물건에 함부로 손대는 것을 그냥 보고만 있었다 이거요?"

"호법의 책무는 단의 법규를 바로 세우는 것일세. 법규는 모든 개인에 우선하네. 법규를 어기면 아무리 단주라도 처벌을 받아야 한다는 점을 모르지는 않겠지?"

강이환은 키득거렸다.

"단주도 처벌을 받는다고? 별 웃기는 소리를 다 듣는군."

숙질간의 예의를 완전히 벗어던져 버린 강이환의 말에 곽달이 참괴한 표정을 지었다.

"단주, 어쩌다 이렇게 되었는가? 그토록 영명하고 정대하던 단주가 왜 이렇게 변해 버렸는지 이 늙은이는 도무지 알 수가 없다네!"

어쩌다 이렇게 되었냐고?

어쩌다, 이렇게, 되었냐고?

강이환의 눈빛이 몽롱해졌다.

나무 상자 안에서 자신을 올려다보던 왕삼보의 창백한 얼굴.

가을 하늘처럼 심청한 눈빛.

설득력 넘치는 부드러운 목소리.

그리고…….

강이환의 동공이 바늘 끝처럼 오므라졌다가 어느 순간 기이한 광채를 뿜어내며 활짝 열렸다.

향기! 지금 내겐 그 향기가 필요해!

향촉을 어디에 두었더라? 맞아, 짐 속에 두었지. 강이환은 여범을 돌아보았다.

"여범, 단주로서 명령한다! 당장 내 처소로 들어가서 짐 속에 있는 향촉을 가져와라."

이 말을 듣고 안색이 변한 사람은 여범이 아닌 곽달이었다.

"향촉이라면 이것 말인가?"

곽달이 뒤춤에 찬 가죽 주머니에서 뭔가를 한 움큼 끄집어내며 물었다.

강이환은 어리둥절해졌다. 곽달의 손에 들린 물건은 그 향촉들이 분명했다. 하지만 저렇게 많지는 않았는데? 잠깐, 그 향촉을 누가 내게 주었더라? 아, 맞다. 저기 있는 정 호법이 주었지. 서역에서 들어온 물건인데 연전에 북경에 들렀다가 우연한 기회에 구할 수 있었다고 하면서 말이야. 저 향촉을 피울 때 나는 향기가 그 책사의 방에 감돌던 향기와 아주 비슷하다는 것을 알고는 정말로 기뻤지. 효과도 비슷했어. 화 매는 비위에 안 맞는다며 질색을 했지만 나는 저 향촉을 피울 때마다 자신감을 되찾을 수 있었지. 내가 틀리지 않았음을 확인할 수 있었다고!

음? 그런데 향촉이 왜 저렇게 많아진 거지? 정 호법에게서 받은 것은 거의 다 떨어졌는데……. 더 없느냐고 물었더니 그가 뭐라고 했더라? 워낙 귀한 물건이기는 하지만 단주께서 찾으시니만큼 북경 사는 친구에게 특별히 부탁해 놓겠다고 했지 아마. 그사이 벌써 북경에 다녀온 건가? ……하하! 나도 참! 많으면 좋은 거지 어디서 났는지는 왜 따지고 있담. 다다익선이다, 다다익선이야! 이보다 더 좋은 일이 있을까? 아하하하…….

강이환은 곽달이 움켜쥔 향촉에 시선을 고정한 채 비칠비칠 앞으로 걸어 나갔다.

"과, 곽달, 곽 숙부님, 그걸 이 조카에게 주세요. 예?"

그 모습을 지켜보던 곽달이 어깨를 부들부들 떨었다.

"환이, 이놈아! 제발 정신 좀 차려라! 이 요사한 물건은 정 가 놈에게서 나온 것이다! 이것 말고도 정 가 놈이 무엇을 감추고 있었는지 아느냐!"

그러면서 한 장의 편지를 꺼내 보였다.

"극락향極樂좁의 효력에서 벗어나는 일이 없도록 주기적으로 공급하되 한꺼번에 많은 양을 내주면 위험할 수도 있으니 물량 조절에 각별히 신경 쓰라는 내용이 적힌 편지다!"

강이환은 걸음을 멈췄다.

극락향이라고? 저 늙은이가 지금 무슨 소리를 하는 거지?

"극락향이 이 향초들을 가리키는 말인 줄은 알았지만, 이게 너를 그 꼴로 만든 요물일 줄은 미처 몰랐구나!"

곽달의 뒤를 이어 여자가 들고 있던 편지를 흔들어 보이며 말했다.

"우리는 이 두 장의 편지가 동일인에 의해 쓰인 것임을 이미 확인했어요. 아무래도 강 단주가 이렇게 된 배후에는 그자의 입김이 작용한 것 같군요."

동일인? 배후? 저 여자는 또 무슨 말을 하는 거지? 감히 누구를 꼭두각시로 여기고…….

다음 순간 벼락같은 전율이 강이환을 후려쳤다.

지난해 여름 별불가 초당을 만나면서부터 시작된 비각과의 관계, 강이환은 그 관계를 자신에게 찾아온 일생일대의 행운이라고 여겼다. 때문에 그 관계를 능동적으로 이용하기 위해 애를 썼고, 그 결과 자신과 용봉단이 지금의 위치까지 오를 수 있었다고 믿어 의심치 않았다…….

……그런가? 정말로 그런가?

아니었다.

돌이켜 보면 그 관계의 날줄과 씨줄을 오롯이 주재하고 관장해 온 인물은 따로 있었다.

문득 구배단에서 도정이 한 말이 떠올랐다.

─강이환, 그물에 걸린 물고기는 내가 아니라 바로 당신이오.

도정의 말이 옳았다. 자신은 오래전부터 그물에 걸린 물고기 신세였다. 그 그물은 때로는 맹목적인 복수이기도 했고, 탐욕스러운 야망이기도 했으며, 어리석은 오만이기도 했다. 그리고 그물에 갇힌 물고기를 내려다보며 미소 짓는 어부는 바로 그자, 비각의 책사였던 것이다!

수치심이 밀물처럼 강이환을 덮쳤다. 지난 일 년간 자신을 그토록 양양하게 만들어 주던 모든 것들이 한낱 허상에 지나지 않았다는 사실을 깨달은 순간, 그는 평생 단 한 번도 느껴 본 적이 없는 절대적인 수치심에 사로잡힐 수밖에 없었다. 뒤따른

것은 허무감. 딛고 있던 땅이 한순간에 허공으로 변해 버린 것
같았다.

"으으……."

강이환은 머리를 양손으로 감싸며 주춤주춤 뒷걸음질을
쳤다.

"환아!"

곽달이 다가오며 팔을 내밀었다. 그 늙은 눈에 맺힌 절절한
안타까움을 강이환은 감히 마주할 수 없었다. 그는 고개를 돌
렸다. 그곳에서는 마치 낯선 사람을 쳐다보는 듯한 여범의 눈이
기다리고 있었다. 사제, 너마저도? 강이환은 고개를 이리로 또
저리로 돌렸다. 그를 쳐다보는 눈은 어디에나 있었다. 여자의
눈, 단원들의 눈…….

강이환은 자신을 향한 눈들로부터 벗어나기 위해 두 눈을 질
끈 감았다. 그러나 암흑의 공간 속에서도 눈은 존재했다. 바로
자신의 눈! 내 치부를 타인에게 들키는 것보다 더욱 수치스러운
일은 내 치부를 스스로가 직시하는 것이었다. 그 수치심을 도저
히 견딜 수 없었다. 그는 광인처럼 비명을 지르기 시작했다.

"으아악! 으아아아악!"

강이환은 자신을 향해 뻗어 오는 곽달의 손을 세차게 뿌리친
뒤 몸을 돌려 달아나기 시작했다. 그러나…….

비틀린 삶의 그물에 갇힌 물고기에게 달아날 곳이란 존재하
지 않았다.

(3)

구월 초닷새의 밤은 먹물처럼 암울했다. 그러나 그 밤 속을

혼백 없는 인형처럼 터덜터덜 걸어 지나는 어떤 남자의 마음만큼 암울하지는 않았다.

그 남자가 어느 순간 비척거리던 걸음을 멈추고 부스스 고개를 들었다. 비라도 쏟아지려는 걸까. 밤의 어둠보다 더 어두운 먹구름이 하늘을 온통 뒤덮고 있었다. 그 모습이 마치 어둠의 안장에 올라탄 검은 마왕이 자신의 발아래 복속시켜 놓은 세상을 굽어보는 듯했다.

하지만 남자는 크고 두꺼운 저 먹구름 너머에 별이 빛나고 있음을 알고 있었다. 가장 강성한 거악巨惡을 상대로 외로운 투쟁을 벌이던 지난날, 그럼에도 정의는 반드시 승리하리라는 희망이 남자의 눈동자 속에서 빛나고 있었듯이.

희망.

남자의 잘생긴 눈매가 보기 흉하게 일그러졌다. 그날의 찬란하던 희망은 왜곡되고 더럽혀지고 끝내는 꺼져 버렸다. 더 이상 자신에게 어떤 희망도 허락되지 않으리라는 공포가 엄습하자 남자는 어깨를 움츠리지 않을 수 없었다.

"으으……."

남자는 양어깨를 감싼 채 그 자리에 웅크리고 앉았다. 메말라 허연 세로금이 촘촘히 새겨진 남자의 입술 사이로 신음처럼 쓰라린 혼잣말이 흘러나왔다.

"대체 무슨 짓을 한 거냐, 너는."

강이환, 한때 강호제일의 기남아로 불리던 그 남자는 마침내 눈물을 흘리기 시작했다. 곽달의 준열한 질책이 천둥처럼 고막을 두드리고 있었다.

−단주, 어쩌다 이렇게 되었는가!

타락.

강이환은 지난해 여름 죽음의 문턱에 선 자신에게 찾아온 행운의 이면에 무서운 타락이 도사리고 있었음을 알지 못했다. 그 타락은 가을 하늘처럼 심청한 눈빛으로, 계류처럼 부드러운 목소리로, 그리고 엄마의 품처럼 안락한 향기로 그를 점령해 나갔다.

향기.

그 향기를 떠올리자, 마치 조련당한 개가 주인의 목소리에 배를 드러내듯, 강이환은 자신이 눈물을 흘리면서도 코를 벌름거리고 있음을 깨달았다. 온몸이 주체할 수 없이 떨리기 시작했다. 어깨를 움킨 열 개의 손가락이 팽팽히 당겨졌다.

이 얼마나 무서운 일인가!

극락향이라는 역설적인 이름을 가진 향초가 피워 낸 그 향기는, 비록 감미롭기는 하지만 강이환처럼 어린 시절부터 혹독한 수련을 거쳐 온 검법 고수의 강인한 정신세계를 완전히 통제할 만큼 절대적인 힘을 지닌 것은 아니었다.

정체를 파악하지 못했을 때에는 아무도 모르는 자위의 수단으로 스스로를 흔쾌히 맡길 수 있었지만, 정체를 파악한 지금은 아니었다. 그는 독이 든 과일인 줄 알면서도 손을 뻗을 만큼 어리석은 사람이 아니기 때문이었다. 중독성이 없다고는 할 수 없지만, 강이환에게는 그 정도 중독성쯤은 이겨 낼 만한 의지력과 자제력이 있었다.

그래서 그자, 비각의 책사가 놓은 덫이 무섭다는 것이다!

소나기가 쏟아지면 누구나 피할 생각부터 떠올리는 법. 만일 그자가 극락향을 통해, 혹은 극락향을 포함한 모종의 수단을 통해 전면적이고도 본격적인 통제를 시도했다면, 강이환은 반드시 반발하고 경계했을 터였다. 하지만 그자가 설치한 덫은 보슬비처럼 은근하면서도 점진적인 방식으로 강이환의 경계심을 공략했다. 계획된 타의를 대수롭지 않은 자의로 착각한 강이환은 벗어나야 한다는 생각을 떠올려 보지조차 못한 채 그자가 설치해 놓은 덫에 속절없이 빠져들고 말았다.

그리고 그것이 덫이라는 사실을 깨달은 지금, 강이환은 이미 흠뻑 젖어 버린 뒤였다. 비에 젖은 의복은 햇볕에 널어 말리면 그만이지만, 올곧은 삶 속에 스며들어 그 삶을 우그러지게 만든 이 치욕스러운 물기는 세상의 어떤 뜨거운 열기로도 말리지 못할 것 같았다.

생각이 거기에 미치자 강이환의 호흡이 거칠어지기 시작했다. 어둠에 덮인 이 황량한 벌판 위에서 상처 입은 짐승처럼 떨고 있는 스스로가 너무도 비참해 견딜 수 없었다. 절절하게 메아리치던 곽달의 부르짖음이, 처음 보는 사람을 대하는 듯한 여범의 눈이, 모래성처럼 무너져 내린 신뢰에도 불구하고 한 가닥 희망의 끈을 부여잡고 자신의 해명을 기다리던 단원들의 얼굴이 암울한 어둠에 섞여 주위를 회오리치고 있었다. 빙글빙글 돌아가는 그 모든 낯선 시선들…….

"으아아아!"

비통에 찬 절규가 상처에서 뿜어진 핏물처럼 강이환의 목구멍을 비집고 터져 나왔다. 그는 벌떡 일어서서 허리에 매달린 소뢰를 거칠게 뽑아 들었다. 그러고는 그 날카로운 검날을 돌려 자신의 목을 똑바로 겨누었다. 그의 눈이 부릅떠졌다. 오른손의 움직임 한 번이면, 아주 작은 움직임 한 번이면 모든 것이 끝나리라. 살이 잘리고 뼈가 부러지는 것보다 견디기 힘든 이 비통함에서 해방될 수 있으리라.

……그것은 신명神命처럼 거역하기 힘든 유혹이었다.

그러나 강이환은 검자루를 쥔 오른손을 부들부들 떨기만 할 뿐, 그 유혹에 자신을 내던지지는 못했다.

목소리.

기억 속에 소중히 간직되어 있던 어떤 목소리가 강이환의 오른손 마디마다 맺힌 극단적인 결의를 연기처럼 흩어뜨리고 있었다.

-당신에게 처음 보여 드리고 싶었어요.

그리고 얼굴.

유난히도 차가웠던 그 겨울 하늘 아래에서 처음 본 그 얼굴…….

그녀는 무공을 수련한 사람의 것이라고는 믿어지지 않을 만큼 고운 손을 들어 자신의 얼굴을 가리고 있던 면사를 걷어 올리며 그렇게 말했다. 봉황새가 수놓아진 그 연보랏빛 면사 아래로 드러난 얼굴은 이 세상의 흙으로는 절대로 빚을 수 없는 천상의 도자기처럼 아름답고 우아했다. 원수들의 눈을 피해 동지들을 규합하기 위해 강호의 음지를 전전하는 과정에서 적지 않은 여인들과 크고 작은 인연을 맺은 바 있는 강이환이지만, 그 얼굴 앞에서는 열여덟 살 숫보기 총각처럼 넋을 잃을 수밖에 없었다.

그 얼굴 아랫부분에 꽃잎처럼 맺힌 작은 입술이 벌어지고, 몽롱한 입김과 그보다 더 남자를 몽롱하게 만드는 목소리가 흘러나왔다.

　-우리는 태어나는 순간부터 하나였던 것 같아요. 어때요, 운명적이라고 생각되지 않나요?

　"운명……."
　강이환은 턱 밑에 대어진 검날의 차가운 감촉도 느끼지 못한 채 홀린 듯이 중얼거렸다.
　그것은 운명이었다.
　천하에서 가장 강대한 원수에 의해 멸문의 재앙을 당한 두 집단의 후예가, 재앙이 휩쓸고 지나간 당시에는 태어나지조차 않았던 한 남자와 한 여자가, 그로부터 수십 년이 지난 뒤 이처럼 당당한 성인이 되어 복수의 대장정에 함께 오르기 위해 만난 것이다. 이것이 운명이 아니라면 천하의 그 무엇을 운명이라 할 수 있겠는가!
　강이환의 운명은 그녀가 있음으로 인해 온전해질 수 있었다. 그 운명이 내부로부터 비롯된 충격에 위협받는 지금, 그는 그녀를 만날 필요가 있었다. 그녀는 극락향 따위와는 비교조차 할 수 없는 운명의 반쪽, 진실한 동반자였다. 그녀에게 자신의 어리석음을 고백하고, 그녀로부터 용서를 받고, 그녀로부터 위안을 얻으면, 지금 느끼는 이 비통함에서 벗어날 수 있을 것 같았다. 저 먹구름 너머에서 별이 빛나듯, 어둠에 덮여 있던 그의 마음속에 작은 촛불 하나가 반짝 켜진 기분이었다. 그는 오른손에 쥔 소뢰를 아래로 늘어뜨렸다.
　"그녀를 만나야 해."
　자신의 무너진 삶을 바로잡아 줄 버팀목은 이제 그녀가 유일

했다. 강이환은 그녀가 기다리고 있을 삼협을 향해 걸음을 떼어
놓기 시작했다.

머리가 나쁜 것도 아니건만 이 마을의 이름이 무엇인지는 기
억나지 않았다. 천주산으로 이동하는 동안 들른 마을임에는 분
명한데, 그래서 경륜 깊은 곽달에게서 마을의 이름을 들은 것
같기도 한데, 신무전의 후계자라는 거물을 제거하러 가는 길이
란 생각에 몰두한 나머지 이 마을에 대해 보고 들은 모든 자질
구레한 사항들을 그냥 흘려보낸 것 같았다.

마을에 들어서서 김이 모락거리는 찜통과 기름 냄비를 좌대
처럼 밖에다 설치한 허름한 식당 앞에 이른 순간, 강이환은 떼
강도처럼 맹렬하게 달려드는 극심한 허기에 하마터면 그 자리
에 엉덩방아를 찧을 뻔했다. 어제 용봉단 진영에서 간단한 조식
을 받은 뒤로 하루하고도 반일 동안 배 속에 넣은 것이 아무것
도 없다는 사실을 떠올린 것은 그 직후였다. 동틀 무렵에 지나
간 소나기 덕분에 갈증은 면할 수 있었지만, 그 빗물로 허기까
지 채우기에는 장년 남자의 위장이 지나치게 건강했던 것이다.

'내게 돈이 있던가?'

강이환은 왼손을 뒤춤으로 돌렸다. 다행히 요대 뒤쪽에 걸어
둔 전낭이 그 손에 잡혀 주었다. 왼손으로 추어올려 본 전낭은
반가운 마음이 왈칵 일어날 만큼 묵직했다. 용봉단의 단주가 가
난하던 시절은 이미 과거의 일. 질기고 고운 촉견蜀絹으로 지어
그 자체만으로도 값비싼 전낭 안에는 한 냥짜리 은엽銀葉이 열
장 넘게 들어 있었다. 은엽 한 장이면 이 집에서 가장 비싼 요

리라도 질리도록 먹을 수 있을 터였다.

그러나 사치스러운 맛을 즐기며 식욕을 달래고 싶은 생각은 조금도 들지 않았다. 그녀에게로 가는 길에 적잖은 지장을 주는 이 허기만 면하면 그만일 뿐.

강이환은 식당의 주인으로 보이는, 기름 냄비 앞에 뜰채를 쥐고 서서 무엇인가를 한창 튀겨 내고 있는 늙수그레한 남자에게로 다가가 말을 걸었다.

"지금 저 찜통 안에서 찌는 것이 뭐요?"

식당 주인의 눈길이 강이환을 위아래로 훑어 내렸다. 눈길이 왼쪽 허리에 찬 소뢰 위를 지날 때 어깨를 한차례 움찔거리기는 했지만, 본래 강단이 있는 건지 아니면 요사이 병기를 지닌 강호 무사들을 많이 접해서인지 식당 주인은 딱히 위축된 기미를 드러내지 않았다.

"저 종이 안 보이시오?"

식당 주인이 찜통 위 대나무 차양에 걸린 천을 가리켰다. 기름에 절어 누렇게 변한 천 위에는 '포자包子(야채나 고기를 다져 소로 넣고 쪄 낸 만두)'라는 두 글자가 이 식당과 잘 어울리는 조악한 필체로 적혀 있었다.

"한 개에 얼마……."

"세 문. 암만 많이 사도 깎아 주지는 않을 거요."

식당 주인은 야근 중인 관리만큼이나 퉁명스럽게 굴었다. 강이환은 씁쓸히 웃을 수밖에 없었다. 강호제일의 미남자라는 얘기도 들은 적 있을 만큼 헌앙한 풍채를 자랑하는 자신이건만, 만 하루를 산과 들을 헤매고 돌아다닌 지금은 그 헌앙함이 빛을 잃은 모양이었다. 하긴 반쯤 풀린 상투로 인해 머리카락이 얼굴을 가리고, 몸에 걸친 비단 무복도 흙먼지 얼룩에 후줄근 젖기까지 했으니…….

'필시 비 맞은 개 꼴을 하고 있겠지. 지금의 내겐 딱 맞는 몰 골이야.'

한편으로는 그녀를 만나기 전에 세수라도 해야겠다는 생각을 떠올리며, 강이환은 식당 주인에게 은엽 한 장을 내밀었다.

"포자 여덟 개하고 물을 주시오."

은엽을 대한 식당 주인의 눈이 휘둥그레 커졌다가 곧바로 짜 부라졌다.

"지금 누굴 놀리는 게요? 하루 이백 문도 못 버는 사람한테 그런 걸 내밀어서 어쩌라고?"

은엽 한 장이면 구리돈으로 이천 문. 하루 이백 문도 못 버는 허름한 식당 주인이라면 짜증을 부릴 만도 한 일이었다. 그러나 강이환의 입장에서는 오직 구구하기만 한 문제일 뿐. 그는 표정 을 바꾸지 않고 담담히 말했다.

"거스름돈 걱정은 하지 않아도 되오. 여덟 개 중 절반은 그냥 주고 남은 절반은 노중에서 먹을 수 있도록 싸 주시오. 그리고 마실 물 두 되를 물주머니에 담아 주면 이 은엽은 당신 게 될 거요."

믿을 수 없다는 듯 강이환의 얼굴과 은엽을 번갈아 쳐다보던 식당 주인이 어느 순간 새로 산 가죽신처럼 반질거리는 미소를 짓더니 쥐고 있던 뜰채를 기름 냄비 안에 띄워 놓고는 은엽을 덥석 받아 들었다.

"아이고, 저도 염치란 게 있는 사람인데 그럴 수야 없습죠. 잠시만 기다리시면 우리 집에서 가장 맛좋은 음식과 차를 넉넉 히 포장해 드리겠습니다."

"그럴 필요 없소."

"그래도…… 솔직히 이게 이름만 포자지, 들어간 소도 변변 찮고 맛도……."

"괜찮소. 주문한 것만 주시오."

식당 주인의 말은 사실이었다. 밀가루 덩어리가 그대로 씹히는 그 포자 속에는 백채와 파 부스러기가 손가락 마디 하나 정도 들어 있을 뿐 고기라고는 찾아볼 수 없었고, 우물물이라고 가져다준 물에서는 흙냄새가 역겹게 풍겨 나왔다. 그러나 뒤통수가 어쩔어쩔할 만큼 허기에 시달리던 강이환에게는 황제의 만찬이 따로 없었다.

어른 주먹만 한 포자 네 개와 한 주전자의 물을 게 눈 감추듯 해치운 강이환이 식당 입구 앞에 놓인 간이의자에 앉아 가져갈 음식들을 기다리고 있는데, 갑자기 마을 전체가 소란스러워지는 느낌이 들었다. 아이들이 겅중거리며 한 방향으로 달려가는가 싶더니 나이 든 여자 몇이서 반대 방향으로 총총걸음을 옮기고, 그러던 중 홑조끼에 베잠방이를 걸친 젊은 남자 하나가 식당으로 달려와 문 안쪽을 향해 고함을 지르는 것이었다.

"심 영감님, 빨리 나와 보세요!"

식당 안에서 물주머니의 작은 주둥이에 대고 조롱박을 연신 기울여 물을 채우던 식당 주인이 숙이고 있던 고개를 들고 문 쪽을 돌아보았다.

"또 무슨 일이기에 이 호들갑인가? 누구 집에 불이라도 난 겐가?"

"영감님도 참, 아침나절에 소나기가 그리 장하게 퍼붓고 지나갔잖아요. 그런데 어떤 집에 불이 나겠어요."

"하면?"

"지금 동구 밖 관도로 사람들이 지나가고 있어요. 와! 내 평생 그렇게 많은 사람들을 본 적은 처음이라니까요. 아마 영감님도 그러실걸요."

"사람들?"

"예, 그것도 칼 찬 무사들이요."

이 말에 식당 주인의 얼굴이 일그러졌다.

"무사들이라면 건정횐가 하는 그 도적놈들 말인가? 야단났네. 저기 서쪽 마을들에서는 그치들 행패 때문에 아주 죽을 맛이라던데, 이제는 우리 마을까지 시달리게 생긴 모양이군."

강이환은 입맛이 씁쓸했다. 녹림도를 아우르는 과정에서 건정회 수뇌부는 그들의 거친 행실을 일정 부분 눈감아 주기로 했고, 그 결과 삼협 인근에 사는 민초들의 삶이 힘들어지게 되었다는 점을 모르지 않았던 것이다. 한데 그를 정작 놀라게 만든 것은 직후에 튀어나온 젊은 남자의 말이었다.

"건정회가 아니고 무양문이라고 하던데요."

강이환은 자신의 귀를 의심하지 않을 수 없었다.

'무양문?'

식당 주인이 고개를 갸웃거리더니 젊은 남자에게 물었다.

"무양문이면 건정회란 놈들이 막으려고 한다는 그 강남에서 온 무사들 말인가?"

"맞아요! 바로 그 무양문!"

강이환은 앉아 있던 의자에서 벌떡 일어나 젊은 남자의 멱살을 틀어잡았다.

"방금 뭐라고 했소?"

생면부지인 사람으로부터 별안간에 봉변을 당한 젊은 남자가 시뻘게진 얼굴로 받은 숨을 컥컥거렸다.

"이, 이 손 좀…… 놓으시고…… 켁, 켁."

식당 안에 있던 주인도 조롱박을 손에 쥔 채 황망한 얼굴로 뛰쳐나왔다.

"손님, 왜 그러십니까?"

강이환은 그제야 자신의 실책을 깨닫고 젊은 남자의 멱살을 풀어 주었다.

"미, 미안하오, 너무 뜻밖의 소식이라서……. 다시 말해 보시오. 동구 밖을 지나는 무사들이 무양문도라고 그랬소?"

목을 문지르며 큰 숨을 몇 번 몰아쉰 젊은 남자가 겁먹은 얼굴로 떠듬떠듬 대답했다.

"제, 제가 한 얘기는 아니고……. 제가 원체 까, 까막눈이라서 깃발에 적힌 글자를 읽지는 못합니다요."

"하면 누가 그렇게 말했소?"

"함께 구경하던 글방 훈장님요. 그분이 그 무사들이 앞세운 깃발을 보고 말씀하시더라고요. 무양문이 장강을 건너는 데 성공한 모양이라고요. 게다가 깃발 옆에다가 내건 그……."

젊은 남자가 갑자기 말을 멈추고 부르르 진저리를 쳤다.

"왜 그러시오?"

"그 뭐냐, 기, 깃발 옆에 걸려 있던 그 흉측한 무, 물건이 생각나서……."

"흉측한 물건이라니?"

"그게…… 사람의 머리통인데……."

무사가, 그것도 격변기를 맞이한 강호의 무사가 시골 무지렁이의 입에서 흘러나온 '사람의 머리통'이라는 말에 소름이 돋는다면, 강이환은 아마도 그자를 비웃었으리라. 그런데 지금의 강이환이 바로 그랬다. 소름이 돋았다. 목덜미에서 시작된 소름은 꼬리뼈 끝까지 순식간에 달려 내려가더니, 내장을 아래로부터 훑으며 치올라 와 마침내 심장을 옥죄기 시작했다. 그는 숨을 내쉬기 힘들었다. 만일 부스스한 머리카락에 가려진 그의 얼굴을 유심히 들여다본 사람이 있다면 그 준미한 얼굴이 시체의 것처럼 창백하게 변했음을 발견하게 되었을 것이다. 왜일까.

왜, 일, 까?

한마디 대꾸도 못 하고 눈만 부릅뜨고 있는 강이환 대신, 곁에서 두 사람의 대화를 듣고 있던 식당 주인이 나서서 젊은 남자에게 물었다.

"아니, 사람의 머리통을 깃발 옆에 내걸었단 말인가?"

"그렇다니까요. 어…… 치렁치렁한 머리카락을 보면 여자의 머리통 같기도…… 억!"

젊은 남자는 말을 끝맺지 못하고 뒤로 나동그라졌다. 강이환이 그의 몸을 밀치고 앞으로 뛰쳐나간 것이다.

"소, 손님, 음식 가져가셔야죠!"

뒤통수에 식당 주인의 외침이 실렸지만 강이환은 뒤도 돌아보지 않고 달렸다. 달려야만 했다. 심장을 옥죄는 이 무시무시한 공포의 근원을 자신의 눈으로 직접 확인하기 위해.

강이환은 좁은 마을길을 질풍처럼 달렸다. 아침나절에 퍼부은 소나기로 진창처럼 변해 버린 동구 밖을 광인처럼 달렸다. 그러고는…….

멈췄다.

강이환이 멈추자, 마주 오던 수천 명의 인마가 함께 멈췄다. 그러나 강이환의 눈에는 그들이 들어오지 않았다. 그의 눈에 들어온 것은 오직 하나, 그들의 앞에 높이 세워진 채 이 장에 달하는 제 길이에 겨워 가녀리게 휘청거리는 어떤 장대였다. 옻칠을 입힌 그 장대 위에서는 얼굴 하나가 깊은 구멍처럼 공허한 눈으로 그를 내려다보고 있었다.

얼굴.

그 얼굴…….

─당신에게 처음 보여 드리고 싶었어요.

팍.

옥죄던 심장이 얇은 얼음처럼 여린 비명을 지르며 부서졌다. 장대 위의 얼굴을 올려다보던 강이환의 두 눈이 함께 공허해졌다.

"미친 자인 모양입니다. 치우라고 하겠습니다."

장대 뒤에 멈춘 말 위에서 누군가 말했다. 그러자 옆에 서 있던 말 위에 앉은 다른 사람이 그 말을 받았다.

"저자가 누군지 알 것 같군."

"예?"

잠시 짬을 두었다가 두 번째 사람이 말했다.

"저 수급을 확인하기 위해 이 행렬을 멈추게 할 자는 세상에 오직 한 사람뿐이겠지."

"그렇다면 저자가 바로……?"

"병력을 잠시 대기시키게."

귀에는 들리되 머리로는 인지할 수 없는 대화가 몇 토막 오가더니, 한 사람이 말 등에서 내리는 모습이 공허해진 시야의 한쪽 구석에 담겼다. 그럼에도 강이환은 움직이지 않았다. 손가락 하나 까딱할 수 없었다. 그라는 인간을 움직일 수 있는 모든 동력이 그를 내려다보는 저 공허한 눈 속으로 빨려 들어가 버린 것 같았다.

강이환이 다시 움직이기 시작한 것은, 내공을 실은 중후한 목소리가 공허의 밑바닥까지 가라앉은 그의 의식을 일깨우고 난 다음이었다.

"귀하가 강이환인가?"

흑백으로 탈색된 시야가 조금씩 본색을 회복하는 것 같았다. 강이환은 비로소 그 얼굴이 가져다준 거대한 속박으로부터 벗어날 수 있었다. 그는 시선을 내려 깃대 옆으로 나선 사람을 쳐다보았다. 물이 약간 빠진 청의를 걸친 중년인. 부드러운 눈매와 곱슬곱슬한 턱수염은, 만일 다른 자리에서 만났다면 친근한 인상을 받았을지도 모른다. ……아니다. 다른 자리에서 만났더라도 결코 친근하게 여기지는 못했으리라. 서서히 살아나는 검객으로서의 감각이 그렇게 속삭이고 있었다. 저 중년인은 자체로 검이었다. 검에 내재된 모든 숭고한 덕목들을 온전하게 체화시킨 검객. 그럼으로써 검과 하나가 된 검객. 그러나, 그래서 인간으로서는 외로울 수밖에 없는 검객.

고검孤劍.

하나의 이름이 강이환의 입술을 비집고 작게 흘러나왔다.

"제갈휘."

청의 중년인, 제갈휘가 고개를 끄덕였다. 강이환은 제갈휘의 얼굴을 잠시 쳐다보다가 물었다.

"당신이 내 아내를 죽였소?"

제갈휘는 고개를 저었다. 그러나 이내 끄덕였다.

"그런 셈이군. 그녀를 살려 두지 않을 생각이었으니까."

그래도 이성의 한 조각은 남아 있었던 것일까. 다행히 그녀를 왜 죽였느냐고 묻는 바보 같은 질문은 하지 않을 수 있었다. 그들 부부와 무양문은 용봉단이 만들어진 순간부터 아니, 그들

부부가 태어난 순간부터 아니, 무양문이 형산검문과 화씨세가를 짓밟은 순간부터 아니, 형산검문과 화씨세가가 여산백련교의 멸망에 관여한 순간부터 죽이지 못하면 죽임을 당해야 하는 극단적인 관계에서 벗어날 수 없었다. 죽이지 못했으니 죽임을 당한 것이다, 그녀도. 하지만……

"시신을 욕보일 필요까지는 없지 않았소?"

말끝에 강이환은 픽 웃었다. 내뱉고 나서야 바보 같은 질문임을 깨달은 것이다. 지난해 형산 전투에서 승리한 이래 용봉단의 단기 꼭대기에 깃봉처럼 걸려 있는 관산귀전 대적용의 해골을 떠올렸다면 해서는 안 되는 질문이었다. 관계란 극단적일수록 공정할 필요가 있었다. 내가 할 수 있으면, 상대도 할 수 있는 것이다. 그래도 그녀는 여자가 아니냐고? 여자니까 저런 꼴로 만들어서는 안 되는 것 아니냐고? 그것이야말로 그녀를 욕보이는 소리였다. 모든 여자들을 욕보이는 소리였다. 복수의 길 위에서 남녀의 구분이란 무의미할 테니까.

각설하고, 무양문을 사갈시하는 입장에서 결코 인정하고 싶지 않기는 하지만, 세간에 떠도는, 호교십군의 일군장이 인격자라는 얘기는 사실인 것 같았다. 대적용이 당한 일을 언급함으로써 상대의 어리석음을 꾸짖는 통쾌함을 취하려 들지 않은 점만 보아도 알 수 있는 일이었다. 강이환 본인이라면 어땠을까?

'아마도 내 목소리의 울림에 흠뻑 빠져든 채 한바탕 웅변을 즐기려 했겠지.'

그런 생각이 들자, 어처구니없게도 이제껏 그토록 경멸해 오던 백도의 배신자이자 원수들의 선봉장인 제갈휘가, 심지어는 멋져 보이기까지 하는 것이었다. 마음의 긴장이 스르르 풀리며 경직된 머릿속이 부드러워지는 기분이 들었다. 그러자 문득 알고 싶어졌다.

"그녀의 마지막은 어떠했소?"

"고통스럽지는 않았을 걸세. 일시붕산에 당했으니까."

"일시붕산이라면 관산귀전의······?"

고개를 끄덕이던 제갈휘가 문득 떠올린 듯 덧붙였다.

"그녀를 위해 일시붕산에 몸을 던진 사람이 있었네. 장강쌍절 위씨 형제 중 형이라고 하는데, 무슨 사연이 있는지는 모르겠군."

장강쌍절의 형이라면 건정회 십팔대공봉 중 한 사람인 조룡거사釣龍居士 위응양이었다. 그래서 강이환은 어리둥절해졌다. 성정이 강직하고 기개가 높은 인물이라는 얘기는 일찍부터 들은 바 있으나, 아무리 그렇기로서니 단지 동료라는 이유 하나만으로 일시붕산 같은 절대적인 위험 앞에 몸을 던질 만큼 무모할리는 없기 때문이었다.

"그의 시신은 건정회에서 수습해 갔네. 하지만 그녀는······."

제갈휘가 장대 위를 슬쩍 올려다보았다. 말을 맺지는 않았지만 당시의 정황을 설명해 주는 데엔 부족함이 없었다. 관산귀전의 일시붕산이 끝낸 것이다. 위응양과 그녀 모두를.

궁금한 점이 모두 해소되지는 않았지만, 대적용의 죽음과 함께 끊어졌다 여긴 일시붕산을 누가 재현해 냈는지, 또 위응양이 왜 그녀를 위해 목숨을 던졌는지 여전히 알 수 없었지만, 그런 것들은 그다지 중요하지 않다는 생각이 들었다. 중요한 것은······.

결심.

하지만 지금의 이 마음을 굳이 결심이라는 거창한 말로 표현할 필요가 있을까? 반쪽이 사라지면 남은 반쪽도 사라질 수밖에 없는 것이 그들 부부를 묶어 놓은 운명일진대. 그저 흘러갈 뿐이었다. 운명이 정한 대로.

'거치적거리는군.'

강이환은 흐트러진 상투에 위태롭게 걸려 있던 머리끈을 풀었다. 그런 다음 얼굴 앞으로 흘러내린 앞머리를 잡아 올려 모은 뒤 단정하게 묶었다. 남자 손이란 게 대개 그런 모양인지, 그가 그 일을 하는 데에는 시간이 제법 걸렸다. 하지만 제갈휘는 인격자답게 아무 불평 없이 기다려 주었다.

거치적거리는 머리카락을 정돈한 강이환은 소뢰를 뽑았다. 영롱한 광채가 어른거리는 검신을 한동안 내려다보던 그가 소뢰의 검봉을 아래로 돌린 뒤, 검자루 끝에 두 주먹을 모아 보였다.

"부탁이 있소."

"말해 보게."

"고검이 어떤 검객인지 알게 되었소. 나로서는…… 다섯 합도 견디기 힘들 것이오."

모든 방면에 자존심이 강한 강이환이기에 이제껏 단 한 번도 그렇게 생각해 본 적이 없었지만, 일단 만나고 나자 인정하지 않을 도리가 없었다. 세상에는 독보적인 인물이 있었다. 만나면, 그냥 알 수밖에 없는 인물. 제갈휘가 바로 그런 인물이었다. 다섯 합도 무리일지 모른다는 걱정이 들었지만, 그래도 그는 가슴을 펴고 당당히 말했다.

"내가 당신의 검을 열 번 받아 내겠소. 그러면 우리 부부를 이곳에 함께 묻어 주시오."

비장한 기분은 눈곱만큼도 들지 않았다. 지금의 심경을 굳이 표현하라면 조바심이라고나 할까. 마치 경치 좋은 곳으로 소풍을 떠난 그녀를 얼른 따라가야 한다는, 따라가고 싶다는 그런 조바심. 원수의 선봉장인 제갈휘에게 머리까지 숙여 가며 부탁한 합장合葬은, 이를테면 그녀에게 가져갈 맛있는 도시락 같은 것이었다. 뼛속 깊이 새겨 놓은 복수의 맹세도, 결성한 날 이후 그토록 자랑스러워하던 용봉단의 존재도, 지금 이 순간 그의 머릿속에는 남아 있지 않았다.

"부탁을 들어주겠네."

"고맙소."

강이환은 이제껏 자신이 한 어떤 인사보다 더 큰 진심을 담아 제갈휘에게 말했다. 제갈휘가 어깨 너머로 솟은 검자루로 천천히 손을 올렸다.

"고마워할 필요 없네. 나 역시도 왕삼보의 일로 귀하와 마주할 필요가 있었으니까."

제갈휘의 말에 강이환은 웃었다. 왕삼보, 그 친구도 있었군.

그저 흘러갈 뿐이다. 운명이 정한 대로. 돌이켜 보면 자신은 운명이라는 그물에 갇힌 한 마리 물고기에 지나지 않았던 것 같았다. 하지만…….

그렇지 않은 자 누가 있으랴.

강이환은 제갈휘의 십 초를 받아 냈다.

어쩌면 받아 내도록 배려받은 것인지도 모른다.

제갈휘가 열한 번째로 검봉을 찔러 왔을 때, 강이환은 매화꽃 만발한 동산에 오른 듯한 환상에 사로잡혔다. 그 동산 너머, 운명의 그물이 모두 걷힌 무하유無何有의 낙원에는 면사 따위 걸치지 않은 맨 얼굴의 그녀가 곱게 웃으며 손짓하고 있었다.

부부는 함께 묻힐 수 있었다.

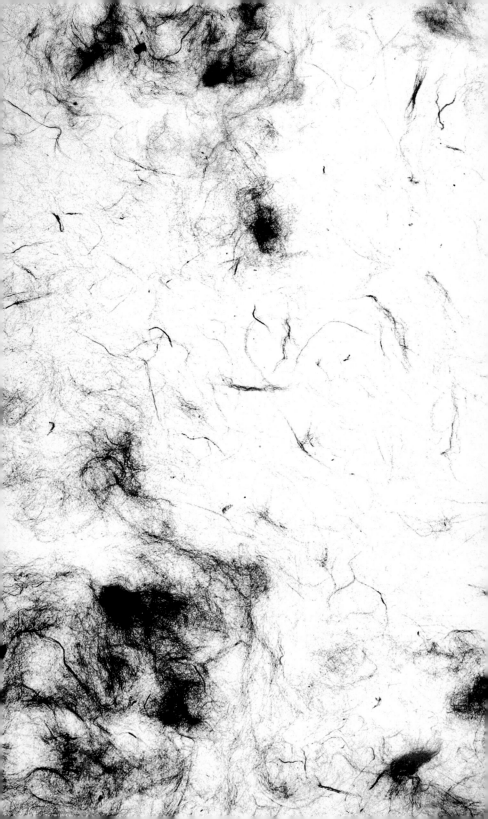

심심상인 心心相印

(1)

편지에 적힌 글은 무척 짧았다.

박쥐는 임무에 실패했음.

남자는 마치 글자를 막 배우기 시작한 아이처럼 그 짧은 글을 읽고, 읽고 또 읽었다. 광물처럼 차갑고 단단한 눈동자 위에 그 글을 새겨 넣기라도 하려는 것 같았다.

남자가 읽기를 마치고 고개를 들었을 때, 서일鼠一은 남자의 얼굴에 어떤 격렬한 감정의 빛이 배어 있다는 생각이 들었다. 그러나 진짜로 그런지 확인하기 위해 남자의 얼굴을 다시 쳐다 보았을 때, 그 감정의 빛은 이미 사라진 뒤였다. 남자의 눈은 다시 광물로 돌아가 있었고, 남자의 얼굴을 구성하는 모든 부속들이 그와 비슷한 상태로 완강하게 가라앉아 있었다. 남자는 신응소가 자랑하는 상급 자객다운 면모로, 생물보다는 무생물에 가까운 무감함으로 서일을 마주하고 있었다.

"둥지의 소식은 둥지의 전령이 전하는 게 원칙인 줄 아는데?"

남자가 서일에게 물었다. 돌가루를 바른 듯 거칠고 메마른 목소리였다.

"그야 그렇습니다만, 이번에 둥지에서 시행 중인 임무들만큼은……."

서일은 말을 멈추고 인상을 찡그렸다. 목소리가 주인을 배신하고 갈라져 나오고 있었다. 초면임에도 저 남자가 얼마나 위험한 존재인지를 몸이 먼저 감지하고 목소리를 통해 경고를 보내는 것 같았다. 무공의 고하와는 별개로, 오로지 죽음을 얼마나 가까이 두고 살아가는가로써 결정되는 위험함. 살기殺氣가 아닌 살기殺器를 대하는 위험함. 발바닥이 근질거리는 기분이었다.

꿀꺽.

서일은 침을 한 번 삼켜 깔깔한 목구멍을 부드럽게 만든 뒤 멈춘 말을 이어 나갔다.

"……이번 임무들만큼은 이비영님께서도 각별한 관심을 보이고 계십니다. 팔비영이신 산로께서도 허락하신 일인 만큼 불편하더라도 양해해 주시기 바랍니다."

임무는 두 가지였다. 이 대 혈랑곡주를 제거하는 임무와 신무전 약사를 제거하는 임무.

다만 각각의 임무가 차지하는 비중은 같지 않았다. 이 대 혈랑곡주를 제거하는 임무는 산로의 뜻에서 비롯되었고, 신무전 약사를 제거하는 임무는 이비영의 뜻에서 비롯되었다.

산로는 이비영의 오랜 충복. 자연 후자의 임무가 더 중요한 것은 당연한 일일 텐데, 둥지에서 파견된 세 명의 상급 살수들은 그 판단에 동의하지 않는 것 같았다. 그래서 둘째인 박쥐 하나만이 신무전 약사를 제거하는 임무에 투입되었고, 몇 가지 불운한 요소들이 겹쳐, 결국에는 실패했다.

―고약하게 되었군.

박쥐의 실패를 보고받은 이비영은 그답지 않게 얼굴을 찡그리며 그렇게 말했다. 이비영의 입장에서 가장 고약한 문제는 그 한 번의 실패를 만회할 길이 더 이상 존재하지 않는다는 점이었으리라. 신무전 약사는 이미 목적을 달성했을 테고, 이제 와서 그자를 제거하는 것은 별다른 의미를 가질 수 없었다. 그래서일까? 이비영은 이전에는 좀처럼 행하지 않았던 직선적이고도 과격한 수단을 동원하기로 결정했다. 그 수단이란 다름 아닌…….

"그 녀석은 어떻게 되었나?"

불쑥 날아든 남자의 질문이 서일의 상념을 깨트렸다.

"그 녀석이라니 누구……?"

남자는 대답 대신 손에 쥔 편지를 슬쩍 흔들어 보였다. 남자의 질문을 그제야 이해한 서일이 침중한 목소리로 대답했다.

"죽었습니다. 불행히도 그곳에는 소림의 고수가……."

남자가 서일의 말을 잘랐다.

"임무지."

서일은 눈을 가늘게 뜨고 남자를 쳐다보았다.

"뭐라고 하셨습니까?"

"그 녀석을 죽인 것은 사람이 아니라 임무라는 뜻이다. 우리의 생사는 임무의 성패에 달려 있는 경우가 많지. 임무에 실패했으니 죽을 수밖에."

서일은, 터무니없는 생각인 줄은 알지만, 신응소의 오련지관을 누구보다 철저히 거쳤다는 저 무감한 남자가 지금 슬퍼하고 있다는 생각이 들었다. 호수의 얼음이 쪼개질 때 울리는 비감한 진동이 남자의 등 뒤로 그림자처럼 뻗어 나가는 듯했다. 형제로 불리는 저 남자와 박쥐가 실제로 친형제간인지 아닌지는 알지 못하지만, 지금 분위기로 봐서는 친형제일 가능성이 높은 것 같았다.

'하지만 그게 무슨 상관이랴.'

고개를 짧게 털어 마음을 다잡은 서일이 딱딱한 목소리로 남자에게 말했다.

"그는 이비영님께서 보낸 전령을 죽였습니다. 설령 임무에 성공했더라도 무사하지 못했을 겁니다."

"전령을 죽여? 그 녀석답군."

남자는 웃지도 성내지도 않고 그저 그렇게 말했을 뿐이다. 서일은 자신도 모르게 미간을 모았다. 지금의 남자는 조금 전과 또 달라 보였기 때문이다. 조금 전 풍기던 비감은 어디로 가 버렸는지, 지금의 남자는 처음 대면한 순간 받은 느낌처럼 오직 딴딴하기만 했다. 바위처럼 혹은 강철처럼.

남자가 서일에게 눈을 맞추며 물었다.

"부음이나 전하려고 오지는 않았을 테고, 나를 찾아온 진짜 이유가 뭐지?"

남자는 제대로 보았다. 서일이 남자를 찾아온 진짜 이유는 따로 있었다.

"이비영님께서는 이 대 혈랑곡주를 제거하는 일에 신응소의 상급 자객 두 명이 매달려 있는 것을 그리 달갑게 여기지 않고 계십니다."

서일은 자신을 향한 남자의 눈동자가 바늘 끝처럼 오므라드는 것을 무시하고 말을 이어 나갔다.

"어차피 지금 귀하는 올빼미를 따라다니는 일 외에 달리 하는 일도 없지 않습니까? 이 대 혈랑곡주를 제거하는 일은 올빼미에게 맡기고 귀하는 북경의 신응소로 복귀하라는 명령이 내려졌습니다. 새로운 임무가 그곳에서 귀하를 기다리고 있을 겁니다."

남자는 천천히 그리고 삐뚜름하게 입술 끝을 말아 올렸다. 몇 년 만에야 웃어 보는 듯한 어색한 웃음이었다.

"산로의 뜻은 아니군."

서일은 조금 놀랐다. 딱히 숨길 생각은 없었지만, 그렇다고 해도 너무 빨리 알아차렸다는 생각이 들었다.

"어떻게 아셨습니까?"

"이 대 혈랑곡주를 제거하는 일에 어떤 상이 걸려 있는지 모르니까. 또 그 경쟁에 어떤 규칙이 달려 있는지 모르니까."

남자는 들고 있던 편지를 손안에서 소리 나게 구기며 덧붙였다.

"무엇보다도 산로의 뜻이라면 둥지의 전서를 통해 전달되었을 테니까."

신응소에는 신응소만의 전서가 있었다. 박쥐의 죽음이 적힌 저 편지가 바로 그 전서였다. 하지만 남자를 북경으로 소환하는 명령은 그 전서에 실릴 수 없었다. 신응소의 주인인 산로가 동의하지 않았기 때문이다. 서일은 잠시 망설이다가 솔직히 말하기로 마음먹었다.

"이비영님의 뜻입니다. 팔비영님은 이비영님의 뜻에 동의하지 않은 것으로 알고 있습니다."

지금까지는 이비영의 뜻이 전적으로 산로의 뜻이 되었지만, 이번만큼은 달랐다. 자식을 잃은 분노가 산로로 하여금 이비영의 뜻에 처음으로 동의하지 않도록 만든 것 같았다.

기이하게도 이비영은 오랜 심복의 첫 번째 항명을 접하고서도 크게 개의치 않는 눈치였다. 오히려 재미있어 한다고나 할까? 산로는 늙었다. 아들인 월사가 죽고 상급 자객 중 하나인 박쥐마저 죽어 버린 이상, 신응소의 다음 대 주인 자리는 지금 서일이 마주하고 있는 저 남자에게 돌아갈 공산이 컸다. 어쩌면 이비영은 시험해 보고 싶었는지도 모른다. 다음 대 산로의 성향이 어떠한지를. 그래서 휘하의 여덟 마리 쥐—이제는 일곱 마리로 줄어든—들 가운데 가장 신임하는 자신을 전령으로 파견한 것이다. 서일은 그렇게 판단하고 있었다.

"어떻게 하시겠습니까?"

서일이 남자의 대답을 재촉했다. 그러고도 약간의 시간이 더 흐른 뒤 남자가 내놓은 대답은, 그 대답을 전달받은 이비영이 과연 어떤 표정을 지을지 궁금하게 만들 만큼 단호한 것이었다.

"내게 명령을 내릴 분은 오직 산로뿐이다."

서일은 놀라지 않았다. 만일 남자가 이비영의 뜻에 따르겠다고 대답했다면 조금 놀랐을지도 모르지만.

"불만이라도 있나?"

사나운 냄새를 감추지 않는 남자의 물음에 서일은 픽 웃었다.

"나는 전령입니다. 전령이란 소식을 전달하는 자. 그 이상을 짊어질 의무도, 권한도 없습니다."

다른 불필요한 것을 짊어졌기 때문에 여덟 마리 쥐가 일곱 마리로 줄었다. 서일은 그런 불운과 맞닥뜨리고 싶은 생각이 조금도 없었다.

"귀하가 한 말을 이비영님께 그대로 전달해 올리겠습니다."

용무를 마쳤다고 생각한 서일이 막 몸을 돌리는데, 뜻밖에도 남자가 그를 불러 세웠다.

"잠깐."

서일은 남자를 돌아보았다.

"나는 나로 인해 산로께서 곤란해지는 것은 원치 않는다."

저 말을 어떻게 해석해야 할지 서일은 잠시간 곤혹스러웠다. 설마 자신을 죽여 입을 막겠다는 뜻일까? 그것은 저 남자가 숭배하는 산로를 더욱 곤란하게 만드는 일일 텐데? 다행히도 남자는 그 정도로 어리석은 인물은 아니었다.

"이틀."

"음?"

"아까 말한 대로 이것은 경쟁이고, 나는 동생들이 손을 쓰기 전까지는 이번 경쟁에 끼어들지 않기로 약속한 바 있다. 그 약속의 기한이 이제 끝나 가고 있다. 둘째는 이미 죽었다. 막내는 산서로 들어서기 전에 이 대 혈랑곡주를 처리하겠다고 했다. 이곳에서 산서까지는 이틀 거리. 그 안에 막내가 손을 쓸 것이다. 그러고 나면 내 차례가 오든 오지 않든 결정이 나겠지."

남자가 서일의 두 눈을 똑바로 쳐다보며 물었다.

"그때까지 기다려 줄 수 있겠나?"

물론 전령에게는 기다려 줄 의무도, 권한도 없다는 점을 모르지 않았다. 하지만 서일은 전령이기에 앞서 누구보다 유능한 정보원이었다.

　정보원으로서의 호기심 그리고 조만간 벌어질지도 모르는 신응소 최강의 자객과 이 대 혈랑곡주 사이의 생사결生死決에 산중인이 되고 싶다는 욕망을 그는 거역하기 힘들었다.

　"기꺼이 그렇게 하지요."

　서일은 고개를 끄덕였다.

(2)

　일몰까지는 아직 반 시진도 넘게 남았건만 날은 밤처럼 어둑했다. 서쪽 봉우리를 타고 일어난 먹구름은 불길한 느낌을 안겨줄 만큼 짙었고, 마치 시커먼 거인들이 겹치며 쓰러지듯 대지를 향해 뭉클뭉클 밀려 내려오고 있었다. 태양의 자취는 하늘 어디에서도 찾아볼 수 없었고, 한낮의 보잘것없는 온기를 품은 대기는 차갑고 눅눅한 바람을 타고 먹구름의 거대한 그림자 아래로 달리고 있었다.

　그 바람을 온몸으로 맞아 세차게 펄럭이는 붉은 주기酒旗 하나가 있었다. 은실로 가장자리를 감친 그 주기 위에는 연백鉛白으로 굵게 쓴 '서북찬관西北餐館'이라는 네 글자가 접힘과 펼침이 교차되는 붉은 기폭 위에서 새하얀 몸뚱이를 힘겹게 퍼덕거리고 있었다.

　서북찬관은 하남성 서북 방면에 위치한 중규모 도회인 제원濟源에서 가장 괜찮다고 소문이 난 주루 겸 객점이었고, 삼십 년 전 첫 주기를 내건 뒤부터 만사를 젖혀 두고 찬관의 영업에만 매진해 온 주인 육 노야老爺는 세간의 그런 평가를 당연한 것으로 받아들였다. 식대와 숙박료는 인근의 다른 업소에 비해 월등히 비싸지만, 그럼에도 불구하고 손님이 끊이지 않는 것은 찬관이 위치한 이곳 제원이 하남과 산서를 연결하는 교통의 요지라는 입지 조건에 더하여, 찬관에서 제공하는 음식이며 시설이 그만큼 훌륭하다는 증거일 터였다. '비싼 만큼 최고의 편의를 제공한다.' 이것이 육 노야의 영업 방침이었고, 그 방침에 충실하지 못한 사람은 찬관의 식구가 될 수 없다나 어떻다나……

습기 머금은 바람을 뚫고 걸어가던 석대원이 사효의 말을 끊은 것은 그 즈음이었다.

"음식과 시설이 좋은 것은 반가운 일이지만 가격 얘기는 그렇지 못한걸."

사효는 걸음을 멈췄다. 몇 발 앞서 나가던 석대원도 멈춰 서서 그녀를 돌아보았다.

"왜요? 돈이 없나요?"

"없지는 않지만 넉넉하지도 않소. 나로서는 돌아갈 일도 생각해야 하니까."

석대원은 팔짱을 낀 한쪽 주먹으로 볼따구니를 툭툭 두드리다가 걱정스러운 목소리로 덧붙였다.

"게다가 올 때는 둘이었지만 갈 때는 셋이 될 거요. 사람이 늘어난 만큼 돈도 더 들 테지."

"그 관아라는 아이 얘기인가요?"

석대원은 고개를 끄덕였고 사효는 고개를 갸웃거렸다.

"석 대형의 셈법은 조금 이상하군요. 그렇다 해도 석 대형과 관아 둘이지, 왜 셋이 되는 거죠?"

이 말이 석대원을 당황하게 만든 것이 분명했다. 사효는 햇볕과 바람에 그을린 커다란 얼굴이 조금씩 상기되는 과정을 흥미로운 눈으로 지켜보았다.

"그럼 사 동생은 함께 돌아가지 않겠다는 건가?"

'사 소저'라는 호칭이 '사 동생'으로 바뀐 것은 닷새 전 하남성의 경내로 접어들 무렵이었다. 뭔가를 부르는 말에는 나름의 힘이 담기는 법. 호칭의 변화는 사소한 문제가 아니었다.

"제가 왜 석 대형과 함께 돌아가야 하죠? 그래야 하는 이유라도 있나요?"

사효가 입술을 비죽이며 쏘아붙이자 석대원은 더욱 당황한 기색을 드러냈다.

"이, 이유?"

"잊었나요, 석 대형이 제게 베푼 은혜는 제가 태원부까지 길 안내를 하는 것으로 갚아진다는 것을? 설마 호칭을 바꾸고, 또 말도 조금 편히 하게 되었다고 해서 우리가 진짜로 남매지간이 되었다고 착각하는 것은 아니겠죠?"

석대원은 딱한 마음이 들 만큼 어쩔 줄 몰라 하다가 짤막하게 '아!' 하고 탄식을 내뱉었다. 사효는 그런 그를 쳐다보다가 한숨을 내쉬고는 말했다.

"석 대형에게는 석 대형의 길이 있고 제게는 제 길이 있어요. 그 길들은 황하와 장강만큼 다르지요. 우연히 어느 한 점에서 겹치는 바람에 잠시 같은 길을 걷게 되었을 뿐. 그저 그뿐인 거죠, 우리의 관계는."

사효는 상냥하면서도 쌀쌀맞은 모순적인 감정을 동시에 표현하는 방법을 알고 있었고, 여자가 드러내는 그런 모순적인 감정에 남자의 가소로운 순진함이 얼마나 쉽게 상처받는지를 잘 알고 있었다. 그렇게 생기는 상처가 진정 무서운 상처였다. 상처받은 본인은 자각하지 못하는 상처. 때문에 상처 입힌 상대를 미워할 수조차 없도록 만드는 상처.

벙어리처럼 말을 잃은 석대원이 한참 만에야 입술을 떼었다. 하지만 그렇게 흘러나온 말도 온전히 매듭짓지는 못했다.

"하지만 사 동생에게는 딱히 갈 곳도 없잖소. 부친이 그렇게 되었고, 그리고……."

석대원의 눈동자가 더껑이 낀 웅덩이처럼 혼탁해졌다.

"그리고 모친도……."

'모친'이란 말을 입에 담는 석대원의 얼굴에는 사효의 기대에 꼭 부합하는 표정이 떠올라 있었다. 같은 고통과 같은 슬픔, 공감과 동화에서 비롯된 애틋함이 철철 흘러넘치는 그런 표정이.

'이제 거의 됐어.'

사효는 심중에서 움트는 만족감을 애써 억누르며 석대원을 향해 애잔한 미소를 지어 보였다. 그녀가 석대원, 저 이 대 혈랑곡주를 상대로 펼친 심심상인의 대법은 바야흐로 절정에 이르러 있었다. 맹세컨대, 그녀는 심심상인을 이번처럼 공들여 펼쳐 본 적이 없었다. 그리고 그 공은 헛되지 않았다.

심심상인이란 문자 그대로 마음에서 마음으로 찍고 찍히는 보이지 않는 도장이었다. 이 대 혈랑곡주는, 비록 둥지의 후계자인 월사를 단칼에 죽일 만큼 강했지만, 그 강함이 마음에까지는 이르지 못한 혈기 왕성한 젊은 남자의 범주에서 벗어나지 못했고, 사효는 그의 마음 중 가장 약한 부위가 어느 곳인지를 알고 있었다. 둥지가 비각의 정보 조직인 비이목을 통해 입수한 정보는, 그중에서도 그가 과거에 겪은 일에 관한 항목은, 그녀가 심심상인을 설계하는 데 커다란 도움을 주었다. 그의 가장 큰 약점은 바로…….

어머니였다.

아들을 살리기 위해 뇌옥에서 목을 맨 어머니. 함께 뇌옥에 갇혔다는 이유로 아침에 깨어나 가장 먼저 어머니의 시신을 목격할 수밖에 없었던 아들. 목숨이 붙어 있는 한 결코 지우지 못할 그 끔찍한 정신적 충격.

그래서 사효는 석대원과 함께한 여러 낮과 여러 밤에 걸쳐 그 약점을 공략해 들어갔다. 그녀는 결코 서두르지 않았다. 아주 천천히, 한 단계 한 단계씩. 그 신중한 공략의 과정에서 그녀는, 실제로는 기억조차 나지 않는 자신의 어머니를 이용했다. 지루한 여정을 이겨 내기 위한 방편인 체 석대원에게 들려준 넋두리 속에 등장한 그녀의 어머니는 어린 그녀를 지키기 위해 목숨을 던진 모성의 숭고한 상징이요, 자의로든 타의로든 그녀를 버리고 떠나 버린 무정한 부친을 대체하는 애정의 유일한 원천으로 묘사되고 조작되었다. 그의 마음속에 맺혀 있는 어머니의 심상이 필시 그러하듯이.

사효의 전략은 주효했다. 비슷한 과거와 비슷한 기억, 비슷한 고통과 비슷한 슬픔을 공유한 젊은 남녀는 무서우리만치 빠른 속도로 공감되었고, 동화되었다. 개개의 요소만으로는 큰 효능을 기대할 수 없는 눈빛과 표정과 목소리와 둥지의 비원秘苑이 오랜 세월에 걸쳐 개발해 낸 미향迷香의 복합적인 작용을 바탕 삼아 전개된 심심상인은 석대원의 마음에 또렷한 낙인을 찍어 놓는 데 성공했고, 그녀는 마침내 심심상인의 두 번째 단계인 '심인心印'이 성공했음을, 자신과 석대원 사이에 보이지 않는 끈이 연결되었음을 알게 되었다. 그 끈은 곧 거미줄. 석대원은 이미 거미줄에 걸려든 먹잇감 신세였고, 그녀 속에 숨어 있는 노련한 사냥꾼의 본능은 이 대 혈랑곡주라는 커다랗고 탐스러운 먹잇감에 독니를 박아 넣을 시기가 그리 머지않았음을 직감

할 수 있었다.

　남은 것은 세 번째 단계이자 최종 단계인 '합일合一'. 여기서 합일이란 어의 그대로 둘이 합쳐 하나가 되는 것이 아닌, 둘 중 하나는 죽고 하나는 살아남는 것을 가리켰다. 한쪽이 다른 한쪽을 잡아먹는 것. 그것이 심심상인의 합일이었다.

　그 합일의 시기가 바야흐로 목전에 다가와 있었다. 사효는 그녀를 둥지의 주인으로 만들어 줄 이번 사냥이 막바지에 이르렀고, 그 결과가 성공으로 이어지리라는 점을 믿어 의심치 않았다.

　"쳇, 엄마 얘기는 왜 꺼내고 그래요."

　말을 멈추고 시시각각 어두워지는 하늘을 흘긋 올려다본 사효가 석대원을 향해 입술을 비죽거렸다.

　"날씨도 이 모양이라서 안 그래도 기분이 울적해지는 마당에."

　석대원은 커다란 덩치에 걸맞지 않게 의기소침해진 기색으로 고개를 푹 숙였다.

　"미안하오. 나도 모르게 그만……."

　"미안하면 저기다 방이나 잡아 줘요. 나 지금 무척 피곤해요."

　"그, 그러리다."

　석대원은 군령을 받은 전장의 장수처럼 고개를 무겁게 끄덕인 뒤 바람에 펄럭거리는 서북찬관의 주기를 향해 걸음을 옮기기 시작했다. 돌아갈 노자 걱정 따위는 이미 머릿속에서 지워진 모양이었다.

번쩍―

맹렬한 섬광이 자욱한 수증기 속을 헤엄치던 궁촉의 부유스름한 불빛을 집어삼켰다.

구르릉—

묵직한 뇌성은 두 겹으로 굳게 닫아 건 감청색 비단 사창을 떨리게 만들었다.

전모電母와 뇌공雷公 다음으로는 우사雨師가 기다리고 있었다.

와다다닥—

말 떼가 질주하는 듯한 소리가 가까워지는가 싶더니, 이윽고 객방 안은 건물의 외벽을 두드리는 요란한 빗소리에 갇혀 버렸다.

그 객방에는 두 사람이 함께 들어가도 비좁지 않을 만큼 넉넉한 고급 향나무 욕조가 비치되어 있었다. 욕조가 딸린 방은 그렇지 않은 방에 비해 곱절 가까이 비싸지만, 석대원은 오늘따라 유난히 피곤함을 호소하는 사효를 위해 그 방을 빌리는 데 주저하지 않았다.

서북찬관의 본채인 주루에서 저녁 식사를 마친 두 사람이 객방들로 이루어진 별채 복도에서 헤어져 각자의 숙소로 입실한 것은 술시戌時(오후 여덟 시 전후) 무렵. 일반 객방에 묵기로 한 석대원과는 달리 욕조가 딸린 방을 차지한 사효는 당연히 목욕물을 제공받을 권리가 있었고, 친절한 얼굴에 웬만한 남정네 뺨치게 건장한 팔뚝을 가진 일꾼 아낙네가 그녀를 위해 데운 목욕물을 여러 번 날라다 주었다.

"따로 필요하신 것은 없나요?"

목욕물을 다 채운 아낙네가 사효에게 물었다. 사효는 여자가 몸을 씻는 데 필요한 몇 가지 물품들을 가져다 달라고 부탁했다.

"잠시만 기다리세요."

아낙네가 그 물품들을 가져다주고 떠난 뒤, 사효는 오랫동안 갈아입지 못해 퀴퀴한 냄새가 나는 옷을 훌훌 벗어 던지고 욕조로 들어갔다.

그러고는 번개가 치고, 천둥이 울리고, 비가 쏟아졌다. 대체로 온화하다는 하남의 가을 날씨치고는 보기 드문 폭풍우가 닥친 것이다. 하지만 단단한 지붕과 두꺼운 벽 안에서 오랜만에 목욕을 즐기는 사람에게는 폭풍우마저도 감미로울 수 있는 법. 살갗을 기분 좋게 자극하는 뜨거운 물에 몸을 담근 채 욕조 턱에 뒷목을 기댄 사효는 수증기의 눅눅한 휘장에 가로막혀 약간 먹먹하게 울려오는 빗소리를 감상하다가 어느 순간 눈을 요요하게 빛냈다.

'바로 오늘이야!'

초저녁 먹구름을 쏟아 내던 제원 서북 방면에는 우공이산愚公移山의 고사로 유명한 태행산太行山과 왕옥산王屋山이 연이어 늘어서 있었다. 일정대로라면 내일 동틀 무렵 길을 나선 두 사람은 그 해가 떨어지기 전까지 왕옥산을 넘을 것이고, 이는 그들이 하남 땅을 벗어나 산서의 경내로 접어들었음을 의미했다.

'그때부터는 그들이 개입하겠지.'

이 대 혈랑곡주에 대한 사효의 우선권은 하남과 산서의 접경선까지만 유효했다. 그녀의 오라비들이, 특히 술수 부리기를 좋아하는 간특하고 음험한 둘째 오라비가 두 사람이 이곳까지 오는 보름 가까운 시간 동안 기다려 준 것은 놀라움을 넘어 감사하기까지 한 일임에 분명했지만, 그런 감사도 그녀가 임무에 성공할 경우에나 치를 수 있는 것이었다. 접경선을 넘어서는 순간부터는 그녀의 성공 여부와 무관히 오라비들이 나설 테고, 그들의 손에 이 대 혈랑곡주의 목숨을 넘기는 날에는 그녀가 이제껏 행한 모든 노력은 헛수고가 될 터였다.

그녀는 큰오라비의 단호한 일격과 둘째 오라비의 기발한 함정을 이겨 낼 물리적인 능력이 자신에게는 없음을 잘 알고 있었다. 그러므로 그녀가 이제까지 쏟아부은 모든 노력을 수확할 최적의 시기는 바로 오늘, 오늘 밤이었다.

'슬슬 시작해야겠지.'

목욕물의 온기에 몸뚱이를 더 맡기고 싶다는 아쉬움을 뒤로 한 채, 사효는 욕조에서 일어섰다. 머리카락과 어깨에서 떨어져 내린 물방울이 동그란 수면 위에서 영롱한 소리로 부서졌다.

욕조를 나온 사효는 아까 찬관의 일꾼 아낙네가 가져다준 손가락 길이만 한 백탄白炭을 집어 들고 이빨을 문지르기 시작했다. 앞니와 송곳니는 물론 어금니 안쪽까지 구석구석 백탄을 문지른 뒤 소금물로 입속을 깨끗이 헹궈 낸 그녀는 욕조를 향해 돌아서서 목욕물에 고개를 숙이고 머리카락을 감기 시작했다. 역시 찬관의 아낙네에게 주문하여 가져오게 한 식초를 탄 창포 삶은 물은 풍찬노숙으로 손상된 그녀의 머리카락을 윤기 나고 풍성한 오발선빈烏髮蟬鬢(까마귀처럼 새까만 머리카락과 매미날개처럼 갈래진 귀밑머리)으로 되돌려 줄 터였다.

목욕에 이어 양치와 세발까지 마친 사효는 침대 위에 놓아둔 커다란 베수건으로 전신의 물기를 꼼꼼히 닦았다. 그런 다음 가지고 다니던 짐 보따리 깊숙한 곳에서 작은 나무 병 하나를 꺼냈다. 그 병 안에는 오늘을 위해 아껴 둔 화장유化粧油가 들어 있었다. 사향 가루를 거위 기름에 개어 만든 그 화장유에는 맵싸한 향기와 기묘한 감촉으로 인간의 춘정을 자극하는 최음催淫

효능이 담겨 있었다. 물론 강호의 무사가, 더구나 이 대 혈랑곡 주쯤 되는 절정 고수가 청루의 기녀들이나 즐겨 쓰는 이런 저급한 최음제에 넘어오리라고 생각한 것은 아니었다. 사실 이 화장유는 사효 본인에게 쓰기 위해 가져온 물건이었다. 이를테면 장작불을 지피기 위한 불쏘시개라고나 할까.

사효는 실오라기 하나 걸치지 않은 태초의 몸뚱이 그대로 침대 위에 똑바로 누웠다. 그러고는 손에 쥔 나무 병을 기울여 젖가슴 사이의 우묵한 골짜기에 화장유를 조심스레 따랐다. 적당한 점성을 지닌 투명한 액체가 아찔한 가슴골 사이에 잠시 고였다가 일부는 목 쪽으로, 남은 대부분은 배 쪽으로 흐르기 시작했다. 목욕물에 데워진 살갗 위로 차가운 기름 줄기가 훑고 지나가는 느낌이 그녀의 팔뚝에 소름을 돋게 만들었다.

나무 병을 침대 머리맡에 내려놓은 사효는 양 손바닥으로 자신의 젖가슴을 부드럽게 어루만지기 시작했다. 젖무덤의 아래쪽 경계선을 따라 천천히, 둥글게 원을 그리며.

"으으음."

사효는 턱을 치켜들며 양어깨를 가볍게 긴장시켰다. 손바닥과 맨살 사이에서 작고 음란한 마찰음으로 미끄러지는 화장유의 감촉은 무척이나 자극적이었다. 풍염한 살덩이 속에 숨어 있던 두 알의 유두가 금세 성을 내며 붉어진 얼굴을 곤두세웠다. 그녀는 젖가슴 위로 볼록 솟은 그것들을 양손 인지와 중지 사이에 끼우고 살짝 비볐다. 척추 끝이 찡하고 울리더니, 이내 사타구니 안쪽으로 천천히 피가 쏠리는 것이 느껴졌다. 그녀는 달아오르기 시작한 하체를 꿈틀거리며 물기에 젖은 목소리로 속삭였다.

"석 대형, 아아…… 석대원……."

'감응'과 '심인' 그리고 '합일'로 이어지는 심심상인의 모든 단계를 관통하는 요체는 '공감'과 '동화'였다. 먹잇감을 완전한 무방비 상태로 만들기 위해서는 먹잇감의 마음속에 친밀감을 불러일으켜야 했고, 그러기 위해서는 우선 사냥꾼부터가 먹잇감을 사랑할 필요가 있었다. 그래서 사효는 석대원을 사랑했다.

젖가슴을 부드럽게 주무르던 양손 중 왼손이 하체를 향해 슬금슬금 내려가기 시작했다. 그에 따라 침대에 편안히 내려놓은 오금이 천천히 세워지기 시작했다. 옥으로 뭉친 듯한 새하얀 손가락이 날씬한 배를 지나, 물기에 젖어 살갗에 달라붙은 검고 곱슬곱슬한 음모를 지나, 오금을 세움으로써 개방된 비처의 그늘 속으로 스미듯 사라졌다. 다음 순간 사효는 반개한 두 눈을 흡뜨며 침대에 묻은 엉덩이를 격렬히 튕겨 올렸다. 잇자국이 나도록 악문 입술이 꽃잎처럼 벌어지더니 열락에 달뜬 신음 소리가 덩어리로 뭉쳐 나왔다.

"하악!"

사효는 이미 석대원을 사랑했다. 그것은 죽이고 죽임 당하는 자객과 표적의 관계와는 별개의 문제였다.

심심상인은 결코 일방적으로 작용하지 않는다. 그것은 시전자와 피시전자 모두가 어떤 식으로든 영향을 받을 수밖에 없는 쌍방적인 대법. 비유하자면 남방의 뱃사람들 간에 종종 벌어지는, 한 줄의 사슬에 서로의 손목을 묶고 남은 자유로운 손으로 비수를 휘둘러 싸우는 '삭투素鬪'의 방식과도 유사했다. 사슬은 결투에 나선 두 사람 모두를 구속하고 영향을 미친다. 심심상인도 마찬가지였다. 대법의 단계가 심화될수록 두 사람은 더욱더 공감되고 동화되어, 마침내는 마음의 깊은 뿌리마저 공유하는 단계에 이르게 되는 것이다.

물론 그렇다고 해서 시전자와 피시전자에게 동일한 구속력이 돌아간다는 뜻은 아니었다. 쌍방적인 관계라도 주종의 구분은 존재하고, 시전자는 피시전자에 대해 절대적인 우위를 차지할 수 있었다. 그래야만 본연의 목적을 달성할 수 있는 것이다. 심심상인은 연애의 기술이 아니었다. 그것은 사냥의 기술이요, 살인의 기술이었다.

그렇다고는 해도…….

쾌락의 격랑에 휩쓸려 표류하는 사고 위로 하나의 얼굴이 암초처럼 떠올랐다. 덥수룩한 머리카락과 깊은 눈, 높은 코와 두툼한 입술, 잘생겼다고 하기에는 모든 것이 지나치게 크고 투박한 얼굴이었다. 그러나 지금의 사효에게는 세상의 그 무엇보다도 간절히 원하는 얼굴이기도 했다. 그녀는 심심상인을 이번처럼 깊이, 그리고 최선을 다해 펼친 적이 없었다. 이번 임무를 위해 그녀의 마음에 찍은 도장은 그녀 자신이 생각해도 지나치게 선명한 감이 있었다. 오죽하면 잠시 후 석대원을 죽여야 하는 자신이 증오스럽기까지 할까.

"미안해! 미안해요, 석 대형! 아, 아아!"

비처를 농락하던 손가락의 움직임이 빨라졌다. 척추 끝을 징징 울리던 진동의 주기가 짧아졌다. 현실이 귀 아래로 급작스럽게 무너지는 추락감. 그러더니 어느 순간 절정이 찾아왔다.

"아아아아아!"

폭발.

그리고 침잠.

"하아하아하아…… 하아하아…… 하아……."

무너진 현실이 침대 양옆으로 천천히 쌓이고, 거센 빗소리가 쾌락에 마비되었던 감각 속으로 다시금 진군해 들어왔다. 침대 위에 팽개친 땀에 젖은 사지를 가늘게 떨고 있던 사효, 먹잇감을 향한 최후의 애정을 불러일으키기 위해 스스로의 육욕에 불을 지피던 이 관능적인 사냥꾼은 욕조에서 피어오르는 수증기와 절정의 여운이 가져온 열기로 흐릿해진 객방 천장을 올려다보며 한 방울의 눈물을 흘렸다.

"오늘 밤에는 정말 슬퍼질 것 같아."

남자가 날고 있었다.

왕옥산 꼭대기에 사는 독수리처럼 날고 있었다.

비바람을 뚫고 날아든 남자는 빗물이 기왓골마다 작은 개울을 이루며 떨어지는 서북찬관의 젖은 지붕 위에 소리 없이 내려앉았다. 남자의 손에는 어둠과 빗물에 젖어 검게 번들거리는 꼬챙이 한 자루가 들려 있었다. 그 꼬챙이의 이름은 천돌. 남자가 지닌 유일하고도 치명적인 무기였다.

폭풍우가 치는 밤, 바위 같고 강철 같은 남자의 눈이 하얗게 빛났다.

(3)

공기는 꿀처럼 향기롭고 끈적끈적했다. 그 속을 헤치고 나가다 보니 갑자기 넓은 곳이 나왔다. 고향집이었다. 주정뱅이 문지기 화 노인이 종종 자신의 보물단지들을 경계석 밑에 감추곤 하던 만심각 앞뜰의 화원이었다. 그 화원 구석에서 녹색 비단옷을 입은 조그만 아이가 울고 있었다. 자세히 보니 아전이었다. 계집애인 소란보다도 눈물이 많은 아전. 또 왜 우는 거람?

그는 난처한 마음으로 아전이 우는 모습을 지켜보았다. 아전을 울리는 사람은 주로 그였다. 이번에도일까? 하지만 자신이 무슨 잘못을 저질렀는지는 떠오르지 않았다.

엄마가 말했다.

－정말 말썽꾸러기구나, 아원이는.

그는 입술을 비죽거렸다.

－내 잘못 아니에요. 아전이는 만날 울기만 하는걸요. 걘 원래 울보예요.

엄마는 그를 향해 눈을 흘긴 뒤 아전에게 다가가 폭 끌어안아 주었다.

－착하지. 괜찮아, 아전. 엄마가 형을 혼내 줄 테니 그만 울렴.

그는 입술을 깨물었다. 아전이 미웠고, 부러웠다.

－엄마는 아전이만 좋아해.

엄마가 그를 돌아보았다. 슬픔이 담긴 그 얼굴이 점차 흐릿해졌다. 엄마가 사라지고, 아전이 사라지고, 꽃들이 사라졌다. 그는 화가 났다. 또 가 버리네. 쳇, 다 가 버리라지. 그러다가 무슨 소리가 들렸다. 그는 귀를 기울였다. 빗소리였다.

어? 비가 오나 보네.

빗소리에 씻겨 그에게서 아이의 껍질이 벗겨져 나갔다. 어른이 된 그가 생각했다.

밖에 폭풍우가 치나 보군.

흐릿하기만 하던 주위가 어느새 바뀌어 있었다. 그는 노란 불빛이 짙은 외부의 암흑과 작고 동그란 경계선을 이루는 공간을 둘러보다가 고개를 갸웃거렸다. 기억에 있는 곳이었다. 어디

더라……. 아! 그 배다. 그 선실. 맞아, 그날 밖에는 폭풍우가
치고 있었지. 나는 혼자였고.

아니, 혼자가 아니었다. 그녀가 노란 불빛 안으로 들어왔다.
그녀가 그에게 다가왔다. 그녀가 그를 쳐다보았다. 그녀가 그를
불렀다.

−석 대형…….

그는 그녀를 안았다. 몰아치는 폭풍우 속에서, 그립고 그리
운 낡고 좁은 선실 안에서, 그녀에게로 들어갔다. 자신을 그녀
에게 주고 그녀를 남김없이 가졌다.

−사랑해요.

−사랑하오.

빗소리가 들렸다. 주위의 모든 것들이 빙글빙글 돌았다. 빗
소리가 들렸다. 암흑과 빛이 교차하며 쏟아졌다. 빗소리가 들
렸다. 그는 자신의 몸 아래 깔려 있는 그녀를 내려다보았다. 그
녀가 그를 올려다보았다. 그녀가 그를 또 한 번 불렀다.

−석 대형…….

석 대형?

그는 그녀를 다시 내려다보았다.

빗소리가 들렸다…….

……빗소리가 들렸다.

석대원은 침대에 누운 채 얼굴 위에 무겁게 웅크린 어둠을 멍
하니 올려다보았다.

꿈이었다.

어머니와 그녀가 나온 꿈이었다.

석대원은 헤아릴 수 없을 만큼 많은 꿈속에서 어머니를 만났

지만, 그녀를 만난 것은 처음이었다. 그녀를 떠나보내고 무양문으로 복귀한 뒤로 그는 끔찍한 불면에 시달렸고, 잠시라도 눈을 붙였을 때엔 무저갱처럼 깜깜하기만 했다. 지옥 같던 불면의 밤은 독중선을 막기 위해 고향에 다녀온 뒤로 끝났지만, 이후로 다시 잠을 이룰 수 있게 된 다음에도 그의 꿈속으로 그녀가 찾아온 적은 없었다. 마치 꿈속에서마저도 그를 만나고 싶어 하지 않는 것처럼. 그런데…….

그녀……라고?

어둠을 응시하던 석대원이 눈을 찡그렸다. 꿈속에서 만난 여자가 그녀라는 너무나도 당연한 단정이 흔들렸기 때문이다. 자신의 몸 아래에서 우는 듯 웃는 듯 얼굴을 찡그리던 여자는 그녀가 아니었다. 자신을 깊숙이 받아들인 채 뱀처럼 꿈틀거리던 여자는 그녀가 아니었다. 그럼 누구지?

─석 대형…….

그 순간 눈앞에서 폭죽이 터지듯 기억이 살아났다.

사효였다!

꿈속에서 석대원은 사효를 안았고 사효에게로 들어갔다. 자신을 사효에게 주었고, 사효를 남김없이 가졌다.

별안간 짜릿한 전율이 몸을 훑고 지나갔다. 석대원은 이불을 젖히고 침대에서 벌떡 몸을 일으키다가 돌멩이처럼 딴딴하게 서 있는 자신의 남성을 발견했다.

"이런 미친…….".

아무리 꿈이라고 해도 상대가 사효라니! 부친을 장사지내기 위해 스스로를 팔고, 그 대가를 치르기 위해 수천 리 험한 길을 안내해 준 갸륵하고 가여운 여자에게 욕정을 품다니!

　사효가 아니라면 덩치만 컸지 세상 물정이라고는 하나도 모르는 석대원은 아직도 저 남쪽 어딘가에서 헤매고 있을 것이 분명했다. 상대도 안 되는 흑도의 건달 몇 명에게 주먹 몇 번 휘두른 값치고는 너무나도 과한 보답을 받은 셈이었다. 수치심과 죄의식이 등골을 타고 스멀스멀 기어 올라왔다. 그는 어깨를 떨었다. 얇은 홑바지를 뚫고 나올 것처럼 여전히 발기해 있는 자신의 남성이 혐오스럽게 여겨졌다.

　그러던 중 의혹 하나가 슬그머니 고개를 쳐들었다.

　왜 사효였을까? 내가 그녀에게 다른 마음이라도 품고 있단 말인가?

　-석 대형에게는 석 대형의 길이 있고 제게는 제 길이 있어요. 그 길들은 황하와 장강만큼 다르지요. 우연히 어느 한 점에서 겹치는 바람에 잠시 같은 길을 걷게 되었을 뿐. 그저 그뿐인 거죠, 우리의 관계는.

　이 찬관에 들기 전 사효로부터 저 말을 들었을 때, 석대원은 자신이 얼마나 마음 아파했는지를 기억해 낼 수 있었다. 그것이 단지 애틋함에서 비롯된 게 아니란 말인가? 이성으로서 그녀에게 바라는 다른 욕망이 있기 때문이란 말인가?

　생각이 사효에게로 쏠리자, 석대원은 예민해질 대로 예민해진 남성의 말단으로 신체의 모든 감각이 쏠리는 듯한 기분을 느꼈다. 그는 당황했다. 그가 수련한 천선진기는 도가공부의 정수라고 할 수 있는 신공이었고, 양기를 다스리는 법은 모든 도가공부에서 기본으로 삼는 바였다. 단지 누군가를 생각하는 것만으로 이런 신체 반응을 보인다는 것은 있을 수 없는 일이었다. 근골이 남달라 어린 시절부터 신체적으로 조숙했던 것은 사실이지만, 이처럼 격렬하고 맹목적인 욕정에 휩쓸린 적은 한 번도 없었다. 단 한 번도.

혹시 음약淫藥 같은 것에 중독된 것은 아닐까?

석대원은 강호의 그늘진 곳에서 행해진다는 온갖 기이하고도 요사한 계책들과 수법들을 한로를 통해 주의받은 바 있었고, 그중 하나가 특이한 약물의 배합으로써 남자의 춘정을 들끓게 만든다는 비약, 바로 음약이었다. 하지만 음약 따위에 무너지기에는 그의 육신은 지나치게 견고했다. 그는 그런 하류의 수법에 당할 만큼 나약하지 않았다. 그 점은 의심할 여지가 없었다.

그렇다면 대체 무엇일까, 수치심과 죄의식으로 인해 고개를 들기도 어려운 이 순간에도 그의 남성을 쉴 새 없이 불끈거리게 만드는 이 욕정의 근원은?

자박. 자박. 자박. 자박.

그때 객방 밖에서 울려오는 요란한 빗소리 속으로 누군가 다가오는 발소리가 은밀하게 섞여 들었다. 석대원은 당혹감에 아니, 사실은 기대감에 숨을 멈췄다. 어둠 속에서 그의 눈동자가 불안하게 흔들렸다. 누구지? 설마……?

똑똑.

객방의 나무 문을 두드리는 작은 소리가 대찰의 범종 소리처럼 석대원의 고막을 울렸다. 석대원은 화들짝 놀라 옆으로 젖혀 둔 이불을 끌어당겨 자신의 하체를 덮었다.

"누구요?"

아무 대답이 없었다. 석대원은 침을 꿀꺽 삼키고 다시 물었다.

"누구요?"

"……저예요, 석 대형."

사효였다. 가장 만나고 싶지 않은 시간에 가장 만나고 싶지 않은 장소로 아니, 사실은 가장 만나고 싶은 시간에 가장 만나고 싶은 장소로 그녀가 온 것이다.

"무, 무슨 일이오?"

잠시 짬을 둔 사효가 말했다.

"석 대형에게 드리고 싶은 것이 있어요."

이런 시각에? 석대원은 바보처럼 눈을 끔뻑이다가 물었다.

"꼭 지금 줘야 하는 것이오?"

사효는 대답하지 않았다. 마치 대답하지 않아도 석대원이 문을 열어 주리라는 것을 안다는 듯이. 그리고 석대원은 그렇게 했다. 그는 침대 옆 다탁 위에 얹어 둔 윗도리에 팔을 꿴 뒤, 바지 속에서 환호하듯 더욱 기승을 부려 대는 고약한 녀석을 들키지 않기 위해 어기적거리는 부자연스러운 걸음걸이로 문가로 다가갔다.

문이 열렸다. 어둠이 깔린 복도에는 과연 사효가 서 있었다.

번쩍―

짜 놓은 각본이라도 있는 양, 그 순간 정원으로 트인 복도의 벽창壁窓 너머로 번개가 터졌다. 번개의 잔광은 연자주색 얇은 나군으로 교구를 감싼 채 이울어 가는 달빛처럼 애잔한 미소를 짓고 있는 사효를 똑똑히 비쳐 주었다. 석대원은 호흡을 멈췄다.

이윽고 사효가 고개를 들어 석대원을 올려다보았다.

"들어가도 되나요?"

석대원이 퍼뜩 정신을 차리고 문가에서 비켜섰다.

"드, 들어오시오."

사효는 석대원을 지나쳐 객방 안으로 들어왔다. 자박. 자박. 자박. 자박. 그녀가 앞을 스쳐 지나간 순간, 한 줄기 은은한 향기가 그의 콧속으로 스며들었다. 달착지근하면서도 맵싸한, 한 종류의 표현으로는 형용하기 힘든 향기였다. 발바닥이 붕 떠오르는 듯한 현기증이 몰려왔다. 그는 몸을 휘청거리지 않기 위해 두 다리에 힘을 주어야 했다.

방 안으로 들어온 사효는 문가에 선 석대원에게 등을 돌린 채 침대 발치에 나 있는 둥근 창문을 향해 서 있었다. 흡사 그 창문 너머에서 무엇인가를 찾기라도 하는 듯이. 그러나 비단 깁을 씌운 사창은 물론 그 바깥에다 나무로 만든 덧창까지 단단히 내려 닫은 창문은 흙벽과 다를 바 없었다.

간헐적으로 터지는 번개와 천둥, 그 간극을 농밀하게 메우는 빗소리 속에서 시간은 한없이 더디게만 흐르는 것 같았다. 그렇게 얼마나 지났을까?

석상처럼 꼼짝도 하지 않던 사효가 마침내 천천히 돌아섰다. 그녀의 갸름한 얼굴선이 열린 방문을 통해 흘러들어 온 음울한 밤빛에 드러났다. 석대원은 손을 뒤로 뻗어 방문을 닫았다. 실내는 곧 칠흑처럼 어두워졌고, 그는 그 점에 안도할 수 있었다, 어둠이 자신의 부끄러운 모습을 감춰 줄 것이기에. 그러나 그가 애써 기대려 한 안도감은 오래가지 않았다.

자박. 자박. 자박. 자박.

어둠 속에서 가까워지는 발소리가 안도감을 멀리 쫓아 버렸다. 다가오던 발소리는 석대원의 턱 밑에서 멈췄다. 화경에 오른 내공 덕분에, 실내를 뒤덮은 짙은 어둠에도 불구하고 석대원은 사효의 얼굴을 똑똑히 볼 수 있었다. 촉촉한 눈망울, 도톰한 입술, 갸름한 얼굴선……. 그는 눈을 돌릴 수 없었다. 사효로부터 뻗어 나온 보이지 않는 동아줄이 그의 눈길을 단단히 결박하고 있는 것 같았다.

두 뼘이 넘지 않는 거리를 두고 여자가 남자를 올려다보았다. 남자가 여자를 내려다보았다. 여자의 눈은 도발적으로 빛났고, 남자의 눈은 겁에 질려 있었다.

"석 대형."

사효의 도톰한 입술이 열리자 향기가 툭 터져 나왔다. 아까 맡은 것과는 다른, 양젖처럼 진하고 융단처럼 폭신한 향기였다. 석대원은 자신의 내부에 있는 이성이 조금씩 녹아내리는 소리를 들을 수 있었다. 그는 그녀보다 훨씬 컸지만, 더 이상 내려다본다는 느낌은 들지 않았다.

"드리고 싶은 게 있다고 한 말 기억해요?"

사효의 목소리는 잘 숙성된 소홍주 같았다. 깊고 부드럽고 향기로운 울림이 담겨 있었다. 석대원은 홀린 듯이 고개를 끄덕였다.

사효가 양손을 올려 수염이 텁수룩한 석대원의 뺨을 살며시 감쌌다. 석대원은 날카로운 칼에 찔리기라도 한 것처럼 전신을 움찔거렸지만 그녀의 손길을 거부하지는 않았다. 거부할 수 없었다는 표현이 옳을지도 모른다. 그녀가 그의 얼굴을 자신의 얼굴 쪽으로 천천히 당겨 내렸다.

짧은 입맞춤.

잠시 떨어졌던 사효의 입술이 이번에는 보다 공격적으로 솟구쳐 석대원의 입술에 격정적으로 부딪쳤다. 이빨과 이빨이 긁히고 혀와 혀가 얽혔다.

첫 번째 것보다 훨씬 긴 두 번째 입맞춤이 끝나자 사효가 석대원의 얼굴을 빤히 들여다보았다. 눈과 눈의 거리는 한 뼘도 되지 않았다. 그녀의 눈은 깊은 웅덩이 같았다. 웅덩이 바닥에 고인 무엇인가가 석대원의 영혼을 무섭게 들이마시기 시작했다.

"나를 봐요."

사효가 석대원의 얼굴을 감싼 손을 아래로 내리더니 믿어지지 않을 간단한 손놀림만으로 입고 있던 모든 옷을 바닥으로 흘러내리게 만들었다. 어둠 속으로 그녀의 새하얀 나신이 떠올랐다. 녹아내리던 이성이 마침내 무너지고, 그녀를 향한 석대원의 눈동자에서 초점이 사라졌다.

바닥에 떨어진 치마에서 살며시 발을 빼낸 사효가 석대원을 향해 두 팔을 벌렸다.

"나를 안아요."

이것은 꿈이다…….

석대원은 마지막으로 그렇게 생각했다. 그리고 꿈속에서 그랬던 것처럼 그녀를 안았다.

빗소리가 사고 속에서 아스라이 멀어졌다.

남자 경험이 적지 않은 사효지만, 또 이 방에 오기 전 이미 충분히 몸을 데워 놓은 그녀지만, 어둠을 뚫고 곤두선 석대원의 남성은 그런 그녀조차 겁먹게 할 만큼 장대한 것이었다. 그녀는 저절로 움츠러들려는 골반에 힘을 빼고 온몸을 개방한 뒤 석대원을 받아들였다. 낙양洛陽의 회로호동回虜胡洞에서 겪은 끔찍한 파과破瓜의 날 이후 한 번도 겪어 보지 못한 무시무시한 이물감이 하체를 관통한 순간 그녀는 고개를 꺾어 젖히며 짤막한 비명을 토했지만, 다행히 고통은 처음이 가장 컸고, 차츰 누그러들었다.

신지를 잃어버린 석대원은 야생의 수말처럼 날뛰었다. 서북
찬관의 주인인 육 노야가 객방마다 비치해 놓은 침대는 목질이
실하기로 유명한 산서의 삼나무로 짠 상등품이었지만, 그 튼튼
한 침대가 등짝 밑에서 우지끈 주저앉지는 않을까 하는 걱정이
들 정도였다.

"천천히, 천천히……."

사효는 석대원의 뒷머리를 쓰다듬으며 달래 보았지만, 이미
발화해 버린 남자의 욕망을 누그러뜨리기에는 부족한 것 같
았다. 뭐, 그것은 그것대로 나쁘지 않다는 생각이 들었다. 그녀
는 석대원의 굵은 다리에 자신의 다리를 휘감으며 살며시 눈을
감았다. 그런 다음 자신의 마음에서 뻗어 나온 공감과 동화의
촉수를 석대원의 마음으로 조심스럽게 가져다 대었다. 마음의
주위를 핥듯이 쓰다듬고, 그 위에 선명히 찍힌 도장을 탐욕스럽
게 노려보다가, 마침내 천천히 찔러 들어갔다. 한 치의 틈도 없
이 맞댄 몸뚱이처럼, 여자의 도장과 남자의 도장이 맞물렸다.
두 개의 육신이 하나가 된 것처럼 두 개의 마음 또한 하나로 섞
여 들었다. 심심상인의 마지막 단계인 '합일'이 발동된 것이다.

"아아, 사랑해요."

사효가 석대원의 얼굴을 자신의 귀 옆으로 끌어내리며 속삭
였다. 하지만 그에 반응하듯 석대원이 크고 깊게 하체를 찔러
내리고 그녀의 깊은 곳에서 열탕 같은 진동이 움터 올랐을 때,
그 속삭임은 부르짖음으로 바뀌었다.

"아아, 사랑해요!"

사효는 석대원이 사랑스러웠다. 귓가로 쏟아지는 사내 냄새
진한 숨결이 사랑스러웠고, 젖가슴을 이지러뜨리는 억센 손길

이 사랑스러웠고, 하체를 꽉 채우고 밀려드는 기운찬 남성이 사랑스러웠다. 무엇보다도 그 모든 사랑스러움이 합쳐짐으로써 완성될 그의 희생, 그녀의 성공이 사랑스러웠다.

사효는 시간을 충분히 들여 석대원을 더욱더 자신에게 구속시켰다. 마음과 마음이 연결되는 심심상인의 효력은 점점 더 강해졌고, 어느 시점이 지나자 잘 섞인 두 가지 물감처럼 개별의 색깔을 구분하기 힘든 지경에 이르렀다. 물론 그 상태에서도 우열은 존재했다. 남자는 여자에게 귀속되었고 여자는 남자를 지배했다. 시간이 갈수록 그러한 귀속과 지배는 점점 더 확고해졌다.

그러던 어느 순간, 사효는 마침내 석대원의 모든 것을 낱낱이 통제하게 되었다는 확신이 생겼다. 기다리던 때가 온 것이다.

사효의 마음이 석대원의 마음에게 말했다.

─사랑스러운 사람, 지금까지는 아주 잘했어요.

석대원의 마음이 칭찬을 들은 아이처럼 기뻐하는 것이 느껴졌다.

─이제 나를 위해 한 가지 일만 더 해 주면 돼요.

사효는 자신의 길고 하얀 목덜미에 입술을 박고 정신없이 빨아 대는 석대원의 얼굴을 떼어 내어 눈과 눈이 마주치도록 만들었다. 그런 다음 그 눈동자를 똑바로 올려다보며, 심심상인의 공능을 끌어 올려, 마음에서 마음으로, '합일'의 최종 명령을 내렸다.

　－나를 위해, 당신을 죽여요.

　석대원은 이미 노예였고 사효는 그의 주인이었다. 노예에게
는 사고할 능력 자체가 없었다. 그는 사효가 내린 명령에 담긴
의미를 생각하려 들지 않고 즉시 시행에 옮겼다.
　웅－
　사효의 기름진 아랫배와 맞닿은 석대원의 단전 어름에서 한
줄기 위험한 기운이 일어났다. 그 기운이 무인의 단련된 경맥을
타고 심장 쪽으로 올라가는 것을, 사효는 석대원에게 깊숙이 박
아 놓은 심심상인의 촉수를 통해 감지할 수 있었다. 석대원이
얼굴을 일그러뜨렸다.
　‘끝났어.’
　사효는 잠시 후면 목숨을 잃을 가장 크고 가장 맛좋은 먹잇감
을 향해 조금은 슬픈 미소를 지었다.
　‘잘 가요, 내 사랑.’
　그러나……
　석대원의 얼굴에 떠오른 경직이 씻은 듯이 사라졌다. 잠시간
멈췄던 그의 행위가 다시금 이어지기 시작했다.
　쩔꺽. 쩔꺽. 쩔꺽. 쩔꺽.
　사효는 골반을 짓이기듯 내리찍어 대는 둔중한 충격 속에서
눈을 깜빡거렸다. 석대원은 죽지 않았다. 그의 심장은 여전히
뛰고 있었다. 그녀가 내린 최후의 명령은 시행되지 않은 것
이다!
　‘왜……?’

의아해하던 사효가 다시 한 번 명령을 내렸다.

-석 대형, 나를 위해 죽어 줘요.

같은 일이 반복되었다. 석대원은 사효의 명령을 좇아 자신의
심장을 가차 없이 공격했다. 그의 얼굴이 고통으로 일그러
졌다. 그러나 그 일그러짐은 곧바로 사라졌다. 그는 죽지 않았
고, 그의 심장은 대장간의 풀무처럼 힘차게 펄떡거리고 있
었다.

그리고 이번만큼은 사효도 똑똑히 알게 되었다. 석대원의 내
부에서 갑작스럽게 생겨난 어떤 기운이 단전으로부터 올라와
심장을 공격하던 기운을 가로막았다는 사실을.

'뭐지?'

사효는 당황했다. 심심상인을 완성하여 실전에서 사용한 이
후 이런 경우는 처음이었다. 실제로 그녀가 가장 최근에 표적으
로 삼은 금편방 노방주의 경우, 늙은 양물을 그녀 안에 제대로
찔러 넣기도 전인데 '당신이 무력해지는 것을 보고 싶어요.'라
는 한마디에 뇌문으로 통하는 몇 개의 혈관을 터뜨림으로써 스
스로 식물인간이 되어 버렸다. 당시 그녀가 펼친 심심상인의 경
지는 지금의 것보다 훨씬 낮았음에도 말이다.

사효는 동요하는 마음을 가라앉히고 이 상황을 찬찬히 되짚
어 보았다. 석대원은 여전히 심심상인의 통제하에 놓여 있었
고, 그녀에게 복종하고 있었다. 그런데도 석대원의 신체 어딘가
에 숨어 있는 무엇인가가 그녀의 명령을 거역하고 있었다. 그녀
의 명령을 수행하려는 석대원을 방해함으로써 결과적으로 석대
원을 보호하고 있었다. 그녀는 이 상황을 도저히 납득할 수 없

었다.

'어디……'

사효는 입술을 깨물었다. 심심상인을 더 이상 끌어 올리는 것은 지극히 위험한 일이었다. 시전자에 대한 피시전자의 공감과 동화뿐만 아니라 그 반대되는 상태도, 피시전자에 대한 시전자의 공감과 동화 또한 극대화되기 때문이었다. 하물며 지금처럼 대법의 영향력에 깊이 물든 상황이라면, 자칫 '경계'가 무너질지도 몰랐다. 경계가 무너지면 '반동反動'이 찾아온다. 심심상인에서 반동이란 통제 불능의 상태를 넘어 '역위逆位'의 상태에 빠져드는 것을 의미했다. 역위란, 비유하자면, 호랑이를 사육하는 사람이 호랑이에게 잡아먹히는 것. 심심상인의 시전자가 가장 조심하고 경계해야 할 점이기도 했다.

그럼에도 불구하고 사효는 임무에 성공하고 싶었다. 이 대혈랑곡주를 자신의 손으로 반드시 제거하고 싶었다. 그녀는 둥지로부터 임무가 내려질 때마다 모르는 남자의 품에 안겨야 하는 창녀 같은 삶이 싫었다. 아니, 창녀도 그녀보다는 나았다. 창녀는 모르는 남자에게 몸뚱이를 팔고 그 대가로 은자를 받지만, 그녀는 모르는 남자에게 모든 것을 주고 그 대가로 목숨을 빼앗는다. 심심상인은 한 여자의 인성과 여성성을 동시에 말살하는 저주받은 수법이었다. 때문에 그녀는 이번에 펼치는 심심상인이 마지막이기를 바랐다. 그러기 위해서는 이번 임무에 반드시 성공하여 더 이상 심심상인을 펼치지 않아도 되는 자리, 둥지의 주인 자리에 올라서야만 했다.

사효는 정신을 집중했다. 그녀의 이마에 새로운 땀이 배어 나오기 시작했다. 그 땀은 석대원과 나누는 성합의 행위와는 무관한, 오직 더욱 상승된 심심상인의 결과물이었다. 표적에 대한 친밀감이 더욱 깊어졌다. 지금 몸을 섞고 있는 남자에 대한 애정이 우물처럼 솟구쳐 올랐다.

"석대원! 아아!"

격정을 이기지 못한 사효가 석대원의 굵은 목을 힘껏 끌어안았다. 그녀로부터 뻗어 나온, 극한까지 확장된 심심상인의 촉수들이 그의 육체와 마음 구석구석을 더듬어 나가기 시작했다.

'……왼손?'

눈으로 본 것도 소리로 들은 것도 아니건만 사효의 머릿속에는 왼손이라는 생각이 자연스럽게 떠올랐다. 석대원의 왼손. 거기에 이 납득할 수 없는 상황을 설명해 줄 비밀이 숨어 있는 것 같았다. 왼손은 비록 육체적인 영역이지만, 지금의 상황에서 육체와 마음을 나누는 것은 큰 의미가 없었다. 단지 '왼손'이라는 생각에 정신을 집중하는 것만으로 그녀는 석대원의 마음 안에 있는 왼손으로 다가갈 수 있었다…….

……화원이었다.

사효는 주위에 펼쳐진 화원을 둘러보았다. 그곳에는 북방에서는 좀처럼 보기 힘든 각양각색의 꽃들이 만발해 있었다. 초조함을 느끼는 와중에도 웃음이 나왔다. 석 대형과 이 화원은 별로 어울리지 않았다.

그 화원을 나는 듯이 스쳐 지나자 건물이 한 동 나타났다. 건물의 형체는 명확하지 않지만 동굴처럼 시커먼 입구는 사효를 향해 활짝 열려 있었다. 그녀는 주저 없이 그 입구를 통해 건물 안으로 들어갔다.

건물 깊숙한 곳에는 방이 하나 있었다. 방문은 굳게 닫혀 있었다. 사효는 자신의 명령을 방해하던 기운이 이 방문 안쪽에서 발원하였음을 알 수 있었다. 방문이 닫혀 있다는 것이 그 증거였다. 이 공간 속에서 그녀는 절대적으로 자유로워야 했다. 방문을 닫아 주인의 발길을 가로막는 짓 따위는 해서는 안 되었다. 이 말인즉, 주인의 의지를 거역하는 무엇인가가 저 방 안에 도사리고 있다는 뜻.

다행히 방문은 잠겨 있지 않았다. 사효는 방문을 열었다.

천장과 바닥과 네 개의 벽면이 온통 하얗기만 한 그 좁은 방 안에는 한 아이가 몸을 웅크린 채 그녀에게 등을 돌리고 앉아 있었다. 그 밖에는 아무것도 보이지 않았다. 사효는 눈을 찡그렸다. 그렇다면 심심상인을 방해한 존재가 바로 저 아이란 말인가?

누구……? 아!

방 안으로 뻗어 간 보이지 않는 촉수들이 그 아이가 누군지 알게 해 주었다. 어린 시절 석대원이었다. 보다 정확히 표현하면, 어린 시절 석대원의 유령이었다.

인간의 마음속에는 간혹 과거의 유령이 숨어 있는 경우가 있는데, 지금 방 안에 웅크리고 앉은 저 아이가 바로 그런 경우였다. 저 어린 유령이 어떻게 심심상인의 권능을 거역하고 석대원의 본체를 보호할 수 있는지는 여전히 의문이었지만, 원인을 발견한 이상 해법을 찾는 것은 어렵지 않았다. 그녀는 석대원의 마음을 허물어뜨릴 수 있는 가장 큰 약점이 무엇인지 잘 알고 있었다. 저 어린 유령도 예외는 아닐 것이다.

사효는 석대원과 육체적으로든 심령적으로든 이미 단단히 결합되어 있었다. 그녀가 그의 기억 속에 또렷이 남아 있는 어떤 심상을 자신의 위로 덮어씌우는 것은 그리 어려운 일이 아니었다. 그녀는 상상했고, 변화했다. 남녀 간의 애정과는 다른 새로운 친밀감이 그녀 속에서 구름처럼 일어나기 시작했다.

사효는 방 안에서 웅크리고 있는 아이를 향해 두 팔을 벌렸다
—사효는 몸 위에서 헐떡거리고 있는 석대원을 향해 두 팔을 벌
렸다.

사효가 말했다.

내 사랑스러운 아기, 이 엄마에게 안기렴.

아이가 고개를 들고 사효를 돌아보았다—석대원이 움직임을
멈추고 사효를 내려다보았다.

아이가 웃었다—석대원이 웃었다.

아이의 눈은 붉었다—석대원의 눈은 붉었다.

사악하고 광포한 기운으로 번들거리는 붉은 눈을 접한 순간
사효는 뭔가 잘못되었음을 깨달았다. 건드려서는 안 되는 것을
건드렸다는, 불러내서는 안 되는 것을 불러냈다는 낭패감이 그
녀를 뒷걸음치게 만들었다.

아이가 일어섰다. 붉은 눈이 소용돌이치며 아이 주위로 퍼져
나갔다. 아이를 둘러싼 심심상인의 촉수들이 비명을 지르며 달
아나다가 낚싯줄에 당겨진 물고기들처럼 붉은 소용돌이로 빨려
들어 갔다. 아이는 입맛을 쩝쩝 다셨고, 사효는 산 채로 심장이
뜯어 먹히는 고통을 느꼈다.

아이가 사효에게 다가왔다. 아니다. 아이가 향한 것은 문이
었다. 아이는 방을 나가려 하고 있었다.

안 돼!

그러나 사효는 아이를 막을 수 없었다. 이 방 안에서 그녀가
할 수 있는 일은 없었다. 그녀는 더 이상 엄마가 아니었다. 사

효도 아니었다. 그녀는 이제 아무것도 아니었다. 아이가 방문을 가로막은 그녀를 통과해 밖으로 나간 순간, 그녀는 석대원의 마음 밖으로 내팽개쳐진 자신을 발견했다.

사효는 눈을 세차게 깜박거렸다. 자신의 얼굴 위에서 자신을 내려다보는 석대원의 얼굴. 그 얼굴에서 이제껏 친숙히 여기던 요소들이 하나씩 떨어져 나가는 광경을 그녀는 무력하게 지켜볼 수밖에 없었다. 그렇게 옛것들이 사라지고 새롭게 구성된 석대원의 얼굴에는 맹수라고 불리는 모든 짐승들이 공통적으로 가지는 강력하고 파괴적이고 비인간적인 본성의 정수가 담겨 있었다.

그녀는 둥지의 상급 자객이었다. 그녀가 펼친 심심상인에는 어떤 인간이라도 굴종시킬 수 있는 불가항력의 권능이 담겨 있었다. 그러나 '그것'은 인간이 아니었다. '그것'에게는 마음이란 것이 아예 존재하지 않는 듯했다.

경계가 무너지고 반동이 시작되었다. 반동에는 필연적으로 역위가 뒤따랐다. 역위란 곧 자리바꿈. '그것'으로부터 뻗어 나온 촉수가 사효의 몸과 마음을 점령해 나갔다. 그 빠르기는 벼락같았고, 그 난폭함은 광풍 같았다.

주인은 노예가 되고 노예는 주인이 되었다. 사냥꾼은 먹잇감이 되고 먹잇감은 사냥꾼이 되었다.

사효는 비명조차 지르지 못했다.

(4)

자각이란 생명을 가진 존재에게만 허락되는 능력일 텐데도,

기이하게 시체라는 자각이 찾아왔다. 비유적으로, 육체나 마음에 가해진 커다란 충격 때문에 시체가 되어 버린 것 같다는 생각이 든 게 아니었다. 정말로 시체라는 생각이 들었다. 그 비논리적인 자각과 더불어, 석대원은 사고라는 것을 재개하기 시작했다.

그러니까 이곳은…… 흰색과 검은색과 그 두 가지 색의 배합으로 생겨난 어둡거나 밝은 회색들로 이루어진 무채색의 어떤 골목이었다. 공허하게 열린 하늘은 창백한 흰색이고, 그 위를 마찬가지로 공허하게 떠가는 구름은 밝은 회색. 양옆으로 조금 떨어진 거리에 줄지어 늘어선 골목의 벽들은 감옥처럼 위압적인 느낌을 주는 회흑색. 그리고 석대원이 길게 누운 도랑에 질척하게 고여 있는 정체불명의 액체는 물을 지나치게 조금 넣고 갈아 만든 먹물처럼 새까만 검은색이었다. 그러므로 지금 그의 신세는…….

'골목길 도랑 속에 버려진 시체란 말이군.'

그 모든 상황이 이제껏 한 번도 경험해 보지 못한 이상한 방식으로 석대원에게 흘러들었고, 구성되었고, 이해되었다. 도랑에 누워 있는 시체의 시선과 그 시체를 내려다보는 또 다른 시선이 동시에 보내는 정보들의 조합으로써 이루어지는 듯한 중첩적인 시감視感. 분명히 보이기는 보이는데 그 보는 기분이 마치 글로 읽거나 말로 듣는 것 같다면 지나치게 모호할까? 하여튼 그랬다. 현재 석대원의 인지에는 그런 모호한 기분이 수반되어 있었다. 그러다가 문득 의문이 생겨났다.

'왜 하필 시체지?'

시체를 내려다보는 또 다른 시선에 의존해 볼 때, 지금 석대원이 화한 시체는 처음 보는 남자였다. 그는 어떤 뚱뚱한 남자의 껍질을 뒤집어쓴 채 도랑의 오수 속에 누워 있었다. 시커멓고 걸쭉한 오수 위로 작은 동산처럼 솟은 배때기 옆쪽으로는 한 뼘에 가까운 칼자국이 벌어졌고, 그 틈바구니로는 회색 창자가 기다랗게 삐져나와 있었다. 주먹만 한 크기의 검은 덩어리들이 그 창자에 달라붙어 있는데 꿈틀거리는 형태를 보니 시궁쥐들이었다. 다행히 색깔이 없어서 그리 역겹지는 않았지만, 의문은 여전히 가라앉지 않았다. 잠든 것처럼 의식이 끊겼다 이어지자 난생처음 보는 시체가 되어 있다니. 꿈이라면 악몽일 테지만, 악몽치고는 너무 희극적이었다.

의문은 다른 의문을 낳았다.

'가만, 의식이 끊기기 전에는 내가 무엇을 하고 있었더라?'

두 번째 의문에 대한 답은 금세 떠올랐다.

사효.

사효가 몽마夢魔처럼 그의 객방으로 들어왔다. 그녀는 객방 가운데 오도카니 서 있다가 어둠을 가로질러 그에게 다가와 모든 것을 빨아들일 듯한 웅덩이 같은 눈으로 그를 올려다보았고, 도톰한 입술을 올려 그에게 입맞춤을 하였다.

그다음은 어떻게 했더라? 기억이 안개처럼 가물거렸다. 그녀를 안은 것 같기도 한데, 현실감은 그다지 없었다. 그것 또한 꿈이었나? 꿈이라면 그 또한 악몽일 테지만, 악몽치고는 너무 감미로웠다.

아니다. 꿈이 아니었다.

아이가 있었다. 그 방 안에 스스로를 가두고 석대원의 손길을 거부하던 아이.

석대원은 온전치 못한 기억으로도 그 방의 문이 열리는 것을 분명히 느낄 수 있었다. 문을 연 것은 그도 아이도 아니었다.

그는 방 안으로 들어가고 싶었지만 아이가 완강히 거부하는 한 좀체 들어갈 수 없었고, 아이는 방 밖으로 나오고 싶어 했지만 그가 강성히 버티는 한 감히 나올 수 없었다. 한마디로 교착 상태. 양쪽 다 문을 열 수는 없었다.

'그럼 누구지, 문을 연 사람은?'

석대원의 기억 속으로 어떤 목소리가 아련히 울렸다.

내 사랑스러운 아기, 이 엄마에게 안기렴…….

'……설마 엄마가?'

—엄마일 리가 있어?

아이가 말했다.

아이는 도랑 가장자리에 쭈그리고 앉아 석대원을 내려다보고 있었다. 아이의 얼굴에는 일전에 방으로 찾아간 석대원을 맞이하며 화 노인의 자오란주를 퍼 줄 때와 같은 순진함과 친근함이 떠올라 있었다.

—역시 너로구나.

도랑에 누워 아이를 올려다보던 석대원은 경물이 자꾸만 중첩되는 것 같은 시감에 곤혹스러워하다가 곧 이유를 알아냈다. 그는 시체의 시선으로 아이를 올려다보는 동시에 아이의 시선으로 시체를 내려다보고 있었다. 둘은 시선을 공유하고 있었다. 하긴 근본적으로는 둘이 아닐 테니 그럴 만도 했다. 뭐 그렇다고 하나라고 단정하기도 어렵지만.

석대원이 아이에게 물었다.

—근데 엄마가 아니라고 했니?

아이가 고개를 끄덕였다.

—이상하다. 엄마라는 소리를 들은 것 같은데.

아이가 이번에는 고개를 가로저었다.

—엄마가 아니었어. 사효, 그년이 엄마로 변신한 거야. 너를 죽이려는 걸 내가 방해했거든. 그래서 날 찾아 방으로 왔고, 날 속이려고 엄마 모습을 뒤집어쓴 거야.

  —사효가 나를 죽이려 했다고?

  석대원은 아이가 하는 말을 이해할 수 없었다. 그러자 아이가 비웃었다.

  —명청하긴, 한 번도 아니고 몇 번씩이나 널 죽이려고 했는데 그걸 몰랐단 말이야?

  사효가 왜? 아무리 생각해도 이유가 떠오르지 않았다.

  —정말 바보로군. 너는 그년에게 이미 죽은 거나 마찬가지야. 이곳까지 오는 동안 그년은 요술을 부려서 네 정신을 차근차근 빨아먹었지. 그러다가 네가 완전히 무너지자 마침내는 몸뚱이 마저 죽이려고 들더군. 그걸 방해하니까 나까지 죽이려고 방으로 찾아왔더라고. 그러고는 네게서 빨아낸 엄마의 탈을 뒤집어 썼어. 감히 내 앞에서 말이야!

  아이가 치를 떨며 씹듯이 덧붙였다.

  —그래서 반대로 그년을 빨아먹기로 했지. 그년을 송두리째 먹어 치울 거라고.

  아이가 뿜어내는 선명하고 난폭한 분노가 무채색의 공간을 벼락처럼 가로질러 석대원에게로 내리꽂혔다. 그날 아침 뇌옥의 풍경이 향연처럼 어른거리는 가운데, 석대원은 그 분노에 공명하지 않기 위해 제법 큰 노력을 쏟아야 했다. 다행히 그의 노력은 헛되지 않았고, 아이는 한풀 꺾인 얼굴로 투덜거렸다.

  —쳇, 그년한테는 꼼짝 못하고 당한 주제에 나한테는 세게 나오시는군. 그년으로부터 몇 번씩이나 목숨을 구해 준 나한테는 말이야. 은혜도 모르는 놈이야, 너는.

석대원은 그 말을 무시하고 다시 물었다.

-사효가 왜 나를 죽이려 한 거지?

아이가 키득거렸다.

-그년은 조그만 갈보야. 어린 쌍년이지.

석대원은 아이의 천박한 표현에 불쾌감을 느꼈다. 그런 기분이 그대로 전달된 듯, 아이가 물었다.

-왜, 아닌 거 같아?

석대원은 대답하지 않았다. 그저 빨리 몸을 되찾아야겠다는 생각만 들었다. 그는 이미 저 아이를 꺾은 적이 있었다. 잠시간 의식을 놓친 사이 그 방에서 나와 주인 자리를 빼앗기는 했지만, 의식이 돌아온 이상 아이는 그의 몸을 오래 차지할 수 없을 터였다. 아이도 그 점을 모르지는 않는 것 같았다.

-아! 지금은 안 돼.

석대원이 일어서려고 하자 아이가 손을 내두르며 호들갑을 떨었다. 석대원은 자신을 둘러싼 시체의 껍질이 돌덩이처럼 단단히 굳는 것을 느꼈다. 저항하려는 것일까?

-소용없을 텐데.

석대원이 냉소하자 아이가 급히 말했다.

-그년이 왜 너를 죽이려고 했는지 궁금하지 않아? 내가 왜 그년을 조그만 갈보라고 불렀는지 알고 싶지 않냐고?

궁금하고, 알고 싶었다. 석대원은 움켜쥔 주먹처럼 단단히 뭉친 의지를 느슨하게 풀었다. 아이가 그럴 줄 알았다는 듯이 또 한 번 키득거렸다.

-잘 생각했어. 잘 보고 있으라고, 멍청한 시체 양반아.

아이가 둥실 떠올랐다. 그러고는 점점 작아지더니 달걀흰자처럼 멀건 흰색 하늘에 먹혀 버렸다. 그러나 석대원은 저 위―

혹은 옆이거나 아래여도 상관은 없지만—어딘가에서 도랑에 버려진 퉁퉁한 시체를 쳐다보는 아이의 존재를 느낄 수 있었다. 그와 아이는 하나가 아니되 하나이기도 했다.

그가 보는 것은 아이도 볼 수 있었고, 아이가 보는 것은 그 또한 볼 수 있었다. 그럼에도 굳이 이 시체 속에 그를 밀어 넣은 것은, 아마도 저번의 패배에 대한 아이의 작은 앙갚음인 것 같았다. 그렇다면 아이의 의도는 어느 정도 들어맞았다고 할 터였다. 이 시체 안은 그를 충분히 곤혹스럽게 만들 만큼 갑갑했고 불쾌했으니까. 하지만 저번처럼 그에 대해 노골적으로 적대하는 것 같지는 않았다. 왜냐하면…….

'아직은 약하기 때문이겠지.'

석대원과 아이는 한 집을 놓고 지배권을 겨루는 두 주인인 셈이었고, 석대원의 정신이 온전한 경우라면 대체로 석대원 쪽의 지배권이 강했다. 물론 그것에는 심마를 다스리는 데 탁월한 공능이 있는 천선진기의 도움이 컸다. 고향을 다녀온 뒤 그의 천선진기는 더욱 깊어졌고 아이는 스스로를 지키기 위해 그의 마음 구석 어딘가에 달린 작은 방 속으로 단단히 숨어들었다. 때문에 어느 정도 방심한 것도 사실이었다.

아이가 충분히 약해졌다고 판단했고, 더는 아이와 맞닥뜨릴 일이 없으리라고 낙관했다. 하지만 아이는 포기하지 않은 모양이었다. 기회가 생기자마자 냉큼 방에서 나온 것이 그 증거였다. 비록 지금은 같은 편인 척, 도움을 주는 척하면서 나름 살갑게 굴지만, 둘 사이 우열의 저울추가 역전되는 날, 아이는 뻔뻔할 만큼 당당하게 나타나 그의 모든 것을 차지하리라. 그의 내부에 숨어 있는 아이, 과거 광비 대사가 두려워한 바 있는 붉은 마귀는 그만큼이나 교활했다.

"여기야."

시체 주위에서 어떤 목소리가 울렸다. 석대원은 시체의 시선과 아이의 시선이 보내는 조합된 정보를 통해 골목 전체를 조망할 수 있었다. 시체 주위로 아이들이 모여들고 있었다. 아니, 보다 정확히 표현하면, 무채색의 공간으로부터 몽실몽실 떨어져 나와 하나씩 형체를 갖춰 가고 있었다.

"나, 저 돼지를 본 적이 있어. 가끔 요 앞 술집에 와서 술을 마셨어. 그러고는 누나들 위에 올라탔는데, 한번은 어떤 누나 몸 위에다가 토한 적도 있었대."

한 아이가 뚱뚱한 남자의 시체가 된 석대원을 내려다보며 침을 뱉었다. 윗도리 없이 상체를 그대로 드러낸 그 아이는 신발도 신지 않은 맨발이었다. 그리고 얼굴은…… 얼굴이라고 부를 만한 게 없었다. 둥근 형체만 있을 뿐 머리카락이며 그 아래 눈코 입 모두가 존재하지 않았다. 만일 저 아이가 그림이라면, 그림을 그리다가 갑자기 귀찮아진 화공이 얼굴 부분만 일부러 빼놓은 것 같았다.

"나, 나, 나도 저 돼지를 알아. 서곽에 사는 자, 장물아비야. 사기꾼에 거, 거, 거짓말쟁이래."

다른 아이가 더듬거리며 말했다. 역시 윗도리를 입지 않고 신발을 신지 않고 얼굴이 없었지만, 덩치는 웬만한 장정만큼이나 컸다. 그런데도 아이라고 뚜렷이 인식되는 까닭은, 그 아이를 아이로 여기고 있는 누군가의 기억 때문이었다. 그 누군가가 누구냐 하면…….

"너희들은 내가 저 돼지를 제일 먼저 발견했다는 걸 잊으면 안 돼."

또 다른 아이가 도랑 쪽으로 한 발 나서며 말했다. 세 번째 아이는 앞선 두 아이와 여러모로 달랐다. 여자아이였고, 옷을 제대로 차려입었으며, 덩굴무늬가 수놓인 예쁜 신을 신었고, 선명한 얼굴을 가지고 있었다. 그 여자아이의 옷은 놀랍게도 이 무채색의 공간 속에서 뚜렷한 색깔을 두르고 있었다. 연자주색. 밤빛을 등지고 문밖 복도에 서 있던 사효가 그랬듯이 그 여자아이는 연자주색 나군을 입고 있었다. 그리고 얼굴은…….

'사효다!'

사효의 갸름한 얼굴이 그 여자아이의 얼굴 자리를 차지하고 있었다. 체구는 열한두 살밖에 되어 보이지 않는데도 그 여자아이는 석대원이 알고 있는 사효의 스물네 살 때 얼굴을 하고 있었다. 그러자 조금 전 아이가 한 말이 떠올랐고…….

─그래서 그년을 빨아먹기로 했지. 그년을 송두리째 먹어 치울 거라고.

……석대원은 깨달았다.

이 골목과 그 위에서 벌어지는 모든 상황이 사효의 기억 속에 새겨진 과거의 한 파편이라는 사실을. 조각난 채 그녀의 기억 속을 떠다니던 확실하거나 불확실한 정보들이 그녀의 정신을 장악한 아이를 통해 석대원에게 단속적으로 흘러들어 오고 있었다. 그 사실을 깨닫자, 석대원은 아까부터 궁금해하던 것을 하나하나 자연스럽게 알게 되었다.

이곳은 회족들이 많이 살아 회로호동回虜胡洞(회족 오랑캐 골목)이라 불리는 낙양성 서문로西門路에 안쪽에 위치한 어떤 뒷골목이었다. 회로호동은 서문로는 물론이거니와 낙양성 전체를 통틀어서도 가장 위험한 골목으로 알려져 있었다. 얼마나 위험한 골목이냐 하면, 골목 중앙에는 주민들이 오물을 내다버리는 도랑이 하나 흐르는데, 사흘에 한 번쯤은 오물만이 아니라 죽거나 죽어 가는 사람도 버려지곤 했다. 지금 석대원이 껍질을 쓰고 있는 서곽의 뚱뚱한 장물아비도 그렇게 버려졌다.

세상의 어두운 곳에서는 삶을 위해 죽음을 이용하는 자도 있었다. 회로호동의 늙은 시렴자屍殮者 아부亞夫가 그랬다. 아부는 뒷골목에 버려진 시신을 거둬 말 그대로 '벗겨 먹었다.' 돈이 될 만한 것이라면 뭐든, 신발이든 옷가지든 심지어는 해진 속옷 한 장이든 깡그리 벗겨 내다 팔았고, 더 이상 팔 게 없어진 벌거숭이 시체를 가족이나 지인에게 인계한 뒤 적당한 돈을 받고 염습과 매장을 대행해 주었다.

시렴자 일이란, 시체 구경할 날이 드물지 않은 회로호동의 특성상 쏠쏠한 사업임에는 분명하지만, 환갑을 훌쩍 넘긴 아부에게는 벅찬 노동일 수도 있었다. 그래서 아부는 회로호동의 반회자反回子 고아들, 한족의 피가 어느 정도 섞였다는 이유로 회족들에게조차 천시당하는 혼혈 고아들을 거둬 말라비틀어진 자신의 팔다리를 대신했다. 지금 도랑 주위로 모여든 사효와 아이들이 바로 그런 반회자 고아들이었다.

이런 모든 것들이 사효의 기억에서 빨려 나와 아이에게로, 다시 석대원에게로 흘러들어 왔다.

"저 돼지는 내 거야. 잊지 말라고."

사효가 두 아이에게 못을 박듯이 말했다. 두 아이가 수긍하듯 고개를 끄덕였다.

그때 네 번째 아이가 등장했다.

"미친년, 누가 발견한 게 뭐가 중요해? 어차피 그 늙은이가 다 가져갈 텐데."

비록 윗도리와 신발을 가지지 못했고 색깔 또한 칙칙한 무채색이지만, 석대원은 네 번째 아이에게서 사효만큼이나 뚜렷한 특징들을 확인할 수 있었다.

앙상히 드러난 견갑골 사이에 참외만 한 혹이 불룩 솟은 꼽추였고, 그 영향을 받아서인지 이목구비가 비정상적으로 일그러지기는 했어도, 그래도 그 아이는 얼굴이란 것을 가지고 있었다. 한데 그 얼굴이 결코 어려 보이지는 않았다. 곱사등으로 인해 네 아이 중 가장 작은 체구임에도 그 아이는 완연한 어른의 얼굴을 가지고 있었다. 이는 앞선 두 아이와 달리, 사효가 저 네 번째 아이의 현재 모습을 알고 있다는 뜻이 아닐까?

'위험한 박쥐.'

이유는 모르지만, 꼽추 아이를 보고 있노라니 부지불식간에 그런 생각이 떠올랐다. 마치 누군가 몰래 귀띔해 주기라도 하는 것 같았다.

어른의 얼굴을 한 꼽추 아이가 말했다.

"잡소리 그만하고 다른 놈들 눈에 띄기 전에 어서 옮기기나 하자고."

아이들 모두가 그 꼽추 아이를 무서워하는 눈치였다. 첫 번째 아이와 두 번째 아이가 꼽추 아이의 손짓에 따라 도랑으로 내려가려는데, 사효가 두 팔을 벌려 그 앞을 가로막더니 꼽추 아이를 건너다보며 당돌하게 쏘아붙였다.

"흥! 네 수작을 모를 줄 알아. 그래 놓고서 늙은이 앞에 가면 네가 발견했다고 가로채 갈 작정이지? 이번에도 또 내 걸 뺏길 것 같아?"

꼽추 아이가 사효를 쳐다보았다. 그리고…… 분위기가 바뀌었다. 꼽추 아이는 더욱 음침해지고 더욱 교활해지고 더욱 잔인해졌다.

"하면, 우리 예쁜이가 이 대 혈랑곡주를 차지하도록 이 오라비가 그냥 놔둘 줄 알았느냐?"

사효를 향한 꼽추의 눈은 석대원이 예상한 것만큼이나 위험하게 번들거리고 있었다. 사효는 두려운 듯 움츠러들었다가 허리를 폈다. 그녀의 몸이 길쭉해지더니, 얼굴을 좇아 어른으로 변했다.

"이 대 혈랑곡주는 절대로 양보 못 해요. 상대가 누구건, 큰오라버니건 작은오라버니건, 그 점에 있어서는 마찬가지예요."

석대원은 문득 깨닫고는 긴장했다. 이제야 저들이 말하는 이 대 혈랑곡주가 누구를 가리키는 말인지 알게 되었다. 어째서 그의 눈앞에 지금의 저 장면이 펼쳐지는지도 짐작할 수 있었다. 아이는 그에게 말한 바 있었다.

—그년이 왜 너를 죽이려고 했는지 궁금하지 않아?

그 궁금증을 풀어 주기 위해 아이는 사효의 과거 위에 사효의 현재를 투사해 주는 중인 듯했다. 친절하게도 말이다.

석대원의 시선에서 비껴 난 잠깐 사이에 꼽추도 사효처럼 어른의 육신을 갖추었다. 꼽추가 불쾌한 스멀거림이 밴 목소리로 사효에게 이죽거렸다.

"이런 이런, 주제를 모르는 건 여전하군. 둥지의 주인은 만인의 생사를 관장하는 신성한 자리야. 우리 예쁜이에겐 턱없이 과하지. 예쁜이가 잘하는 일은 따로 있잖아?"

꼽추가 사효를 향해 한 발짝 다가섰다. 그 짜부라진 눈구멍 속에는 비틀린 욕망이 이글거리고 있었다.

"아름다운 누이여, 벌써 잊었느냐, 너의 그 향기로운 입술로 그 독사 놈에게 나불거리던 말을? 나리, 저는 나리를 위해서라면 뭐든지 할 수 있어요. 자, 보세요……. 그러면서 우리 예쁜이가 무슨 짓을 했더라?"

"그, 그만……."

사효가 하얗게 질린 얼굴로 뒷걸음질을 쳤다. 그러나 꼽추는 멈추지 않았다.

"아, 이제야 생각나는군. 그 독사 놈의 다리 사이로 그 조그 많고 예쁜 얼굴을 들이밀더니……."

"그만—!"

사효의 찢어지는 절규와 함께 투사가 깨졌다. 주위의 골목 전체가 화로 속에 던져진 밀랍 덩어리처럼 구불텅구불텅 이지러지고, 지독한 비현실감이 석대원을 엄습했다가 사그라졌다. 어디론가 빠르게 쏠려 가는 느낌이 점차 가라앉더니, 흐트러진 시감이 회복되며 뭉개진 공간이 서서히 재구성되었다.

창고처럼 생긴 낡은 목조 건물 안.

뚱뚱한 장물아비는 그 건물 중앙에 놓인 대나무 탁자 위에 벌거벗은 채로 누워 있었다. 천장과 나무 벽의 갈라진 틈새로 스며든 몇 가닥의 빛줄기 속에서 먼지들이 둥둥 떠다니고 있었다. 아이는 여전히 석대원에게 시선을 나눠 주었고, 석대원은 육방의 돼지고기처럼 탁자 위에 꼼짝달싹 못하고 누운 채로도 제법 넓은 건물 구석구석을 살필 수 있었다.

시체는 뚱뚱한 장물아비 하나만이 아니었다. 도랑가에서 보았던 첫 번째 아이와 두 번째 아이는 얼굴 없는 머리통에서 검은 피를 흘리며 죽어 있었다. 그들 외에도 처음 보는 아이 하나가 마찬가지의 몰골로 널브러져 있었고, 사효와 꼽추 아이와 얼굴 없는 또 다른 아이 셋이서 장물아비의 시체가 놓인 탁자 다리에 매달린 채 벌벌 떨고 있었다. 세 아이 앞에는 표범 가죽으로 만든 조끼를 입은 대머리 장한이 길이가 두 자쯤 되는 무쇠 곤봉을 까닥거리며 서 있는데, 무쇠 곤봉 끝에는 살점인지 피떡인지 모를 거무튀튀한 곤죽이 엉겨 붙어 있었다. 색깔이 없다는 점에 고마움을 느낄 만큼 구역질나는 광경이었다.

누군가 말을 꺼냈다.

"영감님, 이러지 맙시다."

건물 한쪽에는 관들이 아래는 편편하고 위는 둥그스름한 통나무 관들이 몇 기 놓여 있었다. 그중에서 가장 튼튼해 보이는 관 뚜껑 위에 방금 말을 꺼낸 남자가 앉아 있었다. 중키에 서른 후반쯤 되어 보이는 남자는 이 역겨운 광경 속에서 가장 당당해 보였다. 뱀눈에 좁은 하관을 가진 그 남자는…… 낙양성 서문로에서 가장 위세가 등등한 흑도 문파의 중간 간부였다. 그 이상은 알 수 없었다. 사효의 기억에는 그 흑도 문파의 이름도, 그리고 그 남자의 이름도 남아 있지 않았고, 이곳에서 그녀가 모르는 것은 아이도, 석대원도 알 수 없었다.

뱀눈 앞에는 벌거벗은 늙은이 하나가 무릎을 꿇고 있었다. 석대원은 사효의 기억을 통해 그 늙은이가 회로호동의 시렴자이자 반회자 고아들의 야박한 주인인 아부임을 알게 되었다. 아부는 아직 살아 있었지만, 이미 죽은 어떤 시체보다 처참한 몰골을 하고 있었다. 그는 자신이 흘린 핏물 위에서 울먹거리고 있었다. 양손의 손가락을 모두 합쳐 네 개밖에 남아 있지 않았고, 한쪽 볼따구니 살이 저며져 광대뼈의 일부가 허옇게 드러나 있었다. 뱀눈은 그 잔인한 짓을 저지른 도구로 보이는 비수를 자신이 올라앉은 관 위에 탁 소리 나게 꽂으며 말을 이었다.

"내가 말했잖소. 저 돼지를 죽인 것은 탓하지 않겠다고. 나는 돼지의 목숨에는 아무 관심도 없소. 오직 돼지가 가지고 있던 물건에만 관심이 있을 뿐이지."

"쉰네는 저자가 무엇을 가지고 있었는지 모릅니다! 정말입니다! 믿어 주십시오, 나리!"

아부가 눈물 콧물을 쏟아 내며 울부짖자 뱀눈이 입술을 옹송 그리며 지겨워하는 표정을 짓다가 한숨을 내쉬었다.

"하아! 그러면 내가 잘못 알고서 아무 죄도 없는 불쌍한 아이들을 죽인 악당이란 말이오? 아니, 아니지. 아이들을 죽인 건 내가 아니니까. 어이, 이 영감님이 자네더러 악당이라고 하는군."

살아남은 세 아이의 머리통 위에서 무쇠 곤봉을 위협적으로 까딱거리던 대머리 장한이 얼굴을 찌푸렸다.

"제가 악당인 것은 맞지만, 그 말을 시체나 파먹고 사는 늙은 무덤 쥐에게서 들으니 기분이 좋지는 않군요."

"쯧쯧, 좋지 않은 기분은 바로바로 풀어야지, 안 그러면 병 돼."

퍽!

뱀눈의 말이 떨어지기가 무섭게 무쇠 곤봉 또한 떨어졌다. 탁자 다리에 매달려 있던 세 아이 중 얼굴 없는 아이가 말발굽에 밟힌 쥐 새끼처럼 납작하게 짜부라졌다. 사효와 꼽추 아이는 서로를 부둥켜안으며 찢어지는 비명을 질렀고, 낡은 마룻바닥 위로 새로운 검은 피가 퍼져 나갔다. 이 모든 광경을 지켜보던 석대원은 참기 힘든 분노를 느꼈지만, 이곳은 타인의 기억 안이었고, 그에게 허용된 것은 그저 지켜보는 일 외에는 없었다.

"아아, 싫다, 싫어. 그깟 팔찌가 뭐기에 저 조그맣고 불쌍한 애들에게 이런 짓까지 해야 한단 말인가."

뱀눈이 관 뚜껑 위에 꽂아 두었던 비수를 뽑았다. 아부가 겁에 질려 상체를 뒤로 물렸다.

"천지신명께 맹세코 팔찌 같은 것은 없었습니다! 제 집을 샅샅이 뒤져 보셨으니 나리께서도 아실 것 아닙니까! 팔찌는 저자를 죽인 자가 가져갔을 겁니다! 이 골목이 어떤 곳인지는 잘 아시잖습니까!"

처음에는 어땠는지 모르지만, 이 시점에 이르러서는 뱀눈도 아부의 말을 어느 정도 믿는 눈치였다. 뱀눈이 아부에게 상체를 기울이며 딱하다는 듯이 혀를 찼다.

"어쨌거나 영감님은 그 팔찌를 가지고 있었어야 했소. 그 빌어먹을 놈의 팔찌를 찾아오라고 위에서 닦달이 얼마나 심한지 아시오? 한데 팔찌는 고사하고 어린애들 시체만 우글거리게 생겼으니……. 아아, 영감님 때문에 내가 아주 피곤하게 되었지 뭐요."

"나, 나리, 제발 살려……."

뱀눈은 아부의 마지막 말을 끝까지 들어 주지 않았다. 아부는 자신이 흘린 피에 질식해 꺽꺽거리다가 모로 쓰러졌다. 물고기 아가미처럼 쩍 벌어진 늙은 목은 생각보다 많은 피를 흘리지는 않았다.

피 묻은 비수를 쓰러진 아부의 옷자락에 슥슥 문지른 뱀눈이 사효와 꼽추 아이를 돌아보았다. 그 옆에 버티고 선 대머리 장한이 어떻게 처리할지를 눈으로 물었다. 물론 요식행위에 불과했다. 이자들은 살인의 증인을 살려 두기에 너무 노련한 살인자들로 보였다. 아니나 다를까, 뱀눈이 대머리 장한을 향해 고개를 짧게 끄덕거렸다. 바로 그때였다.

"나리!"

갑자기 사효가 두 손과 두 발로 바닥을 기어오더니 뱀눈의 앞에 무릎을 꿇었다.

"저는 나리를 위해서라면 뭐든지 할 수 있어요!"

"요년이!"

뒤쫓아 달려온 대머리 장한이 사효의 뒷덜미로 손을 뻗는데, 뱀눈이 한손을 들어 그를 제지했다. 대머리 장한이 주춤 물러서자, 뱀눈은 좁고 긴 턱을 쓰다듬으며 사효의 얼굴을 찬찬히 내려다보다가 불쑥 물었다.

"뭐든지 할 수 있다고?"

"예!"

"너처럼 조그만 계집아이가 대체 무슨 일을 할 수 있다는 말이냐?"

"자, 보세요!"

사효가 두 손으로 피 묻은 바닥을 밀며 뱀눈에게로 다가갔다. 그녀의 작은 머리통이 뱀눈이 다리 사이로 사라졌다. 뱀눈의 찢어진 눈이 단추처럼 동그래졌다. 그녀의 뒷전에 엉거주춤 서 있던 대머리 장한의 입에서 '허!' 하는 탄성이 터져 나왔다.

"흐으음."

뱀눈이 포식을 한 사람처럼 상체를 느긋이 뒤로 젖히더니 허리띠를 부스럭부스럭 풀기 시작했다.

"그것참, 이 아이 때문에 요상한 취미가 생기겠어."

뱀눈의 말에 대머리 장한이 음충맞게 웃었다.

잠시 후 뱀눈이 사효의 머리채를 붙잡아 자신의 털투성이 다리 사이에서 끄집어냈다.

"그만하면 네 입이 나를 위해 제법 쓸 만한 일을 할 수 있다는 것을 알았다. 네 아래도 그런지 시험해 봐도 되겠느냐?"

사효가 몸을 일으켰다. 아부가 흘린 핏물에 미끄러져 잠깐 휘청거리기는 했지만, 그녀는 본능이 가르치는 유혹의 자세를, 무릎 앞에서 살짝 교차한 두 다리를 긴장시키고 나오지도 않은 가슴을 앞으로 내밀며 기이한 타액으로 번들거리는 턱을 살짝 위로 치켜드는 자세를 취했다. 그러더니 입고 있던 연분홍빛 나군—실제로는 그 옷일 리 없지만—을 간단한 손놀림 한 번으로 아래로 흘러내리게 만들었다. 대머리 장한은 휘파람을 불었고, 뱀눈은 그녀를 눈동자를 한껏 오므리며 앞섶이 벌어진 윗도리를 벗기 시작했다.

─어때, 내 말이 맞지? 저년은 어릴 때나 지금이나 갈보라고.

어느새 탁자 옆에 나타난 아이가 석대원에게 말했다. 갈 곳을 찾지 못하던 석대원의 분노가 아이에게로 쏟아졌다.

─저 더러운 짓거리를 언제까지 보게 할 작정이지?

─어? 궁금하다고 했잖아. 알고 싶다고 했잖아. 네가 보고 싶어 할 줄 알았는데.

석대원은 아이를 노려보다가 말했다.

─이쯤에서 그만두자. 당장 네 방으로 돌아가. 안 그러면 영영 돌아가지 못하게 이 자리에서 없애 버리겠어.

아이가 놀란 듯 눈을 치켜떴다가 배시시 웃었다.

─농담도 잘하네. 지금으로서는 무리라는 걸 너도 잘 알 텐데.

아이의 말이 옳았다. 석대원은 붉은 마귀를 없애고 싶었고, 언젠가는 반드시 없애리라 결심하기도 했지만, 지금처럼 정신이 불안정한 상태에서는 바라기 어려운 일이었다. 그러고 보면, 그리 짧다고는 할 수 없는 동행 기간 동안 사효가 요술을 부려 그의 정신을 차근차근 빨아먹었다는 아이의 말이 거짓은 아닌 듯했다. 하긴 아이가 그에게 하는 말은 진실은 아니라도 진심이기는 했다. 진심이 아닐 수가 없었다. 그들은 동전의 양면, 둘이되 하나인 존재니까.

―나도 지금은 너와 싸울 때가 아니라는 걸 알아. 나는 네 몸을 완전히 가지지 못했고, 그래서 아직은 네가 더 강하다는 걸 인정한다고. 하지만 또 모르지. 저년이 하는 짓을 지켜보다 보면 네 정신이 어떤 상태로 바뀔지는. 큰 기대야 안 하지만, 그래도 한번 시도해 볼 만한 일 아니겠어?

―너…….

아이가 장물아비의 벌거벗은 배때기를 찰싹찰싹 두드렸다.

―자, 얌전히 구경이나 하자고. 지금부터가 꽤 재미있어지니까.

그사이 대머리 장한에 의해 관 한 기가 치워지고, 그 관이 놓여 있던 석대가 침상이 되었다. 성징이 시작되지 않아 아직은 사내아이의 것과 다를 바 없는 사효의 몸뚱이를 뱀눈이 답삭 안아 올리더니 석대 위에 똑바로 눕혔다. 잠시 후 닥쳐 올 일에 대한 두려움으로 입술을 깨물면서도, 사효는 양 무릎을 세워 좌우로 벌렸다. 그런 그녀를 탐욕스러운 눈으로 핥아 가던 뱀눈이 탄탄한 몸뚱이를 그 위로 실었다.

그 모든 과정을 보기 싫어도 보지 않을 도리가 없었다. 석대원은 여전히 아이와 시선을 공유하고 있었다.

뱀눈이 치켜 올린 허리를 힘차게 내리찧은 순간, 사효는 먹먹한 목울음으로 비명을 참았다.

……비명은 엉뚱한 곳에서 터져 나왔다.

"꼽!"

윗사람의 흥취를 방해하지 않기 위해 꼽추 아이의 뒷덜미를 끌고 문 쪽으로 걸어가던 대머리 장한이 그 비명의 주인공이었다.

아이의 시선이 기다렸다는 듯이 문 쪽으로 향했다. 석대원의 시감이 아이의 시선을 따라붙었다. 대머리 장한의 두툼한 목 근육 뒤로는 기다랗고 뾰족한 물체가 삐져나와 있었다. 기다랗고 뾰족한 물체가 사라지고, 대머리 장한이 바닥으로 무너졌다. 그리고 석대원은 보았다. 기다랗고 뾰족한 꼬챙이를 들고 있는 소년을, 소년이되 장년에 가까운 얼굴을 가진 남자를, 그 얼굴에 어린 바위 같고 강철 같은 단호함을, 낱낱이 보게 되었다.

뒤늦게 문 쪽을 돌아본 뱀눈이 당황해하며 사효로부터 몸을 일으켰다. 문가에 서 있던 소년이 바닥을 박찼다. 뱀눈이 뭔가를, 아마도 스스로를 방어할 무기를 찾기 위해 주위를 둘러보았다. 그러나 소년은 이미 석대원이 누운 방 중앙을 지나치고 있었다.

소년이 뱀눈을 향해 꼬챙이를 찔러 냈다. 그 꼬챙이 끝에는 바위 같고 강철 같은 단호함이 실려 있었다.

바로 그때, 정말로 뜻밖의 일이 벌어졌다. 석대원의 곁에 있던 아이가 펄쩍 뛰어오르며 뾰족하게 외친 것이다.

─위험해!

그 말뜻이 석대원에게 제대로 전달되기도 전에, 석대원을 품고 있던 공간이 무너져 내렸다. 건물을 구성하는 기둥과 천장과 나무 벽이 먼지처럼 흩어졌고, 그 안에 머물던 산 사람들과 죽은 사람들이 연기처럼 스러졌다.

콰작!

그러나 공간이 무너져 내리며 울린 소리는 너무 작았다. 기껏해야 얇은 판자가 부서질 때 울릴 만한 소리랄까. 예를 들면,

객방 창문의 바깥에 덧댄 나무 덧창이 부서질 때 울릴 만한.

다음 순간 석대원은 객방 안에 있는 자신을 발견했다!

객방의 침대 위에서, 여체 깊숙이 남성을 찔러 넣고 있는 거한은, 아이가 아니라 석대원 본인이었다!

지금 이 순간, 석대원의 남성은 사효의 몸뚱이 안에서 폭발하기 일보 직전이었다. 이런 상태에서 외적으로 대응하기란 거의 불가능한 일.

석대원은 바로 그 상태에서 아이로부터 몸을 돌려받았고…….

객방 창문을 부수고 들어와 자신을 향해 무시무시한 속도로 쏘아 오는 바위 같고 강철 같은 단호함을 마주하게 되었던 것이다!

바로 그 단호한 얼굴이었다.

바로 그 단호한 꼬챙이였다.

석대원은 아무것도 할 수 없었다.

사씨 남매의 맏이인 사석은 오직 한 가지 수법만으로 둥지의 최고 자객 자리에 올랐다. 이름 하여 일격필살—擊必殺. 그것은 일반적인 초식이나 투로와는 거리가 먼, 시시각각 변화하는 상황 속에서 표적이 드러내는 여러 가지 형태의 허점들 중 가장 치명적인 한 점을 포착, 그가 발휘할 수 있는 최고의 빠르기와 최고의 힘으로 그 한 점을 단호히 맹격하는, 이름 그대로 이격 二擊은 존재하지 않는 최강의 살인술이었다.

사석은 이제껏 일격필살을 전개하는 과정에서 단 한 번도 머뭇거린 적이 없었다. 부풍장을 통한 속력과 천돌을 통한 관통력, 거기에 단 한 번의 머뭇거림도 없는 사석 특유의 단호함이

더해지면 세상의 그 어떤 표적이라도 제거할 수 있다는 믿음이
그에게는 있었다.

서북찬관의 별채 벽에 달라붙은 채 거센 폭풍우를 온몸으로
맞아 가며 기다리던 사석은 사효가 이 대 혈랑곡주를 제거하는
임무에 실패했다는 판단을 내렸다. 그는 남녀의 정사를, 특히
누이라고 부르는 여자가 포함된 남녀의 정사를 엿볼 만큼 뻔뻔
한 변태와는 거리가 먼 사람이지만, 임무는 모든 것에 우선
했다. 때문에 그는 좋든 싫든 사효의 정사를—만일 생존을 위한
열한 살짜리의 절박한 몸짓도 정사의 범주에 포함시킬 수 있다
면—두 번째로 엿봐야만 했고, 십삼 년 전인 첫 번째와는 달리
줄곧 평정심을 유지하면서, 천돌로 뚫어 놓은 나무 덧창의 작은
구멍을 통해 객방 안의 상황을 냉정히 관찰할 수 있었다.

사효의 실패는 명백하게 드러났다. 정사 초반에는 비록 이
대 혈랑곡주의 거구에 깔려 있기는 해도 능동적으로 행위를 이
끌어 가던 그녀였다. 한데 어느 순간엔가 이 대 혈랑곡주의 눈
에서 시뻘건 광채가 뿜어 나오더니, 그녀는 겁에 질리고, 움츠
러들고, 그 이후로는 일개 색노色奴로 전락해 버렸다.

사석은 생각했다. 그는 두 동생들에게 그들의 실패가 결정
나기 전까지는 이번 임무에 나서지 않겠노라 약속한 바 있었고,
더 이상은 그 약속에 구속당하지 않아도 되었다. 이제 자신이
나설 때가 온 것이다.

판단이 서자 사석은 덧창에 뚫린 구멍에 눈을 붙인 채 숨을
죽이고 기회를 노렸다. 굳이 다른 시간과 다른 장소를 택할 필
요는 느끼지 못했다. 이 대 혈랑곡주는 남자였고, 정사에 몰두
한 남자는 어떤 식으로든 허점을 드러내는 경우가 많았다. 그중
에서도 가장 큰 허점을 드러내는 시점이 언제인지를, 같은 남자

인 그는 잘 알고 있었다. 사정 직전의 순간. 바로 그 순간을 노리려면 어떤 남자라도 제대로 된 대응을 하지 못할 터였다.

객방 안을 몰아치는 열기는 정점을 향해 치닫고 있었다. 이대 혈랑곡주의 움직임이 더욱 격렬해졌고, 그 아래 깔린 사효의 흐느낌은 거의 울부짖음으로 고조되었다. 사석은 일격필살을 펼칠 순간이 가까워졌음을 알았다.

그리고 마침내 그 순간이 찾아왔다. 폭풍우마저도 사석을 돕고 있었다. 그는 겨드랑이 아래 부풍장을 활짝 펼쳤다. 건물을 향해 몰아치는 세찬 폭풍이 부풍장에 고스란히 실릴 때, 그는 극한까지 응집시킨 내공을 한순간에 폭발시키며 덧창을 부수고 객방 안으로 날아들었다. 침대 위에 누운 사효의 자궁 속으로 절정의 힘을 쏟아붓고 있던 이대 혈랑곡주가 고개를 번쩍 치켜드는 모습이 그의 망막을 파고들었다. 그러나 이대 혈랑곡주는 자신의 목으로 날아드는 천돌의 끝을 바라보기만 할 뿐 아무것도 할 수 없었다.

이대 혈랑곡주는 아무것도 할 수 없을 터였다.

'무엇'을 한 사람은 사효였다.

그리고 사효가 한 '무엇'이 이제껏 단 한 번도 머뭇거린 적이 없는 사석의 일격필살을 머뭇거리게 만들었다.

"안 돼!"

사효는 믿을 수 없는 힘으로 자신의 위에 있는 이대 혈랑곡주를 밀어붙이며 일어나 앉았다. 사석의 일격필살이 목표로 삼은 자리에는 이대 혈랑곡주의 인후 대신 사효의 목덜미가 자리하게 되었고, 사석은 자신의 가장 큰 장점인 단호함을 잃고 천돌의 궤적을 비틀고 말았다.

아아!

동생들은 어찌 생각하는지 모르지만, 사석은 동생들을 아꼈다. 그는 회로호동 출신의 반회자였고, 그 지독한 세월을 허우적거리며 살아가는 자신과 같은 반회자 고아들을 가여워했다. 그래서 열일곱의 나이로 둥지의 중급 자객에 올라 장차 둥지를 채울 새로운 알들을 구해 오는 임무가 내려졌을 때, 그는 일말의 주저함도 없이 끔찍한 고향을 찾아가 반회자 고아들을 데려올 결심을 하게 되었다. 사복과 사효는—물론 당시에는 전혀 다른 이름으로 불렸지만—그렇게 구해 냈고, 그렇게 데려온 아이들이었다.

사복은 죽었다. 사석은 그 소식을 들었을 때 슬픔을 느끼지 않을 수 없었다. 피는 한 방울도 섞이지 않았지만 본래 반회자 고아에게 피란 별 의미가 없었다. 사석 안에 존재하는 동생들에 대한 유대감이란 곧 회로호동의 기억. 그 기억을 공유하는 존재들은 필요하고 소중할 수밖에 없었다.

그러나 사복은 죽었다.

그리고 지금은 사효가 자신이 뻗어 낸 천돌의 끝에 스스로 몸을 들이밀고 있었다. 사석은 그 이유도 알았다. 사효가 펼친 심심상인은 굴복시키지 못하면 굴복당하고 마는 극단적인 수법이었다. 지금의 사효는 이 대 혈랑곡주의 노예였다. 주인을 위해서라면 목숨마저도 기꺼이 내던질 수 있는 충성스러운 노예. 사석은 그런 점을 미처 고려하지 못한 스스로를 질책했고, 그것과는 무관하게 또 한 번 슬픔을 느꼈다.

푹!

천돌이 사효의 오른쪽 겨드랑이 아래쪽을 꿰뚫었다. 천돌에 실린 막강한 전사력에 휘감겨 그녀의 오른쪽 갈비뼈들이 조각

조각 으스러지는 것이 느껴졌다. 만일 천돌의 진로를 비틀지 않고 그녀의 목덜미를 그대로 관통했다면, 채 침대에 자빠지지 못한 이 대 혈랑곡주의 면문을 타격하는 데 성공했을지도 모른다.

어쨌거나 그렇게만 되면 임무에는 성공하는 셈. 그러나 이번만큼은 임무에 우선하는 것이 있었다. 사석은 천돌의 진로를 비틀지 않을 수 없었다. 그녀를 찔렀다는 결과에는 변함이 없더라도, 그로 인해 그녀에게 죽음에 이르는 치명상을 입혔다는 결과에는 변함이 없더라도, 사석은 그 결과들을 피하기 위해 노력할 수밖에 없었다.

단호함을 잃은 일격필살은 더 이상 일격필살일 수 없었다. 그리고 그것으로 사석의 실패는 결정되었다. 사석은 이틀 전 서일에게 말한 바 있었다. 자객을 죽이는 것은 사람이 아니라 임무라고. 임무에 성공한 자객은 살고 임무에 실패한 자객은 죽는다. 일격필살이란 표적에게만이 아니라 그에게도 적용되는 규칙이었던 것이다.

사석은 자신의 얼굴을 향해 비스듬히 솟구쳐 오른 이 대 혈랑곡주의 커다란 수도를 보며 그런 생각을 떠올렸다.

산월월 山月月

(1)

가을을 상징하는 꽃은 국화다. 오상고절傲霜孤節의 덕목을 지닌 국화는 온유한 가운데에도 고아한 기품을 잃지 않아 고금의 시인 묵객들로부터 칭송을 받아 왔을 뿐만 아니라, 안질과 불면을 가라앉히고 뇌문의 풍열을 제거하는 등 약재로써의 효용 또한 높아 인간에게 두루 이로움을 주는 대표적인 화훼로 꼽힌다.

북경성 남대로南大路 끝자락.

세상에는 거의 알려져 있지 않지만, 그곳을 찾은 몇몇 명사들로부터 천하제일국원天下第一菊園이라 극찬을 받은 장원 한 채가 자리 잡고 있었다. 장원의 이름은 국림장菊林莊. 국화를 유난히 사랑하는 국림장의 주인은 한 갑자에 가까운 세월에 걸쳐 장원 구석구석에 온갖 품종의 국화를 심었고, 한 송이 한 송이 자식처럼 보듬어 돌보고 가꾸기를 게을리하지 않았다.

　본시 초목이란 인간의 노력을 배신하지 않는 법. 더위가 가시고 아침저녁으로 선선한 바람이 불어오면 때는 바야흐로 추국의 계절이라. 주인의 극진한 사랑 아래 춘하지절 알차게 영근 국화는 마침내 십수 화편 소담스러운 봉오리를 앞다투어 벌려 내니, 그날부터 장원은 남대로를 지나는 모든 이들에게 그윽한 향기를 아낌없이 베풀어 주었다. 그러나 외인들에게 허락된 것은 오직 향기뿐. 국립장의 흑단목 정문은 은일한 주인의 성정을 닮아 여간해서는 열리는 법이 없었고, 향기에 취한 행인들은 가던 길을 멈추고 담쟁이덩굴 두른 담장 가에서 간당간당 발돋움을 하다가 문득 밀려드는 아쉬움에 고개를 흔들곤 하는 것이었다.

　중추절이 지나고도 스무날을 넘기니 이제 북경성에도 가을색이 완연했다. 며칠 후면 양의 수가 두 번 겹치는 중양절重陽節(음력 9월 9일). 중양절이라면 빠질 수 없는 것이 바로 국화주였고, 국화주의 주재료는 당연히 잘 맺힌 국화 송이였다.

　그래서인지 한 해의 대부분이 요적하기만 하던 국립장 정문 앞도 이때만큼은 국화주를 실어 나르기 위한 사람들로 번다했으니, 이를 본 행인들은 '향이 저리 그윽하니 그 꽃으로 담근 술 또한 일품일 거야.'라며 입맛을 다시고는 하지만, 그래도 어쩌랴. 일반에게 허락된 것은 향기 말고는 없는 것을.

　하지 말라면 더 하고 싶어지는 인간의 속성 탓인지 허락된 향기 너머를 꿈꾸며 국립장의 담을 타넘은 강심장도 없지는 않다는데, 무사히 귀환하여 자신의 무용담을 풀어 낸 행운아는 이제껏 한 사람도 나오지 않았다고 한다. 그것을 보면, 비록 날붙이를 내보이며 위협하지는 않아도 저 국립장이 알 만한 사람은 누구나 인정하는 북경성 내 일급 금역禁域이라는 점만큼은 사실인 모양이었다.

질 좋은 비단 위에는 국화 송이를 손에 들고서 먼 산을 바라보는 노인이 그려져 있었다. 그 옆으로는 두 줄의 시구가 단정한 필체로 적혀 있었다.

울타리 밑 국화를 따다가[採菊東籬下]
멀리 남산을 바라본다[悠然見南山].

도연명陶淵明의 유명한 시구를 내려다보던 기다란 눈매가 어느 순간 둥글게 휘어졌다. 뒤로 빗어 넘겨 벽옥 동곳으로 고정한 새하얀 머리카락이 오히려 생기 있어 보이는 그 눈매의 주인은 갓난아기의 것처럼 보드랍고 통통한 얼굴 피부를 움직여 미소를 지었다. 머리카락과 수염이 온통 새하얗기만 한 노인의 것이라고는 믿어지지 않는 유쾌한 미소였다.

"멀리 남산을 바라본다……. 춘당의 임지가 종남산終南山과 가까웠던가?"

족자에서 시선을 떼어 낸 노인이 서탁 건너편을 향해 물었다. 노인에게는 기묘한 모순성이 그림자처럼 따라다녔다. 팔순을 네 해나 훌쩍 넘겼음에도 늙었다는 느낌은 풍기지 않았고, 술통처럼 뚱뚱한 배를 가졌음에도 둔한 느낌은 풍기지 않았다. 국립장의 주인이기도 한 이 노인이 바로 비각의 노각주인 잠룡야 이악이었다.

지금 이악이 앉아 있는 곳은 국립장 후원에 세워진 아담한 정자 위였다. 바닥의 높이가 한 길이 채 안 되고 지붕에 얹은 기와도 붉은 흙을 그대로 구워 낸 수수한 것이어서 세돗집에 딸린 건물이라 하기에는 지나치게 소박한 면이 있지만, 정자 주위로 황국이 만발한 요즘 같은 계절에는 그 소박함이 오히려 자연스러웠다. 크지도 화려하지도 않은 국화에 소박함이란 곧 축복. 소박한 꽃과 소박한 정자는 여러모로 잘 어울렸다.

그 소박한 풍요를 국립장의 주인과 더불어 나누는 사람은 사십 줄 언저리로 보이는 문사풍의 장년 남자였다. 단출한 연청색 유복을 아래위로 차려입은 그 남자가 이악의 눈길을 받고는 얼른 고개를 숙였다.

"종남산은 서안西安에서 멀지 않지요. 그리로 부임하신 지 두 해 조금 넘었습니다."

"오류선생五柳先生(도연명의 호)의 운치를 이태 만에 배운 것을 보니 춘당의 풍류도 여전하신가 보이."

농이라도 건네듯 가벼이 응대하는 이악과는 달리 장년 남자의 표정과 목소리는 무척이나 진지했다.

"풍류는 그러하시나 건강이 예전 같지 않으시어 자식 된 몸으로 걱정이 이만저만이 아닙니다."

"그래?"

"이번 중추절에 찾아뵈었을 때는, 섬서의 바람이 황도와 자못 달라 무릎 밑에 서리가 차오르는 것 같다는 말씀까지 있으셨지요. 그러시면서 요사이 국립장의 구구황국주九九黃菊酒 맛이 유독 생각난다 하시고는, 손수 그리신 그 족자를 노야께 올리라고 명하셨습니다."

이악이 하얀 눈썹을 역팔자로 모았다.

"흐음, 자네 춘당이 강건한 체질은 아니라는 것은 알았네만,

타향살이 한두 해 만에 그 지경까지 이른 줄은 몰랐구먼."

장년 남자가 다시금 머리를 깊숙이 조아리고 말했다.

"노야, 한두 해가 아니라 벌써 네 해가 지났습니다. 가친께서도 충분히 회오하시고 개심하셨을 터이니, 감청드리옵건대 이제 진노를 거두시어 소생에게 그간의 불초함을 씻고 연로하신 육친을 가까이서 봉양할 수 있는 은혜를 베풀어 주십시오!"

정자 바닥에 납작 깔린 장년 남자의 뒤통수를 잠시 굽어보던 이악이 너털웃음을 흘렸다.

"허허, 자네가 뭔가 오해하고 있구면. 자네 춘당이 서안 안찰부사按察副使(지방의 부법관)로 발령받은 것은 명징하신 황상께서 집법에 임하는 춘당의 대쪽 같은 성품을 높이 평가하셨기 때문일세. 건강에 문제가 있다면 절차를 밟아 상주하고 벼슬자리에서 물러나면 그만인 것을, 굳이 나 같은 퇴물을 찾아와 머리를 조아릴 까닭이 무에 있단 말인가? 남이 볼까 두려우니 어서 일어나게나."

장년 남자는 아무 대답 없이 고개를 더욱 낮출 따름이었다. 이악은 짐짓 난감한 양 혀를 찼다.

"쯧쯧, 누구를 닮아 저리 고집불통일꼬. 하기야 자네 춘당도 고집 하나만큼은 어릴 적부터 알아주는 위인이었지. 부전자전이라더니만, 그것참."

이악의 말투가 어느 결엔가 달라졌음을 알아차린 장년 남자가 조심스레 고개를 들었다. 그 짧은 사이 눈물이라도 흘렸는지 벌겋게 충혈된 눈에는 모종의 기대감이 들어차 있었다. 이악은 어쩔 수 없다는 듯이 어깨를 으쓱거렸다.

"정도가 아님을 모르지 않는 바이나, 작고하신 자네 종조부를 봐서라도 그냥 모르는 체 지나칠 수 없게 생겼군. 내 조만간 태감太監 영감을 한번 만나 보겠네."

장년 남자가 상기된 얼굴 가득 희색을 뿜어내더니 이마를 정자 바닥에 쿵쿵 내리찧었다.

"가, 감사! 노야의 은혜에 감사드리옵나이다!"

"아니, 아닐세. 북경서 나고 자란 자네 춘당이 연고 하나 없는 타지에 부임하여 얼마나 외롭게 지냈을지 생각하니 그간 내가 너무 무심했다는 반성이 드는구먼. 간혹 의견이 갈릴 때도 있긴 했지만 황상과 제국을 위한 충정만큼은 자네 춘당이나 나나 매한가지이거늘, 떠나는 길에 변변한 송별연조차도 치러 주지 못했으니……. 내가 너무 무심했던 게야. 옛정을 생각하면 그래선 안 되는 것이었는데."

허허롭게 말을 이어 가던 이악이 문득 떠오른 듯 장년 남자에게 물었다.

"자네 춘당이 이 집 국화주 얘기를 꺼냈다고 했던가?"

"그런 말씀이 있으셨습니다만 괘념치는 마십시오. 이미 베푸신 은혜만으로도 갚을 길이 막막합니다."

"아니 될 말. 귀한 족자까지 선물 받았는데 그 정도 부탁도 들어주지 못하면 쓰나. 해아海兒, 아래에 있느냐?"

정자 계단 옆 주춧돌에 쪼그려 앉아 흙바닥 위에 작대기로 그림을 그리고 있던 황의 소동이 손길을 발딱 일어서서 이악을 올려다보았다.

"부르셨습니까, 노야?"

"이분을 모시고 주고酒庫로 가서 구구황국주를 한 단지 내 드려라. 특별히 잘 익은 놈으로 골라 드리라고 양 노대에게 전하는 것 잊지 말고."

"알겠습니다."

크고 작은 그림자가 황국 사이로 사라졌다. 장년 남자와의 면담은 그렇게 끝났지만 이악은 아직 그 정자를 떠날 수 없었다. 오늘 국림장을 찾아온 손님은 부친을 북경 정가로 복귀시키려는 장년 남자 하나만이 아니기 때문이었다.

"어서 오시게."

"오랜만에 뵙습니다, 노야."

정자에 올라서서 이악을 향해 정중히 읍례하는 사람은 얼굴 피부가 처녀처럼 팽팽하고 수염자리 또한 맨송맨송하여 일견하기로는 나이를 짐작키 어려운 호리호리한 체구의 흑의 남자였다. 사실 그 사람을 온전한 남자로 치는 데에는 다소간의 문제가 있을 터였다. 남자로 태어났으되 자의로든 타의로든 남성을 상실한 자. 대내 이십사아문二十四衙門 중에서도 으뜸으로 꼽히는 사례감司禮監의 소감少監 홍향弘鄕. 그것이 이 남자 아닌 남자의 직급이요, 이름이었다.

일인지하 만인지상 아니, 어쩌면 온전한 만인지상일지도 모르는 무소불위의 환관 왕진을 수령으로 하는 사례감의 권세는 말 그대로 나는 새도 떨어트릴 정도였다. 소감이면 그곳의 이인자인 만큼 웬만한 중신쯤은 저 아래로 굽어볼 만하건만, 이악을 대하는 홍향의 태도는 무척이나 공손했다. 사례태감 왕진의 환관 정치 이면에 비각이라는 훌륭한 협력자가 있음을 그 또한 모르지는 않기 때문이었다.

이악으로서는 요 며칠 귀에 못이 박이도록 듣지 않을 수 없는 국화 정원에 대한 찬사를 장황히 늘어놓던 홍향이 말미에 목소리를 은근히 하여 덧붙였다.

"아, 이리로 들어오는 길에 한 사람을 보았습니다. 전임 내각차보內閣次輔 어른의 자제분인 것으로 보이던데, 소관의 안목이 맞는지요?”

이악은 선선히 시인했다.

“눈썰미가 좋구먼. 바로 그 사람일세.”

“솔직히 조금 놀랐습니다. 전임 내각차보 어른과는 그리 원만한 관계가 아니셨던 것으로 압니다만?”

홍향이 조심스럽게 꺼낸 저 말은 사실이었다. 내각차보면 황제에게 옳고 그름을 간하는 각신閣臣 중 하나인데, 전임 내각차보, 답답하기가 담벼락 같은 그 꽉 막힌 위인이 사 년 전 어느 날인가 무엇을 잘못 먹기라도 했는지 옳고 그름을 구분하는 잣대를 감히 이악이 운영하는 비각에 들이대고 나선 것이었다. 자연히 마찰이 일어날 수밖에 없었고, 이악은 그런 종류의 마찰을 해소하는 수단을 여럿 알고 있었다. 그중에서 이각이 동원한 것은 가장 상식적이고도 온건한 수단이었다. 만일 이악이 그 막내 숙부 되는 사람과 나눈 친교를 떠올리지 않았다면, 전임 내각차보는 갑작스레 맞닥뜨린 불운한 사고로 천수를 누리지 못했을 공산이 컸다. 그러니 이악으로서는 이미 한 번 은혜를 베푼 셈. 거기에 더하여 그는 다시 한 번 은혜를 베풀 작정이었다.

“안 그래도 그 일로 태감 영감을 찾아뵐까 했는데 자네가 와준 덕분에 수고를 덜게 되었구먼. 이 물건을 태감 영감께 가져다 드리게.”

이악은 서탁 위에 말아 두었던 족자를 펼쳤다.

“이건…… 그림이 아닙니까.”

물론 그림이었다. 국화와 산과 노인과 도연명의 시구가 적힌. 홍향은 족자 하단에 찍힌 낙관을 들여다보고는 고개를 갸웃거렸다.

“전임 내각차보 어른이 그림에도 재주가 있다는 얘기는 들었습니다만, 태감 영감의 눈에 찰 수준은 아닌 듯합니다."

이악은 픽 웃었다.

"내 눈에도 안 차는데 태감 영감의 눈에 찰 리가 있나. 그림은 뜯어 버리게."

"예?"

"쯧쯧, 감기라도 걸리셨는가? 사례감 내관이면 금붙이 냄새쯤은 맡을 줄 알아야지."

그 말에 다시 족자를 살피던 홍향이 권축捲軸(족자의 양 끝단에 달린 가름대)을 한번 들어 보고는 눈을 크게 떴다.

"어째 펼쳐지는 모양새가 괴이하게 둔해 보인다 싶었더니, 예사 권축이 아니로군요."

그 족자의 권축은 검은 비단으로 감싼 금속으로 만들어진 것이었다. 금속은 금속이되 가장 값비싼 금속. 이 정도 무게라면 아래위로 각각 반 관씩은 나갈 것 같았다.

"자네에게나 예사롭지 않지, 태감 영감께는 겨자씨처럼 하찮을 걸세. 그래도 그 친구 입장에서는 생명보다 소중히 여기던 자존심을 꺾어 가면서 장만한 물건일 테니, 태감 영감을 뵙거들랑 잘 좀 말씀 올려 주시게."

홍향은 족자를 둘둘 말며 싱긋 웃었다.

"맡겨 주십시오. 사실 태감 영감께서도 얼마 전엔가 탄식하시더군요. 요즘 내각은 강직함을 잃은 것 같아 아쉽다고요. 아마 조만간 서안으로 발령장이 날아갈 겁니다."

왕진이 말하는 강직함과 세간에서 말하는 강직함이 같을 리 없겠지만, 어쨌거나 이악으로서는 일을 수월히 처리한 셈이었다. 그는 허리를 느긋이 펴 올리며 만족감이 밴 눈으로 홍향을 쳐다보았다.

"용무가 있어 찾아온 사람에게 내 용무만 잔뜩 늘어놓았군. 그래, 무슨 일로 어려운 걸음을 하셨는가?"

"태감 영감께서 전해 올리라 하신 편지가 있습니다."

이악은 홍향이 내민 편지를 개봉하여 찬찬히 읽어 내려갔다. 읽기를 마친 뒤에는 무슨 까닭인지 주름 접힌 턱살을 손에 괴고 생각에 잠긴 모습을 보였다. 그 얼굴에 떠오른 표정이 이악에게서는 좀처럼 찾아보기 힘든 심각한 것이어서, 이를 지켜보던 홍향은 적잖은 호기심을 느꼈지 않을 수 없었다. 물론 그 호기심을 풀기 위해서는 신중한 접근법이 필요했다. 스스로를 충분히 높이 올랐다고 여기는 홍향이지만, 왕진과 이악이라면 그와는 전혀 다른 물에서 노는 거물들이었다.

탐스러운 수염 뒤에서 굳게 다물려 있던 이악의 입이 열린 것은 그러고도 한참의 시간이 더 지난 다음이었다.

"태감 영감의 고향이 울주蔚州라고 했던가?"

"예? 아, 예. 그렇게 알고 있습니다."

울주는 산서성 북동쪽에 위치한 작은 마을로 운강석굴雲岡石窟로 유명한 대동大同에서 그리 멀리 떨어져 있지 않았다.

"울주라, 그렇군."

이악이 고개를 무겁게 끄덕였다. 그러고는 다시 침묵. 잠시 후 홍향이 조심스럽게 물었다.

"태감 영감의 고향은 왜 물으시는지요?"

말로써 전할 수 있는 것을 굳이 봉전封傳할 리는 없으니 홍향이 호기심을 충족시키는 데에는 어느 정도 위험이 따를 터였다. 하지만 이악은 그런 속내에 개의치 않는 것 같았다.

"난데없이 울주에다 마시馬市를 차린다고 하시기에 무슨 연유인가 생각하다가, 연전에 사석에서 그곳 얘기를 꺼내신 기억이 문득 떠올라 물어본 것일세."

"울주에 마시를요?"

"작은 규모는 아닐 테지. 아마도 개장만 하면 천하에서 가장 큰 마시 자리를 차지하지 않을까 싶네."

천하의 왕진이 계획하는 사업인 만큼 반드시 저 말대로 될 터였다. 고개를 주억거리던 홍향이 다시 물었다.

"한데 그 일에 뭔가 석연찮은 점이라도 있으신가 봅니다?"

"자네도 알잖은가, 작금에 오이라트에서 제국을 상대로 교역하는 주력 품목이 바로 말이라는 점을. 그만한 마시가 자리를 잡으려면 마장 또한 대규모로 운영해야 할 텐데, 해마다 늘어나는 말들로 인해 제국의 재정이 위태로운 마당에 새로운 마장이라니……. 대체 태감 영감께서 무엇이 아쉬워 마시에 관심을 가지시는지 이해가 되질 않는구먼."

이악의 이해를 돕기 위해 맨송맨송한 이마에 주름까지 잡아가며 기억을 더듬던 홍향이 갑자기 눈을 크게 뜨며 말했다.

"아! 한혈마汗血馬 때문일 겁니다!"

이악의 하얀 눈썹이 꿈틀거렸다.

"한혈마?"

"예, 지난달 말쯤 서역 상행 한 무리가 태감 영감을 알현한 일이 있었습니다. 그들은 서역과 제국을 잇는 자신들의 상로 商路 중간에 몽고의 부족들도 포함시키기를 원한다면서, 오이라트 내에 중간 거점을 확보할 수 있도록 태감 영감께서 힘을 써주십사 하는 청을 올렸다고 하더군요. 그들이 선물로 바친 것이 바로 한혈마 한 쌍입니다. 한데 그놈들이 태감 영감의 눈에는 천하에 둘도 없는 흥밋거리로 비친 모양입니다. 모시는 아이들의 말을 들어 보면, 사택에 머무실 때마다 그놈들 돌보는 재미에 밤잠까지 설치실 정도라고 하니…….”

홍향의 설명을 들은 이악은 고개를 절레절레 흔들었다.

“나로선 태감 영감의 그 특이한 취향을 도무지 짐작할 수가 없구먼. 산호색이 마음에 드신다며 남방의 진귀한 산호를 구해 오라고 전함까지 내보내시더니, 다음에는 비연증鼻淵症(비염)에 좋다는 돌팔이 도사의 한마디에 동서방의 온갖 향촉과 향수 들을 모으셨지. 한데 이제는 한혈마라고? 허허, 한혈마를 번육시켜 기마군이라도 만드시겠다는 건가?”

헛웃음을 짓는 이악을 보며 홍향은 생각했다. 사례감 소감을 앞에 두고서 왕진을 이런 식으로 풍자할 수 있는 사람은 천하에 오직 두 사람, 자금성의 젊은 황제와 국립장의 늙은 이무기밖에 없을 거라고. 물론 그 두 사람에게는 그럴 만한 자격이 있었다.

속이 답답한지 식은 국화차를 한 모금 마신 이악이 홍향에게 말했다.

“자네 말을 들어 보니 태감 영감의 귀에 고약한 바람을 불어 넣은 그 서역 상인들은 지금쯤 오이라트로 넘어갔겠군.”

“태감 영감의 지시로 소개장을 발부한 게 열흘쯤 전의 일이니 아마도 그럴 겁니다. 그러고 보니 울주에 마시를 차린다는 얘기도 그자들로부터 비롯된 것 같습니다.”

홍향이 이악의 눈치를 잠시 살피다가 덧붙였다.

“그자들이 정히 괘씸하시다면 다음번 북경에 들어올 때 소관이 따로 조치를 취하겠습니다.”

“조치? 허, 무고한 장사치들을 잡아넣기라도 하겠다는 소리로 들리는군.”

“노야의 심기를 어지럽힌 죄가 작을 리 없겠지요. 그보다 더한 일이라도 얼마든지 해 드리겠습니다.”

이악은 실소했다.

"고맙지만 사양하겠네. 내 밑에 사람이 없는 것도 아닌데 궂은일에 굳이 남의 손을 빌릴 이유는 없겠지. 그 문제는 내가 알아서 처리할 테니, 자네는 태감 영감이나 잘 보필하게. 특히 그마시 건에 관해서는, 당신의 뜻을 알게 된 만큼 산서에 있는 수하들더러 현지 조건과 사정을 면밀히 조사하라 일러두겠네마는, 그래도 재삼 숙고하시라고 당부 올려 드리게. 공연한 일로 오이라트와의 관계가 틀어지는 날에는 제국에나 태감 영감에게나 하등 이로울 일이 없을 터이니."

이악은 마치 제국과 왕진의 안녕이 오이라트와의 원만한 외교에 달렸다는 식으로 말하고 있었다. 제국과 상관에 대한 자부심이 남다른 홍향으로서는 공감하기 힘든 말임에 분명하지만, 이악의 출신을 고려하면 이해 못 할 일만도 아니었다. 부친이 옛 몽고 제국의 귀족이라고 했던가. 홍향은 단지 그 정도로 여기고 고개를 숙였다.

"노야께서 주신 하교, 한 치의 어김도 없이 시행하겠습니다."

이것으로 또 한 건의 면담이 끝났다.

사례감의 소감이 황금 족자를 챙겨 물러가자 이악은 슬슬 시장기가 드는 것을 느꼈다. 남보다 곱절 이상 큰 배를 가진 사람은 남보다 곱절 이상 먹어야 했고, 그는 식사를 무척 중요하게 여기는 생활 습관을 가지고 있었다.

"노야, 오시가 다 지났는데 시장하지 않으십니까?"

난간 아래에서 대기하고 있던 해아가 물었다. 해아는 주인의 마음만 아니라 배 속까지 헤아릴 만큼 영리한 아이였다.

"손님이 몇 분이나 남았느냐?"

"아까 빈청에서 보았을 때는 네 분이 계셨습니다."

"넷이면 너무 많구나. 이대로 계속 만나다가는 마지막 손님을 잡아먹을지도 모르겠다."

이 말이 재미있었던지 해아가 볼우물을 파며 웃었다.

"마지막 손님은 쥐라서 아마 맛이 없을 겁니다."

"쥐?"

고개를 갸웃거리던 이악이 물었다.

"태원에서 보낸 사람이더냐?"

"예, 일전에도 몇 번 온 적이 있는 서삼鼠三이라는 쥐입니다."

"고얀지고. 어른을 놀리면 못쓰느니라."

노여운 체 목소리를 깔아 보았지만 눈치 빠른 시동에게는 별로 먹히지 않는 눈치였다. 그런 발칙함까지도 귀엽게만 비치는 걸 보면, 이제는 증손자를 볼 때가 된 모양이었다. 그렇게 생각하며 이악이 말했다.

"다른 손님은 몰라도 강아가 보낸 전령을 기다리게 만들 수야 없는 일이지. 주방에 가서 오찬을 차려 이리로 내오라고 이르고, 오는 길에 그를 데려오너라."

"알겠습니다, 노야."

문강이 부리는 여덟 마리의 쥐 중 하나인 서삼은 생김새가 온화하고 행동거지가 점잖아 북경에 머무르는 이악에게 전할 소식이 있을 때 주로 파견되는 인물이었다.

"노야께 인사 올리옵니다. 그간 강녕하셨는지요."

서삼은 감히 정자 위로 오르는 것조차 못하겠다는 양 계단 앞 흙바닥에서 큰절을 올렸다.

"나 같은 늙은이가 강녕이라도 하지 않으면 커다란 짐 보따리에 불과하겠지. 기다리는 줄 알았으면 얼른 불렀을 것을, 저 해아란 녀석이 융통성 없이 구는 바람에 자네에게 공연한 수고를 끼쳤구먼."

"감당할 수 없는 말씀이옵니다."

서삼은 고개를 조아리는데, 뒷전에 있는 해아란 놈은 그 등에다 대고 혓바닥을 날름 뽑았다 넣는 것이었다. 이악이 해아를 향해 짐짓 눈을 부라린 뒤 서삼에게 물었다.

"자네가 온 걸 보니 이비영이 내게 전할 말이 있는 게로군."

문강을 친자식처럼 아끼는 이악이지만 아랫사람 앞에서 함부로 이름을 부를 수는 없었다.

"그러하옵니다."

서삼은 소매 속에서 한 장의 봉서를 꺼내더니 이악이 앉은 난간 가로 다가와 제미齊眉로 받쳐 올렸다.

봉서 안에는 한 장의 편지가 들어 있었다. 편지를 펼쳐 본 이악은 고개를 갸웃거렸다. 본래 문강은 물처럼 유유한 언변과는 달리 긴 글을 좋아하지 않았다. 하지만 글이 짧은 데에도 정도란 게 있거늘, 이 편지 위에는 오직 세 개의 글자만이 적혀 있을 따름이었다.

산월월山月月.

이악은 생각했다. 그리고 그 세 개의 글자가 무엇을 의미하는지를 알아차린 순간, 항시 여유로움을 잃지 않던 이악은 대경하지 않을 수 없었다.

━━◆◆◆━━

새까만 야공을 가르며 시허연 마른벼락이 떨어졌다. 찰나의 광채로 천지를 밝힌 그 벼락 줄기가 한 남자의 눈 속에 오롯이 담겼다. 뒤따른 우렛소리가 사위를 뒤흔들 때, 남자는 차갑게 미소 지었다. 남자에게는 저 밤 벼락이 길조처럼 여겨졌다.

남자는 대결을 준비하고 있었다. 상대는 남자가 일생에 걸쳐 싸워 왔던 그 어떤 적보다 강한, 이른바 절대자라고 불리는 존재였다. 남자의 주위에 모여 있는 승냥이 같은 무리는 긴장감을 이기지 못해 어깨를 가늘게 떨고 있었지만, 남자의 살갗 위로 벌레처럼 기어 다니는 전율은 그런 저급한 긴장감과는 무관했다. 지금 남자는 기대감 속에서 참기 어려운 희열을 느끼고 있었다. 남자의 귀는 남자의 혈관 속을 흐르는 핏물이 일제히 내지르는 희열의 노래를 듣고 있었다.

은원 같은 것이 있을 리 없었다. 대의를 좇는다는 생각도 해 보지 않았다. 명령? 그따위는 개에게나 줘 버리라지. 그럼에도 남자는 싸우고 싶었다. 남자에게는 반드시 이루어야 하는 일생일대의 과제가 있었지만, 그 과제가 남자의 삶 전부는 아니었다. 남자는 진정한 무인이었고, 진정한 무인이라면 강자와의 투쟁 속에서 삶의 의미를 찾아야 한다고 믿었다.

문이 열리고 한 사람이 밖으로 나왔다. 호수처럼 심유한 눈을 가진 그 사람은 장원의 너른 마당에 모인 무리를 둘러보다가 낭랑한 목소리로 말했다.

"지금부터 '산월월'을 시작합니다."

폭증된 긴장감이 승냥이 같은 무리 위를 망령처럼 떠도는 가운데, 마른벼락이 다시 한 번 야공을 가르고 떨어졌다. 시허옇게 탈색된 그 세상 속에서 남자는 오른손을 들어 어깨 위로 비죽 솟은 검자루를 어루만졌다.

남자의 손끝에서 밤 벼락이 울었다.

그것은 산을 무너뜨릴 밤 벼락이었다.

(2)

"……까지는 오지 못했나 보군."

골목 어귀에서 들려온 낮은 목소리는 먹이를 좇는 맹수의 목 울음처럼 사납고 위험한 울림을 바닥에 깔고 있었다. 골목 깊 숙한 곳에 자리 잡은 탱자나무 산울타리 뒤에 웅크리고 있던 증걸曾杰은 저 목소리의 주인이 누구인지 알 것 같았다. 비록 평소의 유쾌함과 여유로움은 눈곱만치도 찾아볼 수 없긴 하지 만, 증걸과 그의 두 형은 저 목소리의 주인과 수차례 술을 마신 적도 있었다. 호랑이에게는 세 마리의 호랑이 귀신, 즉 창귀가 붙어산다고 했던가. 그 세 마리 창귀 중에서 가장 좋은 평판을 얻은 자가 바로 저 목소리의 주인이었다. 사해검우四海劍友 고동 비古洞飛.

그러나 지금의 고동비는 증걸이 알고 지내던, 천하 각지에 벗을 깔아 둔 사람 좋은 그 사해검우가 아니었다. 지금의 고동 비는 믿음을 저버린 배신자요, 충절을 꺾은 반역자였다. 또한 얼굴을 마주치는 날에는 증걸의 목숨을 반드시 위험에 빠뜨릴 강력한 적이기도 했다.

이미 한차례 수색을 했음에도 마음이 놓이지 않았던지, 증걸 은 골목 안쪽을 다시금 살피는 고동비의 날카로운 시선을 먼 거 리에서도 느낄 수 있었다. 그는 숨을 죽이고 웅크린 몸을 한층 더 웅크렸다. 잠시 후 고동비의 목소리가 다시 들렸다.

"너희 둘은 이곳에 은신해 있다가 그를 발견하면 신호를 올 려라. 나머지는 모두 서곽로西廓路로 이동한다."

타닥거리는 발소리가 멀어지고, 골목 어귀에 남겨진 두 개의 인영이 어둠 속 어딘가로 몸을 감추는 것이 탱자나무의 촘촘한 가지 사이로 보였다. 목전의 위기는 대충 모면한 셈이어서 증걸은 안도의 숨을 내쉴 수 있었다.

마른벼락이 잠잠해진 사위는 온통 어둠뿐이었다. 어둠 그리고 흑의…….

저들은 어둠처럼 새카만 흑의를 입고 있었다. 그러나 저들이 평소 입는 옷이 그것과는 정반대의 색깔임을 증걸은 알고 있었다. 눈처럼 새하얀 무복에 자부심을 느끼던 자들. 그런 자들이 백의를 벗고 흑의를 걸쳤다. 저들의 배신과 반역은 그것으로 증명된 것이나 다름없었다. 저들을 한솥밥을 먹는 식구로 믿었던 때가 그리 오래지 않은 증걸로서는, 때문에 저들의 동태를 감시하라는 부친의 지시에 못내 의아해한 증걸로서는, 마음 밑바닥으로부터 치밀어 오르는 거대한 분노에 몸을 떨지 않을 수 없었지만, 지금은 감정에 휘둘릴 때가 아니었다. 지금의 자신은 저들의 눈길을 피해 숨어 다녀야만 하는 위태로운 사냥감 신세이니까.

한데 그 사냥감이 증걸 혼자만은 아니었다.

'작은형은 어떻게 되었을까?'

애써 생각하지 않으려 했지만, 포구 근방에서 헤어진 작은형에 대한 걱정은 시시각각 사고의 수면 위로 떠올라 증걸을 괴롭히고 있었다.

배에서 내리는 수상한 흑의인들을 확인하려 한 것까지는 나쁘지 않았다. 문제는 그 흑의인들이 설마하니 증걸 형제를 알아볼 수도 있다는 가능성을 고려하지 않은 데 있었다. 자연 접근하고 관찰하는 과정에서 조심성이 빠지게 되었고, 형제는 저들에게 발각되고 말았다.

—이대로는 안 된다. 여기서 갈라지자.

헤어져 도주하기로 한 작은형의 판단은 나름 합리적인 것이었다. 정체가 드러난 이상, 함께 움직이다가는 제남으로 들어오는 일조차 힘들었을 테니 말이다. 하지만 자신이 제남의 이 깊숙한 곳까지 무사히 들어왔다는 점이 혹시 작은형에게 닥쳤을지도 모르는 불행을 설명해 주는 다른 현상은 아닐까 하는 생각에, 증걸은 속이 바싹바싹 졸아드는 것을 느꼈다. 부귀가에서 나고 자란 형제들 대개가 시기와 반목으로 우애를 대신한다지만, 사람들이 '네 마리 작은 용[四少龍]'이라 칭하는 그의 형제들에게는 해당되지 않는 말이었다. 현명한 부친께서는 형제들 모두에게 각자의 권리와 의무를 확실하게 나눠 주었다. 그들은 부친의 뜻을 좇아 다른 형제의 권리에 눈독들이지 않았고, 다른 형제에게 자신의 의무를 떠넘기려 하지도 않았다. 하지만 그렇게 쌓은 형제간의 우애가 지금은 오히려 증걸의 발목을 잡는 요인으로 작용하고 있었다.

'작은형 문제는 잊자.'

증걸은 약해지려는 마음을 다시 한 번 다잡았다. 두 형제 중 한쪽에게 무슨 일이 닥쳤건, 남은 한쪽에게는 반드시 해야 할 일이 있었다. 저들의 배신과 반역을 부친에게 고하는 일. 그것이 그의 가문을 구하는 일이요, 그의 가문이 대를 이어 섬겨 온 주군을 구하는 일이었다.

'괜찮을 거야. 워낙 작은 사람이니까.'

작은형은 곧 작은 형이기도 했다. 형제 중에서 몸집이 가장 작은 만큼 남의 눈을 피하는 데도 유리할 터였다. 그렇게 스스로를 안심시키며, 증걸은 숨어 있던 산울타리 그늘 밑에서 조심스레 빠져나와 또 다른 어둠 속으로 스며들었다.

저들은 철저했다. 전殿으로 귀환할 수 있는 모든 길목에 저들의 감시망이 깔렸다고 해도 과언이 아닐 만큼. 하지만 증걸은 저들이 알지 못하는 비밀스러운 귀환로 한 군데를 알고 있었다. 그 길을 처음 가르쳐 준 사람은 큰형이었다. 그 길을 통해, 이제 막 코밑에 수염이 돋아나기 시작한 셋째 동생을 제남부에서 가장 유명한 홍루紅樓로 데려가며 큰형은 닳고 닳은 오입쟁이처럼 음충스러운 웃음을 지었다.

─사실 나도 이 길을 통해 여자 맛을 처음 알게 되었지. 둘째도 그러니, 나중에 막내만 데려오면 우리 형제 모두에게 소중한 길이 될 거다.

제남이 있는 산동은 북경과 멀지 않았고, 때문에 북경의 전통적인 가옥 양식인 사합원四合院이 많았다. 사방이 외벽으로 이루어진 사합원들이 군집해 있는 지역에는 외부인의 시선으로는 알아차리기 힘든 비밀스러운 공간이 다수 존재했다. 증걸이 그런 공간 몇 군데를 징검다리 넘듯 이어 나가자, 얼마 뒤 커다랗고 을씨년스러운 어떤 폐장원의 다 떨어진 정문이 나타났다. 과거 제남에서 이름난 양조장이었다가 원인 모를 괴질로 집안 사람 전부가 몰살을 당하고, 뒷마당 우물에서 귀신이 나온다는 괴담까지 떠도는 바람에 새 주인을 만나지 못하고 오랫동안 버려지게 된 장원이었다.

'이 집은 아직도 그대로군.'

해면체처럼 부풀어 오른 이끼에 먹혀 자취도 없어져 버린 정문 문턱 자리를 넘어서며 증걸이 생각했다. 큰형이 총각 딱지를 떼었을 때라면 지금으로부터 이십 년 전은 되었을 텐데, 괴질과 괴담이 아무리 꺼림칙하다 해도 강산이 두 번이나 변하도록 새 주인이 나타나지 않았다는 점이 신기하기도 했다.

어쨌거나 기거하는 사람이 없다는 점은 전으로 귀환하기 전까지 남의 이목을 최대한 피해야 하는 증걸로서는 다행스러운 일이 아닐 수 없었다. 귀신 우물이 있는 뒷마당을 지나 무너진 담벼락을 타넘으면 풍수기豊水期가 아니면 물 구경을 하기 힘든 갈천渴川이 한 곳 나오고, 그 개천을 건너 야트막한 언덕을 넘어서면 그곳부터는 전의 영역이라고 할 수 있었다.

'거기까지만 가면 돼.'

하여 귀신 우물이 있는 잡초 무성한 뒷마당으로 발을 들이며, 증걸은 긴장감으로 뒤틀리던 마음 한쪽이 약간은 느슨해지는 기분을 느꼈다.

증걸의 그런 기분은 오래가지 못했다.

증걸은 얼어붙은 듯 발길을 멈췄다. 우물 옆에 서 있는 그 남자가 보았기 때문이다.

먹구름이 짙게 낀 구월 닷샛날 밤의 어둠은 그 남자를 그저 거무튀튀한 그림자로 비치게 만들었지만, 증걸의 머릿속에 또렷이 박혀 있는 그 남자의 심상은 산봉우리에 솟은 화강암 같은 백일색白―色이었다. 자신이 아는 한 가장 강렬한 백색. 그것이 증걸에게 새겨진 그 남자의 심상이었다.

하얀 남자가 말했다.

"이제 오느냐, 조카."

증걸은 자신도 모르게 주춤주춤 뒷걸음질을 치다가 왼발에 오른발 발꿈치가 걸려 엉덩방아를 찧고 말았다. 그러고는 소스라쳐 몸을 일으키고는 뒤를 돌아보았다. 증걸이 방금 지나온 뒷마당 입구를 몇 개의 그림자가 막아서 있었다. 손에는 살기를 어둠처럼 머금은 섬뜩한 쇠붙이를, 그리고 배신과 반역을 상징하는 흑의가 본래 그들이 입어야 할 백의를 대신하고 있었다.

"내 생각보다 조금 늦었구나."

하얀 남자가 실망한 투로 말했다. 남자의 한쪽 눈은 백금으로 만든 안대가 가리고 있었다. 그리고 다른 쪽 눈은…… 정체 모를 열기가 잔불처럼 은은히 일렁거리고 있었다. 그 어떤 호랑이도 저보다 사나운 눈빛을 가지지는 못할 것 같았다.

"호, 호숙께서도 이 바, 반역에 개입하신 겁니까?"

교역과 흥정을 주업으로 삼는 증걸은 당연히 달변을 자랑하는 사람이었고, 이처럼 말을 더듬는 것은 본디 저 하얀 남자의 몫이었다. 그러나 지금은 반대였다. 증걸은 전혀 달변이 아니었고, 하얀 남자는 지극히 침착하기만 했다. 오늘 밤에는 모든 것이 뒤집혀 버린 것 같았다. 백의가 흑의로 바뀌었듯이 말이다.

"반역이라, 내가 좋아하는 말이긴 하지만 너무 직설적으로 들리기도 하는군."

하얀 남자가 하얀 이를 드러내며 미소 지었다. 증걸은 무인이기에 앞서 유능한 상인이기에 계산에 철저했고, 셈이 정확히 떨어지지 않는 문제 앞에서는 남들보다 더한 곤혹을 느꼈다. 그래서일까, 그는 납득하기 어려운 점을 좀처럼 참지 못했다.

"이, 이곳은 어찌 아셨습니까? 제가 이리로 오리라는 것은 어찌 알고 기다리고 계셨습니까?"

하얀 남자가 낡은 가죽처럼 거친 미간에 주름을 잡았다.

"하긴, 너는 네 형들과 달리 궁금한 점이 있으면 견디질 못했지. 형님은 그런 너를 귀찮아하면서도 대견스럽게 여겼고."

그 목소리며 말투가 꼭 문중의 후손을 대하는 어른의 것처럼 들려, 증걸은 심화를 삭히느라 입술을 지그시 깨물어야만 했다. 하얀 남자가 팔짱 긴 양팔을 풀며 증걸에게 물었다.

"그래, 내가 여기서 너를 기다리고 있었던 것이 그리 이상했더냐?"

"그렇습니다."

하얀 남자가 낮게 혀를 찼다.

"쯧쯧, 너는 모르고 있었구나. 누가 네 큰형을 처음으로 유곽에 데려갔는지를."

증걸의 눈이 커졌다.

"나중에 그가 으스대며 얘기해 주더구나. 자기 아우들도 이 길을 통해 남자로 만들어 주었다고 말이다. 형제간에 좋은 일은 함께해야 하는 법이라고 칭찬해 주었다."

본래 이 폐장원을 통하는 비밀스러운 길은 큰형이 가르쳐 준 것이었다. 그리고 증걸은 이제 알게 되었다. 자신이 그랬듯, 큰형 또한 누군가에게서 이 길을 배웠다는 사실을. 증걸은 저 하얀 남자가 자신의 형제들과 얼마나 가까운 존재였는지를 새삼 느낄 수 있었다. 자신들을 남자로 키워 준 존재. 남자다움이 무엇인지를 가르쳐 준 존재. 그러나 그 실체는……

'배신자! 반역자!'

증걸이 마음속으로 부르짖을 때, 하얀 남자가 폐장원을 둘러보더니 말을 이었다.

"사실 이곳은 주인 없는 집이 아니란다. 나라에서 오래전부터 이 집을 소유하고 있었지."

"나라라고요?"

증걸이 코웃음을 치며 물었다.

"나라에서 왜 이런 폐가를 소유한단 말입니까?"

"특별한 용도로 쓰기 위해서지. 그 특별한 용도를 위해 조금 전까지만 해도 이 집에는 많은 사람들이 모여 있었다. 그중에는 참으로 대단한 인물도 있었지. 네가 조금만 일찍 왔어도 그를 볼 수 있었을 텐데 아쉽게 되었구나."

하얀 남자가 말한 대단한 인물이 누군지는 모르지만, 그리 궁금하지는 않았다. 증걸이 정작 알고 싶은 사람은 따로 있었다.

"작은형은 어찌 되었습니까?"

하얀 남자가 떼 부리는 아이를 쳐다보는 듯한 표정으로 증걸을 쳐다보았다.

"아아, 정말 궁금한 것도 많은 아이구나. 이 숙부는 오늘 밤 할 일이 많단다."

"대답하시오! 작은형은 어찌 되었소!"

부르짖듯이 다그치는 증걸의 질문에 하얀 남자가 어쩔 수 없다는 양 어깨를 으쓱거렸다.

"그 아이는 어릴 적부터 키가 작은 것을 속상해했지."

이어진 하얀 남자의 말이 위태롭게 이어지던 증걸의 자제력을 말살시키는 도화선이 되었다.

"그래서 화는 났지만 목을 자르지는 않았다. 그 아이가 더 속상해하는 것은 보고 싶지 않더구나."

"으아악!"

증걸은 비명과도 같은 노성을 터뜨리며 뒤춤에 감춰 놓았던 비장의 무기를 뽑아 하얀 남자를 향해 발사했다.

슈슈슈슉!

두 자 길이의 금속 통 내부에 장치되어 있던 수백 가닥의 쇠털처럼 가느다란 침들이 열 걸음 남짓한 거리를 격하고 하얀 남자에게 폭사되었다. 제아무리 고수라도 이 거리에서 저 독침의 폭우를 피하기란 쉽지 않을 것 같았다. 증걸은 그렇게 믿었고, 그렇게 되기를 바랐다.

하얀 남자가 그 자리에서 한 바퀴 맴돌았다. 그 남자의 어깨에 걸린 새하얀 견폐가 천지를 덮을 듯이 펼쳐졌다 사라졌다. 다음 순간, 왜 그렇게 되었는지는 모르겠지만, 증걸은 자신이 펼친 회심의 일격이 무위로 돌아갔음을 깨달았다.

"당가의 학정우모침이로군. 둘째도 같은 장난감을 가지고 있었지. 밑에 아이들을 둘이나 상하게 하는 바람에 화가 좀 나더구나."

하얀 남자의 차분한 말소리가 증걸의 귀에는 들어오지 않았다. 코흘리개 시절부터 숙부라 부르며 따르던 친인에게 당한 배신감 앞에서는 평소 견지하던 상인 특유의 냉철함도 별 도움이 되지 못하는 모양이었다. 증걸은 더 이상 쓸모를 잃어버린 금속 통을 하얀 남자에게 던진 뒤, 그 뒤를 따라 몸을 날렸다.

"죽엇!"

양손의 인지와 중지를 각각 모아 펼친 가전의 무음섬전지가 하얀 남자의 상반신 요혈 두 곳을 매섭게 후비고 들어갔다…….

……만일 증걸에게 조금이라도 이성이 남아 있었다면 하얀 남자를 상대로 무력을 사용하는 것이 얼마나 무모한 짓인지 알았을 터였다. 그의 무음섬전지는 부친이나 큰형, 심지어는 작은형의 그것에도 미치지 못하는 수준이었고, 설령 그들 모두를 뛰어넘는 수준이라 하더라도 하얀 남자에게 손해를 입힐 가능성

은 그리 높지 않기 때문이었다.

결과 또한 그대로 돌아갔다.

까드득!

하얀 남자는 그 자리에서 움직인 것 같지도 않건만, 섬뜩한 파골음과 함께 증걸의 네 손가락이 한순간에 부러져 나갔다. 이어 목과 명치 사이 가슴에 쇠망치처럼 떨어진 무시무시한 내가 중수內家重手가 증걸의 양쪽 갈비뼈를 가루로 으스러뜨렸다.

"컥!"

증걸의 입에서 뿜어 나온 피 화살이 하얀 남자의 가벼운 손짓에 막혀 주인의 얼굴로 되씌워졌다. 하얀 남자는 자신의 상징과도 같은 백색 무복을 이 정도로 아꼈다.

"그간의 정리를 봐서 무덤은 만들어 주마."

하얀 남자가 물 먹은 이불처럼 축 늘어진 증걸의 멱살을 움켜쥐고 우물로 걸어갔다. 증걸은 핏물을 줄줄 흘리는 입으로 중얼거렸다.

"원통……하다. 막내…… 막내만 있었더라도……."

하얀 남자가 증걸을 내려다보았다. 증걸을 향한 하나뿐인 눈에는 세상에서 가장 어이없는 농담을 들은 사람의 것 같은 실소가 담겨 있었다. 그런 눈으로 하얀 남자가 물었다.

"다시 생각해 보아라. 정말로 그렇게 믿느냐?"

다시 생각해 보니 하얀 남자의 말이 옳았다. 외방의 명사들로부터 값비싼 수업을 받은 막내의 무공이 아무리 높은 경지에 오른들 저 하얀 남자의 적수로는 턱없이 부족할 수밖에 없었다. 그리고 보면 그들 네 형제 중 큰형과 막내가 제남을 떠나 있는 것이 진정으로 다행스럽게 여겨졌다. 최소한 오늘부로 증가의 대가 끊기는 일만큼은 모면할 수 있을 테니까. 하지만 전에 홀로 남아 계신 부친은…… 그분은…….

"너무 아쉬워 마라. 뒤따라갈 사람이 적지 않을 테니."

하얀 남자의 말이 허공으로 멀어지는가 싶더니 말라붙은 우물 바닥이 증걸의 머리를 세차게 때렸다. 이어 위로부터 쏟아진 우물 벽이 굉음과 함께 몸통을 짓이겼지만, 증걸은 이미 어떤 고통도 느낄 수 없는 상태로 변한 뒤였다.

혁련격赫連激이 쪽문을 통해 밖으로 나왔을 때 남문의 경계 상황은 대체로 양호한 편이었다. 번을 서는 여덟 명의 수문 무사들은 조장의 통솔 아래 제 위치를 지키고 있었고, 자정이 머지않은 시각임에도 누구 하나 졸거나 흐트러진 모습을 보이지 않았다. 여덟 자 길이의 장창과 두 자 반짜리 패도로 무장한 그들 모두는 아래위로 새하얀 무복을 입고 있었다. 그들로부터는 잘 닦인 무쇠 방패 같은 단단한 기세가 풍겨 나왔다. 신무전의 최정예 전투 부대인 백호대의 기강은 언제나 이러했다.

"부대주님을 뵙습니다."

수문 무사들 중 조장인 전정봉全頂峰이 잰걸음으로 다가와 인사를 올렸다. 고개를 슬쩍 끄덕여 보인 혁련격이 그에게 물었다.

"이상한 점은 없었나?"

전정봉이 씩 웃었다.

"본 전의 사대문 앞에서 누가 감히 이상한 짓을 하겠습니까."

"그렇군."

혁련격은 말을 많이 하는 사람이 아니었다. 그는 뒷짐을 지고 주위를 둘러보다가 수문 무사들 중 한 명에게 다가갔다.

"웅팔雄八, 창끝이 내려왔다."

웅팔이라 불린 청년이 구부정한 허리를 곧게 펴며 창대를 똑바로 세웠다.

"손을 떨고 있구나. 추워서 그런가?"

"아, 아닙니다!"

웅팔의 옆으로 다가온 전정봉이 그 어깨에 손을 올리며 말했다.

"이 정도 날씨에 춥다고 하면 그 하얀 옷에 부끄러운 일이지. 안 그렇습니까, 부대주님."

혁련격은 전정봉이 웅팔의 고향 선배임을 알고 있었다. 그래서일 것이다, 전정봉이 상관에게 지적당한 웅팔을 저리 감싸고 나서는 것은. 또 그래서일 것이다, 창대를 움켜쥔 웅팔의 손 위로 기어가던 잔떨림이 더욱 심해진 것은.

구웃- 구웃-

멀지 않은 곳에서 밤새의 울음소리가 울렸다. 먹구름에 짓눌린 밤하늘을 슬쩍 올려다본 혁련격이 주위를 둘러보며 말했다.

"시간이 되었다."

"예?"

전정봉이 눈을 끔벅거렸다.

"교대 시간까지는 아직 꽤 남았을 텐데요?"

혁련격은 조장의 질문에 대답해 주지 않았다. 그가 이번에는 전정봉의 뒤에 선 웅팔을 향해 말했다.

"시간이 되었다."

전정봉이 더욱 영문을 알지 못하겠다는 듯이 혁련격에게 한 걸음 다가왔다.

"부대주님, 대체 무슨 시간 말씀……."

전정봉은 두 번째 질문은 말로 시작해서 쇠붙이로 끝났다. 뒷목을 뚫고 들어온 날카로운 창 촉이 그의 벌어진 입 밖으로 불쑥 튀어나온 것이다. 조각난 이빨 부스러기들이 혁련격의 새하얀 앞섶에 부딪치며 붉은 얼룩을 만들었지만, 혁련격의 음울한 두 눈은 고향 선배의 뒷목에 장창을 찔러 넣은 채 온몸을 와들와들 떨고 있는 웅팔의 백짓장 같은 얼굴에 꽂혀 있을 따름이었다.

혁련격이 말한 '시간'은 여덟 명의 번초 중 네 명에게 무자비한 형태로 들이닥쳤다. 그들은 함께 번을 서던 다른 네 명의 동료에 의해 목이 베이거나 심장이 뚫려 버렸다. 그것은 실로 순식간에, 그리고 동시다발적으로 벌어진 일이어서, 조장인 전정봉을 포함한 네 명의 희생자들은 어떠한 낌새도 알아차리지 못한 채 저승 문턱을 넘어설 수밖에 없었다.

희생자들의 시체는 바닥에 그대로 버려졌다. 전정봉의 뒷목에서 창 촉을 뽑는 웅팔은 터져 나오는 오열을 참는지 닭 울음 비슷한 소리를 삼키고 있었다. 여느 때 같으면 그 나약한 모습에 따귀라도 올려붙였으련만, 혁련격은 그렇게 하는 대신 낮게 혀를 찼다. 방금 전까지만 해도 수하였던 자들이 저런 모습으로 버려지는 광경을 보는 것은 누구 못지않은 독심을 가진 그로서도 마음 편한 일이 아니기 때문이었다. 그는 스스로에게 말했다. 이것은 불가피한 일이라고.

백호대 전체가 한마음으로 움직일 수 있었다면 가장 좋았을 것이다. 하지만 백호대의 수는 천이백이나 되었고, 출신 성분이 각기 다른 그들 전부를 주위의 이목을 피해 가며 완벽히 포섭하기란 불가능한 일이었다.

오늘까지 포섭한 인원은 전체의 삼분의 일에 조금 못 미치는 삼백팔십여 명. 포섭하지 못한 인원의 팔 할은 현재 만린방을 습격한 비적을 토벌하기 위해 산해관 동쪽으로 파견되었고, 나머지 이 할—머릿수로는 백육십이 조금 넘는—은 혁련격이 이끄는 반역의 동지 이백 명과 더불어 백호대 본연의 임무인 신무전 수호를 위해 제남에 남겨졌다. 사실 그 점 하나만으로도 신무전은 바람 앞의 촛불처럼 위태로운 상태라고 할 터였다. 그 어떤 적보다도 치명적인 내부의 적에게 전의 방어를 송두리째 맡긴 셈이었으니.

어쨌거나 저들 네 명을 포함한 백육십 명의 비포섭자들은 내일 아침 떠오르는 태양을 보지 못할 가능성이 컸다. 세상 사람들은 사방대의 흰 호랑이를 북악의 수호자로 알고 있었다. 북악이 무너졌는데 흰 호랑이만 온전하다면 많은 이들이 수상히 여길 것이 분명했다. 이는 아픔을 딛고 일어선 '새로운 북악'을 이끌 대주에게도 결코 도움이 되지 않을 터. 그러므로 저들의 희생은 불가피했다. 혁련격은 그렇게 스스로를 납득시켰다.

따각, 따각, 따각, 따각.

어둠을 뚫고 울려온 어떤 소리가 혁련격의 상념을 깨트렸다. 마치 수백 켤레의 쇠 신발이 내는 발소리처럼 들리는 소리였다. 짧은 시간 동안 본래의 냉정함을 회복한 혁련격이 남문 앞으로 나서며 짧게 지시했다.

"준비해라."

네 명의 생존자이자 살인자가 걸치고 있던 상의를 벗더니 뒤집어 입었다. 그들이 오늘 입은 백색 무복의 안감은 칙칙한 검은 천으로 덧대어져 있었다. 네 명의 백의 무사가 네 명의 흑의 무사로 바뀌는 데에는 그리 오랜 시간이 필요하지 않았다.

그들이 변복하는 모습을 지켜보던 혁련격이 자신의 백의 무복 또한 벗어 뒤집어 입을 즈음, 남문으로 향하는 넓은 벽돌 길 위로 일단의 그림자들이 모습을 드러내기 시작했다. 그 수는 어림잡아도 삼백이 넘을 듯한데, 선두에 선 것은 입에 재갈을 물려 투레질 소리를 내지 못하도록 만든 백여 필의 전마들이었다. 중원의 것보다는 머리통 하나는 큰 서역마들이 단단한 벽돌 바닥 위로 울려 내는 편자 소리가 점점 또렷해지고 있었다.

나타난 삼백여 인마는 남문으로부터 오 장쯤 떨어진 곳에 멈춰 섰다. 선두를 구성한 전마들 중 두 필이 혁련격의 앞으로 걸어 나왔다.

검은 옷으로 갈아입은 혁련격은 허리에 찬 철검의 검자루에 왼손을 얹은 채 안장에 앉은 기수들을 쳐다보았다. 한쪽은 건장한 서역마라도 부담스러워할 만큼 비대한 몸집을 가진 흑갑 차림의 풍보였는데, 몸에 걸친 갑주처럼 새카만 피부가 문기둥 양쪽에서 타오르는 무쇠 화로의 불빛을 받아 흑요석처럼 번들거리고 있었다. 그리고 다른 한쪽은 달빛처럼 은회색으로 빛나는 비단 장삼을 걸친 중키의 노인인데, 찢어진 눈과 매부리코, 손가락 하나도 얹지 못할 만큼 비좁은 인중으로 인해 귀신처럼 살벌한 인상을 풍기고 있었다.

전마 위의 은삼 노인이 바닥에 널브러진 시체들을 둘러보더니 어색한 한어로 말했다.

"이곳의 호랑이는 동족의 고기를 먹나 보군."

옆에 있던 검은 풍보가 은삼 노인을 돌아보며 더욱 어색한 한어로 말을 받았다.

"껍질도 바꾸는데 동족이라고 안 먹겠습니까."

이는 명백한 조롱. 두 사람의 수작을 지켜보던 혁련격의 눈

자위로 불그죽죽한 혈기가 어렸다.

백호대 휘하 세 개의 단 중에서 이올단彝兀團의 단주이며 백호대의 실질적인 이인자라고 할 수 있는 혁련격에게는 광혈자狂血耆라는 별호가 붙어 있었다. 한번 눈이 뒤집히면 누구도 말리지 못한다 하여 붙은 별호였다. 그런 광혈자를 상대로, 하물며 저들은 조롱해서는 안 될 것을 들먹이며 조롱한 것이었다. 농담이라면 후회하게 될 것이고, 진담이라면 더욱 후회하게 될 것이다.

광혈자 혁련격이 두 사람을 향해 스산한 목소리로 말했다.

"껍질을 바꾼 호랑이가 동족 말고 또 무엇을 먹는지 알고 싶은가?"

검은 뚱보가 놀란 듯 눈을 동그랗게 뜨고 은삼 노인이 재미있다는 듯 고개를 갸웃거렸다.

"자네는 우리가 누구인지 모르는가?"

은삼 노인이 오만한 눈초리로 혁련격을 굽어보며 물었다.

"귀하가 천산의 삼불귀라도, 또 저자가 철마단의 안상귀장이라도 바뀌는 것은 없다."

혁련격의 싸늘한 응대에 은삼 노인, 천산철마방의 방주 삼불귀 온교의 눈동자가 바늘 끝처럼 오므라들었다.

"건방진……."

은삼 노인에게는 몸에 달린 두 개의 팔 말고도 검고 토실토실한 팔이 두 개 더 달려 있었다. 검은 뚱보, 철마단의 단장 안상귀장 고륭이 안장 걸이에 걸린 질려타의 손잡이를 움켜쥐는 모습을 지켜보며, 혁련격은 철검의 검자루에 얹은 손을 오른손으로 바꾸었다. 남에게 머리 숙이기를 좋아하지 않는 자존심 강한 사내들의 기세 다툼으로 인해 주위의 공기가 후끈 달아올랐다.

만일 이때 그 남자가 등장하지 않았다면, 과연 무슨 일이 벌어졌을까?

"그만."

일만 마디의 웅변보다 훨씬 설득력이 강한 한마디와 함께 그 남자가 남문 앞으로 뚜벅뚜벅 걸어 나왔다. 귀 앞으로 구레나룻을 기른 각진 얼굴의 중년인이었다. 아래위로 거칠고 수수한 마의 무복을 입었고, 손목과 발목에는 검은색 가죽으로 만든 낡은 투수와 각반을 단단히 동이고 있었다. 차림새만 놓고 본다면 그리 대단할 것도 없겠지만, 인간에게 있어서 차림새란 극히 미미한 요소에 불과하다는 점을 그 남자는 몸소 입증해 보였다.

그 남자를 본 순간, 혁련격은 자신도 모르게 검자루에 얹어 둔 오른손을 떼고 말았다. 그러지 않았다가는 저 남자에 의해, 저 남자의 어깨 너머로 불룩 솟은 검에 의해 반드시 죽을 거라는 공포감에 사로잡혔기 때문이었다. 건너편에 있는 온교와 고류의 사정이 어떠한지는 살필 겨를조차 없었다. 어둠 속으로부터 걸어 나온 그 남자의 존재감은 혁련격의 모든 사고, 모든 감정을 한순간에 장악해 버렸다.

'대체 이자는……?'

혁련격은 지금의 이 상황을 도저히 믿을 수 없었다. 물론 그는 남자가 누구인지, 강호에서 어떤 위치를 차지하는 존재인지 알고 있었다. 그러나 저 정도일 줄은 몰랐다. 그가 하늘처럼 받드는 대주라 해도 저 정도는 아니었다. 대주는 이루 말할 수 없이 맹렬한 기파로 상대를 제압하고는 하지만, 그래도 어디까지나 인간의 범주를 벗어나지는 않았다. 그런데 저 남자에게는 인간의 범주란 말 자체가 무의미한 것 같았다.

모든 범주를 깨트리는 남자, 검왕 연벽제가 흑백이 분명한 눈으로 혁련격을 쳐다보았다.

"신무대종은 어디 있나?"

갈수록 태산이라고, 혁련격은 대답은커녕 숨을 내쉴 수조차 없었다. 그저 눈길만 받았을 뿐이건만 보이지 않는 억센 손에 의해 숨통이 틀어잡힌 것 같았다. 이대로 잠시만 더 지났다가는 호흡이 끊겨 의식을 잃고 쓰러질지도 몰랐다.

다행히도 백호대 이인자의 체면은 연벽제가 지켜 주었다.

"어차피 지리를 모르니 설명을 들어도 소용없겠군."

연벽제가 눈길을 돌리며 혼잣말처럼 중얼거렸고, 그 순간 숨통을 조여 오던 보이지 않는 손이 느슨해졌다. 시뻘게진 얼굴로 쩔쩔매던 혁련격은 갑자기 숨통이 트이는 것을 느꼈다.

"수고스럽지만 귀하가 직접 안내해 주겠나?"

연벽제가 혁련격에게 물었다.

"아, 알겠소이다!"

먼지 냄새 나는 밤공기를 게걸스럽게 들이마시던 혁련격은 혹시라도 연벽제와 또 눈이 마주칠까 황급히 몸을 돌렸다.

"문을! 문을 열어라!"

끼이익―

마침내 문이 열렸다.

북악신무의 사대문 중 한 곳이 침입자들 앞에 변변한 저항 한 번 못 해 보고 활짝 개방된 것이다.

<hr />

톡.

부족한 자신감은 바둑돌을 놓는 손끝에서도 그대로 묻어 나왔다. 과홍견은 반상 위로 내민 오른손을 조심스럽게 끌어당기며 시선을 들어 사부의 눈치를 살폈다. 아이의 사부인 운소유는 온화한 얼굴로 가지런한 턱수염을 가볍게 쓰다듬고 있을 따름이었다. 그러나 과홍견은 사부의 차분한 눈동자 속에 떠오른 작은 실망감을 읽어 낼 수 있었다.

딱.

이윽고 운소유가 백돌 하나를 반상에 내려놓았다. 그 수로써 백돌에 포위된 흑 대마는 살길이 끊어지고 말았다. 귓불을 달구면서까지 활로를 궁리하던 과홍견은 오래지 않아 고개를 푹 떨구고 말았다. 참패였다. 오늘 아이는 팔십 수도 채 버티지 못했다.

"오늘따라 유난히 급하고, 쉬운 수도 읽지 못하는구나. 무슨 걱정거리라도 있는 게냐?"

사부가 물었다. 힐난이라기보다는 걱정이 담긴 목소리였다. 과홍견은 잠시 망설이다가 고개를 들었다.

"그게…… 작아 누나가 자꾸만 생각나서요."

"음."

운소유가 미간을 찡그리며 짧은 신음 소리를 냈다. 내친김이라 여긴 아이가 말을 이었다.

"누나가 시장에 간다고 나가서 사라진 게 벌써 여러 날입니다. 향촉 가게 주인은 분명히 누나가 다녀갔다고 하는데, 그런데도 이처럼 소식이 끊긴 것을 보면……."

운소유는 왼손에 쥔 부채를 가볍게 저어 아이의 뒷말을 끊었다.

"불길한 생각은 하지 말자꾸나. 전주께서도 그렇거니와 나 또한 사람을 풀어 백방으로 수소문하는 터이니 작아의 소식은 조만간 알 수 있게 될 게다."

"하지만……."

"어허, 그만하래도."

사부의 나직한 한마디에 과홍견이 입을 닫았다. 운소유는 어린 제자의 처연한 얼굴을 잠시 동안 내려다보다가 한숨을 내쉬고는 말을 이었다.

"작아와 친한 네 마음을 모르는 바는 아니나, 걱정을 하는 것과 일을 해결하는 것은 다른 문제란 것을 알아야 한다. 걱정은 하되 일은 어른들이 해결하도록 믿고 맡기려무나."

"알겠습니다."

운소유가 바둑판 앞에서 슬쩍 물러앉으며 말했다.

"이유가 어디에 있건 간에, 마음이 조급하고 수가 안 보일 때는 반상에서 잠시 눈을 돌리는 것도 하나의 해결책이 되겠지. 내일과 모레 이틀 수업은 쉬도록 하겠다. 사저와 첫 단풍 구경이라도 다녀오도록 해라."

과홍견은 반색이 되었다가 이내 시무룩한 표정을 지었다.

"저야 좋지만 사저도 좋아할까요?"

운소유는 빙긋 웃었다.

"왜 안 좋아할까? 사실 사저도 너를 좋아한단다."

사부의 말이라면 개가 망아지를 낳았다고 해도 믿을 과홍견이지만 욕 잘하고 심술 많은 사저가 자신을 좋아한다는 저 말만큼은 믿기 힘들었다.

"어쨌거나 말은 해 볼게요."

과홍견은 여전히 의심기가 가시지 않은 얼굴로 대답하고는 돌들이 놓인 반상을 정리하기 시작했다. 흑백의 돌들을 각각의 통 안에 갈라 넣고 바둑판을 들어 방구석에 내려놓은 과홍견이 사부에게 취침 인사를 올리기 위해 자세를 바로 했다.

"그럼 이만 물러가겠습니다. 편히 주무십시오."

아이가 막 절을 올리려 할 때, 운소유가 한 손을 들었다.

"잠깐."

구부리던 허리를 멈추고 사부의 얼굴을 쳐다본 과홍견은 참으로 이상한 일이라는 생각이 들었다. 자신이 이 삼절각에서 생활한 지도 벌써 아홉 달이 되어 가는데, 저처럼 심각해진 사부의 얼굴을 보는 것은 이번이 처음이었다.

"사부님, 왜 갑자기……?"

"쉿."

운소유가 과홍견의 말을 잘랐다. 과홍견은 입을 다물고 기다릴 수밖에 없었다.

그렇게 얼마나 시간이 흘렀을까. 운소유가 올린 손을 내리고 과홍견에게 말했다.

"수업을 생각보다 오래 쉬어야 할지도 모르겠구나."

"예?"

영문을 모르는 과홍견이 눈을 크게 떴지만 운소유는 그 이상 설명해 주지 않았다.

"저 장롱의 맨 아래 칸을 열어라."

운소유가 문가에 서 있는 오동나무 장롱을 부채로 가리켰다. 과홍견은 고개를 갸웃거리며 장롱으로 다가갔다. 장롱의 맨 아래 칸 문을 열자 무쇠로 만든 바둑판과 바둑돌 통 한 조가 들어 있었다. 그것들을 발견한 아이의 눈동자가 파르르 흔들렸다.

"이, 이건……."

"네 선조부께서 너와 함께 내게 맡기신 유품이니라."

과홍견이 어찌 조부가 남긴 유품을 잊을 수 있겠는가. 과홍견은 폭설이 퍼붓던 그날 조부와 가진 최후의 대국을 잊지 않았다. 조부가 토한 핏물로 젖은 바둑판과 바둑돌을 잊을 수 없었다.

장 속을 바라보며 몸을 떨고 있는 아이에게 운소유가 말했다.

"바둑판을 가져가기는 어려울 테니 돌 통만 챙겨 행낭에 넣도록 해라."

"사부님, 갑자기 왜……."

"어서."

운소유가 목소리에 위엄을 담아 말했다. 자애로운 사부가 저렇게 나올 때는 필시 이유가 있을 터였다. 과홍견은 감히 거역하지 못하고 사부의 명에 따를 수밖에 없었다.

"돌들이 깨지지 않도록 통 속에 헝겊을 채워 넣어야 할 게다. 그래, 그렇게."

과홍견이 흑백의 돌 통 두 개를 행낭 안에 챙기자, 운소유가 바둑을 지도하느라 옆으로 치워 둔 앉은뱅이 서탁 위에서 두툼한 책 한 권을 집어 아이에게 내밀었다.

"대단치 않은 기예棋藝나마 후대에 남기고 싶다는 생각이 얼마 전부터 들더구나. 그래서 시작했다만, 완성은 네게 맡겨야 할 것 같구나."

'부不……쟁爭…….'

표지에 적힌 일곱 글자의 제목을 무심코 읽어 내려가던 과홍견은 갑자기 깨달았다. 무슨 이유인지는 모르지만 지금 운소유는 어린 제자를 이 삼절각에서, 나아가 이 신무전에서 내보내려고 하고 있었다! 과홍견은 사부가 내민 책을 감히 받지 못하고 방바닥에 몸을 던지며 부르짖었다.

"사부님, 제자가 무슨 잘못이라도 저질렀다면 차라리 매질을 내려 주십시오!"

"견아, 지금 이러고 있을 때가 아니다."

그러나 뒤통수 위에서 울린 운소유의 목소리에는 분노 대신 다급함만이 담겨 있었다. 이를 눈치챈 과홍견이 눈물 그렁한 눈을 들고 사부를 쳐다보았다.

"당장 삼절각을 나가 사저에게로 가거라. 사저를 만나거든 사저의 말을 함께 타고 곧바로 전을 벗어나야 할 것이다. 음, 대공자가 천주산에 있으니 그곳으로 가는 것이 좋겠다. 대공자를 만나기 전에는 전으로 돌아와서는 안 된다."

멀리서 울려온 불길한 소음들이 과홍견의 귀에 들어온 것은 운소유가 전에 없는 빠른 말투로 향후의 행로에 대한 지시를 마쳤을 때였다. 그 불길한 소음들, 쇠붙이 부딪치는 소리와 인간이 내지르는 비명 소리는 사제가 있는 삼절각을 향해 빠르게 가까워지고 있었다. 그제야 사태의 심각성을 깨달은 과홍견이 놀란 얼굴로 문 쪽을 돌아보는데, 문밖에서 누군가의 낭랑한 목소리가 울려왔다.

"궁벽한 산서에서 불원천리로 찾아온 한유閑儒가 천하에 학명 높으신 신무전의 군사를 뵙고자 하오니, 부디 허락해 주시기 바라오."

그 낭랑한 목소리 끝에 추임새처럼 따라붙은 비명이 오늘 밤 삼절각의 경비를 맡은 양 아저씨의 것임을 안 과홍견은 겁에 질리고 말았다.

"쯧, 이미 늦었구나."

운소유가 낮게 혀를 찬 뒤 과홍견의 손에 책을 쥐여 주고는 문 쪽을 향해 말했다.

"손님을 맞이하기에 적당한 시간은 아니나 거절할 수 있는 입장이 아닌 것 같구려. 들어오시오."

문이 열리고, 문지방 너머에 선 두 사람의 모습이 과홍견의 시선 속으로 뛰어들듯 꽂혀 들었다. 앞에 선 사람은 푸른 절각건을 쓴 청수한 얼굴의 초로인이요, 뒤에 선 사람은 검은 유건을 쓴 깡마른 얼굴의 노인이었다.

"학 노인은 밖에서 기다리시오."

절각건의 초로인이 말하자 유건의 노인이 허리를 깊이 구부렸다.

"명을 따르겠습니다."

노인을 문 밖에 세워 둔 채 방 안으로 들어선 절각건의 초로인이 방 안에 앉은 운소유를 향해 정중한 읍례를 올렸다.

"산서의 문강이 운 군사를 뵙소이다."

운소유 또한 자리에서 일어서서 정중한 선비의 예로써 자신을 문강이라 소개한 자를 맞이했다.

"원로를 오시느라 수고 많으셨소. 이리로 앉으시지요."

"사양하지 않겠소이다."

두 사람이 마주 앉았다. 두 사람 모두 과홍견에게는 눈길 한 번 주지 않았다. 과홍견은 한 손에는 책을, 다른 손에는 행낭의 끈을 그러쥔 채 두 사람의 옆자리에 우두커니 서 있을 수밖에 없었다. 그러던 어느 순간, 아이는 한 가지 신기한 점을 발견하게 되었다. 눈알만 움직여 두 사람을 번갈아 바라보던 아이가 고개를 갸웃거렸다.

'닮았……네?'

문사풍의 갸름한 얼굴형이 닮았고, 편편한 이마가 닮았고, 길쭉한 눈초리와 잘 뻗은 콧날이 닮았고 차분하면서도 부드러운 입매가 닮았다. 하지만 두 사람을 정작 닮아 보이게 만드는 가장 중요한 요소는 그들의 눈동자였다. 스스로 가장 큰 덕목이라 여길 드높은 지혜가 별빛처럼 일렁거리는 그 깊고 유유한 눈동자들은 정말로 한 사람의 것을 대하는 듯 똑같아 보였다.

운소유와 문강.

아이의 티끌 없는 눈에 비친 그 두 사람은 하나의 가지에 맺힌 두 개의 열매 같았다.

(3)

'산월월?'

자신이 아침마다 광이 나도록 닦아 온 앉은뱅이 서탁을 가운데 두고 마주 앉은 두 사람 옆에서 마치 돌로 변하기라도 한 것처럼 꼼짝도 하지 못하고 서 있던 과홍견은 문강이라는 문사의 입에서 방금 흘러나온 말 중 한마디를 입속으로 뇌까려 보았다.

'상황을 보아하니 소생이 무엇인가를 하기에는 이미 늦은 것 같구려.'라는 사부의 말에 대한 답변이 바로 '산월월이 시작된 이상 무엇으로도 막을 수 없겠지요.'였던 것이다. 아이는 창망한 중에도 호기심을 느꼈다. 산월월이면, 산에 달이 두 개 떠 있다는 뜻일까?

제자의 호기심은 사부가 풀어 주었다. 갈래진 콧수염을 두어 번 매만지던 운소유가 말했다.

"산월월이면 무너짐[崩]이고, 무너지려면 그 전에 우뚝해야 [嶽] 하니, 이는 곧 '산이 무너짐[崩嶽]'이라……. 역시 문 공께서는 본 전을 무너뜨릴 작정으로 오셨구려."

문강이 빙긋 웃었다.

"통하는 면이 많으리라 예상은 했지만 이처럼 빠른 시간 안에 소생의 내심을 헤아리실 줄은 몰랐소이다. 북악의 군사께서는 혹시 파자破字 놀이에도 일가견이 있으신지?"

이번에는 운소유가 웃었다. 그러나 제자의 눈에 비친 사부의 웃음은 문강의 것처럼 밝아 보이지 않았다.

"파자 놀이를 즐기신 것은 소생이 아니라 소생의 부친이시오."

"군사의 부친이시면, 강동제일가에 거하시는?"

저 문강이란 자는 대체 모르는 게 없는 것 같았다. 그게 아니면 아이도 알지 못하는 사부의 부친에 대해 저리 태연히 알은체를 할 수는 없을 터였다. 그러나 문강이 그러리라 짐작하고 있었던 듯 운소유는 선선히 고개를 끄덕였다.

"그렇소."

"기회가 닿으면 꼭 한번 뵙고 인사를 올리고 싶소이다."

"아마 그렇게 될 거요."

방문 밖에서 울리던 불길한 소음이 이제는 간헐적이라고 표현해도 좋을 만큼 줄어들어 있었다. 하지만 그것이 불길함의 종막을 뜻하지 않는다는 것은 어린 과홍견이라도 충분히 짐작할 수 있었다. 주인의 성품을 닮아 언제나 평화롭고 온유하기만 하던 삼절각 일대가 지금은 이미 죽음의 절지로 변해 버린 것 같았다.

'양 할아버지는 무사하실까? 길 씨 아줌마는?'

그들 말고도 많은 얼굴들이 과홍견의 상상 속에서 비명을 지르고 피를 쏟으며 쓰러져 갔다. 아이는 슬픔과 걱정으로 온몸이 가늘게 떨리는 것을 막을 수 없었다.

그러는 동안에도 두 문사의 대화는 계속 이어졌다. 운소유가 조금 엄한 표정으로 문강에게 말했다.

"문 공께서 본 전을 무너뜨리려는 데에는 필시 그럴 만한 이유가 있겠지만, 그래도 세세한 수단에 있어서만큼은 지나친 감이 있다고 생각하오."

문강이 고개를 살짝 갸웃거렸다.

"무슨 수단을 말씀하시는 건지?"

"작아."

운소유는 하나의 이름으로써 대답을 대신했고, 그 이름을 들은 과홍견은 아득해지던 정신을 퍼뜩 붙잡았다. 작아 누나는 갑자기 왜 언급하시는 걸까?

문강이 길쭉한 눈초리를 더 가늘게 접었다.

"호, 그 일도 알고 계셨소?"

"솔직히 조금 전까지만 해도 몰랐소. 하지만 문 공을 만나고 나니 그간 본 전을 둘러싸고 벌어진 이해하기 힘든 많은 일들이 모두 문 공의 작품이라는 생각이 들더이다."

운소유가 시선을 상대에게 고정한 채 말했다. 문강이 잘 다듬어진 짧은 턱수염을 가볍게 잡아당기다가 별수 없다는 듯 어깨를 으쓱거렸다.

"그 아이에게 한 일에 대해서는 소생 또한 과한 부분이 있다는 점을 인정하리다. 사실 그 아이에게 무슨 잘못이 있겠소? 잘못이라면 고귀한 분을 모셔야 하는 그 아이의 의무에 있겠지요."

이 대답을 들은 과홍견은 자신도 모르게 어금니를 악물었다. 친누이처럼 상냥하게 대해 주던 작아 누나가 어느 날 갑자기 보이지 않게 된 일 이면에 저자의 마수가 도사리고 있음을 알아차렸기 때문이다.

아이가 그러거나 말거나, 운소유가 침중한 목소리로 물었다.

"그렇다면 전주께서 지난 한 해 동안 보이신 급속한 노화도 문 공의?"

"물론이오."

문강은 대답과 함께 미소를 지었다. 봄바람처럼 은근한 그 미소를 대한 과홍견은, 이제는 분노를 훌쩍 뛰어넘는 두려움으로 인해 목덜미에 소름이 돋아나는 것을 느꼈다. 아이의 눈에 비친 저 문사는 '온화한 악마'였다.

눈을 감고 무언가를 생각하던 운소유가 이내 눈을 뜨더니 한숨을 내쉬었다.

"내 사려가 부족했음을 인정하지 않을 수 없소. 그 차, 전주께서 그즈음에 바꾸신 화암차花岩茶가 문제였구려."

"소생은 그 차를 화연化然이라고 부르오."

"화연, 그런 별칭이 있다고 하셨지. 전주께 들은 기억이 있소."

"화연을 만든 군조는 괭망하기는 해도 운치는 아는 자였소."

"군조? 강호사마 중 독중선 말이오?"

"바로 그요."

"하지만 활인장의 구양신의께서는 전주에게서 중독의 기미를 발견할 수 없다고 진단하셨는데?"

"화연은 사람을 해치는 독이 아니오. 그것은 자연이 정해 놓은 대로 흘러가도록 만들 뿐이오."

대화를 통해 사부에게 뭔가를 가르쳐 주는 문강은 즐거워하는 것이 분명했다. 표정이나 말투에는 큰 변화가 없지만, 그에게서 가장 중요한 부분을 차지하는 눈빛을 보면 그가 지금 즐거워하고 있다는 사실을 알 수 있었다.

"어린아이가 화연을 마신다면 아무 일도 벌어지지 않을 것이

오. 군사께서 복용하신다 해도 크게 다르지는 않으리라 생각하
오. 하지만 만일 일신에 쌓은 초인적인 무공으로써 자연의 법칙
을 거스르는 어떤 위대한 인물이 화연을 복용한다면…… 그는
자연이 휘두르는 세월의 칼날 앞에 무릎을 꿇지 않을 수 없을
것이오. 화연은 그런 물건이오."

"음."

운소유가 무겁게 신음했다. 문강은 고개를 꼿꼿이 세운 채
승리감에 빛나는 눈으로 운소유를 바라보다가 너그러운 미소를
지으며 입을 열었다.

"궁금한 점이 있다면 이 기회를 빌려 가르쳐 드릴 테니 얼마
든지 물어보시오. 예를 들면 백호……."

"그만."

운소유가 부채를 가볍게 내려 문강의 말을 끊었다. 상대가
그렇게 나오리라고는 예상치 못한 듯 문강이 콧등을 찡그렸다.

"이상하구려, 궁금한 점이 아직 남았을 텐데?"

"내 궁금함이 하나의 목숨보다 중요하지는 않을 거요."

"하나의 목숨이라……."

문강의 눈이 이 방에 들어온 뒤 처음으로 과홍견을 향했다.
그 눈과 마주친 순간 과홍견은 아찔한 현기증이 엄습하는 것을
느꼈다. 그 눈 안에는 깊고 맑은 지옥이 담겨 있었다. 그 지옥
안에 있던 온화한 악마가 아이를 향해 미소를 지었다. 아이의
무릎이 덜덜 떨리기 시작했다.

다행히 문강의 시선은 아이의 얼굴에서 금세 떨어져 나갔다.
그 시선이 새로이 향한 곳은 아이가 가슴에 끌어안고 있는 서
책. 문강의 눈에 이채가 떠올랐다.

"신무전 군사께서 올 초에 영민한 바둑 제자를 하나 거두

셨다는 얘기를 들었소이다. 기광의 후예라고 기억하는데, 맞소이까?"

"그렇소."

운소유가 선선히 시인하자 문강이 과홍견에게 손을 내밀었다.

"아이야, 그 책을 잠시 내게 보여 주련."

과홍견은 처녀의 것처럼 하얗고 부드러운 손을 내려다보며 어쩔 줄 몰라 하다가 사부를 쳐다보았다. 사부는 고개를 끄덕였고, 아이는 끌어안고 있던 책을 문강에게 건넸다.

"부쟁선지묘기경不爭先之妙棋經, 부쟁선이라……."

책의 제목을 나직이 읽어 내려간 문강이 난초 이파리처럼 기품 있는 미소를 지으며 운소유에게 물었다.

"고대의 국수國手는 기자쟁선棄子爭先이라 설파하였건만, 군사께서는 진실로 바둑에서 부쟁선의 유약한 덕목이 통한다고 생각하시오?"

기자쟁선이라면 과홍견도 아는 말이었다. 당나라 때의 유명한 기객인 왕적신王積薪은 위기십결圍棋十訣, 즉 바둑을 위한 열 가지 비결에 관해 논한 바 있는데, '돌을 버림으로써 선수를 취하라'는 기자쟁선은 그중 네 번째 비결이었다.

"앞을 다투는 것 못지않게 중요한 것이 앞을 다투지 않는 것임을 얼마 전에야 깨닫게 되었소."

운소유의 대답이었다.

"그러므로 부쟁선에도 음미할 만한 묘리가 있다? 흠, 당대의 국수인 고운거사孤雲居士께서도 인정하신 바둑 고수의 말씀인 만큼 감히 이치에 어긋난다 토를 달지는 못하겠구려."

"고운거사를 아시오?"

"업무상 북경을 방문할 일이 잦아 몇 번 뵐 기회가 있었지요."

과홍견은 당대의 국수로 칭송받는 고운거사의 이름을 사부뿐 아니라 작고하신 조부의 입을 통해서도 들은 적이 있었다. 이제는 연로하여 제자에게 국수의 칭호를 넘겨주었다는 얘기도 들리는데, 그 얘기를 전해 들은 사부가 무척이나 안타까워하던 것이 새삼 떠올랐다.

문강이 곤혹스럽다는 듯이 엄지와 인지로 수염 끝을 꼬다가 말을 이었다.

"소생이 세상에 알려지기를 원치 않는 이야기가 저 아이의 귀에 들어가는 것을 막으려는 군사의 뜻은 잘 알겠소. 게다가 기광의 후예라면…… 그는 작년 한 해 동안 소생을 위해 제법 많은 일을 해 주었지요. 그 노고를 봐서라도 저 아이의 목숨을 해치고 싶지는 않소이다."

문강과 마주한 이래 줄곧 음울하게 가라앉아 있던 운소유의 눈 속에 작은 희망의 빛이 반짝였다. 그러나 온화한 악마가 일을 처리하는 방식은 만만하지 않았다. 악마에게 무언가를 얻기 위해서는 마땅한 대가를 치러야 했다.

"단, 그냥 살려 주기는 힘들 것 같소. 둥지가 깨지는 데 알이 무사하기를 바랄 수는 없는 노릇 아니오."

"하면 문 공의 뜻은?"

문강이 과홍견을 돌아보았다.

"아이야, 바둑판을 가져오너라."

뜻밖의 말에 과홍견이 바보처럼 눈만 깜빡거리고 서 있자 사부가 재촉했다.

"시키시는 대로 하여라."

"아, 알겠습니다."

과홍견은 방구석에 치워 두었던 바둑판을 가져왔다. 그사이 문강이 두 사람 사이에 있던 서탁을 옆으로 밀었고, 아이는 그 자리에 바둑판을 내려놓았다.

흑돌이 든 통을 자신의 앞으로 끌어다 놓은 문강이 운소유에게 말했다.

"몇 해 전인가 고운거사께서는 이런 말씀을 하신 적이 있소. 당대에 당신과 수담手談(바둑의 다른 말)을 나눌 만한 인물은 오직 세 명뿐이라고. 한 명은 바둑에 미친 기광. 또 한 명은 산동에 웅크린 삼절수사. 그리고 마지막으로 꼽은 사람이……."

이때 과홍견은 사부의 얼굴에 긴장감이 어리는 것을 발견할 수 있었다.

"……영광스럽게도 바로 소생이었소."

말을 맺은 문강이 흑돌 하나를 집어 맵시 좋게 반상을 두드렸다.

딱.

경쾌한 돌 소리가 쏘아진 화살처럼 아이의 머릿속을 관통하여 방 안을 가로질렀다. 그 소리의 여운처럼 가벼운 미소를 입술 끝에 매단 채, 문강이 운소유에게 말했다.

"쟁선과 부쟁선, 과연 어느 쪽이 맞을지? 제자의 목숨이 걸린 대국인 만큼 부디 최선을 다해 주기 바라오."

───◆◆◆───

침대 기둥에 걸린 작은 각등角燈 하나가 백황색 힘없는 불빛을 침실 안에 흘리고 있었다. 자정이 넘은 시각임에도 그녀는 잠자리에 들지 않았다. 침실을 배회하다 간혹 멈춰 서서 문 쪽을 돌아보는 그녀의 얼굴에는 반 시진 넘게 공들인 화장으로도 감추지 못할 짙은 초조감이 배어 있었다.

"오실 때가 되었는데……."

그녀는 그분을 기다리고 있었다. 그녀가 가장 사랑하는, 그리고 그녀를 처음 여인으로 만들어 준 바로 그분을.

십오 년 고이 키워 온 처녀성을 그분께 바친 그날, 그녀는 파과의 고통에 앞서 오랜 열망이 채워지는 가없는 만족감에 눈물을 흘렸다. 상인의 가문에서 태어나, 상인으로 성공한 부친과 부친의 뒤를 이어 장차 상인이 될 남자 형제들 틈에서 자란 그녀의 마음속에 거칠고 강한 남성성에 대한 막연한 동경이 움튼 것은 초경을 치를 무렵부터였다.

그녀는 혐오했다, 이익과 손해를 따지며 주판을 두드리는 나약하고 시시한 남자들을. 그래서 그녀는 기다렸다, 이 구질구질한 현실로부터 자신을 해방시켜 줄 야수와도 같은 영웅을.

기억이 자리 잡기 훨씬 전부터 그녀의 곁에 머물던 그분은, 그날이 오기 전까지는 다만 친척 어른 같은 뜨뜻미지근한 존재에 지나지 않았다. 그러나 야수 같은 손길로 그녀를 발가벗기고 폭군 같은 힘으로 그녀를 무자비하게 짓밟은 그날 이후, 그분은 그녀의 모든 것이 되었다. 누구보다 거칠고 강한 그분은 남성성男性性의 상징이요, 해방자였다.

그녀는 그분의 말씀이라면 무엇이든 따를 수 있었고, 실제로도 그렇게 했다. 심지어는 남편마저도 그분이 지목하신 남자로 택했다.

그녀의 결혼 생활은 오직 끔찍했다. 단 한 번도 사랑한 적이 없고, 이후로도 영원히 사랑할 가망성이 없는 남편이 자신의 육신 위에서 엉덩이를 서투르게 들썩거리며 불쾌한 숨을 헐떡일 때마다, 그녀는 치솟는 욕지기를 참기 위해 남편 몰래 입술을 깨물어야만 했다. 그러면서 천지신명께 기도했다. 억센 손짓 한 번만으로도 그녀를 열락의 천당으로 이끌고 가 주시는 그분과 밝은 햇살 아래 당당히 함께할 날이 하루빨리 오기만을.

천지신명께서는 그녀의 기도를 외면하지 않으셨다.

바로 오늘 밤!

이 밤이 지나면 그녀는 그분과 함께하게 될 터였다. 어제 받은 밀서에서 그분은 그렇게 말씀하셨다. 바로 오늘 밤, 그녀를 찾아오겠노라고. 그리고 그 걸음은 도둑고양이의 것처럼 조심스럽던 이제까지와는 달리 천지간에 거리낄 것 없이 당당할 것이라고. 그리고 그녀는 두 번 다시 나약하고 시시한 가족들의 이목을 두려워하지 않아도 될 것이라고. 그분의 말씀처럼 된다면, 아아! 그 기쁨을 어찌 표현할 수 있으랴!

그녀는 다시금 치밀어 오르는 환희를 이기지 못하고 자신이 가장 좋아하는 시를 읊었다.

임 소식 가져온 나그네
편지 한 통 내게 전하네[客從遠方來 遺我一封書].
그 편지 고이 접어 넣고
임과 함께 덮을 이불을 짓네[折紙小心揷 裁爲合歡被].
영원토록 잊지 말자 솜을 넣어
우리 맺음 풀리지 말라 꿰매네[著以長相思 緣以結不解].
아교와 옻칠이 함께 섞이니
누가 우리를 갈라서게 만들쏜가[似膠投漆中 誰能別離此].

그러나 이 시에 대한 기억이 마냥 좋은 것만은 아니었다. 황당하게도 그녀의 남편은 이 시의 마지막 시구를 자신의 비밀 서류를 보호하는 암마쇄의 암호로 삼는 미친 짓을 저질렀다. 혹시나 하는 마음에 맞춰 본 암마쇄가 '수능별리차誰能別離此'라는 다섯 자 아래에서 찰칵 소리와 함께 입을 벌린 순간, 그녀는 남편에 대한 참을 수 없는 분노로 몸을 떨고 말았다.

그녀는 이 시구를 붉은 비단에 정성스레 적어 원정을 떠난 그분께 보냈다. 그러나 무슨 이유에서인지 그 비단은 다른 남자의 수중으로 들어가게 되었고, 결국 그녀는 그 남자의 아내가 되기에 이르렀다.

그래, 그 남자의 아내가 된 것은 어쩔 수 없다 치자. 그분께는 북경에 거하는 늙은 본처가 있었고, 또 그 남자에게 시집가는 것이 그분의 바람이기도 했으니까. 그러나 그녀는 그분을 향한 그녀의 시가, 그녀의 단심丹心이 다른 남자에게 더럽혀진 것만큼은 절대로 용서할 수 없었다.

성스러운 신의 제단에 바쳐진 공물을 가로채 간 추악한 괴물.

그녀에게 있어서 남편은 그런 존재였다. 그녀가 남편의 죽음을 눈앞에서 지켜보고도 한 방울의 눈물조차 흘리지 않은 데에는 그런 이유가 있었다…….

'나도 참, 생각이 대체 어디로 가는 거람.'

그녀는 신경질적으로 머리를 흔들었다. 죽은 사람은 떠올려 뭐하나. 지금은 기쁨을 노래할 때였다. 환희를 기대할 때였다. 그녀는 양손을 포개어 아랫배 위에 조심스럽게 얹었다. 그분께 바칠 또 다른 선물을 준비하고 있는 스스로가 너무나도 자랑스러웠다.

"이 소식을 들으시면 얼마나 기뻐하실까?"

분명히 껄껄 웃으시고는 언제나처럼 그 억센 팔로 나를 꽉 끌어안아 주실…….

쾅!

문 쪽에서 울린 폭음에 그녀는 고슴도치처럼 몸을 웅크려 아랫배를 보호했다. 문을 향한 그녀의 부릅뜬 눈에 한 사람이 꽂히듯 들어왔다. 작달막한 체구를 가진 그 사람은 검은 장포를 입고 있었다. 한데 다시 보니 검은 장포가 아니었다. 푸른 장포 위에 온통 덧칠된 검붉은 얼룩이 마치 검은 장포를 입은 것처럼 보이게 만든 것이었다.

문가에 선 사람이 그녀를 소리쳐 불렀다.

"평아!"

그녀는 자신이 보는 광경을 믿을 수 없어서 눈을 깜빡거려 보았지만, 문을 부수고 나타난 사람은 분명 그녀의 부친이었다.

"아빠?"

"다행히 무사했구나!"

그녀의 부친, 청룡대의 대주 증천보가 짧은 다리를 재게 놀려 침실 안으로 들어왔다. 각등의 불빛에 비친 방바닥에 붉은 족적이 길게 이어졌다.

"아빠, 이게 대체…… 그리고 그 피는……?"

"별것 아니다. 몇 군데 긁힌 것에 불과하니까."

하지만 가까운 거리에서 살핀 증천보의 상세는 별것 아닌 수준이 아니었다. 특히 왼쪽 옆구리에서 입을 벌리고 있는 자상은 내장이 드러나지 않을까 걱정스러울 만큼 깊어 보였다.

"누가 감히 본 전 안에서 아빠에게 상처를 입힌 거죠?"

나약하건 시시하건 하나뿐인 부친이었다. 그래서 증천보의 외동딸 증평은 충격 속에서도 분노하지 않을 수 없었다.

"본 전은 지금 적당에게 습격을 당했다."

"적당? 본 전의 적당이라면…… 무양문이 쳐들어왔단 말씀인 가요?"

"지금으로선 어디인지 알 수가 없구나. 다만 적당들 중에 서 역의 인물들이 끼어 있는 걸 보면 무양문은 아닌 것 같구나."

증천보가 활짝 열린 문 쪽을 돌아본 뒤 다급한 목소리로 덧붙였다.

"이러고 있을 때가 아니다. 청룡대가 공격받았으니 이곳으로 도 금방 닥칠 게다. 어서 피해야 한다."

증천보가 딸의 소맷자락을 잡아당겼다. 애써 차려입은 새 비 단옷에 검붉은 얼룩이 묻는 것을 보며 증평은 눈살을 찌푸렸다. 적당이 습격해 왔다면 피해야 하는 것이 마땅하지만, 그녀는 오 늘 밤 이곳에서 만날 사람이 있었다.

"저는 못 가요."

"뭐라?"

"저는 그분을 기다려야 해요."

"그분이라니? 대체 이 시각에 누가 널 찾아온단…… 설마 너……."

증천보가 눈을 부릅떴다.

"……백호대주를 기다리는 거냐?"

증평은 흠칫 놀라 부친으로부터 한 발짝 물러섰다. 부친은 그 몸짓에 담긴 의미를 똑바로 읽어 냈다.

"그렇구나! 네가 기다리는 사람이 호군이 맞구나!"

증평은 잠깐 동안 아무 생각도 떠오르지 않을 만큼 머릿속이 하얘져 버렸다.

"아빠가 어, 어떻게 그걸……?"

"너는 나를 바보로 아느냐! 네가 호군과 패륜의 죄를 저지르고 있다는 것을 세상에 드러나지 않게 하기 위해 내가 그간 얼마나 애를 썼는데!"

"패륜이 아니에요! 그분과 저는 한 방울의 피도 섞이지 않았잖아요!"

발끈한 증평이 뾰족하게 소리쳤다. 그러자 증천보의 얼굴에 난처한 기색이 떠올랐다.

"하, 하지만…… 처녀 적이라면 몰라도 결혼을 하여 남편을 둔 이상은 너도……."

"남편 얘기는 꺼내지도 마세요!"

"그, 그러마."

이것은 증 씨들 중에서도 극히 일부만 아는 비밀이었다. 세간에 알려진 것처럼 권위적인 부친과 순종적인 딸은 존재하지 않았다. 다만, 딸의 청이라면 무엇 하나 거절하지 않고 터무니없이 감싸고돌기만 하는 어리석은 부친과, 그런 부친 밑에서 자라나 자신의 이기적인 목적을 위해서라면 부친의 재산과 권력과 직위를 이용하기에 한 점의 주저함도 없는 배은망덕한 딸이 존재할 따름이었다.

어리석은 부친이 배은망덕한 딸에게 간곡히 말했다.

"평아, 호군이 뭐라고 했는지는 모르지만 어쨌거나 지금은 목숨이 위태로운 상황이란다. 고집을 꺾고 어서 이 아비와 함께 피신하자꾸나."

"가려거든 아빠 혼자 가요. 그분은 반드시 오실 거예요."

매몰차게 쏘아붙인 증평이 부친에게서 몸을 돌렸다. 그러나 그녀는 곧바로 다시 돌아서야 했다. 침실 문가에서 울린, 거칠고 강한 야성의 울림을 품은 목소리 때문이었다.

"반드시 오고말고. 나는 한 말을 지키는 사람이니까."

문가에는 새하얀 견폐를 늘어뜨리며 한 남자가 서 있었다. 백호대의 대주인 독안호군 이창이었다.

"당신! 오셨군요!"

증펑이 반가이 소리치며 앞으로 달려 나가려는데, 그녀의 앞을 증천보가 가로막았다.

"아빠!"

노기가 섞인 쨍쨍한 외침이 증천보의 뒤통수에 꽂혔지만, 증천보도 이번만큼은 딸의 한마디에 쩔쩔매는 어리석은 부친의 모습을 버렸다.

"자네가 왔군."

바위에 짓눌린 듯 낮게 깔려 나온 증천보의 말에 이창이 한쪽 송곳니를 드러내며 씩 웃었다.

"내가 약속하지 않았소. 보름 안에 반드시 형님께 인사를 올리겠노라고. 너무 일찍 온 것은 아닌지 모르겠구려."

증천보가 이창을 지그시 노려보다가 물었다.

"북동 지방에 있어야 할 자네가 이 자리에 나타났다는 것은…… 아마도 오늘 밤의 이 변고와 무관하지 않다는 뜻이겠지. 내 말이 틀렸는가?"

이창이 가슴 앞에 팔짱을 낀 양팔을 활짝 벌렸다. 마치 다 알면서 뭘 묻고 그러느냐는 듯이.

"뭔가 미심쩍은 구석은 있긴 했지만, 그래도 설마설마했는데……."

증천보가 크게 탄식했다. 증펑은 앞을 가로막고 있는 부친의 어깨가 바람 빠진 부대처럼 오그라드는 것을 보았다.

"정말로 자네가 본 전을 배신할 줄은 몰랐네."

탄식을 뒤따른 증천보의 말에 이창이 입술을 비틀었다.

"배신? 앞서 셋째 조카도 비슷한 말을 하더구려. 반역이라고. 뭐, 모두 내가 좋아하는 말들이긴 하지만, 나는 변혁이라고 표현하고 싶소. 늙고 낡은 것을 젊고 새로운 것으로 바꾸는 변혁. 그동안 본 전이 너무 골골거린 것은 사실 아니오. 북악남패? 명색이 강호의 양대 세력 중 하나라는 신무전이 절간에 간촌 계집처럼 매사에 조심조심……. 나하고는 영 맞지 않소. 그래서 이참에 확 뜯어 고쳐 볼까 하오."

증천보는 이창이 구상하는 미래에 관해서는 별다른 평을 내리지 않았다. 그의 관심은 다른 데 있었다.

"셋째를 만났구나."

"만났다기보다는 그 아이 쪽에서 나를 찾아왔다고 해야 옳을 거요."

"셋째를 어떻게 했느냐?"

"둘째와 셋째를 어떻게 했느냐고 고쳐 물으시면 알려 드리리다."

이창이 유들유들하게 대답했다. 증평은 부친의 뒷모습이 부들부들 떨리는 것을 두려운 눈으로 지켜보았다.

"네놈을…… 내 네놈을 아우처럼 대했거늘……."

"아우?"

이창의 눈빛이 어둡게 가라앉았다.

"네 입으로 형님이라 부르던 내게 네가 감히 어찌 이럴 수 있단 말이냐?"

"아아, 싫다, 싫어. 이제는 형 소리까지 들어야 하다니."

정말 싫은 듯 고개를 절레절레 흔들던 이창이 증천보를 똑바로 노려보았다.

"말한 적이 있는지 모르지만, 내겐 형이 한 명 있소. 아, 형님

같은 타성바지 가짜 형이 아니라 한 아버지의 피를 물려받은 진짜 형 말이오. 처음에는 나도 형을 그리 싫어하지 않았소. 형도 그런 것 같았지. 하지만 내가 자기 자리를 위협할지도 모른다는 생각이 들자 형은 달라졌소. 부친이 돌아가시고 며칠 지나지 않은 어느 날인가 형이 나를 부르는 것이었소. 그러더니…… 그, 그러더니…….”

바뀐 것은 눈빛만이 아니었다. 이창은 어느 순간부터 말을 더듬기 시작했다. 독안호군이 눌언訥言을 하는 버릇은 천하에 유명한 것이지만, 증평은 그 대부분이 위장을 위한 언동일 뿐 이창이 진짜로 흥분하여 말을 더듬는 경우는 그리 많지 않음을 알고 있었다. 그런데 지금의 이창은 진짜로 흥분한 것처럼 보였다.

“평생 목숨을 바쳐 추, 충성할 것을 맹세하라고 강요하더구려. 나, 나는 그 자리에서 당장 맹세했소. 혀, 형이 무서운 사람이라는 사실을 예전부터 알고 있었으니까. 하지만 혀, 형은 내가 생각한 것보다 더 무서운 사람이었던 모양이오. 바닥에 머리를 찧어 가며 하는 내 맹세를 그는 조, 조금도 믿지 않더구려. 그, 그러면서 내가 맹세의 공, 공물을 바치기를 요구했소. 그 맹세의 공물이…….”

이창이 어금니를 뿌드득 갈아붙이더니 한쪽 눈을 가린 백금 안대를 위로 치켜 올렸다.

“바, 바, 바로 이 눈이었소!”

증평은 숨을 헉 들이마셨다. 이창은 언제나, 심지어는 그녀와 정사를 나눌 때조차도 저 안대를 벗지 않았다. 눈알이 있어야 할 자리를 공허한 구멍이 차지하고 있는 이창의 얼굴은 너무나도 무서워 보였다.

방바닥 밑에 장작불을 지핀 듯 공기가 들끓기 시작했다. 그 공기 속에서, 이창의 각기 다른 모양을 한 두 개의 눈이 각기 다른 방식으로 사납게 번뜩였다.

"이제 아시겠소? 내가 혀, 혀, 형이라고 불리는 자들을 얼마나 싫어하는지를!"

누군가를 향한 거대한 분노를 담은 이 외침이 끝남과 동시에 공허한 구멍 속에서 맹수가 울부짖었다. 천산만악의 그 어떤 호랑이보다 더 위험한 외눈박이 호랑이의 포효였다. 다음 순간, 문가를 가로막고 서 있던 백색의 그림자가 실내를 가로질러 증씨 부녀에게로 날아왔다.

"놈!"

증천보가 자세를 한껏 낮추며 노호를 터뜨렸다.

"악!"

증평은 자신을 밀치는 부친의 손길에 의해 뒤로 날아가 침대 위로 떨어졌다. 세상이 뒤집힌 듯 상하가 어지러이 맴도는 가운데, 침실 중앙에서 터져 나온 세찬 바람이 그녀의 머리카락을 난마처럼 흩날리게 만들었다.

짜자자작! 콰광! 꽝!

증평이 침대에 고개를 처박고 엎어져 있는 사이 침실 안에서 무시무시한 굉음이 연속해서 터져 나왔다. 그러고는…… 믿을 수 없을 만큼 고요해졌다. 갑작스러운 정적의 무게에 짓눌려 증평은 고개조차 들 수 없었다. 대체 무슨 일이 벌어진 걸까?

"일어나라."

목소리가 들렸다. 아까보다 훨씬 차분해진, 평소 때와 거의 구별하기 힘든 이창의 목소리였다. 증평은 꾸중을 기다리는 아이처럼 쭈뼛쭈뼛 고개를 들었다. 다음 순간 그녀는 비명 같은 외침을 터뜨리고 말았다.

"아빠!"

침실은 엉망이었다. 한쪽 벽면을 메운 서가가 산산이 부서져 남편이 모은 서책들이 사방에 흩뿌려져 있었고, 그녀가 아끼던 값비싼 금장 경대도 원형을 알아보기 힘들 만큼 망가져 있었다. 침대 기둥에 매달린 각등이 온전히 남아 있는 것이 신기할 지경이었다. 하지만 정작 끔찍한 광경은 따로 있었다. 증평의 부친 증천보는 그렇게 엉망으로 변한 침실 바닥에 쓰러져 있었다. 천장을 바라보는 자세로 누운 증천보는 마치 송곳으로 곳곳을 찔린 커다란 피 주머니처럼 보였다. 장포 속 어딘가에서 새어 나오는 검붉은 핏물이 느릿하기는 하지만 영원히 끊어지지 않을 것처럼 침실 바닥 위로 둥글게 둥글게 퍼져 나가고 있었다.

그리고 증천보가 흘린 핏물을 새하얀 가죽신으로 딛고 선 남자, 이창이 있었다. 평소에도 부스스하던 반백의 머리카락이 지금은 그의 얼굴을 대부분을 가리고 있었다. 머리카락 사이 차갑게 빛나는 눈으로 시신을 잠시 내려다보던 그가 딛고 있던 핏물로부터 벗어났다. 피에 젖은 발자국이 쩍쩍 입을 다시며 그를 좇았다. 마치 그가 걷는 검붉은 삶처럼.

"다, 당신, 정말로 아빠를 죽인 거예요?"

손으로 입을 가린 채 몸을 가늘게 떨던 증평이 이창에게 물었다.

"어쩔 수 없었다."

두 손을 올려 얼굴을 덮은 머리카락을 정돈하던 이창이 짧게 대꾸했다.

"제게는 하나뿐인 아빠인데…… 꼭 그러셔야만 했나요?"

"그는 네 오빠들을 시켜 내 일거수일투족을 감시하려 했지. 만일 그가 살아 있다면, 내 앞길을 방해할 가장 위험한 존재가 되었을 것이다."

머리카락 정돈을 마친 이창은 이마로 끌어 올린 안대를 제자리로 내린 뒤, 소용돌이 모양으로 구겨진 오른쪽 소맷자락을 왼쪽 손바닥으로 탁탁 털어서 폈다. 다시 하나로 줄어든 그의 눈 속에는 증평을 수십 수백 번 매료시킨 바 있는 그 거칠고 강한 남자가 자리 잡고 있었다.

그 순간 증평은 깨달았다.

부친이 죽은 것은 분명 슬픈 일이지만, 그녀가 순종하는 저 남자의 앞길을 방해하는 존재라면 그 사람이 누구든 죽어야 마땅했다. 그녀는 부친의 죽음 앞에서 약해지려는 마음을 굳게 다잡았다. 슬픔은 나약하고 시시한 과거의 잔상. 그녀는 과거에 묶이고 싶지 않았다. 미래를 바라보며 살고 싶었다.

증평이 진심을 담아 이창에게 말했다.

"저는 당신을 이해할 수 있어요."

이 말을 이토록 쉽게 꺼낼 수 있다는 것이 신기했다.

이창은 아무 대답도 하지 않았다. 그의 얼굴은 굳어 있었고, 하나뿐인 눈으로는 자신의 코끝을 내려다보고 있었다. 증평은 알고 있었다. 뭔가 고민할 문제가 생겼을 때마다 그가 저런 표정을 짓는다는 사실을.

침대에서 내려온 증평이 이창의 눈치를 살피며 조심스럽게 물었다.

"당신, 화나셨나요?"

"아니다."

"혹시…… 저까지 미워하시는 건 아니죠?"

이창이 천천히 시선을 들어 증평을 쳐다보았다. 무두질을 하지 않은 소가죽처럼 뻣뻣하던 얼굴근육이 조금씩 풀어지더니 특유의 강인한 미소가 설핏 돌아오는 듯했다.

"그럴 리가."

"정말이죠?"

"형을 떠올리는 바람에 기분이 좋지는 않지만, 너를 보니 위안이 되는구나."

증평은 자신의 존재가 이창에게 위안을 주었다는 점에 기뻐할 수 있었다. 부친의 죽음으로 인해 자신의 가치가 떨어지는 것은 아닌지 걱정했는데, 이제 그런 걱정은 접어도 될 것 같았다.

"이리 오너라."

이창이 미소를 지으며 증평을 향해 두 팔을 벌렸다. 증평은 바닥에 흥건한 핏물을 밟지 않으려 조심하며 이창에게로 다가갔다. 그녀의 말이라면 무엇이든 들어주기 위해 그토록 애를 쓰던 부친이건만, 이제는 그녀가 이틀 전 새로 맞춘 꽃신을 더럽힐지도 모르는 오물 덩이처럼 여겨졌다.

방을 빙 돌아온 증평이 이창의 품에 안겼다. 그런 다음 손을 살며시 들어 올려 이창의 얼굴을 어루만졌다. 잿빛 수염이 까칠한 뺨을 더듬어 올라가던 그녀의 인지와 중지가 백금 안대에 가 닿았다. 이창의 바위 같은 몸이 아주 잠깐 움찔거렸다.

"가엾은 사람……."

다른 사람도 아닌 형에 의해 이 눈을 잃었을 때, 이창의 고통이 얼마나 컸을지 생각하니 눈물이 나올 것 같았다. 증평은 과거의 상처를 평생 얼굴에 새기고 산 불쌍한 임을 위로해 주고 싶었다. 그리고 그녀에게는 그럴 수 있는 것이 준비되어 있었다.

"당신에게 말씀드리고 싶은 게 있었어요."

증평이 얼굴을 붉히며 말했다. 이창이 그녀를 내려다보았다. 그녀는 오른손을 내밀어 이창의 왼손 손등을 감싼 뒤 자신의 아랫배 쪽으로 슬며시 이끌었다. 쇠 징처럼 딴딴한 남자의 굳은살을 아랫배 위로 느끼며, 그녀가 속삭였다.

"이 안에 당신의 씨앗이 자라고 있어요."

이창의 외눈이 번뜩였다.

"정말이냐?"

"두 달 전에 들어선 것 같아요. 백호대 연무대 뒤에 있는 창고에서 만난 날에요."

죽은 남편의 아이일 리는 없었다. 그자와 잠자리를 가지지 않은 지는 반년도 더 되었다. 증평은 이창의 손과 자신의 손으로 두 사람의 보물이 움트고 있는 아랫배를 지그시 누르며 홀린 듯이 말을 이어 나갔다.

"나는 알 수 있어요. 이 아이는 분명 당신을 닮은 건강한 아들일 거예요. 나는 이 아이를 당신처럼 키울 거예요. 누구보다 거칠고 누구보다 강한 남자로 키울 거예요."

"잘됐구나."

이창이 빙긋 웃더니 증평을 끌어안았다. 그의 넓고 든든한 품 안에서 증평은 이루 말할 수 없는 행복감을 느꼈다. 부친의 비참한 최후는 이미 그녀의 머릿속에서 사라진 지 오래였다. 이 세상에 오직 그녀와 이창 두 사람만이 존재하는 것 같았다. 그녀는 오직 희열했다. 그리고…….

……고통이 그림자처럼 희열을 따라잡았다.

이창은 증평의 양쪽 상박을 붙잡아 자신의 몸으로부터 천천히 떼어 냈다. 증평은 고통보다는 의혹이 담긴 눈으로 이창을 바라보았다. 뭐라 말을 하려 입을 벌리자 잘못 빚은 국수 가락처럼 덩어리진 핏물이 꿀럭꿀럭 흘러내렸다.

"너를 어찌 처리해야 할지 망설였는데 덕분에 마음을 정하게 되었다."

이창이 움켜쥐고 있던 증평의 상박을 풀어 주었다.

"이, 이게⋯⋯."

비틀거리며 뒷걸음질을 치던 증평이 바닥에 흥건한 핏물에 미끄러져 풀썩 주저앉았다.

"아기⋯⋯ 우리 아기⋯⋯ 안 돼⋯⋯."

증평은 떨리는 손으로 아랫배를 감싸 안으려 했지만 부질없는 몸짓에 지나지 않았다. 그녀가 이창을 위해 준비한 선물은 그녀의 복부를 소리 없이 파고든 충력기에 의해 갈가리 찢긴 뒤였다.

"당신⋯⋯ 왜⋯⋯?"

증평은 불신에 가득한 눈으로 이창을 올려다보았다. 이창이 그녀를 굽어보며 말했다.

"내가 형보다 더 싫어하는 게 있다는 것을 몰랐나 보구나."

여자의 연약한 몸뚱이는 파고든 모든 것을 갈아 뭉개는 절세의 기공 앞에서 오래 버티기 어려웠다.

눈동자에 붙어 있던 마지막 생기가 꺼지고, 증평의 고개가 부친의 가슴 위로 힘없이 떨어졌다. 때문에 그녀는 이창의 뒷말을 들을 수 없었다.

"내가 가장 싫어하는 것은 서자란다. 바로 나 같은 서자. 그런 내가 이 세상에 서자를 남길 줄 알았느냐?"

하얀 견폐 자락이 가볍게 펄럭이고 지나간 뒤, 실내에 남은 것은 까마득한 과거 어느 행복한 시절에 그러하였듯이 하나의 몸뚱이로 정겹게 포개진 부녀뿐이었다.

다음 권으로 이어집니다